Carl Hiaasen
Eulen

D0729816

Für Carly, Ben, Samantha, Hannah
und natürlich für Ryan.

Carl Hiaasen

Eulen

Roman

Aus dem Amerikanischen von
Birgitt Kollmann

GULLIVER
von BELTZ & Gelberg

Die Geschichte, die in diesem Buch erzählt wird, ist nicht wahr.
Alle Namen und Personen sind daher frei erfunden.
Die Eulen jedoch gibt es wirklich.

Ebenfalls lieferbar: *Eulen*-Arbeitsheft für Lehrer_innen
Bestellnr. 44292
Beltz Medien-Service, Postfach 100565, 69445 Weinheim
Kostenloser Download: www.beltz.de/Lehrer

Dieses Buch ist erhältlich als:
ISBN 978-3-407-74106-6 Print
ISBN 978-3-407-75802-6 E-Book (EPUB)

© 2006 Gulliver
in der Verlagsgruppe Beltz • Weinheim Basel
Werderstraße 10, 69469 Weinheim
Alle deutschsprachigen Rechte vorbehalten
© 2003 Beltz & Gelberg
Die amerikanische Originalausgabe erschien u.d.T. *Hoot*
bei Alfred A. Knopf, an imprint of
Random House Children's Books, New York
© 2002 by Carl Hiaasen
Übersetzung: Birgitt Kollmann
Neue Rechtschreibung
Einbandgestaltung: b3K Max Bartholl
Druck und Bindung: Beltz Grafische Betriebe, Bad Langensalza
Beltz Grafische Betriebe ist ein klimaneutrales Unternehmen
(ID 15985-2104-100).
Printed in Germany
14 15 16   24 23 22

Weitere Informationen zu unseren Autor_innen und Titeln
finden Sie unter: www.beltz.de

1

Roy hätte den fremden Jungen gar nicht bemerkt, wenn Dana Matherson nicht gewesen wäre. Normalerweise schaute Roy während der Busfahrt nämlich nie aus dem Fenster. Lieber las er Comics oder Detektivgeschichten auf dem Weg zur Trace Middle School.

Doch an diesem Tag, einem Montag (Roy würde das nie vergessen), packte Dana Matherson ihn von hinten am Kopf und presste ihm die Daumen in die Schläfen, als würde er einen Fußball quetschen. Die älteren Schüler sollten eigentlich im rückwärtigen Teil des Busses bleiben, aber Dana hatte sich angeschlichen und Roy aus dem Hinterhalt überfallen. Als Roy versuchte freizukommen, drückte Dana ihn mit dem Gesicht gegen das Fenster.

In diesem Moment, als er so durch das verschmierte Glas blickte, entdeckte Roy auf dem Gehweg den fremden Jungen. Er rannte, und es sah so aus, als wollte er den Schulbus noch erwischen, der an einer Ecke angehalten hatte, um weitere Schüler einsteigen zu lassen.

Der Junge war strohblond und drahtig, seine Haut nussbraun von der Sonne. Sein Gesichtsausdruck war ernst und entschlossen. Er trug ein verwaschenes Basketball-Sweatshirt mit dem Aufdruck *Miami Heat* und schmutzige, khakifarbene Shorts. Das Merkwürdige aber war: Er hatte keine Schuhe an. Seine Fußsohlen sahen so schwarz aus wie Grillkohle.

An der Trace Middle School war man nicht besonders streng, was Kleidung anging, aber irgendwelche Schuhe sollten die Schüler wohl doch anhaben, glaubte Roy. Man hätte vermuten können, dass der Junge seine Turnschuhe im Rucksack hatte, aber dafür hätte er erst einmal einen Rucksack haben müssen. Keine Schuhe, kein Rucksack, keine Bücher, und das an einem Schultag – wirklich merkwürdig!

Roy war überzeugt, dass der Barfüßige Probleme kriegen würde mit Dana und den anderen großen Jungs, sobald er in den Bus stieg, aber dazu kam es nicht …

Der Junge rannte nämlich immer weiter – vorbei an der Ecke, vorbei an den Schülern, die an der Haltestelle anstanden, vorbei am Bus. Roy wollte schon rufen: »He, schaut euch mal den Typ da an!«, aber sein Mund wollte nicht so recht. Dana Matherson hatte Roy noch immer von hinten im Griff und presste ihn mit dem Gesicht gegen die Scheibe.

Als der Bus wieder anfuhr, hoffte Roy, weiter unten an der Straße noch einmal einen Blick auf den Jungen werfen zu können, doch der war inzwischen vom Gehweg abgebogen und lief jetzt über ein Privatgrundstück. Wahnsinnig schnell rannte er, viel schneller, als

Roy rennen konnte, vielleicht sogar schneller als Richard, Roys bester Freund zu Hause in Montana. Richard konnte so schnell laufen, dass er schon mit dem Team der High School trainieren durfte, als er erst in der Siebten war.

Dana Matherson grub seine Fingernägel in Roys Kopfhaut und hoffte, Roy würde aufschreien. Aber der spürte kaum etwas, so gebannt sah er zu, wie dieser Junge durch einen gepflegten Garten nach dem anderen rannte und mit zunehmender Entfernung zwischen ihm und dem Schulbus immer kleiner wurde.

Roy sah, wie ein großer Hund mit spitzen Ohren, vermutlich ein deutscher Schäferhund, vor einer Haustür aufsprang und sich auf den Jungen stürzen wollte. Es war unglaublich, aber der Junge änderte die Richtung nicht. Er machte einen Satz über den Hund, schoss durch eine Hecke und war verschwunden.

Roy schnappte nach Luft.

»Na, Cowgirl, was ist? Schon genug?«

Das war Dana, der Roy voll ins Ohr zischte. Als Neuer im Schulbus erwartete Roy nicht, dass die anderen ihm helfen würden. Und dass Dana ihn »Cowgirl« genannt hatte, war harmlos, darüber musste man sich nicht aufregen. Dana war ein Blödmann, das war allgemein bekannt, und außerdem wog er mindestens fünfzig Pfund mehr als Roy. Sich auf einen Kampf einzulassen, wäre totale Energieverschwendung.

»Reicht's? Wir können dich nicht hören, Tex.« Danas

Atem stank nach abgestandenem Zigarettenrauch. Qualmen und jüngere Schüler zusammenschlagen waren seine größten Hobbys.

»Ja, okay«, sagte Roy ungeduldig. »Es reicht.«

Sobald er frei war, schob Roy das Fenster runter und streckte den Kopf hinaus. Der fremde Junge war nicht mehr zu sehen.

Wer war das? Wovor rannte er weg?

Roy fragte sich, ob außer ihm jemand im Bus den Jungen auch bemerkt hatte. Einen Moment lang fragte er sich, ob er selbst ihn überhaupt gesehen hatte.

Am selben Morgen wurde der Polizeibeamte David Delinko zu dem Grundstück geschickt, auf dem eine neue Filiale der Restaurantkette *Mama Paulas Pfannkuchenhaus* gebaut werden sollte. Es handelte sich um ein leeres Grundstück am Ostrand der Stadt, an der Ecke East Oriole Avenue und Woodbury Street.

Officer Delinko wurde von einem Mann in einem dunkelblauen Pick-up erwartet. Dieser Mann, der so kahl war wie ein Ball, stellte sich selbst als Curly vor. Ein Glatzkopf, der auf den Spitznamen »Lockenkopf« hörte, fand Officer Delinko, müsse einen ausgeprägten Sinn für Humor haben, aber darin täuschte er sich. Curly war grantig und verzog kein einziges Mal das Gesicht zu einem Lächeln.

»Sie sollten mal sehen, was die angerichtet haben«, sagte er zu dem Polizeibeamten.

»Wer?«

»Kommen Sie mal mit«, sagte der Mann, der sich Curly nannte.

Officer Delinko lief hinter ihm her. »Unser Einsatzleiter hat mir gesagt, hier hätte jemand auf dem Grundstück gewütet und Sie wollten Anzeige erstatten wegen Vandalismus.«

»So ist es«, brummte Curly über die Schulter.

Dem Polizisten war nicht ganz klar, was es auf diesem Grundstück zu beschädigen gab – im Grunde handelte es sich nur um ein großes Stück Land, auf dem Unkraut wucherte. Curly blieb stehen und zeigte auf einen kurzen Holzstab auf der Erde. Eine grellrosa Plastikbanderole war an einem Ende festgebunden. Das andere Ende war angespitzt und lehmverkrustet.

»Sie haben sie rausgezogen«, sagte Curly.

»Ist das ein Vermessungspfosten?«, fragte Officer Delinko.

»So ist es. Sie haben sie rausgerissen, jeden einzelnen.«

»Kinder vermutlich.«

»Dann haben sie die Stöcke in die Gegend geschmissen«, erzählte Curly weiter, während er mit seinem fleischigen Arm herumwedelte, »und die Löcher wieder mit Erde gefüllt.«

»Das ist allerdings etwas seltsam«, bemerkte der Polizist. »Wann ist das passiert?«

»Heute Nacht oder ganz früh am Morgen«, antwortete Curly. »Sie denken jetzt vielleicht, das ist keine große Sache, aber es dauert ganz schön lange, bis so ein Gelände wieder markiert ist. Und vorher können wir nicht roden, nicht planieren, gar nichts. Die Raupen und Bulldozer sind schon gemietet, und jetzt stehen sie hier rum für nichts. Ich weiß, es sieht nicht gerade wie das größte Verbrechen des Jahrhunderts aus, aber trotzdem –«

»Ich verstehe«, sagte Officer Delinko. »Wie hoch schätzen Sie den Sachschaden?«

»Sachschaden?«

»Ja. Für meinen Bericht.« Der Polizist hob den Vermessungsstab auf und untersuchte ihn. »Der ist ja nicht wirklich kaputt, oder?«

»Na ja – das nicht.«

»Sind von den anderen welche kaputtgemacht worden?«, fragte Officer Delinko. »Was kosten diese Dinger denn pro Stück? Einen Dollar? Zwei?«

Der Mann namens Curly verlor langsam die Geduld. »Kaputtgemacht haben sie keinen«, sagte er unfreundlich.

»Nicht einen einzigen?« Der Polizist runzelte die Stirn. Er überlegte, was er wohl in seinen Bericht schreiben könnte. Vandalismus ganz ohne Sachschaden gab es einfach nicht, und wenn auf dem ganzen Grundstück nichts beschädigt oder unbrauchbar gemacht worden war…

»Aber das versuch ich doch die ganze Zeit Ihnen zu

erklären«, sagte Curly gereizt. »Es geht nicht darum, dass jemand mit den Vermessungsstäben rumgemacht hat, es geht darum, dass unser ganzer Zeitplan im Eimer ist. Und das kostet echt Geld.«

Officer Delinko nahm die Mütze ab und kratzte sich am Kopf. »Lassen Sie mich mal nachdenken«, sagte er.

Auf dem Weg zurück zum Streifenwagen stolperte der Polizist und fiel hin. Curly packte ihn am Arm und half ihm auf die Füße. Beiden Männern war dies etwas peinlich.

»Dämliche Eulen«, sagte Curly.

Der Polizist wischte sich Erde und Kletten von der Uniform. »Haben Sie Eulen gesagt?«

Curly zeigte auf ein Loch im Boden. Es hatte etwa den Durchmesser von Mama Paulas berühmten Buttermilchpfannkuchen. Am Eingang war ein Häufchen aus losem weißem Sand zu sehen.

»Darüber sind Sie gestolpert«, informierte Curly Officer Delinko.

»Da unten leben Eulen?« Der Polizist bückte sich und untersuchte das Loch. »Wie groß sind die denn?«

»Etwa so groß wie eine Bierdose.«

»Und das ist kein Witz?«

»Also, ganz ehrlich, gesehen hab ich selbst auch noch keine.«

Beim Streifenwagen nahm der Beamte ein Klemmbrett zur Hand und fing an, seinen Bericht zu schreiben. Es stellte sich heraus, dass Curly mit richtigem Namen

Leroy Branitt hieß. Er sagte, er sei »Überwachungsingenieur« auf der Baustelle. Als er sah, dass der Polizist »Wachmann« hinschrieb, machte er eine finstere Miene.

Officer Delinko erklärte Curly, wieso es nicht so einfach war, eine Anzeige wegen Vandalismus aufzunehmen. »Der Sergeant legt mir das Papier gleich wieder auf den Schreibtisch, weil streng genommen ja nichts wirklich kaputtgemacht worden ist. Irgendwelche Kinder sind aufs Grundstück gekommen und haben ein paar Stöcke aus dem Boden gerissen.«

»Und woher wollen Sie wissen, dass es Kinder waren?«, knurrte Curly.

»Na ja, wer sonst macht denn so was?«

»Und dass sie die Löcher wieder gefüllt und die Stöcke in der Gegend rumgeschmissen haben, bloß damit wir wieder von vorn anfangen müssen mit der Vermessung von dem Grundstück – was ist damit?«

Das allerdings verwirrte den Polizisten auch. Wenn Kinder einen Streich spielten, machten sie sich normalerweise nicht solche Mühe.

»Haben Sie jemanden in Verdacht?«

Das hatte er nicht, musste Curly zugeben. »Aber okay, nehmen wir mal an, es waren Kinder. Würde das heißen, es ist nicht strafbar?«

»Doch, natürlich«, antwortete Officer Delinko. »Ich sage ja nur, rein technisch gesehen, ist es kein Vandalismus. Es handelt sich um unerlaubtes Betreten eines Grundstückes und um einen bösartigen Streich.«

»Das reicht«, meinte Curly achselzuckend. »Hauptsache, ich krieg eine Kopie von Ihrem Bericht für die Versicherung. Damit wir wenigstens Entschädigung bekommen für die verlorene Zeit und die zusätzlichen Kosten.«

Officer Delinko gab Curly eine Karte mit der Adresse des Verwaltungsbüros der Polizeiwache und dem Namen des zuständigen Sachbearbeiters. Curly steckte die Karte in die Brusttasche seines Overalls.

Der Polizist setzte die Sonnenbrille auf und schwang sich ins Auto, das so heiß war wie ein Backofen. Schnell drehte er die Zündung an und stellte die Klimaanlage auf die höchste Stufe. Während er sich anschnallte, sagte er: »Mr. Branitt, eins würde mich noch interessieren. Nur so aus Neugier.«

»Schießen Sie los«, sagte Curly und wischte sich mit einem großen gelben Taschentuch über die Stirn.

»Es ist wegen der Eulen.«

»Ja – und?«

»Was passiert mit denen?«, fragte Officer Delinko. »Ich meine, wenn die Bulldozer hier loslegen?«

Der Wachmann lachte leise. Der Polizist wollte ihn wohl auf den Arm nehmen.

»Was für Eulen?«, fragte er.

Den ganzen Tag lang ging Roy der rennende Junge nicht aus dem Kopf. Zwischen den Stunden, auf dem Weg von einem Unterrichtsraum zum anderen, schaute er sich die Gesichter der Mitschüler ganz genau an – vielleicht war der Junge ja erst später zur Schule gekommen. Vielleicht war er ja nach Hause gerannt, um andere Klamotten und vor allem Schuhe anzuziehen.

Aber Roy konnte niemanden entdecken, der dem Jungen glich, der über den großen Hund mit den spitzen Ohren gesprungen war. Vielleicht rannte er ja immer noch, dachte Roy beim Mittagessen. Florida war ideal zum Laufen – nie zuvor hatte Roy eine so flache Gegend gesehen. In Montana, wo er herkam, gab es steile, zerklüftete Berge, die über dreitausend Meter hoch in den Himmel ragten. Hier dagegen waren die einzigen Erhebungen die künstlichen Brücken über die Highways – sanft gewölbte Hügel aus Beton.

Aber dann dachte Roy an die Hitze und die hohe Luftfeuchtigkeit, die einen an manchen Tagen völlig lahm legte. In der Sonne Floridas weite Strecken zu laufen wäre eine einzige Quälerei. Jemand, der so was machte, musste wirklich zäh wie Leder sein.

Ein Junge setzte sich Roy gegenüber an den Tisch. Er hieß Garrett und nickte Roy zu. Roy nickte Garrett zu und dann aßen beide die verkochten Makkaroni vor sich auf den Tabletts. Als Neuer in der Schule saß Roy beim Essen jedes Mal allein, ganz am Ende des Tisches. Was das betraf, war Roy ein alter Profi: Trace Middle war die sechste Schule, die er seit seiner Einschulung besuchte, und Coconut Cove die zehnte Stadt, in der seine Familie lebte, seit Roy sich erinnern konnte.

Roys Vater arbeitete für die Regierung. Roys Mutter sagte, sie müssten deswegen so oft umziehen, weil Roys Vater seine Arbeit (was immer das war) so gut machte und häufig befördert wurde. Anscheinend war das die Belohnung, die man von der Regierung für gute Arbeit erhielt – dass man ständig umziehen musste.

»Hey«, sagte Garrett, »hast du ein Skateboard?«

»Nee – aber ein Snowboard.«

Garrett lachte spöttisch. »Was willst du denn damit?«

»Wo ich früher gewohnt hab, da gab's viel Schnee«, sagte Roy.

»Du solltest mal lernen, Skateboard zu fahren, Mann. Das ist das Größte überhaupt.«

»Ich kann Skateboard fahren. Ich hab bloß keins.«

»Dann solltest du dir schleunigst eins besorgen. Meine Freunde und ich, wir gehen immer in die großen Einkaufszentren und fahren da. Du kannst ja mal mitkommen.«

»Cool.« Roy bemühte sich, begeistert zu klingen. Einkaufszentren gefielen ihm überhaupt nicht, aber Garrett wollte nett zu ihm sein, und darüber freute er sich.

Garrett war ein ziemlich schwacher Schüler, aber er war allgemein beliebt, weil er viel Blödsinn im Unterricht machte und jedes Mal, wenn er von den Lehrern aufgerufen wurde, Furzgeräusche von sich gab. Garrett war der König der falschen Fürze an der Trace Middle. Sein berühmtester Trick war der, die erste Zeile des feierlichen Treueversprechens der Schüler mit Furzgeräuschen zu imitieren.

Das wirklich Verrückte war, dass Garretts Mutter pädagogische Beraterin an der Schule war. Roy nahm an, dass sie ihre pädagogischen Fähigkeiten in der Schule aufbrauchte und zu Hause viel zu müde war, um sich auch noch mit Garrett zu befassen.

»Ja, wir skaten so lange durch die Gänge, bis die Sicherheitsleute uns rausschmeißen«, erzählte Garrett. »Dann machen wir auf den Parkplätzen weiter, bis sie uns auch da verjagen. Das ist absolut Spitze.«

»Stark«, sagte Roy, obwohl er es sich ziemlich langweilig vorstellte, den Samstagmorgen damit zu verbringen, durch ein Einkaufszentrum zu skaten. Er freute sich schon auf seine erste Fahrt mit einem Luftkissenboot durch die Everglades. Sein Dad hatte ihm versprochen, das an einem der nächsten Wochenenden mit ihm zu unternehmen.

»Gibt es hier irgendwelche anderen Schulen?«, fragte Roy.

»Wieso? Stinkt es dir hier schon?« Garrett kicherte und hieb mit dem Löffel in ein klebriges Apfeltörtchen.

»Überhaupt nicht. Ich frag nur, weil ich heute Morgen einen seltsamen Jungen gesehen hab, an einer der Haltestellen. Aber er ist nicht eingestiegen, und gesehen hab ich ihn hier auch nirgends«, sagte Roy. »Deshalb hab ich gedacht, vielleicht geht er woandershin.«

»Also, ich kenn niemand, der nicht auf der Trace

Middle ist«, sagte Garrett. »Es gibt noch eine katholische Schule in Fort Myers, aber das ist ziemlich weit weg. Hatte er eine Schuluniform an, der Typ? Bei den Nonnen müssen nämlich alle Uniform tragen.«

»Nee, ganz bestimmt nicht.«

»Und du bist sicher, dass er Mittelschüler war? Sonst kann es ja sein, dass er auf der Graham ist.« Graham war die staatliche High School, die am nächsten bei Coconut Cove lag.

»Für die High School war er nicht groß genug«, sagte Roy.

»Vielleicht war er ein Zwerg.« Garrett grinste und machte ein Furzgeräusch mit einer seiner Wangen.

»Eher nicht«, sagte Roy.

»Du hast gesagt, er wär irgendwie seltsam gewesen, oder?«

»Er hatte keine Schuhe an«, antwortete Roy, »und er ist gerannt wie verrückt.«

»Vielleicht war einer hinter ihm her. Sah er aus, als ob er Angst hätte?«

»Eigentlich nicht.«

Garrett nickte. »Ich wette, der war von der High School. Fünf Dollar.«

Roy war nicht überzeugt. Der Unterricht an der Graham High fing fünfundfünfzig Minuten früher an als der an der Trace Middle, deshalb waren die Schüler von der High School längst nicht mehr auf der Straße, wenn die Busse der Mittelschule ihre Runden beendeten.

»Dann schwänzt er eben. Ist doch normal«, sagte Garrett. »Willst du deinen Nachtisch noch?«

Roy schob sein Tablett über den Tisch. »Hast du schon mal geschwänzt?«

»Na logo«, sagte Garrett spöttisch. »Zig Mal.«

»Und schwänzt du dann alleine?«

Garrett dachte einen Moment nach. »Nee. Immer mit meinen Freunden zusammen.«

»Siehst du, genau das meine ich.«

»Vielleicht ist der Junge ein Psychofall. Was soll's?«

»Oder er hat was angestellt und ist auf der Flucht – ein Outlaw«, überlegte Roy.

Garrett schaute skeptisch drein. »Ein Outlaw? Du meinst, so ein Geächteter, wie Jesse James?«

»Na ja, nicht wirklich«, sagte Roy, obwohl – der Junge hatte durchaus was Wildes in den Augen gehabt.

Garrett lachte wieder. »Ein Outlaw – das ist echt komisch, Eberhardt. Du hast eine ziemlich irre Phantasie.«

»Ja«, sagte Roy, aber in Gedanken war er schon dabei, einen Plan zu entwerfen. Er war fest entschlossen, den rennenden Jungen zu finden.

2

Am nächsten Morgen tauschte Roy mit einem anderen
Schüler im Bus die Plätze, um näher bei der Fahrertür
zu sitzen. Als sie in die Straße einbogen, wo er den rennenden Jungen gesehen hatte, setzte Roy seinen Rucksack auf und spähte gespannt aus dem Fenster. Sieben
Reihen hinter ihm quälte Dana Matherson gerade
einen Sechstklässler namens Louis. Louis stammte aus
Haiti und Dana kannte keine Gnade.

Als der Bus an der Kreuzung anhielt, steckte Roy den
Kopf zum Fenster hinaus und schaute die Straße auf und
ab. Niemand rannte. Sieben Schüler stiegen in den Bus
ein, aber der fremde Junge ohne Schuhe war nicht dabei.

Am nächsten Tag war es dasselbe und auch am übernächsten. Am Freitag hatte Roy im Grunde schon aufgegeben. Er saß zehn Reihen von der Tür entfernt und
las gerade einen X-Man-Comic, als der Bus um die be-
kannte Ecke bog und langsamer wurde. Eine Bewegung,
die er aus dem Augenwinkel wahrnahm, ließ Roy aufsehen – und da war er, auf dem Gehweg, und wieder
rannte er! Dasselbe Basketballhemd, dieselben schmut-
zigen Shorts, dieselben schwarzen Fußsohlen.

Die Bremsen des Schulbusses quietschten, Roy schnappte sich seinen Rucksack und sprang auf. Im selben Moment legten sich zwei große, verschwitzte Hände um seinen Hals.

»Wo willst'n hin, Cowgirl?«

»Lass mich los«, keuchte Roy und versuchte freizukommen.

Der Griff um seinen Hals wurde fester. Roy spürte Danas Aschenbecheratem an seinem rechten Ohr: »Wieso haste denn deine Stiefel heute nicht an? Hat man schon mal von 'nem Cowgirl in Air Jordans gehört?«

»Das sind Reeboks«, quiekte Roy.

Der Bus war zum Stehen gekommen und die ersten Mädchen und Jungen stiegen ein. Roy war wütend. Er musste es zur Tür schaffen, bevor der Fahrer sie wieder schloss und der Bus losrollte.

Aber Dana machte keine Anstalten, ihn loszulassen, sondern bohrte seine Finger in Roys Luftröhre. Roy kriegte kaum noch Luft, und je mehr er strampelte, desto schlimmer wurde es.

»Du solltest dich mal sehen«, spottete Dana hinter ihm. »Rot wie 'ne Tomate!«

Prügeln im Bus war streng verboten und Roy kannte die Regel ganz genau, aber er wusste nicht, was er sonst tun sollte. Er ballte die rechte Faust und führte sie mit aller Kraft über seine Schulter, ohne zu sehen, wohin. Der Hieb landete auf etwas Feuchtem, Gummiartigem.

Ein erstickter Schrei – dann rutschten Danas Hände von Roys Hals. Roy schnappte nach Luft und stürzte zur Tür, gerade in dem Moment, als ein großes Mädchen mit blonden Locken und einer roten Brille die Stufen hochkam. Roy drängte sich an ihr vorbei und sprang auf den Gehweg.

»Sag mal, was soll das?«, rief das Mädchen.

»He, hier geblieben!«, brüllte der Busfahrer, aber Roy war kaum noch zu sehen.

Der rennende Junge hatte einen großen Vorsprung, aber Roy glaubte, er könne nah genug dranbleiben, um ihn nicht aus den Augen zu verlieren. Der andere würde dieses Tempo nicht die ganze Zeit beibehalten können, so viel war Roy klar.

Er folgte ihm an mehreren Häuserblocks vorbei – über Zäune, durch Gebüsch, zwischen kläffenden Hunden und Rasensprengern und Schwimmbecken hindurch. Mit der Zeit merkte Roy, wie er müde wurde. Der Junge ist wirklich erstaunlich, dachte er. Vielleicht trainiert er ja für eine Mannschaft.

Einmal hatte Roy den Eindruck, als hätte der Junge kurz über die Schulter geschaut, als wüsste er, dass jemand hinter ihm her war, aber sicher war Roy sich nicht. Der andere hatte immer noch einen großen Vorsprung und Roy schnappte schon nach Luft wie eine Forelle an Land. Sein Hemd war klatschnass und der Schweiß lief ihm über die Stirn und brannte in den Augen.

Das letzte Haus in der Siedlung war noch im Bau, doch der schuhlose Junge rannte unbekümmert weiter, obwohl Holz und lose Nägel auf dem Grundstück herumlagen. Drei Männer, die gerade dabei waren, Fertigbauwände einzusetzen, brüllten ihm etwas hinterher, aber der Junge wurde nicht langsamer. Einer der Arbeiter versuchte, Roy am Arm festzuhalten, erwischte ihn aber nicht.

Plötzlich fühlte Roy wieder Gras unter den Füßen – das grünste, weichste Gras, das er je gesehen hatte. Er begriff, dass er auf einem Golfplatz war und dass der blonde Junge eine lange, saftig grüne Spielbahn hinunterrannte.

Auf der einen Seite des Rasens stand eine Reihe hoher australischer Kiefern, auf der anderen Seite gab es einen künstlichen See. In einiger Entfernung sah Roy vier Menschen in heller Kleidung, die gestikulierend auf den barfüßigen Jungen zeigten, der gerade an ihnen vorbeirannte.

Roy biss die Zähne zusammen und lief weiter. Seine Beine fühlten sich an wie nasser Zement und seine Lungen brannten. Knapp hundert Meter vor ihm bog der andere auf einmal scharf nach rechts ab und verschwand zwischen den Kiefern. Verbissen schlug Roy dieselbe Richtung ein.

Ein wütender Schrei ertönte, Roy sah, dass die Leute auf der Spielbahn aufgeregt winkten, doch er rannte weiter. Im nächsten Moment blitzte etwas auf, wie

Sonnenlicht auf Metall, gefolgt von einem dumpfen *Plopp*. Roy sah den Golfball erst, als er etwa zwei Meter vor ihm angeflogen kam. Er hatte keine Zeit mehr, sich zu bücken oder auszuweichen. Er konnte nur noch den Kopf wegdrehen und sich auf den Aufprall gefasst machen.

Der Ball traf ihn direkt über dem linken Ohr und im ersten Moment tat es nicht einmal weh. Doch dann fühlte Roy, wie er schwankte, während in seinem Schädel ein grelles Feuerwerk losging. Dann fiel er, aber dieses Fallen kam ihm sehr lang vor, sehr sanft, wie wenn ein Regentropfen auf Samt fällt.

Als die Golfer angerannt kamen und Roy mit dem Gesicht nach unten im Sandbunker liegen sahen, dachten sie, er sei tot. Roy hörte ihr aufgeregtes Geschrei, aber er bewegte sich nicht. Der zuckrige Sand fühlte sich angenehm kühl an unter seinen brennenden Wangen, und außerdem war er furchtbar schläfrig.

Dass sie ihn *Cowgirl* nannten, hatte er sich selbst zuzuschreiben, dachte er. Er hatte seinen Mitschülern erzählt, dass er aus Montana kam, einem Staat, in dem es sehr viel Rinderzucht gab. Zur Welt gekommen war er aber in Detroit im Staat Michigan. Von dort waren Roys Eltern weggezogen, als er noch ein Baby war, und deswegen fand er es blöd, Detroit als seine Heimatstadt zu bezeichnen. Im Grunde, so kam es ihm vor, hatte er gar keine Heimatstadt – seine Familie war nie so lange irgendwo geblieben, dass Roy sich dort zu Hause gefühlt hätte.

Von allen Orten, an denen die Eberhardts gelebt hatten, hatte es Roy am allerbesten in Bozeman gefallen, im Staat Montana. Die Berge mit ihren wild gezackten Gipfeln, die gewundenen, grünen Flüsse, der blaue Himmel, der aussah wie gemalt – Roy hatte sich vorher nie vorstellen können, dass es so etwas Schönes wirklich geben könnte. Zwei Jahre, sieben Monate und elf Tage hatten die Eberhardts dort gelebt; Roy wäre gern für immer geblieben.

An dem Abend, als sein Vater ihm mitteilte, dass sie nach Florida ziehen würden, schloss Roy sich in seinem Zimmer ein und weinte. Seine Mutter erwischte ihn, als er gerade aus dem Fenster klettern wollte. Er hatte sein Snowboard dabei und einen Plastikkoffer, in den er Unterwäsche, Socken und ein dickes Fleece-Hemd gepackt hatte sowie ein Sparbuch mit hundert Dollar, das ihm sein Großvater zum Geburtstag geschenkt hatte.

Seine Mutter versicherte Roy, er würde von Florida begeistert sein. Alle Amerikaner wollten nach Florida ziehen, weil es dort so warm sei und überhaupt ganz toll. Roys Vater hatte den Kopf zur Tür hereingestreckt und mit etwas künstlicher Begeisterung gesagt: »Und vergiss nicht Disney World.«

»Disney World ist ein Loch«, hatte Roy matt geantwortet, »verglichen mit Montana. Ich will hier bleiben.«

Wie immer wurde er überstimmt.

Als nun der Klassenlehrer an der Trace Middle den neuen Schüler fragte, wo er her sei, da stand er auf und sagte stolz: »Bozeman, Montana.« Dieselbe Antwort gab er auch im Schulbus, als Dana Matherson ihn ansprach, und von da an war Roy entweder Tex oder Cowgirl.

Es war seine eigene Dummheit – wieso hatte er auch nicht Detroit gesagt!

»Warum hast du Dana Matherson geschlagen?«, fragte Viola Hennepin. Sie war die Stellvertretende Schulleiterin der Trace Middle und Roy saß in ihrem düsteren Minibüro und wartete auf sein Urteil.

»Weil er mich fast erwürgt hat.«

»Dana Matherson sagt aber etwas ganz anderes, Roy.« Miss Hennepin hatte ein ausgesprochen spitzes Gesicht. Sie war groß und knochig und setzte immer eine strenge Miene auf. »Er sagt, du hättest ihn ohne jeden Anlass angegriffen.«

»Klar«, sagte Roy, »ich suche mir immer den größten und gemeinsten Schüler im Bus und geb ihm eins auf die Nase, nur so aus Jux.«

»Sarkasmus schätzen wir nicht bei unseren Schülern«, ermahnte ihn Miss Hennepin. »Ist dir klar, dass du ihm das Nasenbein gebrochen hast? Wundere dich nicht, wenn deine Eltern demnächst eine Rechnung vom Krankenhaus bekommen.«

»Der Idiot hat mich regelrecht stranguliert«, sagte Roy.

»Tatsächlich? Dein Busfahrer, Mr. Kesey, sagt, er habe nichts bemerkt.«

»Kann ja sein, dass er ausnahmsweise mal auf den Verkehr geachtet hat.«

Miss Hennepin lächelte dünn. »Du bist ganz schön scharfzüngig, Roy. Was meinst du, was wir mit einem so gewalttätigen Jungen wie dir machen sollten?«

»Wenn hier einer gefährlich ist, dann Matherson! Der schikaniert doch alle jüngeren Kinder im Bus.«

»Es hat sich aber noch nie jemand beschwert.«

»Weil alle Angst vor ihm haben«, sagte Roy. Aus demselben Grund hatte sich auch niemand gefunden, der Roys Version des Vorfalls bestätigt hatte. Niemand traute sich, Dana zu verpetzen und ihm dann am nächsten Tag im Bus zu begegnen.

»Aber wenn du nichts gemacht hast – wieso bist du dann weggerannt?«, fragte Miss Hennepin.

Roy bemerkte ein einzelnes, tiefschwarzes Haar über der Oberlippe der Schulleiterin. Er fragte sich, wieso sie es wohl nicht entfernte – konnte es sein, dass sie es mit Absicht wachsen ließ?

»Roy, ich habe dich etwas gefragt.«

»Ich bin weggerannt, weil ich auch Angst vor ihm habe«, antwortete Roy.

»Oder vielleicht hattest du Angst, was dir passieren würde, wenn der Vorfall gemeldet würde.«

»Das ist nicht wahr.«

»Nach den Regeln unserer Schule könnten wir dich vom Schulbesuch suspendieren.«

»Er hat mich gewürgt. Was sollte ich denn sonst tun?«

»Steh bitte auf.«

Roy tat es.

»Tritt näher«, sagte Miss Hennepin. »Wie geht es deinem Kopf? Hat dich hier der Golfball getroffen?« Sie berührte die blauviolette Schwellung oberhalb von Roys Ohr.

»Ja, Ma'am.«

»Du hast ganz schönes Glück gehabt, junger Mann. Es hätte viel schlimmer kommen können.«

Roy spürte, wie Miss Hennepins knochige Finger den Kragen seines Hemdes herunterbogen. Im nächsten Moment wurden die kühlen grauen Augen der Schulleiterin ganz schmal und ihre wächsernen Lippen spitz. Sie schien entsetzt.

»Hmm«, sagte sie und beäugte ihn wie ein Bussard.

»Was ist los?«, fragte Roy und machte einen Schritt außer Reichweite.

Miss Hennepin räusperte sich und sagte: »Wenn ich mir die Beule an deinem Kopf anschaue, dann nehme ich an, dass du nun aus Erfahrung klug geworden bist. Hab ich Recht?«

Roy nickte. Mit einem Menschen, der ein langes, ölig glänzendes Haar züchtete, konnte man nicht argumentieren. Roy fand Miss Hennepin einfach gruselig.

»Deshalb habe ich beschlossen, dich nicht vom Schulbesuch zu suspendieren«, sagte sie und klopfte dabei mit dem Bleistift auf ihr Kinn. »Aber du wirst vorerst nicht mit dem Schulbus fahren.«

»Echt?« Roy musste fast lachen. Was für eine geniale Strafe! Kein Schulbus – kein Dana!

»Zwei Wochen lang nicht«, sagte Miss Hennepin.

Roy bemühte sich, erschrocken auszusehen. »Zwei ganze Wochen?«

»Außerdem möchte ich, dass du Dana Matherson einen Brief schreibst, in dem du dich entschuldigst. Und zwar aufrichtig.«

»Okay«, sagte Roy, »aber wer liest ihm den Brief vor?«

Miss Hennepin schlug ihre spitzen gelben Zähne aufeinander. »Du solltest dein Glück nicht herausfordern, Roy.«

»Nein, Ma'am.«

Sobald er das Büro verlassen hatte, ging Roy schnurstracks zu den Toiletten. Er kletterte auf eines der Waschbecken, über denen ein Spiegel hing, und bog seinen Hemdkragen hinunter. Er wollte gern sehen, worauf Miss Hennepin so gestarrt hatte.

Roy grinste. Auf beiden Seiten seines Adamsapfels waren vier rote Fingerabdrücke zu sehen. Er rutschte auf dem Waschbeckenrand weiter und verrenkte sich fast den Hals, bis er hinten im Nacken zwei passende Daumenabdrücke entdeckte.

Danke, Dana Dummkopf, dachte er. Wenigstens weiß Miss Hennepin jetzt, dass ich die Wahrheit gesagt habe.

Na ja, im Großen und Ganzen jedenfalls.

Die Sache mit dem rennenden Jungen hatte er ausgelassen. Er war sich nicht sicher, wieso, aber irgendwie kam es ihm so vor, als gehörte das zu den Dingen, die man nicht unbedingt einer Stellvertretenden Schulleiterin erzählt, wenn es nicht absolut sein musste.

Er hatte den Vormittagsunterricht verpasst und den größten Teil der Mittagspause. Schnell ging er durch die Cafeteria und fand einen leeren Tisch. Er setzte sich mit dem Rücken zur Tür, schlang einen Chiliburger hinunter und kippte einen Karton lauwarmer Milch hinterher. Zum Nachtisch gab es einen halb verbrannten Keks mit Schokochips, der etwa so groß war wie ein Hockey-Puck und auch nicht viel besser schmeckte.

»Baah«, machte Roy. Mit einem dumpfen Geräusch landete der ungenießbare Keks auf dem Teller. Roy nahm sein Tablett und stand auf. Im nächsten Moment zuckte er zusammen – jemand hatte ihm eine schwere Hand auf die Schulter gelegt. Er traute sich kaum, sich umzuschauen. Was, wenn es Dana Matherson war?

Das vollkommene Ende eines vollkommen grässlichen Tages, dachte Roy düster.

»Setz dich«, sagte jemand hinter ihm, und die Stimme war definitiv nicht Danas.

Roy schüttelte die Hand ab und drehte sich um.

Ihm gegenüber stand, mit verschränkten Armen, die große Blonde mit der roten Brille – die vom Schulbus.

»Du hast mich heute Morgen um ein Haar umgerannt«, sagte sie.

»Tut mir Leid.«

»Wieso bist du so gerannt?«

»Nur so.« Roy versuchte an ihr vorbeizukommen, aber sie machte einen Schritt zur Seite und blockierte ihm den Weg.

»Du hättest mir echt weh tun können«, sagte sie.

Roy fand die Situation ziemlich ungemütlich. Er wollte lieber nicht, dass die anderen Jungen mit ansahen, wie er von einem Mädchen zur Rede gestellt wurde. Und was noch schlimmer war – sie schüchterte ihn tatsächlich ein. Das lockige Mädchen war größer als er, breitschultrig und hatte braun gebrannte, muskulöse Beine. Sie sah wie eine Sportlerin aus – er tippte auf Fußball oder Volleyball.

»Hör mal«, begann er, »ich hatte einem Jungen im Bus eins auf die Nase gegeben –«

»Das weiß ich auch«, sagte das Mädchen abfällig, »aber deswegen bist du doch nicht weggerannt, oder?«

»Klar doch.« Roy fragte sich, ob sie gleich behaupten würde, er hätte noch was anderes gemacht – ihr das Essensgeld aus dem Rucksack geklaut oder so was.

»Du lügst.« Das Mädchen griff entschlossen nach der anderen Seite seines Tabletts, so dass er nicht weglaufen konnte.

»Lass los«, sagte Roy scharf, »ich bin schon spät dran.«

»Immer mit der Ruhe. Noch sechs Minuten bis zum Läuten, Cowgirl.« Sie sah aus, als hätte sie nichts dagegen, ihm in die Magengrube zu boxen. »Und jetzt sag die Wahrheit. Du warst jemandem hinterher, stimmt's?«

Roy war erleichtert, dass sie ihm nicht irgendwas Schlimmes vorwarf. »Hast du ihn auch gesehen? Den ohne Schuhe?«

Das Mädchen machte einen Schritt nach vorn. Das Tablett hielt sie noch immer fest, so dass Roy gezwungen war, rückwärts zu gehen.

»Ich geb dir einen guten Rat«, sagte sie mit leiser Stimme.

Roy sah sich ängstlich um. Außer ihnen war niemand mehr in der Cafeteria.

»Hörst du mir zu?« Das Mädchen schob ihn noch ein Stück vor sich her.

»Ja.«

»Gut.« Sie hörte erst auf, ihn zu schubsen, als er zwischen seinem eigenen Tablett und der Wand eingeklemmt war. Mit einem finsteren Blick über ihr rotes Brillengestell sagte sie: »Von jetzt an kümmerst du dich verdammt noch mal um deinen eigenen Kram.«

Roy hatte Angst, das musste er zugeben. Die Kante des Tabletts bohrte sich in seine Rippen. Dieses Mädchen war echt brutal.

»Du hast den Jungen auch gesehen, stimmt's?«, flüsterte er.

»Ich hab keine Ahnung, wovon du redest. Aber kümmer dich in Zukunft um deinen eigenen Kram, das ist gesünder.«

Sie ließ Roys Tablett los und drehte sich auf dem Absatz um.

»Warte!«, rief Roy ihr nach. »Wer ist der Junge?«

Aber das lockige Mädchen antwortete nicht. Sie drehte sich nicht einmal um. Im Weggehen hob sie nur ihren rechten Arm und wedelte vorwurfsvoll mit dem Zeigefinger.

3

Officer Delinko legte zum Schutz vor der grellen Mittagssonne die Hand über die Augen.

»Sie haben ganz schön lange gebraucht«, sagte der Wachmann.

»Ich musste erst noch zu einer Karambolage, nördlich von hier. Vier Autos sind ineinander gekracht«, erklärte der Polizeibeamte. »Es hat Verletzte gegeben.«

Curly schnaufte. »Meinetwegen. Aber jetzt schauen Sie sich mal an, wie die wieder gewütet haben.«

Auch dieses Mal hatten die Eindringlinge systematisch alle Vermessungsstäbe entfernt und die Erdlöcher zugeschüttet. Officer Delinko war kein großes Licht, aber so langsam kam ihm der Verdacht, dass das hier nicht das zufällige Werk von Jugendlichen war, die einfach einen Streich spielen wollten. Vielleicht gab es jemanden, der auf Mama Paula und ihre weltberühmten Pfannkuchen schlecht zu sprechen war.

»Aber dieses Mal gibt's tatsächlich eine Anzeige wegen Vandalismus«, bemerkte Curly anzüglich. »Dieses Mal haben die Kerle nämlich tatsächlich Privateigentum beschädigt.«

Er führte Officer Delinko in die südwestliche Ecke des Grundstücks, wo ein Kleinlaster geparkt war. Alle vier Reifen hatten einen Platten.

Curly hob die Hände und sagte: »Da haben Sie's. Jeder von den Reifen da kostet hundertfünfzig Kröten.«

»Was ist denn passiert?«, fragte der Polizist.

»Sie haben die Reifen aufgeschlitzt!« Curly nickte entrüstet mit dem glänzenden Schädel.

Officer Delinko kniete sich hin und untersuchte die Reifen des Lastwagens. Er konnte keine Messerspuren im Gummi entdecken.

»Ich glaube, da hat einfach jemand die Luft rausgelassen«, sagte er.

Curly murmelte etwas vor sich hin, was schwer zu verstehen war.

»Aber 'ne Anzeige mach ich trotzdem«, versprach der Polizist.

»Wie wär's denn«, sagte Curly, »wie wär's mit ein paar zusätzlichen Polizeistreifen hier in der Gegend?«

»Ich sprech mal mit dem Sergeant.«

»Machen Sie das«, brummte Curly. »Ich hab auch so meine Leute, mit denen ich reden kann. Die Sache wird langsam komisch.«

»Sehr wohl, Sir.« Officer Delinko bemerkte, dass drei Mobilklos auf der Ladefläche des Wagens festgebunden waren. Er musste grinsen, als er den Namen auf den blauen Türen las: DER REISENDE TOPF.

»Für die Bauarbeiter«, erklärte Curly, »wenn das hier

losgeht. Falls es überhaupt jemals losgeht, sollte ich vielleicht lieber sagen.«

»Haben Sie die mal überprüft?«, fragte der Polizist.

Curly runzelte die Stirn. »Die Klos? Wozu das denn?«

»Man kann nie wissen.«

»Kein Mensch, der halbwegs bei Trost ist, würde mit einem Klo rummachen.« Der Wachmann schnaubte verächtlich.

»Kann ich mal einen Blick reinwerfen?«, fragte Officer Delinko.

»Herzlich willkommen.«

Der Polizist kletterte auf die Ladefläche. Von außen schienen die Toiletten unberührt. Die Gurte, die sie auf dem Wagen festhielten, waren festgezurrt, und die Türen waren bei allen drei Kabinen verschlossen. Officer Delinko öffnete die erste und spähte hinein. Es roch durchdringend nach Desinfektionsmittel.

»Und?«, rief Curly hinauf.

»Äh – alles okay«, antwortete der Polizist.

»Na ja, ist ja auch nicht viel kaputtzumachen an so einem Mobilklo.«

»Vermutlich nicht.« Officer Delinko wollte die Tür gerade wieder schließen, als er ein gedämpftes Geräusch hörte – war das ein Plätschern gewesen? Irritiert starrte der Polizist in das schwarze Loch unter dem Plastiksitz. Zehn Sekunden vergingen, dann hörte er es wieder.

Ein Plätschern, definitiv.

»Was treiben Sie eigentlich noch da oben?«, wollte Curly wissen.

»Ich horche«, antwortete Officer Delinko.

»Und auf was bitte?«

Officer Delinko löste die Taschenlampe von seinem Gürtel. Vorsichtig machte er einen Schritt nach vorn und leuchtete in die Toilettenschüssel.

Curly hörte einen Schrei und sah überrascht, wie der Polizist aus der Toilettenkabine geschossen kam und olympiareif von der Ladefläche sprang.

Was ist jetzt los?, fragte sich der Wachmann besorgt.

Officer Delinko stand auf und strich die Vorderseite seiner Uniform glatt. Dann hob er seine Taschenlampe auf und versicherte sich, dass die Birne nicht kaputtgegangen war.

Curly reichte ihm den Hut, der neben einem Eulenloch gelandet war. »Also, was war da los?«, fragte er.

»Alligatoren«, verkündete der Polizist grimmig.

»Sie wollen mich wohl auf den Arm nehmen.«

»Ich wünschte, so wär's«, stöhnte Officer Delinko. »Man hat Ihnen Alligatoren ins Klo gesteckt, Sir. Lebendige!«

»Mehr als einen?«

»Jawohl.«

Curly war entsetzt. »Sind sie groß, diese … diese Viecher?«

Officer Delinko zuckte mit den Achseln und machte

eine Kopfbewegung in Richtung Klos. »Ich denke mal«, sagte er, »wenn sie unter Ihrem Hintern rumschwimmen, sehen sie alle groß aus.«

Miss Hennepin hatte Roys Mutter benachrichtigt, und so musste er die ganze Geschichte noch einmal erzählen, als er nach der Schule nach Hause kam, und noch ein drittes Mal, als sein Vater von der Arbeit kam.

»Wieso hat dieser junge Mann dich gewürgt? Du hast ihn doch nicht irgendwie provoziert, oder?«, fragte Mr. Eberhardt.

»Roy sagt, er schikaniert alle Mitschüler«, sagte Mrs. Eberhardt. »Aber selbst dann ist Prügeln natürlich nicht die richtige Reaktion.«

»Ich hab mich nicht mit ihm geprügelt«, widersprach Roy. »Ich hab ihn bloß geboxt, damit er mich loslässt. Dann bin ich aus dem Bus gesprungen und weggerannt.«

»Und dabei hat dich der Golfball getroffen?«, fragte sein Vater. Bei dem Gedanken daran lief es ihm kalt den Rücken hinunter.

»Er ist unheimlich weit gelaufen«, sagte Roys Mutter.

Roy seufzte. »Ich hatte halt Angst.« Er log seine Eltern nicht gern an, aber jetzt war er zu kaputt, um ihnen zu erklären, wieso er so weit gerannt war.

Mr. Eberhardt untersuchte die Beule über dem Ohr seines Sohnes. »Das gefällt mir aber gar nicht. Vielleicht sollte Dr. Shulman sich das mal ansehen.«

»Nein, Dad, mir geht's gut.« Sanitäter hatten ihn auf dem Golfplatz untersucht, und die Krankenschwester der Schule hatte ihn eine Dreiviertelstunde »zur Beobachtung« dabehalten, für den Fall einer Gehirnerschütterung.

Seine Mutter gab ihm Recht. »Mit Roy scheint alles in Ordnung zu sein«, sagte sie, »aber der andere junge Mann hat ein gebrochenes Nasenbein.«

»Ach ja?« Mr. Eberhardt zog beide Augenbrauen hoch.

Zu Roys Überraschung schien sein Vater aber nicht ärgerlich zu sein. Er strahlte ihn zwar nicht gerade an, aber in seinem Blick lag unverkennbar Zuneigung – vielleicht sogar Stolz. Roy fand, dies sei ein geeigneter Moment, seine Eltern noch einmal um Nachsicht zu bitten.

»Dad, der Kerl hat mich gewürgt! Was hätte ich denn machen sollen? Was hättest du denn gemacht?« Er bog seinen Kragen zur Seite, so dass die bläulichen Fingerabdrücke auf seinem Hals zum Vorschein kamen.

Mr. Eberhardts Miene verfinsterte sich. »Hast du das gesehen, Liz?«, fragte er seine Frau, die heftig nickte. »Wissen sie an der Schule eigentlich, was dieser Rohling mit unserem Sohn gemacht hat?«

»Die Stellvertretende Schulleiterin weiß es«, meldete sich Roy. »Ich hab's ihr gezeigt.«

»Und wie hat sie reagiert?«

»Ich darf zwei Wochen nicht mit dem Schulbus fahren, hat sie gesagt. Außerdem muss ich eine Entschuldigung –«

»Und was ist mit dem anderen Jungen? Hat er auch eine Strafe bekommen?«

»Das weiß ich nicht, Dad.«

»Das ist nämlich Körperverletzung«, sagte Mr. Eberhardt. »Man darf nicht einfach einen anderen Menschen würgen. Das ist gegen das Gesetz.«

»Du meinst, die verhaften ihn?« Dass Dana Matherson ins Gefängnis kam, wollte Roy nicht, denn dann würden sich nur Danas Freunde an ihm rächen, und die waren genauso groß und gemein wie Dana selbst. Als Neuer an der Schule konnte Roy sich solche Feinde nicht leisten.

Seine Mutter sagte: »Roy, mein Lieber, natürlich verhaften sie ihn nicht. Aber es muss ihm eine Lehre sein. Sonst verletzt er noch mal jemanden wirklich schlimm, vor allem, wo er es immer auf kleinere Kinder abgesehen hat.«

Mr. Eberhardt beugte sich angespannt vor. »Wie heißt der Junge?«

Roy zögerte. Er war sich nicht ganz sicher, was sein Vater eigentlich genau beruflich machte, aber es hatte irgendwas mit Rechtspflege zu tun. Manchmal, wenn er mit Roys Mutter redete, sprach Mr. Eberhardt vom D.O.J., und das, soviel wusste Roy, war das *Department of Justice*, das amerikanische Justizministerium.

Roy verabscheute Dana Matherson zutiefst, aber

dass die Regierung der Vereinigten Staaten sich um ihn kümmerte, das war wohl doch zu viel des Guten. Dana war einfach jemand, der groß und dumm war und andere schikanierte. Von der Sorte gab es jede Menge auf der Welt.

»Roy, sag es mir, bitte!«, drängte sein Vater.

»Der Junge heißt Matherson«, warf Mrs. Eberhardt ein. »Dana Matherson.«

Im ersten Moment war Roy erleichtert, dass sein Vater den Namen nicht aufschrieb, weil das hoffentlich bedeutete, er würde den Fall nicht weiter verfolgen. Doch dann fiel ihm ein, dass sein Vater ein phänomenal gutes Gedächtnis hatte – zum Beispiel konnte er noch immer die Durchschnittsleistung aller Schläger seiner Lieblingsbaseballmannschaft, den New York Yankees, in der Aufstellung des Jahres 1978 runterrasseln.

»Liz, du solltest morgen in der Schule anrufen und nachfragen, ob – und wenn, wie – dieser Junge bestraft wird«, sagte Mr. Eberhardt zu seiner Frau.

»Das mache ich, gleich morgen früh«, versprach Mrs. Eberhardt.

Roy stöhnte innerlich. Es war seine eigene Schuld, dass seine Eltern so heftig reagierten. Er hätte ihnen nie die Spuren an seinem Hals zeigen dürfen.

»Mom, Dad – ich komm schon klar, ehrlich. Können wir die Sache nicht einfach vergessen?«

»Ganz bestimmt nicht«, sagte sein Vater entschieden.

»Dein Vater hat Recht«, meinte Roys Mutter. »Die

Angelegenheit ist wirklich ernst. Und nun komm mit in die Küche, ich geb dir Eiswürfel für deine Beule. Anschließend kannst du dich dann an deine Entschuldigung machen.«

An einer Wand in Roys Zimmer hing ein Poster vom Rodeoreiten in Livingston, auf dem ein Cowboy auf einem wilden Bullen mit einem kräftigen Buckel ritt. Der Cowboy reckte eine Hand hoch in die Luft und sein Hut flog ihm vom Kopf. Jede Nacht, bevor er das Licht ausmachte, lag Roy auf seinem Kissen und starrte auf das Poster. Er stellte sich vor, er wäre der sehnige junge Reiter auf dem Foto. Acht oder neun Sekunden auf einem wütenden Bullen waren eine halbe Ewigkeit, aber Roy stellte sich vor, wie er selbst sich so fest hielt, dass das Tier ihn nicht abwerfen konnte, egal, wie sehr es sich auch anstrengte. Die Sekunden würden vergehen, eine nach der anderen, und schließlich würde der Bulle erschöpft auf die Knie sinken. Dann würde Roy ganz entspannt absteigen und der tobenden Menge zuwinken. So spielte er die Szene immer wieder im Kopf durch.

Vielleicht, hoffte Roy, würde sein Vater ja irgendwann nach Montana zurückversetzt werden. Dann könnte er lernen, wie ein Cowboy auf einem Bullen zu reiten.

An derselben Wand hing auch ein gelber Handzettel, den Besucher des Yellowstone Nationalparks ausgehändigt bekamen. Darauf stand:

WARNUNG!
GEFAHR DURCH BÜFFEL!

**SCHON VIELE BESUCHER AUF DIE
HÖRNER GENOMMEN!**
BÜFFEL WIEGEN BIS ZU 1000 KILO UND SIND
DREIMAL SO SCHNELL WIE EIN MENSCH.
DIE TIERE KOMMEN IHNEN VIELLEICHT
ZAHM VOR, ABER IN WIRKLICHKEIT SIND SIE WILD,
UNBERECHENBAR UND GEFÄHRLICH.

HALTEN SIE ABSTAND!

Auf einer Zeichnung unten auf dem Handzettel war ein Tourist zu sehen, der von einem rasenden Bison aufgespießt wurde. Seine Kamera flog in die eine Richtung, die Kappe in die andere, gerade so wie der Hut des Cowboys auf dem Poster vom Rodeo.

Roy hatte den Handzettel vom Yellowstone Park aufbewahrt, weil es ihn so erstaunt hatte, dass tatsächlich jemand so blöd sein konnte, wegen eines Fotos auf einen ausgewachsenen Büffel zuzugehen. Und doch passierte es jeden Sommer, und jeden Sommer wurde irgendein Schwachkopf auf die Hörner genommen.

Das war genau die Art von Dummheit, die zu Dana

Matherson passte, dachte Roy, als er überlegte, wie er seinen Entschuldigungsbrief schreiben sollte. Er konnte sich mühelos vorstellen, wie dieser Idiot auf einen Bison aufzuspringen versuchte, als wäre der ein Karussellpferd.

Roy nahm ein Blatt liniertes Papier aus seinem Englischordner und schrieb:

Lieber Dana,
es tut mir Leid, dass ich dir die Nase gebrochen habe.
Ich hoffe, sie blutet nicht mehr.
Ich verspreche, dich nicht mehr zu schlagen, solange
du mich im Schulbus nicht mehr belästigst.
Ich denke, das ist ein faires Arangement.
Mit freundlichen Grüßen
Roy A. Eberhardt

Er ging mit dem Blatt nach unten und zeigte es seiner Mutter, die leicht die Stirn runzelte. »Liebes, ich finde es ein bisschen ... na ja, heftig.«

»Wie meinst du das, Mom?«

»Es ist nicht der Inhalt, eher der Ton.«

Sie reichte den Brief an Roys Vater weiter, der ihn las und sagte: »Ich finde den Ton genau richtig. Aber du solltest mal nachschlagen, wie man Arrangement schreibt.«

Der Captain saß zusammengesunken an seinem Schreibtisch. So hatte er sich die letzten Jahre seiner

Laufbahn wirklich nicht vorgestellt. Nachdem er zweiundzwanzig Jahre lang in den Straßen von Boston patrouilliert war, war er nach Florida gezogen in der Hoffnung auf fünf oder sechs warme und ereignislose Jahre vor seiner Pensionierung. Coconut Cove hatte sich ideal angehört. Aber es hatte sich gezeigt, dass es alles andere als das verschlafene Nest war, das der Captain sich vorgestellt hatte. Der Ort wuchs wie Unkraut: zu viel Verkehr, zu viele Touristen und – ja, das auch – zu viele Straftaten.

Keine richtig schlimmen Verbrechen wie in den Großstädten, sondern lauter ausgeflippte Sachen, die zu Florida passten.

»Wie viele?«, fragte er den Sergeant.

Der Sergeant schaute zu Officer Delinko hinüber und der antwortete: »Insgesamt sechs.«

»Zwei in jeder Toilette?«

»Jawohl, Sir.«

»Wie groß?«

»Das Größte war genau ein Meter zweiunddreißig lang, das kleinste achtundsiebzig Zentimeter«, las Officer Delinko nüchtern aus seinem Protokoll vor.

»Echte Alligatoren«, sagte der Captain.

»So ist es, Chef.«

Officer Delinkos Vorgesetzter meldete sich zu Wort: »Aber sie sind schon weg, Chef, keine Sorge. Ein Reptilienjäger ist da gewesen und hat sie aus den Klos geholt.« Und mit einem Kichern fügte er hinzu: »Das kleinste der Viecher hat dem Mann fast einen Daumen abgebissen.«

»Ein Reptilienjäger? Was soll das denn sein? – Ach, schon gut, vergessen Sie's.«

»Ob Sie es glauben oder nicht – wir haben ihn aus den Gelben Seiten.«

»Aber sicher doch«, murmelte der Captain.

Normalerweise würde sich ein Polizist mit seinem Dienstgrad nie um einen so lächerlichen Fall kümmern, aber das Unternehmen, das die Pfannkuchenfiliale baute, hatte einen guten Draht zu Lokalpolitikern. Und so hatte von den großen Tieren bei Mama Paula jemand den Gemeinderat Grandy angerufen, der daraufhin den Polizeichef abkanzelte. Der wiederum gab die Beschwerde gleich weiter an den Captain, der sofort den Sergeant rufen ließ, und der ließ schließlich (als letztes und schwächstes Glied in der Kette) Officer Delinko antreten.

»Was zum Teufel geht hier eigentlich vor?«, wollte der Captain wissen. »Wieso sollten Kinder sich ausgerechnet diesen Bauplatz aussuchen, um dort zu randalieren?«

»Zwei Gründe: zum einen Langeweile, zum anderen der bequeme Zugang«, sagte der Sergeant. »Das waren Jugendliche aus der Nachbarschaft, jede Wette.«

Der Captain sah zu Officer Delinko hinüber. »Was sagen Sie dazu?«

»Das Ganze kommt mir zu gut organisiert vor für

Kinder. Da zieht jemand jeden einzelnen Stab raus, und das nicht nur einmal, sondern gleich zweimal. Und nehmen Sie den Fall von heute: Welches Kind würde schon wissen, wie man mit einem Alligator umgeht, der über einen Meter lang ist?«, sagte Officer Delinko. »Ziemlich riskant für einen Streich, würde ich sagen.«

Delinko ist sicherlich kein zweiter Sherlock Holmes, dachte der Captain, aber es ist was dran an dem, was er sagt. »Dann wollen wir doch mal Ihre Theorie hören«, sagte er zu dem Streifenbeamten.

»Jawohl, Sir. Also, ich glaube, irgendjemand hat was gegen Mama Paula. Das ist so 'ne Art Racheakt, würde ich sagen.«

»Rache?«, wiederholte der Captain leicht skeptisch.

»Genau das«, sagte der Officer. »Vielleicht von der Konkurrenz.«

Der Sergeant rutschte ungemütlich auf seinem Stuhl hin und her. »Es gibt doch noch gar kein Pfannkuchenrestaurant in Coconut Cove.«

»Okay«, sagte Officer Delinko und rieb sich übers Kinn, »wie wär's dann mit einem unzufriedenen Gast? Jemand, dem das Frühstück bei Mama Paula nicht bekommen ist?«

Der Sergeant lachte. »Was kann man an einem Pfannkuchen schon verkehrt machen?«

»Das sehe ich auch so«, sagte der Captain. Er hatte genug gehört. »Sergeant, ich möchte, dass Sie jede

Stunde einen Streifenwagen an dem Bauplatz vorbei-schicken.«

»Jawohl, Sir.«

»Entweder Sie schnappen diese Vandalen oder Sie verschrecken sie, mir ist das egal. Hauptsache, der Chef kriegt keine Anrufe mehr vom Gemeinderat. Ist das klar?«

Sobald sie das Büro des Captains verlassen hatten, fragte Officer Delinko seinen Sergeant, ob er in Zukunft früher anfangen dürfe, um die Streife bei Mama Paula zu übernehmen.

»Unmöglich, David. Wir haben kein Geld mehr für Überstunden.«

»Nein, nein, ich will ja auch kein Geld«, sagte der Streifenbeamte. Er wollte nur das Geheimnis lüften, nichts weiter.

4

Roys Mutter ließ ihn das ganze Wochenende über nicht aus dem Haus, weil sie sichergehen wollte, dass sein Zusammenprall mit dem Golfball nicht doch noch verspätete Folgen hatte. Und obwohl er keine Kopfschmerzen hatte, schlief er weder Samstagnacht noch Sonntagnacht gut.

Am Montagmorgen, auf dem Weg zur Schule, fragte ihn seine Mutter, was ihn bedrückte. »Nichts«, sagte Roy, aber das stimmte nicht. Er machte sich Sorgen, was wohl passieren würde, wenn Dana Matherson ihn zu packen bekam.

Aber Dana war nirgends zu sehen.

»Er ist krank gemeldet«, berichtete Garrett, der wegen der Stellung seiner Mutter angeblich immer Informationen aus erster Hand hatte. »Mann o Mann, was hast du bloß mit dem armen Kerl angestellt? Ich hab gehört, seine Eingeweide seien im ganzen Bus rumgeflogen.«

»Stimmt doch gar nicht.«

»Außerdem sollst du ihm so auf die Nase geboxt haben, dass sie bis zur Stirn hochgerutscht ist.

Dana braucht jetzt dringend eine Schönheitsoperation.«

Roy verdrehte die Augen. »Logo.«

Garrett schickte einen Furzton zwischen den Zähnen hindurch. »Hey, in der Schule reden alle über die Sache – über *dich* reden sie, Eberhardt.«

»Na großartig.«

Sie standen nach der Klassenlehrerstunde zusammen im Flur und warteten auf das Klingelzeichen zum Unterricht.

»Jetzt halten dich alle für ganz schön taff«, sagte Garrett.

»Wer denn? Wieso?« Roy legte absolut keinen Wert darauf, dass die anderen dachten, er sei taff. Im Grunde wäre es ihm am liebsten, wenn sie überhaupt nicht über ihn nachdachten. Er wollte ganz einfach in der Menge untergehen und nicht weiter auffallen, so wie ein Käfer an einem Flussufer.

»Sie finden dich taff, weil sich vorher noch nie einer getraut hat, einem Matherson eine zu schallern.«

Dana hatte drei ältere Brüder, und anscheinend erinnerte man sich an der Trace Middle an keinen von ihnen besonders gern.

»Was hast du denn geschrieben in deiner Entschuldigung? ›Lieber Dana, es tut mir Leid, dass ich dich vermöbelt habe. Bitte brich mir nicht jeden Knochen im Leib, lass mir wenigstens einen Arm, damit ich allein essen kann.‹«

»Wie witzig!«, sagte Roy trocken. Aber er musste zugeben, dass Garrett tatsächlich ziemlich witzig war.

»Was meinst du, was der Gorilla macht, wenn er dich das nächste Mal sieht?«, fragte er Roy. »Ich an deiner Stelle würde selber mal über eine Schönheitsoperation nachdenken, damit Dana mich nicht erkennt. Im Ernst, Mann.«

»Garrett, kannst du mir einen Gefallen tun?«

»Was brauchst du denn – ein gutes Versteck? Versuch's mal am Südpol.«

Es läutete und Schüler strömten in Scharen in den Flur. Roy zog Garrett auf die Seite. »Da ist so ein großes Mädchen mit blonden Locken, sie trägt eine rote Brille –«

Garrett sah erschrocken aus. »Bitte nicht!«

»Bitte nicht was?«

»Sag bloß, du bist scharf auf Beatrice Leep?«

»So heißt sie?« Es musste bestimmt hundert Jahre her sein, dass jemand seine Tochter Beatrice genannt hatte, dachte Roy. Kein Wunder, dass sie so kratzbürstig war.

»Was weißt du von ihr?«, fragte er Garrett.

»Genug, um von ihr Abstand zu halten. Sie spielt verdammt gut Fußball und ist verdammt unfreundlich. Und ausgerechnet auf die bist du scharf, ich fass es nicht –«

»Ich kenn sie doch nicht mal«, protestierte Roy. »Aber aus irgendeinem blöden Grund hat sie es auf mich abgesehen, und ich versuche rauszukriegen, was überhaupt los ist.«

Garrett stöhnte. »Erst Dana Matherson und jetzt der Grizzly. Hast du vielleicht geheime Todeswünsche, Tex?«

»Erzähl mir von ihr. Was weißt du über sie?«

»Jetzt nicht. Wir kommen zu spät.«

»Komm schon«, sagte Roy, »bitte!«

Garrett trat ein Stück näher heran und schaute noch einmal nervös über die Schulter. »Es gibt nur eins, was du über Beatrice Leep wissen musst«, sagte er im Flüsterton. »Letztes Jahr hat sich einer der besten Verteidiger der Graham High School von hinten angeschlichen und ihr auf den Hintern geklatscht. Im Big Cypress, dem Einkaufszentrum, am helllichten Tag. Beatrice ist ihm hinterher und hat ihn in den Springbrunnen geschmissen. Dreifacher Schlüsselbeinbruch. Fiel die ganze Spielzeit aus.«

»Das gibt's doch nicht«, sagte Roy.

»Vielleicht solltet du doch mal über die Katholische Schule nachdenken.«

Roy lachte matt. »Zu dumm, dass wir Methodisten sind.«

»Dann konvertierst du eben, Schwachkopf«, sagte Garrett. »Im Ernst.«

Officer Delinko freute sich richtig darauf, früh aufzustehen, um den Bauplatz zu beobachten. Das war eine willkommene Abwechslung von der täglichen Routine, in der es wenig Gelegenheit zu echter Überwachung gab. Die überließ man meist den Kriminalbeamten.

Obwohl Officer Delinko Coconut Cove gut gefiel, fand er seine Arbeit mit der Zeit doch langweilig. Meistens ging es nur um Verkehrsregelung. Dabei war er doch zur Polizei gegangen, weil er Verbrechen aufklären und die Täter verhaften wollte. Aber abgesehen von dem einen oder anderen betrunkenen Autofahrer kam Officer Delinko selten dazu, jemanden einzusperren. Die Handschellen, die er immer am Gürtel trug, waren noch genau so blank und ohne jeden Kratzer wie an dem Tag vor bald zwei Jahren, als er bei der Polizei eingetreten war.

Vandalismus und unerlaubtes Betreten fremder Grundstücke waren auch nicht gerade Aufsehen erregende Straftaten, aber Officer Delinko fand es doch ganz spannend, was da passiert war – und jetzt schon zum zweiten Mal –, wo das nächste Restaurant von Mama Paula stehen sollte. Er hatte so eine Ahnung, dass der (oder die) Täter mehr im Sinn hatte (oder hatten) als einen Dumme-Jungen-Streich.

Da der Polizeichef von irgendwoher Druck bekam, die Vorfälle zu beenden, wusste Officer Delinko, dass er sich Lorbeeren verdienen könnte, wenn er die Vandalen fasste – vielleicht wäre es auch ein Schritt auf der Karriereleiter. Sein langfristiges Ziel war es nämlich, Kriminalkommissar zu werden, und dieser Fall war seine Chance zu beweisen, dass er das Zeug dazu hatte.

Am ersten Montag nach der Sache mit den Alligatoren klingelte der Wecker bei Officer Delinko früh um fünf. Er rollte sich aus dem Bett, stellte sich kurz unter die Dusche, aß einen getoasteten Bagel und machte sich auf den Weg zum Bauplatz.

Es war noch dunkel, als er dort eintraf. Dreimal fuhr er um den Block herum, sah aber nichts Ungewöhnliches. Abgesehen von einem Müllwagen, waren die Straßen leer. Auch der Polizeifunk blieb still, vor Sonnenaufgang war wenig los in Coconut Cove. Nach Sonnenaufgang allerdings auch nicht, dachte Officer Delinko.

Er stellte sein Auto neben Leroy Branitts Bauwagen ab und wartete darauf, dass die Sonne aufging. Es versprach ein schöner Morgen zu werden, der Himmel war wolkenlos und im Osten war ein feiner rosa Streifen zu sehen.

Officer Delinko wünschte, er hätte sich eine Thermoskanne mit Kaffee mitgebracht. Er war es nicht gewohnt, so früh aufzustehen, und einmal ertappte er sich dabei, dass er fast hinter dem Lenkrad eingeschlafen wäre. Danach schlug er sich immer wieder auf die Backen, um wach zu bleiben.

Als er so in das verschwommene Grau des frühen Morgens spähte, schien es ihm einen Moment lang, als hätte er eine Bewegung auf dem leeren Grundstück gesehen. Er schaltete die Scheinwerfer ein. Auf einem grasbewachsenen Hügel vor ihm, in dem ein neuer Markierungsstab steckte, standen zwei Eulen.

Curly hatte ihn nicht auf den Arm genommen. Das hier waren die kleinsten Eulen, die Officer Delinko je gesehen hatte – um die zwanzig Zentimeter groß, mehr nicht. Dunkelbraun waren sie, mit scheckigen Flügeln, heller Kehle und durchdringenden bernsteinfarbenen Augen. Officer Delinko war kein Vogelkundler, aber diese Eulen in Spielzeuggröße faszinierten ihn. Ein Weilchen standen sie da und starrten das Polizeiauto an, zwinkerten immer wieder unsicher mit ihren großen Augen, dann wandten sie sich ab. Tief übers Gras gebeugt, schienen sie miteinander zu reden.

Officer Delinko hoffte, dass er die Vögel nicht von ihren Nestern verscheucht hatte, und schaltete die Scheinwerfer aus. Er rieb sich über die schweren Augenlider und lehnte seinen Kopf ans Seitenfenster. Das Glas fühlte sich angenehm kühl an auf seiner Haut. Eine Mücke schwirrte um seine Nase herum, aber er war zu müde, um nach ihr zu schlagen.

Bald war er eingeschlafen und wachte erst wieder auf, als er die krächzende Stimme seines Einsatzleiters hörte, der routinemäßig nach dem Standort des Streifenwagens fragte. Officer Delinko tastete nach dem Mikrofon und nannte die Adresse des Baugrundstücks.

»Zehn-vier«, sagte der Einsatzleiter und schaltete ab.

Officer Delinko richtete sich langsam auf. Es war heiß im Wagen, aber seltsamerweise kam es ihm dunkler vor als bei seiner Ankunft – so dunkel, dass er nichts sehen konnte, nicht einmal den Bauwagen.

Eine Schrecksekunde lang überlegte der Polizist, ob es vielleicht schon wieder Nacht sein konnte. War es möglich, dass er aus Versehen den ganzen Tag verschlafen hatte?

Genau in diesem Moment schlug etwas gegen den Streifenwagen – peng! Dann folgte noch ein Schlag und dann ein dritter. Irgendetwas klopfte unablässig ans Auto, aber er konnte nicht sehen, was es war. Officer Delinko griff nach seiner Pistole, bekam sie aber nicht aus dem Halter – der Sicherheitsgurt war im Weg.

Während er noch herumfuchtelte, um loszukommen, flog die Autotür auf und grelles Sonnenlicht traf ihn wie ein Schlag ins Gesicht. Er legte eine Hand über die Augen und tat das, was er an der Polizeischule gelernt hatte – er schrie: »Polizei im Einsatz! Polizei im Einsatz!«

»Ach ja? Fast hätte ich's nicht gemerkt.« Es war Curly, der brummige Wachmann. »Was'n los – haben Sie nicht gehört, wie ich geklopft hab?«

Officer Delinko hatte Mühe, zu sich zu kommen. »Ich fürchte, ich bin eingeschlafen. Was passiert?«

Curly seufzte. »Kommen Sie raus und sehen Sie selbst.«

Der Polizist stieg aus und stand im grellen Sonnenlicht. »Oh nein«, murmelte er.

»Oh doch«, sagte Curly.

Während Officer Delinko sein Nickerchen hielt, hatte jemand alle Fenster seines Streifenwagens mit schwarzer Farbe eingesprüht.

»Wie spät ist es?«, fragte der Polizist.

»Halb zehn.«

Officer Delinko entfuhr ein kurzer Aufschrei. Halb zehn! Er berührte die Windschutzscheibe mit dem Zeigefinger – die Farbe war trocken.

»Mein Auto«, sagte er verzweifelt.

»Ihr Auto?« Curly bückte sich und raffte einen Arm voll ausgegrabener Vermessungspfosten zusammen. »Wen interessiert schon Ihr blödes Auto?«

Den ganzen Morgen über spürte Roy einen Knoten im Magen. Irgendetwas musste passieren, und zwar etwas Entscheidendes – er konnte nicht den Rest des Schuljahres damit verbringen, sich vor Dana Matherson und Beatrice Leep zu verstecken.

Um Dana konnte er sich auch später noch kümmern, aber Beatrice konnte nicht warten. Beim Mittagessen entdeckte Roy sie auf der anderen Seite der Cafeteria. Sie saß mit drei Mädchen aus ihrer Fußballmannschaft zusammen. Auch sie waren schlank und machten einen taffen Eindruck, aber so eindrucksvoll wie Beatrice war doch keine von ihnen.

Roy holte tief Luft, ging hinüber und setzte sich zu den Mädchen. Beatrice starrte ihn ungläubig an, während ihre Freundinnen ihn amüsiert betrachteten und weiteraßen.

»Hast du ein Problem?«, wollte Beatrice wissen. In der einen Hand, auf halber Höhe zwischen Tablett und dem höhnisch grinsenden Mund, hielt sie ein Sandwich mit gegrilltem Schweinefleisch.

»Wenn hier einer ein Problem hat, dann wohl eher du.« Roy lächelte, obwohl er nervös war. Beatrice' Fußballfreundinnen waren beeindruckt. Sie legten die Gabeln weg und warteten, was wohl als Nächstes kommen würde.

Roy holte tief Luft und legte los: »Beatrice, ich hab keine Ahnung, wieso du so sauer bist wegen der Geschichte im Schulbus. Dich hat keiner gewürgt und dir hat auch keiner eins auf die Nase gegeben. Ich sag dir was, aber ich sag's nur einmal: Wenn ich irgendwas getan hab, was dich geärgert hat, dann tut es mir Leid. Es war keine Absicht.«

Offensichtlich hatte noch nie jemand so offen mit Beatrice gesprochen, denn sie schien regelrecht unter Schock zu stehen. Ihr Sandwich schwebte weiter in der Luft, nur die Grillsauce tropfte langsam zwischen ihren Fingern herunter.

»Wie viel wiegst du?«, fragte Roy ganz freundlich.

»Äh – w – was?«, stotterte Beatrice.

»Na ja, ich wiege genau dreiundvierzig Kilo«, sagte Roy, »und ich wette, du wiegst mindestens fünf Kilo mehr...«

Eine von Beatrice' Freundinnen kicherte und Beatrice blitzte sie wütend an.

».. . das heißt, du könntest mich vermutlich locker den ganzen Tag lang durch die Cafeteria schubsen. Aber bewiesen wäre damit nichts, nicht das verdammteste kleine bisschen«, fuhr Roy fort. »Wenn du das nächste Mal ein Problem hast, dann sag es mir gleich, dann setzen wir uns zusammen und reden darüber wie zivilisierte Menschen. Okay?«

»Zivilisiert«, wiederholte Beatrice und starrte Roy über den Rand ihrer Brille an. Roys Augen machten einen kurzen Abstecher zu Beatrice' Hand, von der die Grillsauce mittlerweile in dicken Klumpen tropfte. Matschige Stückchen Brot und Fleisch traten zwischen den verkrampften Fingern hervor – Beatrice hatte ihr Sandwich so zerquetscht, dass es sich auflöste.

Eine der Fußballerinnen beugte sich zu Roy hinüber. »Hör mal, Großmaul, sieh zu, dass du hier verschwindest, aber ein bisschen dalli. Du bist total uncool.«

Roy stand ganz ruhig auf. »Ist das klar, Beatrice? Und wenn du irgendein Problem hast, dann sagst du's mir am besten jetzt.«

Beatrice ließ die Überreste ihres Sandwichs auf den Pappteller fallen und wischte ihre Hände an einem Stapel Papierservietten ab. Sie sagte kein Wort.

»Wie du willst.« Roy lächelte betont freundlich. »Ich freue mich trotzdem, dass wir Gelegenheit hatten, uns ein bisschen besser kennen zu lernen.«

Dann ging er wieder zurück auf die andere Seite der Cafeteria und setzte sich allein an seinen Tisch, um zu essen.

Garrett schlich ins Büro seiner Mutter und kopierte die Adresse von der Schülerliste. Das kostete Roy einen Dollar.

»Ich muss da mal kurz was erledigen«, sagte Roy und hielt seiner Mutter den Zettel hin, als sie ihn mit dem Auto von der Schule abholte.

Mrs. Eberhardt warf einen Blick darauf und sagte: »Okay, Roy. Das liegt sowieso auf unserem Weg.« Sie nahm an, es sei die Adresse von einem von Roys Freunden und er müsse sich ein Schulbuch ausleihen oder die Hausaufgaben notieren.

Als sie in die Einfahrt des Hauses einbogen, sagte Roy: »Bin gleich wieder da, Mom. Dauert nur eine Minute.«

Dana Mathersons Mutter öffnete die Tür. Sie sah ihrem Sohn sehr ähnlich, was nicht gerade zu ihrem Vorteil war.

»Ist Dana zu Hause?«, fragte Roy.

»Wer bist du denn?«

»Ich geh in seine Klasse.«

Mrs. Matherson seufzte, drehte sich um und brüllte Danas Namen. Roy war heilfroh, dass sie ihn nicht ins Haus bat. Gleich darauf hörte er feste Schritte und im nächsten Moment stand Dana höchstpersönlich im

Türrahmen. Er trug einen langen blauen Schlafanzug, der einem Eisbären gepasst hätte. Ein dicker Verband, der mit glänzendem weißem Klebeband befestigt war, bedeckte die Mitte seines Schweinchengesichts. Beide Augen waren schlimm geschwollen und rotblau umrandet.

Roy war sprachlos. Es war schwer zu glauben, dass ein einziger Schlag so viel Schaden angerichtet haben sollte.

Dana starrte zu ihm hinunter und sagte mit einer dünnen, nasalen Stimme: »Ich fass es nicht.«

»Keine Angst. Ich wollte dir nur was vorbeibringen.« Roy reichte ihm den Umschlag mit der Entschuldigung.

»Was ist das?«, fragte Dana neugierig.

»Mach's doch auf.«

Danas Mutter erschien hinter ihrem Sohn. »Wer ist denn das?«, fragte sie Dana. »Was will der?«

»Ich bin der, den Ihr Sohn neulich erwürgen wollte. Und der ihm eine reingehauen hat«, sagte Roy schnell.

Danas Schultern wurden steif. Seine Mutter kicherte amüsiert. »Das soll wohl ein Witz sein! Dieser Zwerg soll dir die Visage poliert haben?«

»Ich bin gekommen, um mich zu entschuldigen. Steht alles in dem Brief hier.« Roy zeigte auf den Umschlag, den Dana fest in der rechten Hand hielt.

»Zeig mal her.« Mrs. Matherson langte ihrem Sohn über die Schulter, aber der duckte sich und zerknüllte den Brief in der Faust.

»Verschwinde, Cowgirl«, knurrte er Roy an. »Du und ich, wir regeln die Sache, wenn ich wieder in der Schule bin.«

Als Roy ins Auto stieg, fragte seine Mutter: »Wieso ringen da zwei Leute vor der Haustür miteinander?«

»Der Typ im Schlafanzug ist der, der mich im Bus gewürgt hat. Die dahinter ist seine Mutter. Sie kloppen sich um meine Entschuldigung.«

»Oh.« Mrs. Eberhardt betrachtete die seltsame Szene nachdenklich durch die Windschutzscheibe. »Hoffentlich tun sie sich nichts. Sie scheinen beide etwas grob, oder?«

»Stimmt. Können wir jetzt nach Hause fahren, Mom?«

5

In einer Stunde hatte Roy seine Hausaufgaben erledigt. Als er aus seinem Zimmer kam, hörte er, wie seine Mutter mit seinem Vater telefonierte. Sie berichtete ihm gerade, die Schule wolle mit Rücksicht auf Danas Verletzung keinerlei Disziplinarmaßnahmen gegen ihn ergreifen. Anscheinend wollte man Danas Eltern nicht provozieren, für den Fall, dass sie daran dachten, gegen die Schule vor Gericht zu ziehen.

Als Mrs. Eberhardt ihrem Mann eben von dem wilden Gerangel zwischen Dana und seiner Mutter erzählte, schlüpfte Roy zur Hintertür hinaus. Er schob sein Rad aus der Garage und schwang sich darauf. Zwanzig Minuten später war er an Beatrice Leeps Bushaltestelle, und von dort fand er mühelos den Weg wieder, auf dem er am Freitag dem Jungen hinterhergejagt war, mit den bekannten üblen Folgen.

Als Roy zum Golfplatz kam, schloss er sein Rad an den Rohren eines Springbrunnens an und lief dann zu Fuß dieselbe Spielbahn hinunter, auf der ihn der Golfball erwischt hatte. Es war schon spät am Nachmittag, aber immer noch glühend heiß, so dass nur wenige Golfer auf dem Platz waren. Trotzdem rannte Roy mit gebücktem Kopf und hoch erhobenem Arm. Sollte noch einmal ein verirrter Ball in seine Richtung fliegen, hoffte er ihn mit dem Arm abzufangen. Erst als er die Gruppe australischer Kiefern erreicht hatte, zwischen denen der Junge verschwunden war, wurde er langsamer.

Hinter den Kiefern begann ein Dickicht aus brasilianischen Pfeffersträuchern und dichtem Unterholz, das Roy undurchdringlich erschien. Er suchte nach einem Trampelpfad oder irgendeinen anderen Hinweis auf die Anwesenheit eines Menschen. Viel Zeit blieb ihm nicht, bis es dunkel wurde. Bald gab er es auf, nach einem Durchgang zu suchen, und quetschte sich einfach zwischen den Pfeffersträuchern hindurch, deren Zweige ihm die Arme verkratzten und sich ihm ins Gesicht bohrten. Er schloss die Augen und wühlte sich durch.

Nach und nach wurden die Zweige weniger dicht und plötzlich ging es bergab. Roy verlor das Gleichgewicht und rutschte hinunter in einen Graben, der wie ein Tunnel durch das Dickicht führte.

Hier im Schatten war die Luft kühl, es roch nach Erde. Roy entdeckte mehrere verkohlte Steine, die ringförmig eine Schicht Asche umgaben: ein Lagerfeuer. Er kniete sich hin und betrachtete den festen Lehmboden neben der Feuerstelle. Er zählte ein halbes Dutzend identischer Abdrücke, die alle von denselben Füßen stammten. Roy stellte einen seiner Schuhe neben einen der Abdrücke und war nicht überrascht, als er sah, dass beide etwa gleich groß waren.

Aus einem plötzlichen Einfall heraus rief er: »Hallo? Bist du da?«

Keine Antwort.

Langsam arbeitete Roy sich durch den Graben hindurch und suchte nach weiteren Hinweisen. Hinter einem dichten Vorhang aus Ranken fand er drei Plastiktüten, die alle oben zugeknotet waren. In der ersten Tüte war ganz normaler Müll – Wasserflaschen, Suppendosen, Tüten von Kartoffelchips, Kerngehäuse von Äpfeln. Die zweite Tüte enthielt Kleidungsstücke eines Jungen – ordentlich gefaltete T-Shirts, Jeans, Unterhosen.

Aber keine Socken oder Schuhe, bemerkte Roy.

Anders als die beiden ersten Tüten war die dritte nicht voll. Roy lockerte den Knoten und spähte hinein, aber er konnte nichts erkennen. Was immer darin war, es fühlte sich ziemlich sperrig an.

Ohne nachzudenken, drehte er die Tüte einfach um und kippte den Inhalt auf den Boden. Ein Bündel dicker brauner Seile fiel heraus.

Auf einmal fingen die Seile an sich zu bewegen.

»Oh!«, sagte Roy.

Das waren Schlangen – und nicht einfach irgendwelche.

Ihre Köpfe waren dreieckig, wie die der Prärieklapperschlangen in Montana, aber ihre Körper waren lehmfarben und auffällig plump. Roy erkannte sie – es waren hochgiftige Wassermokassinschlangen. Sie hatten keine Klappern, mit denen sie vor einem Angriff warnten, aber Roy sah, dass die Enden ihrer stumpfen Schwanzenden in blaue und silberne Glitzerfarbe getaucht waren, wie man sie in der Schule im Kunstunterricht manchmal benutzte. Das sah ausgesprochen merkwürdig aus.

Roy gab sich größte Mühe, sich nicht zu bewegen, während die fetten Reptilien sich zu seinen Füßen ringelten. Manche dehnten sich züngelnd auf ihre volle Länge aus, während andere sich träge zusammenrollten. Roy zählte sie, neun waren es insgesamt.

Das ist nicht so toll, dachte er.

Er kippte fast aus den Schuhen, als er aus dem Dickicht hinter sich eine Stimme hörte. »Beweg dich bloß nicht!«, befahl die Stimme.

»Hatte ich auch nicht vor«, sagte Roy. »Ehrlich.«

Als er noch in Montana lebte, war Roy einmal auf dem Pine-Creek-Pfad in das Gebiet von Absaroka gewandert, von wo aus man das ganze Paradise Valley und den Yellowstone River überblicken konnte. Es war ein Schulausflug gewesen, mit vier Lehrern und etwa dreißig Schülern. Roy war mit Absicht immer weiter zurückgeblieben, bis er schließlich das Schlusslicht bildete, und als niemand schaute, hatte er sich von der

Gruppe gelöst. Abseits vom ausgetretenen Pfad stieg er in Zickzacklinien einen bewaldeten Bergrücken hinauf. Er hatte vor, über den Grat zu laufen und auf der anderen Seite unauffällig hinunterzuklettern, so dass er vor seinen Mitschülern am Lagerplatz ankommen würde. Er stellte es sich sehr lustig vor, wenn sie endlich dort angetrottet kamen und ihn schlafend am Fluss entdeckten.

Eilig suchte er sich seinen Weg durch einen Wald aus riesigen Drehkiefern. Der Hang war übersät mit morschen Baumstämmen und abgebrochenen Zweigen, den Überresten vieler kalter und stürmischer Winter. Roy trat vorsichtig auf, um keinen Lärm zu machen, denn er wollte vermeiden, dass die Wanderer unten auf dem Weg ihn klettern hörten.

Es stellte sich aber heraus, dass Roy allzu leise war. Als er auf eine Lichtung trat, fand er sich einem großen Grizzlybären mit zwei Jungen gegenüber. Unmöglich zu sagen, wer erschrockener war.

Roy hatte sich schon immer gewünscht, einmal einen Grizzly in freier Wildbahn zu sehen, aber seine Freunde in der Schule hatten gesagt, er sei ein Träumer. Vielleicht im Yellowstone Park, hatten sie gemeint, aber doch nicht hier bei ihnen. Die meisten Erwachsenen verbrachten ihr ganzes Leben im Westen, ohne je einen Bären zu Gesicht zu bekommen.

Und nun stand Roy da, und dreißig Meter von ihm entfernt standen drei leibhaftige Bären, die ärgerlich schnaubten und sich auf die Hinterbeine stellten, um ihn gründlich mustern zu können.

Roy erinnerte sich, dass seine Mutter ihm eine Dose mit Pfefferspray in den Rucksack gepackt hatte, aber er erinnerte sich auch an das, was er über Begegnungen mit Bären gelesen hatte. Bären hatten schlechte Augen, und das Beste, was ein Mensch daher tun konnte, war es, absolut still und bewegungslos dazustehen.

Genau das tat Roy.

Böse knurrend kniff die Bärin die Augen zusammen und witterte. Dann gab sie ein kurzes, bellendes Geräusch von sich und sogleich verschwanden die beiden Jungtiere im Wald.

Roy schluckte heftig, rührte sich aber nicht.

Das Muttertier richtete sich zu seiner vollen Größe auf, bleckte die gelben Zähne und tat so, als würde es nach ihm schlagen.

Innerlich bebte Roy vor Angst, aber nach außen blieb er ganz ruhig. Er bewegte sich nicht. Die Bärin betrachtete ihn gründlich. Ihr Ausdruck veränderte sich, und Roy schloss daraus, dass er ihr zu mickrig schien, um eine Bedrohung darzustellen. Nach ein paar Minuten der Anspannung ließ sie sich wieder auf alle viere fallen, und mit einem letzten trotzigen Schnauben machte sie sich davon, um nach ihren Kindern zu suchen.

Trotzdem bewegte Roy nicht einen Muskel.

Er wusste nicht, wie weit sich die Bären entfernt hatten oder ob sie vielleicht zurückkommen würden, um ihn anzugreifen. Zwei Stunden und zweiundzwanzig Minuten lang stand Roy bewegungslos wie eine Marmorstatue an diesem Berghang, bis einer seiner Lehrer ihn schließlich fand und sicher zu seiner Gruppe zurückbrachte.

Roy war also extrem gut darin, stocksteif dazustehen, vor allem, wenn er Angst hatte. Jetzt, mit neun Giftschlangen, die um seine Füße herumkrochen, hatte er große Angst.

»Tief einatmen!«, riet ihm die Stimme hinter ihm.

»Ich versuch's«, sagte Roy.

»Okay, ich zähl bis drei, dann gehst du ganz langsam rückwärts.«

»Lieber nicht«, sagte Roy.

»Eins ... «

»Warte mal 'ne Sekunde!«

»Zwei ... «

»Bitte!«, bettelte Roy.

»Drei.«

»Ich kann nicht!«

»Drei«, wiederholte die Stimme.

Roys Beine fühlten sich wie Gummi an, während er sich rückwärts tastete. Eine Hand packte ihn am Hemd und riss ihn mit einem Ruck in das Dickicht aus Pfeffersträuchern. Roy landete auf dem Po im Dreck, im nächsten Moment fiel eine Kapuze über seinen Kopf und die Arme wurden ihm auf den Rücken gezerrt. Bevor er etwas tun konnte, war schon ein Seil zweimal um seine Handgelenke geschlungen und an einem Baumstamm befestigt. Roy fühlte die glatte, klebrige Rinde, wenn er mit den Fingern wackelte.

»Was ist hier eigentlich los?«, wollte er wissen.

»Das solltest du mir vielleicht sagen.« Die Stimme kam jetzt von vorn. »Wer bist du? Und was machst du hier?«

»Ich heiße Roy Eberhardt. Ich hab dich vor ein paar Tagen am Schulbus vorbeirennen sehen.«

»Ich hab keine Ahnung, wovon du redest.«

»Genau genommen an zwei Tagen«, sagte Roy. »Ich hab gesehen, wie du gerannt bist, und da bin ich neugierig geworden. Du sahst irgendwie ... ich weiß nicht ... irgendwie total aufgedreht aus.«

»Das war ich nicht.«

»Doch, das warst du.«

Der Schlangenfänger sprach mit verstellter, rauer Stimme – der Stimme eines Jungen, der wie ein Erwachsener zu sprechen versucht.

»Ehrlich«, sagte Roy, »ich bin nicht hergekommen, um dich zu nerven. Nimm mir die Kapuze ab, damit wir uns sehen können, ja?«

Er hörte den anderen Jungen atmen. »Du musst hier weg. Und zwar sofort.«

»Aber was ist mit den Schlangen?«, wollte Roy wissen.

»Die gehören mir.«

»Ja, schon, aber –«

»Die gehen nie weit. Später fang ich sie wieder ein.«

»Das meinte ich nicht«, sagte Roy.

Der Junge lachte. »Keine Sorge, ich bring dich hinten rum zurück. Tu einfach, was ich dir sage, dann wirst du auch nicht gebissen.«

»Respekt«, murmelte Roy.

Der Junge band Roy von dem brasilianischen Pfefferstrauch los und stellte ihn auf die Füße. »Ich muss zugeben, du hast dich ganz gut gehalten«, sagte der Junge. »Die meisten hätten sich in die Hose gemacht.«

»Sind das Wassermokassins?«, fragte Roy.

»Genau.« Der Junge schien ganz angetan davon, dass Roy sich offensichtlich auskannte.

»Da, wo ich früher gelebt hab, gab's viele Klapperschlangen«, erzählte Roy. Wenn er den anderen in eine freundliche Unterhaltung verwickeln könnte, dachte er, dann würde der es sich vielleicht anders überlegen und ihm die Kapuze vom Kopf nehmen. »Ich hab aber noch nie von Wassermokassins mit glitzernden Schwanzspitzen gehört.«

»Sie gehen heute Abend auf 'ne Party. Und jetzt zieh Leine.« Der Junge packte Roy von hinten und führte ihn. Er hatte einen festen Griff. »Ich sag dir Bescheid, wenn du den Kopf einziehen musst.«

Die Kapuze war entweder schwarz oder dunkelblau, denn Roy sah nicht das kleinste bisschen Licht durch den schweren Stoff. Blind stolperte er durch das Dickicht, aber der barfüßige Junge passte auf, dass er nicht hinfiel. Als die Luft wärmer wurde und der Boden unter seinen Füßen wieder eben, wusste Roy, dass sie aus dem Wald heraus waren. Es roch nach dem gedüngten Rasen des Golfplatzes.

Bald darauf blieben sie stehen, und der Junge machte sich daran, die Knoten an Roys Handgelenken zu lösen.

»Dreh dich jetzt nicht um«, sagte er.

»Wie heißt du?«, fragte Roy.

»Ich hab keinen Namen mehr.«

»Klar hast du. Jeder hat einen Namen.«

Der Junge grunzte. »Fischfinger haben sie mich genannt. Und Schlimmeres.«

»Du lebst aber nicht echt hier draußen, oder?«

»Geht dich nichts an. Und wenn – was dagegen?«

»Ganz allein? Und was ist mit deiner Familie?«, fragte Roy.

Der Junge schlug ihm leicht mit der Hand auf den Hinterkopf. »Du fragst zu viel.«

»Tut mir Leid.« Roy merkte, dass seine Hände inzwischen frei waren, aber er behielt sie weiter auf dem Rücken.

»Dreh dich erst um, wenn du bis fünfzig gezählt hast«, schärfte ihm der andere ein. »Sonst wachst du eines Morgens mit einer von diesen fetten alten Wassermokassins im Bett auf. Kapiert?«

Roy nickte.

»Gut. Dann fang jetzt an zu zählen.«

»Eins, zwei, drei, vier…«, sagte Roy laut. Als er bei

fünfzig war, zerrte er sich die Kapuze vom Kopf und wirbelte herum. Er befand sich ganz allein mitten auf dem Übungsgelände, zwischen zahllosen verschlagenen Golfbällen.

Der barfüßige Junge war weg. Wieder einmal.

Roy rannte den ganzen Weg zu seinem Fahrrad und flitzte dann so schnell wie möglich nach Hause. Er hatte keine Angst und er war auch nicht entmutigt. Er war aufgeregter als je zuvor.

6

Am nächsten Morgen fragte Roy beim Frühstück, ob es gegen das Gesetz sei, wenn Kinder seines Alters nicht zur Schule gingen.

»Ob es tatsächlich ein Gesetz gegen Schuleschwänzen gibt, weiß ich nicht«, sagte seine Mutter, »aber –«

»Und ob es das gibt«, warf sein Vater ein. »Das ist ein Verstoß gegen die Schulpflicht.«

»Kann man dafür ins Gefängnis kommen?«, fragte Roy.

»Normalerweise schicken sie einen einfach zurück in die Schule«, sagte Mr. Eberhardt. Und halb im Scherz fügte er hinzu: »Du denkst nicht zufällig daran auszusteigen, oder?«

Aber Roy sagte, nein, die Schule sei ganz in Ordnung.

»Ich wette, ich weiß, worum es dir geht«, sagte Mrs. Eberhardt. »Du machst dir Sorgen, dass du wieder mit diesem Jungen zusammenstößt, diesem Matherson. Hab ich dir nicht gesagt, dass dein Brief zu sehr von oben herab war?«

»An dem Brief war nichts auszusetzen«, sagte Roys Vater und faltete die Zeitung auseinander.

»Aber wenn nichts daran auszusetzen ist – wieso hat Roy dann solche Angst? Wieso denkt er dann daran, die Schule zu schwänzen?«

»Ich hab keine Angst«, widersprach Roy, »und aus der Schule will ich auch nicht aussteigen. Es ist nur...«

Seine Mutter sah ihn scharf an. »Was?«

»Nichts, Mom.«

Roy beschloss, seinen Eltern nichts von seiner Begegnung mit Fischfinger, dem rennenden Jungen, zu erzählen. Da sein Vater beruflich mit Gesetzen zu tun hatte, war er vermutlich verpflichtet, alle Straftäter zu melden, sogar Schulschwänzer.

»Hört euch das mal an«, sagte Mr. Eberhardt und las laut aus der Zeitung vor: »Ein Streifenwagen der Polizei von Coconut Cove wurde am frühen Montagmorgen von Vandalen beschädigt, als er auf einer Baustelle an der East Oriole Avenue parkte. Der Beamte saß nach Auskunft eines Polizeisprechers zum Zeitpunkt der Tat schlafend im Wagen. – Könnt ihr euch so was vorstellen?«

Roys Mutter schnalzte mit der Zunge. »Im Dienst eingeschlafen? Eine Schande. Den Mann sollten sie feuern.«

Roy fand die Geschichte eigentlich ganz witzig.

»Es wird noch besser«, sagte sein Vater. »Passt auf: Der Vorfall ereignete sich kurz vor Sonnenaufgang, als ein unbekannter Witzbold sich an den Streifenwagen, einen 2001 zugelassenen Crown Victoria, heranschlich und die Fenster mit schwarzer Farbe besprühte.«

Roy, der den Mund voll mit Rosinenmüsli hatte, platzte laut heraus und die Milch lief ihm übers Kinn.

Auch Mr. Eberhardt schmunzelte, während er weiterlas: »Der Polizeichef von Coconut Cove, Merle Deacon, lehnte es ab, den Namen des im Dienst eingeschlafenen Beamten bekannt zu geben, da dieser zu einer Sonderermittlungseinheit gehöre, die Straftaten auf Grundstücken im Osten der Stadt untersuche. Laut Deacon habe der Beamte wegen einer kürzlichen Grippeerkrankung Medikamente einnehmen müssen, die müde machten.«

Roys Vater sah von der Zeitung auf. »Medikamente – dass ich nicht lache!«

»Steht sonst noch was in dem Artikel?«, fragte Mrs. Eberhardt.

»Mal sehen … Es heißt hier, das sei der dritte Vorfall innerhalb einer Woche auf demselben Grundstück gewesen. Da soll demnächst eine neue Filiale von Mama Paulas Pfannkuchenhaus hinkommen.«

Roys Mutter sah ganz begeistert aus. »Mama Paula baut hier bei uns? Das ist ja schön!«

Roy wischte sich mit der Serviette übers Kinn. »Was ist denn dort sonst noch passiert, Dad?«

»Dasselbe hab ich mich auch gefragt.« Mr. Eberhardt überflog den Rest des Artikels. »Ah, hier steht's: Vergangenen Montag zogen unbekannte Eindringlinge

Vermessungspfosten aus dem Boden und vier Tage später versteckten Vandalen lebendige Alligatoren in den drei mobilen Toiletten auf dem Grundstück. Nach Auskunft der Polizei wurden die Reptilien unverletzt geborgen und später in einem nahen Kanal freigesetzt. Festnahmen hat es nicht gegeben.«

Mrs. Eberhardt erhob sich und fing an, das Frühstücksgeschirr abzuräumen. »Alligatoren!«, sagte sie. »Lieber Himmel, was werden die wohl als Nächstes anstellen?«

Mr. Eberhardt faltete die Zeitung zusammen und warf sie auf die Anrichte. »Es sieht so aus, als würde diese Kleinstadt doch noch ganz interessant – nicht wahr, Roy?«

Roy griff nach der Zeitung. East Oriole Avenue – irgendwie kam ihm der Name bekannt vor. Beim Lesen fiel ihm auf einmal wieder ein, wo er das Straßenschild gesehen hatte: Die Bushaltestelle von Beatrice Leep lag in der West Oriole Avenue, also genau auf der anderen Seite des Highways. Und dort hatte er zum ersten Mal den rennenden Jungen gesehen.

»Im Artikel steht gar nicht, wie groß die Viecher waren«, bemerkte Roy.

Sein Vater lachte kurz auf. »Darauf kommt's wohl auch nicht an, mein Junge. Entscheidend ist der Einfall als solcher.«

»Ich habe Ihren Bericht gelesen, David«, sagte der Captain. »Haben Sie dem irgendwas hinzuzufügen?«

Officer Delinko schüttelte den Kopf. Seine Hände lagen gefaltet im Schoß. Was sollte er auch noch sagen?

Sein Sergeant meldete sich zu Wort. »David ist sich absolut im Klaren darüber, wie ernst die Angelegenheit ist.«

»Peinlich sollte man wohl lieber sagen«, antwortete der Captain. »Der Chef hat mir ein paar der E-Mails gezeigt, die er zu dem Thema bekommen hat, außerdem Mitschriften von Anrufen. Besonders freundlich waren sie nicht gerade. Haben Sie die Zeitung gelesen?«

Officer Delinko nickte. Immer wieder hatte er den Artikel gelesen, bestimmt ein Dutzend Mal, und jedes Mal hatte sich ihm der Magen umgedreht.

»Es dürfte Ihnen aufgefallen sein, dass Ihr Name im Artikel nicht genannt wird«, sagte der Captain. »Das liegt daran, dass wir es abgelehnt haben, ihn an die Medien weiterzugeben.«

»Ja. Danke schön«, sagte Officer Delinko. »Es tut mir wirklich sehr Leid, Sir – alles.«

»Haben Sie auch die Erklärung gelesen, die der Polizeichef für den Vorfall abgegeben hat? Ich nehme an, Sie können damit leben.«

»Ehrlich gesagt, Sir – ich hatte gar nicht die Grippe. Und irgendwelche Medikamente hab ich gestern auch nicht –«

»David«, unterbrach ihn der Sergeant, »wenn der Chef sagt, du hast ein Grippemittel genommen, dann *hast* du auch eins genommen. Und wenn der Chef sagt, dass du deswegen im Auto eingeschlafen bist, dann *war* das eben der Grund. Kapiert?«

»Ähm – jawohl.«

Der Captain hielt einen gelben Briefbogen hoch. »Das hier ist eine Rechnung vom Ford-Händler über vierhundertundzehn Dollar. In der Werkstatt haben sie die schwarze Farbe von den Fenstern runterbekommen. Einen ganzen Tag lang haben sie dafür gebraucht, aber sie haben es geschafft. Das ist immerhin eine gute Nachricht.«

Officer Delinko war fest überzeugt, dass der Captain ihm jetzt die Rechnung überreichen würde, aber das geschah nicht. Stattdessen legte er sie in Delinkos Personalakte, die er geöffnet vor sich liegen hatte.

»Officer, ich weiß nicht, was ich mit Ihnen machen soll. Ich weiß es wirklich nicht.« Der Captain hörte sich an wie ein enttäuschter Vater.

»Tut mir sehr Leid, Sir. Soll nicht wieder vorkommen.«

Delinkos Vorgesetzter sagte: »Captain, ich sollte Ihnen vielleicht noch sagen, dass David sich freiwillig für die Überwachung des Bauplatzes gemeldet hat. Und er ist heute Morgen schon ganz früh hingefahren, und zwar in seiner Freizeit.«

»In seiner Freizeit?« Der Captain verschränkte die

Arme. »Nun, das ist lobenswert. Darf ich fragen, David, warum Sie das gemacht haben?«

»Weil ich die Übeltäter erwischen wollte«, antwortete Officer Delinko. »Ich wusste ja, dass Sie und der Chef großen Wert darauf legen.«

»Das war der einzige Grund? Sie haben nicht irgendein persönliches Interesse?«

Jetzt ja, dachte Officer Delinko. Jetzt, wo ich vor allen blamiert bin.

»Nein, Sir«, antwortete er.

Der Captain wandte sich dem Sergeant zu. »Nun, ob es uns gefällt oder nicht, eine Form der Bestrafung muss es geben. Der Chef nimmt die Sache wirklich sehr ernst.«

»Ganz Ihrer Meinung«, sagte der Sergeant.

Officer Delinko wurde mulmig. Jede Disziplinarstrafe würde automatisch in seiner Akte landen, und zwar für immer. Und wenn eine Beförderung anstand, dann könnte das durchaus eine Rolle spielen.

»Sir, ich übernehme die Rechnung«, bot Officer Delinko an. Vierhundertzehn Dollar war ein beträchtlicher Teil seines Gehalts, aber eine saubere Personalakte war ihm jeden Cent wert.

Der Captain meinte, das sei nicht nötig – und außerdem würde das dem Chef sowieso nicht reichen. »Sie machen daher ab jetzt Bürodienst«, sagte er. »Einen Monat lang.«

»Damit kann David leben«, sagte der Sergeant.

»Aber was ist mit der Überwachung von Mama Paulas Grundstück?«, wollte Officer Delinko wissen.

»Keine Sorge, das bekommen wir schon hin. Wir ziehen jemand von der Mitternachtsschicht ab.«

»Sehr wohl, Sir.« Bei dem Gedanken, hinter einem Schreibtisch zu sitzen und einen langen, langweiligen Monat lang nichts zu tun, war Officer Delinko sehr niedergeschlagen. Aber immerhin besser, als vom Dienst suspendiert zu werden. Schlimmer, als hier auf der Wache rumzusitzen, war nur noch eins: zu Hause rumsitzen.

Der Captain erhob sich, und das hieß, das Gespräch war beendet. »David«, sagte er, »wenn irgendetwas in der Art noch einmal vorkommt ... «

»Bestimmt nicht. Ehrenwort.«

»Beim nächsten Mal können Sie Ihren Namen wirklich in der Zeitung lesen.«

»Jawohl, Sir.«

»Und zwar unter der Überschrift: Polizeibeamter aus dem Dienst entlassen. Ist das klar?«

Officer Delinko krümmte sich innerlich. »Ich verstehe, Sir«, sagte er leise.

Er fragte sich, ob den kleinen Mistkerlen, die seinen Wagen besprüht hatten, wohl klar war, wie viel Ärger sie ihm damit eingebracht hatten. Meine ganze Karriere steht auf dem Spiel, dachte Officer Delinko wütend, und alles wegen so ein paar jugendlichen Halunken, die sich für oberschlau halten. Jetzt war er erst recht wild entschlossen, sie auf frischer Tat zu ertappen.

Im Gang vor dem Büro des Captains sagte der Sergeant zu ihm: »Du kannst dir deinen Wagen vom Dienstparkplatz holen, David. Aber denk dran – du bist nicht mehr auf Streife. Das heißt, du kannst mit dem Wagen nach Hause fahren und hierher, aber das ist auch alles.«

»Klar«, sagte Officer Delinko, »nach Hause und zurück.«

Er hatte bereits eine Route ausgeklügelt, die direkt an der Ecke East Oriole Avenue und Woodbury Street vorbeiführte, dort, wo demnächst das neue Restaurant von Mama Paula stehen würde.

Keiner hatte gesagt, dass er morgens nicht schon frühzeitig aufbrechen dürfe. Und keiner hatte gesagt, er dürfe sich nicht Zeit lassen auf dem Weg zur Arbeit.

Dana Matherson war wieder nicht zur Schule gekommen. Roy war einigermaßen erleichtert, aber nicht so sehr, dass er sich richtig entspannen konnte. Je länger Dana zu Hause bleiben musste, um sich von Roys Faustschlag zu erholen, desto gemeiner würde er sein, wenn er schließlich wieder auftauchte.

»Noch hast du Zeit, aus der Stadt abzuhauen«, schlug Garrett ihm hilfreich vor.

»Ich renn doch nicht weg. Was passiert, das passiert.«

Roy versuchte nicht, den Coolen zu spielen. Er hatte

viel nachgedacht über die Sache mit Dana. Eine erneute Konfrontation schien unausweichlich und ein Teil von ihm wollte es einfach hinter sich bringen. Er war nicht eingebildet, aber er hatte seinen Stolz. Er hatte nicht die Absicht, den Rest des Schuljahres damit zu verbringen, in seinem Zimmer zu hocken oder durch die Flure der Schule zu schleichen, bloß um diesem blöden Brutalo aus dem Weg zu gehen.

»Ich sollte es dir vermutlich gar nicht erzählen«, sagte Garrett, »aber an der Schule schließen sie schon Wetten ab.«

»Na großartig. Und worüber – ob Dana mich zusammenschlägt?«

»Nee – wie oft er es macht.«

»Das ist ja reizend«, sagte Roy.

Im Grunde hatte die Auseinandersetzung mit Dana Matherson auch ihr Gutes gehabt: Zum einen war es Roy gelungen, den barfüßigen Jungen bis zum Golfplatz zu verfolgen. Zum anderen musste er zwei Wochen lang nicht mit dem Schulbus fahren.

Es gefiel ihm, von seiner Mutter an der Schule abgeholt zu werden. Im Auto konnten sie sich unterhalten, und außerdem war Roy zwanzig Minuten früher zu Hause als sonst.

Als sie zur Tür hereinkamen, läutete gerade das Telefon. Es war die Schwester der Mutter, die aus Kalifornien anrief und einen gemütlichen Plausch halten wollte. Roy nutzte die Gelegenheit, einen Schuhkarton aus seinem Zimmer zu holen und sich leise zur Gartentür hinauszustehlen.

Wieder ging es zum Golfplatz, aber dieses Mal mit einer kleinen Umleitung. Anstatt an der West Oriole links abzubiegen, in Richtung Bushaltestelle, lenkte Roy sein Fahrrad in die East Oriole. Nach weniger als zwei Häuserblocks kam er an ein überwuchertes Grundstück, auf dem ein verbeulter Bauwagen abgestellt war.

Neben dem Bauwagen parkte ein blauer Kleinlaster mit offener Ladefläche. Nicht weit von diesem Pick-up standen drei Fahrzeuge, die so ähnlich wie Bulldozer aussahen, und mehrere Dixi-Klos. Das musste das Grundstück sein, nahm Roy an, wo jemand die Fenster des Streifenwagens zugesprüht und Alligatoren in die Toiletten gesteckt hatte.

Kaum hatte Roy angehalten, da flog auch schon die Tür des Bauwagens auf und ein bulliger, kahlköpfiger Mann schoss heraus. Er trug steife, gelbbraune Arbeitshosen und ein passendes T-Shirt mit einem Namensschild. Roy konnte es nicht lesen, er war zu weit weg.

»Was willst du hier?«, blaffte der Mann ihn an. Sein Gesicht lief rot an vor Ärger. »He, du, ich rede mit dir, Junge!«

Hat der 'n Problem?, dachte Roy.

Der Mann kam auf ihn zu und zeigte auf Roys Schuhschachtel. »Was hast du da?«, brüllte er. »Was habt ihr jetzt wieder geplant, du und deine feinen Freunde, he?«

Roy drehte sein Rad um und trat in die Pedale. Der Typ war anscheinend total gestört, so wie der sich aufführte.

»So ist's richtig, und lass dich bloß nicht noch mal hier sehen!«, brüllte der Glatzkopf hinter ihm her und wedelte mit der Faust. »Beim nächsten Mal erwarten dich hier Wachhunde. Die schärfsten Köter, die du je gesehen hast!«

Roy trat noch schneller in die Pedale. Er drehte sich auch nicht mehr um. Die Wolken wurden immer dunkler, und er meinte, er hätte einen Regentropfen gespürt. In der Ferne grollte schon der Donner.

Auch hinter dem Highway, auf dem Weg zur West Oriole Avenue, drosselte Roy sein Tempo nicht. Als er am Golfplatz ankam, tröpfelte es schon gleichmäßig. Roy sprang vom Rad und joggte über den verlassenen Rasen. Seinen Schuhkarton hielt er unter einen Arm geklemmt.

Bald war er bei dem Dickicht aus Pfeffersträuchern, wo er den Jungen getroffen hatte, der angeblich Fischfinger hieß. Roy hatte sich innerlich darauf eingestellt, wieder die Augen verbunden zu bekommen und gefesselt zu werden – sogar eine kleine Rede hatte er sich für diesen Anlass zurechtgelegt. Er war fest entschlossen, Fischfinger davon zu überzeugen, dass der jemanden brauchte, dem er vertrauen könnte, und dass er nicht hier sei, um sich einzumischen, sondern um ihm zu helfen, falls das nötig wäre.

Während er sich durch das Dickicht mühte, hob er einen abgebrochenen Ast vom Boden auf. Er war schwer genug, um eine Wassermokassin zu beeindrucken. Roy hoffte allerdings, er würde ihn nicht brauchen.

Im Graben war von den tödlichen Schlangen mit den glitzernden Schwänzen nichts zu sehen. Das Lager des Jungen war weg – der Platz war geräumt. Die Plastiktüten waren nicht mehr da, die Feuerstelle verdeckt. Roy grub mit der Spitze des Astes in der losen Erde, aber er fand nicht den kleinsten Hinweis. Missmutig suchte er den Boden nach Fußspuren ab, sah aber nichts.

Fischfinger war geflüchtet und hatte keine Spuren zurückgelassen.

Als Roy wieder auf dem Golfrasen stand, gab es einen Wolkenbruch. Mittlerweile goss es in Strömen, die harten Tropfen brannten auf seinem Gesicht und die Blitze waren gefährlich nah. Roy schauderte und rannte los. Ein Golfplatz war sicherlich der schlechteste Ort bei einem Gewitter, zumindest wenn man neben Bäumen stand.

Während er so rannte und bei jedem Donnerschlag zusammenzuckte, hatte er ein schlechtes Gewissen, dass er sich einfach von zu Hause weggeschlichen hatte, ohne Bescheid zu sagen. Wenn seine Mutter merkte, dass er im Gewitter draußen war, würde sie sich furchtbare Sorgen machen. Vielleicht fuhr sie sogar mit dem Auto los, um ihn zu suchen. Der Gedanke beunruhigte ihn. Er wollte nicht, dass sie bei diesem Wetter unterwegs war; so wie es jetzt regnete, war kaum mehr die Straße zu erkennen.

Klatschnass war er und ziemlich fertig, aber er zwang sich trotzdem, schneller zu laufen. Mit zusammengekniffenen Augen spähte er durch den strömenden Regen und sagte sich immer nur: Es kann nicht mehr weit sein.

Er suchte nach dem Springbrunnen, wo er sein Rad abgestellt hatte. Endlich, als wieder ein Blitz die Spielbahn grell erleuchtete, sah er ihn, knapp zwanzig Meter weiter vorn.

Aber sein Rad war nicht da.

Zuerst dachte Roy, er sei am falschen Springbrunnen gelandet. Vielleicht hatte er sich in diesem Wetter verlaufen. Aber dann erkannte er einen Schuppen in der Nähe und eine Holzbude mit einem Cola-Automaten.

Doch, das war die Stelle. Roy stand im Regen und starrte geknickt dahin, wo sein Rad gestanden hatte. Normalerweise schloss er es immer sorgfältig ab, aber heute hatte er es zu eilig gehabt.

Jetzt war es weg. Geklaut, kein Zweifel.

Um endlich aus dem Regen zu kommen, flitzte er in die Bude. Der Schuhkarton war inzwischen völlig durchgeweicht und löste sich auf. Es war ein weiter Weg bis nach Hause, und bis er dort ankam, war es bestimmt schon dunkel. Seine Eltern würden ausflippen.

Zehn Minuten lang stand Roy in der Bude und wartete, dass der Regen nachließ. Das Wasser lief ihm aus den Kleidern. Das Gewitter schien nach Osten abzuziehen, aber der Regen wurde nicht weniger. Schließlich machte Roy sich mit eingezogenem Kopf auf den Weg. Bei jedem Schritt spritzte das Wasser hoch. Regentropfen rollten ihm über die Stirn und blieben in seinen Wimpern hängen. Er wünschte, er hätte seine Kappe aufgesetzt.

Auf dem Gehweg versuchte er zu rennen, aber es war, als würde er im seichten Wasser eines endlosen Sees laufen. Das war Roy an Florida schon aufgefallen: Es war so flach und so tief gelegen, dass es ewig dauerte, bis Pfützen abgelaufen waren. Er stapfte weiter und kam bald an die Bushaltestelle, wo er den rennenden Jungen zum ersten Mal gesehen hatte. Roy nahm sich nicht die Zeit, sich umzuschauen. Von Minute zu Minute wurde es dunkler.

Als er an der Kreuzung Ecke West Oriole und dem Highway ankam, gingen die Straßenlaternen an.

Oh Mann, dachte er, ich bin echt spät dran.

Der Verkehr war in beiden Richtungen heftig. Die Autos krochen in dem stehenden Wasser vorwärts und Roy wartete ungeduldig. Bei jedem Auto spritzte eine Fontäne gegen seine Beine, aber es war ihm egal – er war ohnehin schon bis auf die Knochen durchnässt.

Als er eine Lücke zwischen zwei Autos erspähte, wagte er sich auf die Straße.

»Pass auf!«, brüllte jemand hinter ihm.

Roy sprang zurück auf den Gehweg, fuhr herum und sah sich Beatrice Leep gegenüber. Sie saß auf seinem Fahrrad.

»Was hast du da in dem Karton, Cowgirl?«

7

Die Sache war gar nicht so rätselhaft.

Wie alle Schüler wohnte auch Beatrice Leep in der Nähe ihrer Bushaltestelle. Vermutlich war Roy an ihrem Haus vorbeigefahren und sie hatte ihn gesehen und war ihm einfach zum Golfplatz gefolgt.

»Das ist mein Rad«, sagte Roy.

»Stimmt.«

»Kann ich's zurückhaben?«

»Vielleicht später«, sagte sie. »Spring auf.«

»Was?«

»Auf den Lenker, du Dösel. Setz dich drauf. Wir machen einen Ausflug.«

Roy tat, was sie gesagt hatte. Er wollte sein Rad zurückhaben und dann nach Hause. Die zwei Jahre in der dünnen Luft von Montana, in denen er mit dem Rad ständig bergauf und bergab gefahren war, hatten aus Roy einen guten Radfahrer gemacht, aber Beatrice Leep war noch fitter. Selbst durch die tiefsten Pfützen radelte sie geschickt und mühelos, so als ob Roy gerade mal ein Fliegengewicht wäre. Er hockte unbequem auf dem Lenker und hielt den aufgeweichten Karton umklammert.

»Wo fahren wir eigentlich hin?«, brüllte er.

»Klappe«, antwortete Beatrice.

Sie rasten an dem elegant gemauerten Eingang zum Golfplatz vorbei und bald darauf endete die gepflasterte Straße auch schon. Nun befanden sie sich auf einem geraden Schotterweg ohne jede Beleuchtung. Roy machte sich auf einiges gefasst, als das Rad durch die ersten schlammgefüllten Schlaglöcher holperte. Der Regen hatte nachgelassen, es nieselte jetzt nur noch und Roys nasses Hemd fühlte sich kalt an auf der Haut.

An einem hohen Maschendrahtzaun hielt Beatrice an. Roy bemerkte, dass jemand mit einer Drahtschere ein Loch in den Zaun geschnitten hatte, so dass man den Draht auseinander biegen konnte. Roy sprang ab und zog an seinen Jeans, die ihm in die Poritze gekrochen waren.

Beatrice stellte das Rad ab und machte Roy ein Zeichen, er solle hinter ihr her durch den Zaun kriechen. Auf der anderen Seite war ein Schrottplatz, auf dem jede Menge demolierter Autos standen. Roy und Beatrice schlichen in dem Dämmerlicht an den Rostbeulen vorbei und rannten von einer Reihe zur nächsten. So wie Beatrice sich verhielt, nahm Roy an, dass sie nicht allein auf dem Grundstück waren.

Bald kamen sie zu einem alten, auf Zementblöcken aufgebockten Lieferwagen. Die verblassten roten Buchstaben auf der eingerissenen Plane waren kaum zu entziffern: JO-JOS EISSALON.

Beatrice kletterte in die Kabine und zog Roy hinter sich her. Durch einen schmalen Durchgang kamen sie in den hinteren Teil des Lieferwagens, der übersät war mit Kartons und Schachteln und Bergen von alter Kleidung. Roy bemerkte einen Schlafsack in einer Ecke.

Als Beatrice die Tür hinter ihnen schloss, war es stockdunkel. Roy konnte nicht die Hand vor Augen sehen.

»Gib die Schachtel her!«, hörte er Beatrice' Stimme.

»Nein«, sagte Roy.

»Liegt dir was an deinen Vorderzähnen, Eberhardt?«

»Ich hab keine Angst vor dir«, log Roy.

Es war stickig und feucht in dem alten Eiscremewagen. Mücken surrten um Roys Ohren herum und er schlug blind nach ihnen. Es roch nach irgendetwas, das hier nicht so richtig hinzupassen schien, irgendetwas, das ihm merkwürdig bekannt vorkam – konnten das Kekse sein? Doch, es roch nach frisch gebackenen Erdnussbutterkeksen, wie Roys Mutter sie immer machte.

Der grelle Strahl einer Taschenlampe traf ihn voll in die Augen und Roy drehte den Kopf weg.

»Zum letzten Mal«, sagte Beatrice drohend, »was hast du in dem Schuhkarton?«

»Schuhe«, antwortete Roy.

»Haha!«

»Ehrlich.«

Sie riss ihm die Schachtel aus den Händen, nahm den Deckel ab und leuchtete mit der Taschenlampe hinein.

»Ich hab's dir doch gesagt«, meinte Roy.

Beatrice schnaufte verächtlich. »Wozu schleppst du ein extra Paar Turnschuhe mit dir rum? Das ist doch echt beknackt, Cowgirl.«

»Die sind nicht für mich, die Schuhe«, sagte Roy. Sie waren fast brandneu, er hatte sie erst ein paar Mal getragen.

»Für wen sind sie dann?«

»Für einen Jungen, den ich kenne.«

»Was für ein Junge?«

»Der, von dem ich dir in der Schule erzählt hab. Der neulich an deiner Bushaltestelle vorbeigerannt ist.«

»Ach ja«, sagte Beatrice spöttisch, »der, hinter dem du her warst, als du dich um deinen eigenen Kram kümmern solltest.« Sie knipste die Taschenlampe aus und es war wieder stockdunkel.

»Na ja, ich hab ihn auch gefunden. Mehr oder weniger jedenfalls«, sagte Roy.

»Du gibst wohl nie auf, was?«

»Mensch, der Junge braucht Schuhe. Der tritt sonst noch in Glasscherben oder rostige Nägel … oder auf eine Wassermokassin.«

»Woher willst du wissen, ob der überhaupt Schuhe will, Eberhardt? Vielleicht kann er ohne ja viel schneller rennen.«

Roy war sich nicht sicher, was Beatrice hatte, aber dass er deutlich zu spät war fürs Abendessen und seine Eltern vermutlich schon längst in Panik waren, das wusste er definitiv. Beatrice knipste die Taschenlampe wieder an. Wenn er es irgendwie schaffte, vor ihr beim Fahrrad zu sein, dann könnte er vielleicht abhauen.

»Ist ja egal«, sagte Roy, »wenn er die Schuhe nicht will, dann behalte ich sie eben. Und wenn er sie will – also, passen müssten sie ihm. Er sah etwa so groß aus wie ich.«

Aus der Dunkelheit kam nur Schweigen zurück.

»Beatrice, wenn du mich zusammenschlagen willst, könnten wir es dann vielleicht jetzt gleich hinter uns bringen? Meine Eltern dürften nämlich gerade bei der Polizei anrufen.«

Schweigen.

»Beatrice, bist du wach?«

»Eberhardt – was willst du von dem Jungen?«

Das war eine gute Frage, und Roy war sich nicht sicher, ob er die Antwort in Worte fassen konnte. Es hatte etwas mit dem Ausdruck auf dem Gesicht des Jungen zu tun, als er an den beiden Tagen am Bus vorbeigerannt war: Wild entschlossen hatte er ausgesehen, so als hätte er etwas ganz Dringendes zu tun. Auf jeden Fall konnte Roy diesen Ausdruck nicht vergessen.

»Ich weiß nicht«, sagte Roy, »ich weiß nicht, was es ist.«

Die Taschenlampe leuchtete ihm noch immer ins Gesicht. Roy arbeitete sich weiter zur Tür vor, doch Beatrice packte ihn ganz lässig am Hosenboden und zerrte ihn zu sich hinunter.

Roy saß schwer atmend da und wartete auf Prügel. Andererseits – Beatrice schien überhaupt nicht sauer zu sein.

»Welche Größe sind die?«, fragte sie und hielt die Turnschuhe hoch.

»Neun«, antwortete Roy.

»Hm.«

Beatrice deckte das Licht der Lampe mit einer Hand ab und legte einen Finger auf den Mund. Dann zeigte sie hinter sich. Im nächsten Moment hörte Roy draußen Schritte.

Beatrice knipste das Licht aus. Sie warteten. Die Schritte im Kies klangen schwerfällig, so wie die eines großen Mannes. Etwas klimperte beim Gehen, ein Schlüsselbund vermutlich oder lose Münzen in einer Tasche. Roy hielt die Luft an.

Als der Wachmann sich dem Eiswagen näherte, schlug er mit etwas, das sich wie ein Bleirohr anhörte, gegen einen der Kotflügel. Roy fuhr zusammen, gab aber keinen Laut von sich. Zum Glück ging der Mann weiter. Immer wieder hörten sie ihn mit seinem Rohr laut gegen eines der Autowracks schlagen, so als wollte er irgendetwas verschrecken, was sich im Schatten verborgen hielt.

Als der Mann weg war, flüsterte Beatrice: »Das war so ein Mietcop.«

»Was wollen wir eigentlich hier?«, fragte Roy matt.

Er hörte, wie Beatrice sich in dem dunklen Kabuff erhob. »Ich sag dir, was ich mache, Cowgirl«, sagte sie. »Ich biete dir einen kleinen Handel an.«

»Na also«, sagte Roy.

»Ich sorge dafür, dass der barfüßige Junge diese Schuhe kriegt, aber nur unter der Bedingung, dass du versprichst, ihn in Ruhe zu lassen, und ihm nicht mehr hinterherspionierst.«

»Du kennst ihn also doch!«

Beatrice riss Roy vom Boden hoch. »Ja«, sagte sie, »ich kenne ihn. Er ist mein Bruder.«

Um halb fünf am Nachmittag, wenn für Officer Delinko der Dienst normalerweise endete, stapelte sich die Arbeit noch immer auf seinem Schreibtisch. Er hatte noch jede Menge Formulare auszufüllen und Berichte fertig zu schreiben über das, was mit seinem Streifenwagen passiert war. Er schrieb weiter, bis ihm das Handgelenk wehtat, und um sechs war er endlich fertig.

Der Polizeiparkplatz war nur ein paar Häuserblocks entfernt, aber als Officer Delinko müde aus der Wache kam, schüttete es wie aus Eimern. Er wollte nicht, dass seine Uniform nass wurde, also wartete er unter dem Vordach, direkt unter dem großen Ö von *AMT FÜR ÖFFENTLICHE SICHERHEIT.*

Viele Städte hatten damit angefangen, ihre Polizeiwachen in *Amt für öffentliche Sicherheit* umzubenennen, weil man der Meinung war, das verschaffte der Polizei ein freundlicheres Image. Wie die meisten seiner Kollegen fand auch David Delinko, dass die Namensänderung sinnlos war. Ein Polizist war ein Polizist, fertig. Im Notfall würde niemand schreien: »Schnell, schnell, ruft das Amt für öffentliche Sicherheit!« Die Leute würden dasselbe rufen wie immer: »Ruft die Polizei!«

David Delinko war stolz darauf, Polizist zu sein. Sein Vater war bei der Kriminalpolizei in Cleveland, Ohio, für Raub und Einbruch zuständig gewesen und Davids älterer Bruder war im Morddezernat bei der Kriminalpolizei in Fort Lauderdale. David Delinkos sehnlichster Wunsch war es, auch zur Kriminalpolizei zu gehören – eines Tages.

Aber dieser Tag, dachte Officer Delinko traurig, war jetzt wohl in weite Ferne gerückt, und das hatte er den Vandalen vom Bauplatz des Pfannkuchenrestaurants zu verdanken.

Officer Delinko sah in den strömenden Regen hinaus und grübelte über seine Lage nach, als plötzlich ein Blitz in einen Strommast an der Straßenecke einschlug. Schnell zog der Polizist sich in die Eingangshalle der Polizeistation zurück, wo die Deckenbeleuchtung zweimal aufflackerte und dann erlosch.

»So ein Mist«, brummte Officer Delinko vor sich hin. Es blieb ihm nichts anderes übrig, als abzuwarten, bis das Gewitter vorbei war.

Er musste dauernd an die merkwürdigen Vorfälle auf dem Grundstück von Mama Paula denken. Erst zog jemand die Vermessungspfosten heraus, dann hockten Alligatoren in den Toiletten, und schließlich sprühte ihm jemand die Fenster seines Dienstwagens mit Farbe zu, während er darin saß und schlief. Das konnte nur das Werk von unerschrockenen und zu allem entschlossenen Tätern sein.

Unreif, das sicherlich, aber trotzdem unerschrocken.

Nach seiner Erfahrung waren Kinder normalerweise nicht so ausdauernd und auch nicht so wagemutig. Bei typischen Fällen von jugendlichem Vandalismus wurden die Taten immer von einer Clique von Jugendlichen begangen, denen es nur um den Kick ging und die einander zu übertreffen versuchten.

Aber das hier war kein typischer Fall, dachte Officer Delinko. Womöglich war es das Werk eines Einzeltäters, und der hatte entweder einen Groll auf Mama Paula – oder eine Mission zu erfüllen.

Nach einer Weile ließ der Regen nach und die Gewitterwolken verzogen sich. Officer Delinko hielt sich eine Zeitung über den Kopf und rannte los zum Parkplatz. Als er bei seinem Auto ankam, quoll das Wasser aus seinen handpolierten Schuhen.

Der Crown Victoria sah wie neu aus und stand vor dem verschlossenen Tor. Officer Delinko hatte den Garagenmeister gebeten, die Schlüssel hinter dem Deckel des Benzintanks zu verstecken; stattdessen steckten sie im Zündschloss, gut sichtbar für jeden, der vorbeispazierte. Der Garagenmeister konnte sich wohl nicht vorstellen, dass irgendjemand so verrückt sein könnte, einen Streifenwagen zu klauen.

Officer Delinko startete den Wagen und machte sich auf den Weg nach Hause. Er drehte eine kleine Runde um das Grundstück des Pfannkuchenrestaurants, aber da war keine Menschenseele zu sehen. Das überraschte ihn auch nicht – Verbrecher mochten schlechtes Wetter genauso wenig wie gesetzestreue Bürger.

Auch wenn er nicht im Dienst war, ließ Officer Delinko den Polizeifunk stets eingeschaltet. Das war eine der strikten Regeln für diejenigen mit der Erlaubnis, ihren Dienstwagen mit nach Hause zu nehmen. *Haltet immer die Ohren offen, falls mal ein Kollege Hilfe braucht.*

Heute Abend berichtete der Einsatzleiter von kleineren Auffahrunfällen sowie von einem vermissten Jungen, der mit dem Fahrrad im Gewitter unterwegs war. Roy Sowieso. Den Nachnamen konnte der Polizist nicht verstehen, weil gerade in dem Moment der Empfang gestört war.

Die Eltern sind sicher schon völlig verzweifelt, dachte Officer Delinko, aber bestimmt taucht der Junge heil wieder auf. Vermutlich hängt er in einem von den Einkaufszentren rum und wartet darauf, dass das Gewitter aufhört.

Officer Delinko ging der vermisste Junge noch immer durch den Kopf, als er zehn Minuten später an der Kreuzung West Oriole Avenue und Highway eine schlanke, klatschnasse Gestalt stehen sah. Es war ein Junge und die Beschreibung des Einsatzleiters passte genau: knapp einssechzig groß, dreiundvierzig Kilo schwer, mittelbraunes Haar.

Officer Delinko lenkte seinen Wagen an den Straßenrand. Er ließ das Seitenfenster hinunter und rief über die Kreuzung hinweg: »He, junger Mann!«

Der Junge winkte und tat einen Schritt nach vorn. Er schob ein Fahrrad; der Hinterreifen war anscheinend platt.

»Heißt du Roy?«

»Ja.«

»Soll ich dich vielleicht mitnehmen?«

Der Junge kam über die Straße mit seinem Rad, das problemlos in den geräumigen Kofferraum des Crown Victoria passte. Officer Delinko teilte dem Einsatzleiter über Funk mit, dass er den vermissten Jungen gefunden habe und alles in Ordnung sei.

»Roy, deine Eltern werden heilfroh sein, dich wiederzusehen«, sagte der Polizist.

Der Junge lächelte nervös. »Ich hoffe bloß, Sie haben Recht.«

Im Stillen gratulierte Officer Delinko sich selbst. Kein schlechtes Schichtende für jemanden, der zum Schreibtischdienst verdonnert war. Vielleicht würde ihm das ja dazu verhelfen, dass sein Chef ihn wieder in Gnaden aufnahm.

Roy war noch nie in einem Polizeiwagen gefahren. Er saß auf dem Beifahrersitz neben dem jungen Polizisten, der die Unterhaltung fast allein besorgte. Roy bemühte sich, höflich zu sein und immer wieder mal etwas zu sagen, aber seine Gedanken drehten sich nur um den rennenden Jungen und das was Beatrice Leep über ihn erzählt hatte.

»Mein Stiefbruder, genau genommen«, hatte sie gesagt.

»Wie heißt er?«

»Seinen Namen hat er abgelegt.«

»Und wieso nennen sie ihn Fischfinger? Ist er Indianer?« Zu Hause in Bozeman hatte Roy einen Mitschüler gehabt, dessen Nachname Drei Krähen bedeutete: Charlie Three Crows hieß er.

Beatrice Leep hatte gelacht. »Nein, der ist kein Indianer! Ich hab ihn Fischfinger getauft, weil er Meeräschen mit der bloßen Hand fangen kann. Hast du 'ne Ahnung, wie schwer das ist?«

Meeräschen waren schlüpfrige Köderfische, die sehr hoch springen konnten und in Schulen von hunderten unterwegs waren. Im Frühling war die Bucht bei Coconut Cove voll von ihnen. Üblicherweise wurden sie mit Netzen gefangen.

»Wieso wohnt er nicht zu Hause?«, hatte Roy Beatrice gefragt.

»Das ist erstens 'ne lange Geschichte und zweitens geht sie dich nichts an.«

»Und was ist mit der Schule?«

»Sie haben ihn zu einer ‚Spezialschule‘ geschickt. Zwei Tage hat er's da ausgehalten, dann ist er abgehauen. Den ganzen Weg ist er zurückgetrampt, von Mobile, Alabama.«

»Und deine Eltern?«

»Die wissen nicht, dass er hier ist, und ich werd's ihnen ganz bestimmt nicht sagen. *Keiner* sagt ihnen was. Kapiert?«

Roy hatte es feierlich versprochen.

Nachdem sie sich vom Schrottplatz geschlichen hatten, gab Beatrice Roy einen Erdnussbutterkeks, den er gierig verschlang. Unter den Umständen schien es ihm der leckerste Keks, den er je gegessen hatte.

Beatrice hatte ihn gefragt, was er seinen Eltern sagen wolle, wo er gewesen sei. Aber Roy war nichts eingefallen.

Und dann hatte Beatrice etwas ganz Irres gemacht: Sie hatte sein Rad hochgehoben und ein Loch in den Hinterreifen gebissen, gerade so, als würde sie in eine Pizza beißen.

Roy starrte sie mit offenem Mund an. Dieses Mädchen hatte Zähne wie eine Wölfin.

»Hier!«, sagte sie. »Jetzt hast du einen Platten. Und außerdem eine halbwegs taugliche Entschuldigung fürs Zu-spät-Kommen.«

»Möglich. Danke.«

»Also, worauf wartest du noch? Zisch endlich ab!«

Was für eine seltsame Familie, dachte Roy. Er spielte die Szene mit dem Reifen gerade noch mal im Kopf durch, als er den Polizisten sagen hörte: »Kann ich dich was fragen, junger Mann?«

»Klar.«

»Du gehst doch auf die Trace Middle, stimmt's? Hast du dort vielleicht irgendwas gehört über Sachen, die auf dem Grundstück von dem neuen Pfannkuchenrestaurant passieren?«

»Nein«, sagte Roy, »aber ich hab den Artikel in der Zeitung gesehen.«

Der Beamte rutschte unbehaglich auf seinem Sitz hin und her.

»Über die Alligatoren«, fügte Roy hinzu, »und den Polizeiwagen, der mit Farbe besprüht wurde.«

Der Polizist hustete erst einmal, dann sagte er: »Und du bist dir sicher, dass niemand irgendwas davon erzählt hat? Typen, die so was machen, geben ja ganz gern damit an.«

Kein Wort habe er darüber gehört, sagte Roy. »Hier ist meine Straße«, sagte er und zeigte mit der Hand in die Richtung. »Das sechste Haus links.«

Der Polizist bog in die Einfahrt vor dem Haus der Eberhardts und bremste. »Kannst du mir einen Gefallen tun? Wenn du doch noch was hörst über diese Sache mit Mama Paula, ganz egal, was, auch wenn es nur ein Gerücht ist – würdest du mich dann anrufen? Es ist sehr wichtig.«

Der Beamte reichte Roy eine Visitenkarte. »Das ist meine Nummer auf der Wache und das hier meine Handynummer.«

Über den Telefonnummern stand:

David Delinko
Officer im Streifendienst
Amt für öffentliche Sicherheit
Coconut Cove

»Du kannst mich jederzeit anrufen«, betonte Officer Delinko. »Halt einfach Augen und Ohren offen, okay?«

»Okay«, antwortete Roy wenig begeistert. Der Polizist wollte ihn als Informanten haben; seine eigenen Klassenkameraden sollte er ausspionieren. Ein stolzer Preis für eine Mitfahrgelegenheit.

Nicht, dass Roy darüber nicht froh gewesen wäre, aber er hatte auch nicht das Gefühl, dass er dem Polizisten mehr schuldete als ein ehrliches Dankeschön. Gehörte es nicht zu den Aufgaben eines Polizisten, anderen Menschen zu helfen?

Roy stieg aus und winkte seinen Eltern zu, die vor dem Haus auf den Stufen standen. Officer Delinko holte Roys Fahrrad aus dem Kofferraum. »So, bitte sehr«, sagte er.

»Danke«, sagte Roy.

»Geh damit zur Tankstelle. Da flicken sie dir den Reifen wieder. Hast du einen Nagel reingekriegt?«

»So ähnlich.«

Roys Vater kam und bedankte sich bei dem Polizisten, dass er den Jungen nach Hause gebracht hatte. Roy hörte, wie die beiden Männer sich über die Polizeiarbeit unterhielten, und er nahm an, dass sein Vater dem Beamten erzählt hatte, dass er für das Justizministerium arbeitete.

Während Mr. Eberhardt das Rad in die Garage stellte, rief Officer Delinko Roy mit gedämpfter Stimme zu sich: »He, junger Mann!«

Was kommt jetzt?, fragte sich Roy.

»Meinst du, es würde deinem Dad was ausmachen, einen Brief an den Polizeichef zu schreiben? Oder meinetwegen auch an meinen Sergeant? Nichts Großartiges, nur ein paar freundliche Worte über diese Sache heute Abend. Etwas für meine Akten. Diese kleinen Dinge sind durchaus hilfreich. Sie summieren sich.«

Roy nickte unverbindlich. »Ich werd ihn fragen.«

»Super. Bist ein prima Kerl.«

Officer Delinko setzte sich wieder ins Auto. Mrs. Eberhardt, die ins Haus gegangen war, um ein Handtuch zu holen, kam und schüttelte dem Polizisten herzlich die Hand. »Wir waren ganz außer uns vor Sorge. Haben Sie vielen Dank!«

»Ach, das war doch nichts.« Officer Delinko zwinkerte Roy kurz zu.

»Doch – Sie haben mein Vertrauen in die Polizei wiederhergestellt«, fuhr Roys Mutter fort. »Ehrlich, ich wusste gar nicht, was ich denken sollte, als ich diese unglaubliche Geschichte in der Zeitung las. Die über den Polizisten, dem man die Autofenster mit schwarzer Farbe besprüht hat.«

Roy hatte den Eindruck, dass Officer Delinko auf einmal aussah, als würde ihm gleich übel. »Gute Nacht zusammen«, sagte er noch, dann drehte er den Zündschlüssel um.

»Kennen Sie den Mann zufällig?«, fragte Roys Mutter unschuldig. »Den, der im Dienst eingeschlafen ist? Was passiert mit ihm? Wird er gefeuert?«

Mit quietschenden Reifen fuhr Officer Delinko rückwärts aus der Einfahrt und brauste davon.

»Vielleicht ein Notfall«, sagte Mrs. Eberhardt, während sie zusah, wie die Rücklichter in der Dunkelheit verschwanden.

»Ja«, sagte Roy lächelnd. »Kann sein.«

8

Roy hielt sein Versprechen. Er hörte auf, nach Beatrice Leeps Stiefbruder zu suchen, obwohl es ihm enorm schwer fiel.

Wenigstens machte das Wetter es ihm leichter, zu Hause zu bleiben. Drei Tage am Stück goss es wie aus Kübeln. Laut Wetterbericht hatte sich ein tropisches Tief über dem Süden von Florida niedergelassen. Zwischen zwanzig und dreißig Zentimetern Niederschlag wurden erwartet.

Aber selbst bei herrlichstem Sonnenschein wäre Roy nirgends hingegangen. Der Typ an der Tankstelle hatte ihm mitgeteilt, dass der Fahrradreifen nicht mehr zu flicken sei.

»Haben Sie vielleicht einen Affen als Haustier?«, hatte er Roys Vater gefragt. »Ich könnte schwören, dass das im Schlauch Abdrücke von Zähnen sind.«

Roys Eltern hatten Roy nicht einmal gefragt, was passiert war. Durch die Zeit in Montana waren sie an platte Reifen gewöhnt. Ein neuer war schon bestellt, aber bis dahin stand Roys Rad ungenutzt in der Garage. Die verregneten Nachmittage verbrachte er mit Hausaufgaben und einem Cowboy-Roman. Wenn er aus dem Fenster schaute, sah er nichts als Pfützen. Mehr denn je vermisste er die Berge.

Als Roys Mutter ihn am Donnerstag von der Schule abholte, hatte sie gute Neuigkeiten für ihn. »Du darfst jetzt wieder mit dem Schulbus fahren!«

Roy machte nicht gerade einen Luftsprung vor Freude. »Wieso? Was ist passiert?«

»Ich nehme an, Miss Hennepin hat noch mal über die Situation nachgedacht.«

»Und warum? Hast du sie angerufen oder was?«

»Ich habe sogar mehrmals mit ihr gesprochen«, gab seine Mutter zu. »Uns ging es um die Gerechtigkeit. Es war einfach nicht richtig, dass du vom Schulbus verwiesen wirst, während der Junge, der mit der Prügelei angefangen hat, straffrei ausgeht.«

»Das war keine Prügelei, Mom.«

»Ist ja auch egal. Jedenfalls sieht es so aus, als hätte sich Miss Hennepin unserer Sichtweise angeschlossen. Und ab morgen fährst du wieder mit dem Bus.«

Na wunderbar, dachte Roy. Danke, Mom.

Er hatte den Verdacht, dass es einen anderen Grund gab, weswegen sie der Stellvertretenden Schulleiterin so hartnäckig auf die Füße getreten hatte – sie wollte bestimmt gern wieder in ihren Yogakurs, der immer am frühen Vormittag in der Volkshochschule stattfand. Solange sie Roy zur Schule fahren musste, ging das nicht.

Aber Roy wollte auch nicht egoistisch sein. Er konnte

ja nicht für immer von seinen Eltern abhängig bleiben. Vielleicht würden die anderen Schüler im Bus gar kein großes Aufheben machen, wenn er wieder im Bus auftauchte.

»Was ist los, mein Lieber? Ich dachte, du freust dich, dass alles wieder im Lot ist.«

»Tu ich ja auch, Mom.«

Morgen ist gerade so gut wie jeder andere Tag, dachte Roy. Bringen wir's hinter uns.

Leroy Branitt, der Mann mit der Glatze, der sich Curly nannte, stand unter Hochspannung. Seine Augenlider zuckten, weil er zu wenig Schlaf bekam, und den ganzen Tag lang schwitzte er wie ein Wildschwein.

Eine Baustelle zu überwachen war eine verantwortungsvolle Tätigkeit und jeder Morgen brachte neue Hindernisse und neue Sorgen. Dank der geheimnisvollen Eindringlinge waren sie mit ihrem Zeitplan schon zwei Wochen in Verzug. Verzögerungen kosteten aber Geld und die Bosse von Mama Paula waren alles andere als glücklich darüber.

Noch irgendein Zwischenfall und sie würden ihn feuern, das hatte einer der Manager von Mama Paula Curly zu verstehen gegeben. Der Mann war der Stellvertretende Direktor des Unternehmens und zuständig für die Öffentlichkeitsarbeit. Chuck Muckle hieß er, und Curly fand, der Name passe viel eher zu einem Zirkusclown.

Chuck Muckle war jedoch alles andere als ein fröhlicher Mensch, schon gar nicht, nachdem er den Zeitungsartikel über den Streifenwagen gelesen hatte, dessen Fenster auf dem Grundstück von Mama Paula eingeschwärzt worden waren. Zu Chuck Muckles Aufgaben gehörte es, Mama Paulas kostbaren Namen aus den Nachrichten herauszuhalten, es sei denn, das Unternehmen eröffnete gerade eine Filiale oder stellte eine neue Pfannkuchenvariante vor, zum Beispiel die sensationellen Limonen-Crêpes.

In all den Jahren, in denen Curly schon Baustellen überwachte, hatte er noch nie einen solchen Anruf bekommen wie den von Chuck Muckle, nachdem der Zeitungsartikel erschienen war. Noch nie hatte ihn jemand eine geschlagene Viertelstunde lang so abgekanzelt wie der Stellvertretende Direktor der Restaurantkette.

»Hören Sie mal, das war doch nicht meine Schuld«, konnte er schließlich einwerfen. »*Ich* bin doch nicht im Dienst eingeschlafen. Das war doch der Polizist!«

Chuck Muckle sagte ihm, er solle aufhören zu jammern und die Sache wie ein Mann tragen. »*Sie* sind der Wachmann, Mr. Branitt, oder?«

»Ja, aber –«

»Also, wenn noch so etwas passiert, dann sind Sie ein arbeitsloser Wachmann. Mama Paulas Pfannkuchenhaus ist eine Aktiengesellschaft, die ihren weltweiten Ruf zu schützen hat. Diese Art von Aufmerksamkeit ist unserem Image nicht gerade förderlich. Haben Sie mich verstanden?«

»Jawohl«, hatte Curly geantwortet, obwohl er nichts verstanden hatte. Echten Liebhabern von Pfannkuchen konnte es doch völlig egal sein, was mit einem Polizeiwagen passiert war oder ob in den Baustellenklos Alligatoren gesteckt hatten. All diese merkwürdigen Vorfälle wären doch längst vergessen bis zur Eröffnung des Restaurants.

Aber Chuck Muckle war nicht in der Stimmung gewesen, sich auf eine vernünftige Diskussion einzulassen. »Hören Sie mir mal gut zu, Mr. Branitt. Jetzt ist Schluss mit dem Unfug. Wenn wir beide gleich aufgelegt haben, gehen Sie sofort hin und heuern die größten, blutdürstigsten Kampfhunde an, die Sie finden können. Rottweiler sind am besten, aber Dobermänner tun's auch.«

»Sehr wohl, Sir.«

»Ist der Platz inzwischen geräumt?«

»Es regnet«, hatte Curly gesagt. »Und es soll auch die ganze Woche noch regnen.« Vermutlich würde Chuck Muckle ihn auch noch fürs Wetter verantwortlich machen.

»Nicht zu fassen«, hatte der Stellvertretende Direktor geknurrt. »Ich will keine weiteren Verzögerungen mehr, verstanden? Keine.«

Es war geplant, das Grundstück vor dem feierlichen ersten Spatenstich mit Prominenten und Vertretern von Presse und Fernsehen zu planieren. Höhepunkt der Veranstaltung sollte der Auftritt der Schauspielerin sein, die in der Fernsehwerbung immer als Mama Paula auftrat.

Sie hieß Kimberly Lou Dixon und hatte vor über zehn Jahren für den Titel der Miss America kandidiert. Später war sie Schauspielerin geworden, allerdings konnte Curly sich nicht entsinnen, sie je in anderen Filmen als den Werbespots für Mama Paula gesehen zu haben. Da trug sie immer eine Baumwollschürze, eine graue Perücke und eine runde Nickelbrille, damit sie wie eine alte Dame aussah.

»Ich will Ihnen auch erklären, wieso Sie Ihren Job los sind, wenn das Projekt noch einmal ins Stocken gerät«, hatte Chuck Muckle zu Curly gesagt. »Miss Dixon hat nur ganz wenige freie Termine. In ein paar Wochen beginnt sie mit den Dreharbeiten für einen bedeutenden Film.«

»Sagen Sie bloß! Wie soll der denn heißen?« Curly und seine Frau waren begeisterte Kinogänger.

»›Mutierende Invasoren von Jupiter Sieben‹«, hatte Chuck Muckle gesagt. »Das Problem ist Folgendes, Mr. Branitt: Wenn wir die Feier zum ersten Spatenstich verschieben müssen, dann kann Miss Kimberly Lou Dixon nicht mehr dabei sein. Dann ist sie nämlich schon auf dem Weg nach Las Cruces, New Mexico, und bereitet sich auf ihre Rolle der Königin der mutierenden Grashüpfer vor.«

Wow, dachte Curly. Die Königin spielt sie!

»Ohne Miss Dixons Anwesenheit ist die Veranstaltung aber werbemäßig kein Straßenfeger. Sie symbolisiert unser Unternehmen. Sie ist sozusagen unser Maskottchen, unser –«

»... unser Tiger im Tank?«, hatte Curly gefragt.

»Ich bin froh, dass Sie begreifen, worum es geht.«

»Und ob ich das begreife, Mr. Muckle.«

»Ausgezeichnet. Wenn alles glatt läuft, dann müssen Sie und ich nie mehr miteinander sprechen. Wäre das nicht nett?«

»Oh doch«, hatte Curly zugestimmt.

Am allerdringlichsten war es also gewesen, einen Maschendrahtzaun um den Bauplatz zu ziehen. Es war gar nicht so einfach, jemanden zu finden, der bereit war, bei diesem Regen zu arbeiten, aber schließlich hatte Curly doch eine Firma in Bonita Springs aufgetrieben. Inzwischen war der Zaun fertig, jetzt fehlte nur noch der Mann mit den Wachhunden.

Curly war leicht nervös. Hunde waren überhaupt nicht sein Ding. Seine Frau und er hatten nie ein Haustier gehabt, wenn man die streunende Katze nicht mitrechnete, die gelegentlich hinter dem Haus auf der Veranda schlief. Diese Katze hatte nicht einmal einen Namen und Curly war das ganz recht. Mit den Menschen in seinem Leben hatte er schon mehr als genug am Hut.

Um halb fünf fuhr ein roter Truck mit Schlafkabine

neben dem Bauwagen vor. Curly zog sich einen gelben Poncho über seinen glänzenden Schädel und trat hinaus in den endlosen Nieselregen.

Der Hundetrainer war ein fleischiger Mann mit Schnurrbart, der sich als Kalo vorstellte. Er sprach mit starkem Akzent, genau so, wie die deutschen Soldaten in den Filmen über den Zweiten Weltkrieg redeten. Curly hörte die Hunde wild bellen. Sie befanden sich in der Schlafkabine und warfen sich mit Macht gegen die Heckklappe des Wagens.

»Sie gehen jetzt nach Hause, jawohl?«, fragte Kalo.

Curly warf einen Blick auf seine Armbanduhr und nickte.

»Ich schließ den Zaun zu, ja. Morgen komm ich ganz früh und hole Hunde.«

»Ist mir ganz recht«, sagte Curly.

»Wenn was passiert, sofort anrufen. Hunde nicht anfassen«, warnte ihn Kalo. »Nicht mit reden. Nicht füttern. Ganz wichtig, verstanden?«

»O ja.« Curly war mehr als glücklich, sich von diesen Bestien fern halten zu können. Er fuhr seinen Pick-up rückwärts vom Grundstück und stieg aus, um das Tor hinter sich zu schließen.

Kalo winkte freundlich, dann ließ er die Kampfhunde von der Leine. Es waren lauter Rottweiler, sogar extrem große. Sofort rasten sie am Zaun entlang und durch alle Pfützen, dass es nur so spritzte. Als sie am Tor ankamen, sprangen alle vier daran hoch, knurrten und schnappten wütend nach Curly auf der anderen Seite.

Kalo kam angelaufen und brüllte Kommandos auf Deutsch. Sofort hörten die Rottweiler auf zu bellen und setzten sich mit gespitzten Ohren.

»Wohl am besten, Sie gehen jetzt«, sagte Kalo zu Curly.

»Haben die auch Namen?«

»Ja doch. Der da ist Max. Der da Klaus. Der da Karl. Und der Große da heißt Pokerface.«

»Pokerface?«, fragte Curly.

»Mein bester, der, mein Baby. Hab ich extra aus München geholt.«

»Und der Regen – macht der denen nichts?«

Kalo grinste. »Die können draußen lassen, sogar bei Hurrikan. Aber jetzt nach Hause gehen und keine Sorge machen. Hunde sich kümmern um Problem.«

Als er zu seinem Auto ging, sah Curly, dass die Rottweiler jede seiner Bewegungen verfolgten. Sie keuchten leicht und um ihre Schnauzen herum lag weißer Schaum.

Diese Nacht würde er endlich wieder gut schlafen, dachte Curly. Gegen gut zweihundert Kilo gemeinster Hundekörper hatten die Vandalen keine Chance.

Wer da über den Zaun klettern wollte, der müsste schon verrückt sein. Total übergeschnappt.

Am nächsten Morgen bot Mrs. Eberhardt Roy an, ihn auf dem Weg zu ihrem Yoga-Kurs mitzunehmen und an der Bushaltestelle abzusetzen, aber Roy lehnte ab. Es hatte endlich aufgehört zu regnen, und er war ganz froh, wieder laufen zu können.

Eine frische Brise wehte von der Küste herein und die Luft roch angenehm nach Salz und Tang. Möwen kreisten über seinem Kopf, während in einem Nest hoch auf einem Strommast zwei Fischadler einander ankrächzten. Am Boden, neben dem Pfeiler des Mastes, lagen säuberlich abgenagte Skelette von Meeräschen.

Roy blieb stehen und sah sich die Fischgräten näher an. Dann trat er zurück und schaute hinauf zu den Fischadlern, deren Köpfe gerade eben über den Rand hinausragten. Einer war größer als der andere – vermutlich war es die Mutter, die ihrem Kind das Jagen beibrachte.

In Montana lebten die Fischadler in den Pappeln entlang der großen Flüsse, in denen sie nach Forellen und Felchen tauchten. Roy hatte sich gefreut, dass es auch in Florida Fischadler gab. Es war schon erstaunlich, dass Vögel ein und derselben Gattung in zwei so weit voneinander entfernten und so völlig verschiedenen Gegenden gut leben konnten. Wenn sie es können, dachte Roy, dann kann ich es vielleicht auch.

So lange blieb er unter dem Nest stehen, dass er um ein Haar den Bus verpasst hätte. Das letzte Stück musste er sogar rennen, aber er schaffte es gerade noch und stieg als Letzter ein.

Die anderen Schüler wurden merkwürdig still, als Roy durch den Gang lief. Als er sich setzen wollte, stand das Mädchen auf dem Fensterplatz rasch auf und zog in eine andere Reihe um.

Roy hatte ein ungutes Gefühl, aber er wollte sich lieber nicht umdrehen, um zu sehen, ob er Recht hatte. Er hockte sich hin und tat so, als wäre er in einen Comic vertieft.

Er hörte, wie hinter ihm erst geflüstert und dann hastig zusammengepackt wurde. Blitzartig verschwanden alle, die dort gesessen hatten, und gleich darauf spürte Roy, wie jemand Großes sich an ihn heranpirschte.

»Hi, Dana«, sagte er und drehte sich ganz langsam um.

»He, Cowgirl.«

Nach einer Woche war Dana Mathersons Nase noch immer leicht violett und geschwollen, aber sie stand definitiv nicht von der Stirn ab, wie Garrett behauptet hatte.

Das einzig Überraschende an Danas Aussehen war die dicke aufgeplatzte Oberlippe. So hatte Dana noch nicht ausgesehen, als Roy den Brief bei ihm abgegeben hatte. Roy fragte sich, ob Danas Mutter ihm vielleicht eins aufs Maul gegeben hatte.

Dank der neuen Verletzung lispelte der Idiot jetzt

richtig schön. »Wir müffen noch waff klären, Eberhardt.«

»Und was bitte?«, fragte Roy. »Ich hab mich bei dir entschuldigt. Damit wären wir quitt.«

Eine feuchte, schinkengroße Hand legte sich quer über Roys Gesicht. »Wir ffind alleff andere alff quitt«, sagte Dana.

Roy konnte nicht antworten, weil ihm der Mund zugehalten wurde. Er spähte zwischen Danas Wurstfingern hindurch, die nach Zigaretten stanken.

»Daff wird dir noch Leid tun, waff du gemacht hafft«, knurrte Dana. »Alpträume kriegfft du, und fwar von der fflimmfften Fforte.«

Der Schulbus fuhr eine Haltestelle an. Schnell ließ Dana von Roy ab und faltete brav die Hände für den Fall, dass der Fahrer zufällig in den Rückspiegel schauen sollte. Drei Schüler aus Roys Klasse stiegen ein, entschieden sich aber klugerweise für Plätze in den vorderen Reihen, als sie Dana sahen.

Kaum, dass der Bus wieder anfuhr, wollte Dana sich wieder an Roy heranmachen, doch der schlug ihm ganz locker den Arm weg. Dana kippte zurück und starrte Roy ungläubig an.

»Sag mal, hast du meinen Brief nicht gelesen?«, fragte Roy. »Solange du mich in Ruhe lässt, gibt's auch keinen Ärger.«

»Hafft du mich eben gebokfft? Hafft du mir auf den Arm gebokfft?«

»Verklag mich doch, wenn du willst.«

Dana riss die Augen auf. »Waff hafft du geffagt?«

»Ich hab gesagt, du solltest mal deine Ohren testen lassen – und deinen IQ am besten gleich mit.«

Roy wusste selbst nicht, welcher Teufel ihn da ritt, dass er jemandem, der so gewalttätig war, mit solchen Sprüchen kam. Er hatte wirklich keine Lust auf eine Keilerei, aber die Alternative war, zu kuschen und zu betteln, und so weit konnte er sich wirklich nicht herablassen.

Jedes Mal, wenn die Eberhardts in eine andere Stadt zogen, lernte Roy neue Ausgaben der Sorte Schinder und Dumpfbacken kennen. Er empfand sich inzwischen schon als Experte auf dem Gebiet. Solange er nicht zurückwich, ließen sie ihn normalerweise in Ruhe und suchten sich jemand anderen, den sie triezen konnten. Beleidigen sollte man sie aber lieber nicht, das konnte gefährlich werden.

Roy bemerkte ein paar von Danas bescheuerten Freunden, die hinten im Bus saßen und die Szene beobachteten. Das hieß, dass Dana sich verpflichtet fühlen würde, den anderen zu zeigen, was für ein toller Typ er war.

»Schlag zu«, sagte Roy.

»Waff?«

»Mach schon. Dann bist du's wenigstens los.«

»Du bifft echt ein Penner, Eberhardt.«

»Und du kannst vor lauter Blödheit kaum aus den Augen gucken, Matherson.«

Das hatte es gebracht. Dana warf sich nach vorn und knallte Roy eine. Er traf ihn seitlich am Kopf.

Nachdem er sich wieder aufgerichtet hatte, fragte Roy: »Na also. Geht's dir jetzt besser?«

»Verdammt gut geht'ff mir!«, rief Dana.

»Dann ist ja alles okay.« Roy drehte sich um und blätterte weiter in seinem Comic.

Dana schlug gleich noch einmal zu. Roy kippte zur Seite. Dana lachte gehässig und brüllte seinen Kumpeln hinten etwas zu.

Roy setzte sich sofort wieder gerade hin. Der Kopf tat ihm wirklich weh, aber er wollte nicht, dass jemand es merkte. Lässig hob er seinen Comic vom Boden auf und legte ihn sich auf den Schoß.

Dieses Mal schlug Dana mit der anderen Hand zu, die genau so fett und feucht war. Als Roy zu Boden ging, schrie er unwillkürlich auf, aber im Quietschen der Bremsen ging der Schrei unter.

Einen hoffnungsvollen Moment lang dachte Roy, der Fahrer habe vielleicht gesehen, was da vor sich ging, und sei an den Rand gefahren, um für Ordnung zu sorgen. Aber so war es leider nicht – der Fahrer bekam wie immer absolut nichts mit von Danas schlechtem Benehmen. Der Bus war einfach an der nächsten Haltestelle angekommen.

Solange die Schüler einstiegen, führte sich Dana mustergültig auf. Roy schaute hinunter auf seinen Comic. Er wusste, sobald der Bus losfuhr, würden die

Angriffe weitergehen, und er wappnete sich schon innerlich für Danas nächsten Schlag.

Doch der kam nicht.

An einer Straßenecke nach der anderen rollten sie vorbei, während Roy stocksteif dasaß und darauf wartete, dass er wieder eins übergebraten bekam. Schließlich siegte seine Neugier und er spähte vorsichtig über die linke Schulter.

Roy konnte es kaum fassen. Dana hockte zusammengesunken da und starrte säuerlich aus dem Fenster. Nach dem letzten Stopp hatte sich jemand mutig neben den Volltrottel gesetzt und ihm so den Spaß verdorben.

»Was glotzt du so?«, wurde Roy gleich angeblafft.

Trotz seiner bohrenden Kopfschmerzen musste Roy grinsen.

»Hi, Beatrice«, sagte er.

9

In der Schule war es einfach nervig. Jedes Mal, wenn Roy einen der Unterrichtsräume betrat, ließen seine Mitschüler alles stehen und liegen und starrten ihn an. Es kam ihm so vor, als wären sie immer wieder neu überrascht, dass er noch lebte und alle Knochen heil waren.

Als er nach Algebra aus der Klasse kam, hörte er hinter sich ein gewaltiges Furzimitat – das war Garrett, eindeutig. Er packte Roy am Ärmel und zog ihn mit sich in die Toiletten.

»Du siehst krank aus. Du solltest gleich nach Hause gehen«, riet ihm Garrett.

»Wieso, mir geht's gut«, sagte Roy, obwohl das nicht stimmte. Der Kopf tat ihm noch immer weh von den Schlägen, die Dana ihm im Bus verpasst hatte.

»Hör mir mal zu, du Pfeife«, sagte Garrett, »es ist mir ganz egal, wie du dich fühlst. Du bist krank. Echt krank, kapiert? Du musst deine Mutter anrufen, damit sie dich abholt.«

»Was hast du gehört?«

»Nach der siebten Stunde wartet er auf dich.«

»Soll er doch warten.«

Garrett zerrte Roy in eine der Kabinen und schloss von innen ab.

»Aber sonst geht's dir gut, oder?«, sagte Roy.

Garrett legte einen Finger auf die Lippen. »Ich kenne einen, der mit Dana Sport hat«, flüsterte er aufgeregt. »Der sagt, Dana krallt sich dich, bevor du in den Bus steigst.«

»Und was will er dann machen?«

»Na was wohl, du Affe!«

»Direkt vor der Schule? Wie denn?«, fragte Roy.

»Hör mal, mein Lieber, ich an deiner Stelle würde nicht abwarten, bis ich's weiß. Hey – du hast mir nie gesagt, dass du ihm auch eins aufs Maul gegeben hast.«

»Das war ich nicht, tut mir Leid.« Roy schloss auf und schob seinen Freund sanft nach draußen.

»Was machst du jetzt?«, rief Garrett über die Tür.

»Pinkeln.«

»Quatsch, das meinte ich nicht. Ich rede von Du-weißt-schon-wem.«

»Ich denk mir was aus.«

Aber was? Selbst wenn Roy es schaffte, Dana Matherson heute Nachmittag aus dem Weg zu gehen, würde das ganze Theater am Montag von vorn anfangen. Dana würde ihm wieder auflauern und Roy müsste sich einen anderen Fluchtplan ausdenken. Und so würde es weitergehen, Tag für Tag, bis zu den Ferien im Juni.

Es gab noch andere Möglichkeiten, aber keine war besonders attraktiv. Wenn er Dana bei Miss Hennepin anschwärzte, dann würde sie Dana in ihr Büro rufen lassen und ihm einen strengen Vortrag halten, mehr nicht. Darüber würde Dana bloß lachen. Wer konnte schon eine Stellvertretende Schulleiterin ernst nehmen, die ein einzelnes Haar über der Oberlippe kultivierte?

Wenn Roy seinen Eltern erzählte, wie die Situation mit Dana war, dann wären sie womöglich so besorgt, dass sie ihn von der Schule abmeldeten. Und das Ende vom Lied wäre, dass er mit einem anderen Bus zu irgendeiner Privatschule gekarrt würde, wo er tagein, tagaus dieselbe bescheuerte Uniform tragen und (laut Garrett) Latein lernen müsste.

Eine dritte Möglichkeit wäre, dass Roy sich noch einmal bei Dana entschuldigte, und dieses Mal müsste die Entschuldigung wirklich triefen vor aufrichtiger Reue. Aber das wäre zum einen entwürdigend und hätte zum anderen vermutlich nicht einmal die gewünschte Wirkung. Dana würde ihn trotzdem weiterhin gnadenlos schikanieren.

Als Letztes blieb ihm noch, standzuhalten und zu kämpfen. Roy machte sich nichts vor; er wusste, seine Chancen waren erbärmlich schlecht. Für ihn sprach, dass er schnell war und Grips hatte, aber Dana war bullig genug, ihn wie eine Weintraube zu zerquetschen.

Roy musste daran denken, was sein Vater einmal

gesagt hatte, als sie sich über Prügeleien unterhalten hatten: »Es ist wichtig, dass man für das eintritt, was richtig ist, aber manchmal ist die Grenzlinie zwischen Mut und Dummheit sehr fein.«

Roy vermutete, dass ein Kampf gegen Dana Matherson in die zweite Kategorie fiel.

Die Aussicht, von Dana zu Mus gehauen zu werden, gefiel ihm gar nicht, aber was ihn noch mehr beunruhigte, war die Auswirkung, die so etwas auf seine Mutter haben würde. Er vergaß nie, dass er ein Einzelkind war, und er wusste, dass seine Mutter es nicht ertragen könnte, wenn ihm etwas zustieße.

Roy hätte beinahe eine kleine Schwester gehabt, aber das sollte er eigentlich gar nicht wissen. Fünf Monate war seine Mutter mit dem Baby schwanger gewesen, als sie eines Nachts plötzlich furchtbar krank wurde und mit dem Krankenwagen in die Klinik musste. Als sie nach einigen Tagen wieder heimkam, war das Baby nicht mehr da, aber niemand erklärte ihm richtig, wieso nicht. Roy war damals erst vier Jahre alt, und seine Eltern waren so verstört gewesen, dass er sich nicht getraut hatte, Fragen zu stellen. Erst Jahre später hatte ein älterer Cousin ihm erklärt, was eine Fehlgeburt ist, und ihm unter dem Siegel der Verschwiegenheit anvertraut, dass Roys Mutter auf die Weise ein kleines Mädchen verloren hatte.

Seit damals hatte er sich immer bemüht, seinen Eltern nicht unnötige Sorgen zu machen. Egal, ob er ritt,

Rad fuhr oder auf dem Snowboard stand, immer verzichtete er auf die gewagten, wilden Kunststücke, die Jungen seines Alters normalerweise gern machen – nicht, weil er selbst Angst hatte, sondern weil er sich als Einzelkind dazu verpflichtet fühlte.

Und trotzdem hatte er heute Morgen im Bus diesen Brutalo mit dem Erbsenhirn beleidigt, der sowieso schon stinksauer auf ihn war. Manchmal verstand Roy selbst nicht, was ihn überkam. Manchmal besaß er mehr Stolz, als gut für ihn war.

In der letzten Stunde hatte er Amerikanische Geschichte. Nach dem Läuten wartete Roy, bis die anderen Schüler gegangen waren, dann spähte er vorsichtig den Gang hinunter. Keine Spur von Dana Matherson.

»Roy, stimmt was nicht?«

Mr. Ryan, der Geschichtslehrer, stand hinter ihm.

»Nein, alles in Ordnung«, sagte Roy leichthin und trat auf den Gang hinaus, während Mr. Ryan die Tür hinter ihnen schloss.

»Gehen Sie jetzt auch nach Hause?«, fragte Roy.

»Schön wär's. Aber ich muss noch Arbeiten korrigieren.«

Roy kannte Mr. Ryan nicht sehr gut, aber er ging neben ihm her, bis sie am Lehrerzimmer angekommen waren. Er redete über dies und das und gab sich ganz lässig, während er immer wieder unauffällig nach hinten schaute, um zu sehen, ob Dana irgendwo lauerte.

Mr. Ryan hatte zu seinen Collegezeiten in der Footballmannschaft gespielt und war seitdem kein bisschen kleiner geworden, deshalb fühlte Roy sich ziemlich sicher neben ihm. Es war fast so gut, als würde er neben seinem Dad herlaufen.

»Fährst du nicht mit dem Bus nach Hause?«, fragte Mr. Ryan.

»Doch, klar«, antwortete Roy.

»Aber ist die Haltestelle denn nicht auf der anderen Seite?«

»Ich will mich nur noch ein bisschen bewegen.«

Als sie am Lehrerzimmer ankamen, sagte Mr. Ryan: »Und vergiss nicht den Test am Montag.«

»Stimmt. Der Krieg von 1812«, sagte Roy. »Ich hab schon dafür gelernt.«

»Ach ja? Und wer hat die Schlacht am Eriesee gewonnen?«

»Kommodore Perry.«

»Welcher von beiden? Matthew oder Oliver?«

Roy musste raten. »Matthew?«

Mr. Ryan zwinkerte ihm zu. »Ein bisschen könntest du noch lernen«, sagte er. »Aber trotzdem ein schönes Wochenende.«

Dann stand Roy allein im Gang. Es war schon erstaunlich, wie schnell Schulen sich nach dem letzten Läuten leerten, gerade so, als hätte jemand bei einem gigantischen Whirlpool den Stöpsel herausgezogen. Roy horchte angestrengt nach Schritten, schleichenden

Schritten, hörte aber nur das Ticken der Uhr über der Tür zum Bioraum.

Ihm wurde klar, dass er noch genau vier Minuten bis zur Abfahrt des Busses hatte. Er machte sich aber keine Sorgen, denn er hatte sich schon eine Abkürzung durch die Turnhalle zurechtgelegt. Er hatte geplant, als Allerletzter in den Bus zu steigen. So konnte er sich auf einen der leeren Plätze ganz vorn setzen und blitzschnell an seiner Haltestelle hinausspringen. Dana und seine Kumpel belegten normalerweise die letzten Reihen und belästigten selten jemanden, der nahe beim Fahrer saß.

Abgesehen davon würde Mr. Kesey sowieso nie was merken, dachte Roy.

Er rannte bis ans Ende des Gangs, bog rechts um die Ecke und steuerte auf die Doppeltüren der Turnhalle zu. Fast hätte er es geschafft.

»Damit das glasklar ist, Mr. Branitt: Sie haben also nichts der Polizei gemeldet?«

»Nein, Sir«, sagte Curly mit Nachdruck in den Hörer.

»Das heißt, es dürfte nichts Schriftliches über diese jüngste Eskapade geben – richtig? Nichts, was irgendwie an die Presse geraten könnte?«

»Ich wüsste nicht, wie, Mr. Muckle.«

Für Curly war es wieder mal ein langer, entmutigender Tag gewesen. Die Sonne war zwar endlich hinter den Wolken hervorgekommen, aber seitdem war nichts

Gutes mehr passiert. Der Bauplatz wurde auch weiter nicht planiert, die Baumaschinen standen untätig herum.

Curly hatte den Anruf bei der Konzernzentrale so lange wie möglich hinausgezögert.

»Wenn das ein Witz sein soll, dann ist es ein verdammt schlechter«, hatte Chuck Muckle geknurrt.

»Das ist kein Witz.«

»Jetzt erzählen Sie mir die Sache noch einmal von vorn, Mr. Branitt. Mit allen elenden Einzelheiten.«

Und so hatte Curly alles wiederholt, angefangen damit, wie er früh am Morgen am Bauplatz angekommen war.

Der erste Hinweis auf Ärger war der zerfetzte rote Regenschirm, mit dem Kalo wedelte und seine vier Kampfhunde am Zaun entlangscheuchte. Dabei brüllte er hysterisch auf Deutsch herum.

Da er nicht von den Hunden angefallen werden wollte (und auch nicht vom Schirm aufgespießt), blieb Curly draußen vor dem Tor stehen und schaute verwirrt zu. In dem Moment fuhr ein Streifenwagen der Polizei von Coconut Cove vor – es war Officer Delinko, also derselbe, der eingenickt war, als er den Bauplatz bewachen sollte. Seinetwegen war die peinliche Geschichte mit dem schwarz eingefärbten Polizeiwagen in die Zeitung gekommen, seinetwegen hatte Curly den ganzen Ärger mit der Konzernleitung gekriegt.

»Ich bin gerade auf dem Weg zur Wache, aber ich hab den Aufstand da drin gesehen«, sagte Officer Delinko. Er musste laut sprechen, um das Gebell der Rottweiler zu übertönen. »Was ist denn los mit den Hunden?«

»Gar nichts«, sagte Curly. »Die werden bloß trainiert.«

Der Cop schluckte es und fuhr, zu Curlys großer Erleichterung, weiter. Sobald die Rottweiler an der Leine waren, scheuchte Kalo sie in den Camper und verschloss die Klappe. Wütend mit dem Regenschirm fuchtelnd, drehte er sich dann zu Curly um. »Sie da! Sie wollen meine Hunde umbringen!«, brüllte er.

Der Wachmann hob die Arme und zeigte die leeren Handflächen, um zu zeigen, dass er völlig unschuldig war. »Was reden Sie da eigentlich?«

Kalo riss das Tor auf und stapfte auf Curly zu, der sich fragte, ob er vielleicht einen Stein aufheben sollte, um sich zu verteidigen. Kalo war schweißgebadet, die Adern an seinem Hals traten deutlich hervor.

»Schlangen!« Er spuckte das Wort regelrecht aus.

»Was für Schlangen?«

»Sie wissen sehr gut! Hier wimmelt nur so von Schlangen! Giftschlangen!« An dieser Stelle hatte Kalo mit einem seiner rosigen Finger gewedelt. »Giftschlangen mit bunten Schwänzen!«

»Ich will Sie ja nicht beleidigen, aber Sie haben wohl 'ne Schraube locker.« Noch nie hatte Curly eine

Schlange auf Mama Paulas Grundstück gesehen. Und wenn er jemals eine gesehen hätte, dann wüsste er es noch – er hatte nämlich einen Horror vor Schlangen.

»Schraube locker?« Kalo packte ihn am Arm und führte ihn zu dem Bauwagen, den Curly als Büro nutzte. Dort, gemütlich zusammengerollt auf der zweiten Stufe, lag ein geflecktes Exemplar, das Curly sofort als Wassermokassinschlange erkannte. Die kamen im südlichen Florida häufig vor.

Kalo hatte Recht: Die Schlange war äußerst giftig. Und ihr Schwanz glitzerte farbig.

Er trat automatisch einen Schritt zurück. »Ich glaube, Sie übertreiben ein bisschen«, sagte er matt.

»Ach ja? Glauben Sie?«

Der Hundetrainer zerrte ihn zum Zaun, um ihm noch eine Schlange zu zeigen und noch eine und noch eine ... Schließlich waren es neun. Curly standen die Haare zu Berge.

»Und – Sie glauben immer noch, Kalo hat Schraube locker?«

»Ich kann mir das nicht erklären«, gab Curly zittrig zu. »Vielleicht sind sie ja aus den Sümpfen gekommen, wegen dem vielen Regen.«

»Ganz bestimmt!«

»Hören Sie, ich –«

»Nein, jetzt Sie hören mir zu. Jeder von diese Hunde ist wert dreitausend US Dollar. Das heißt, was hier bellt im Wagen, das sind zwölftausend Dollar. Und wenn

Hund gebissen wird von Schlange, was dann? Dann ist kaputt, stimmt?«

»Ich hatte keine Ahnung, dass es hier Schlangen gibt, ich schwöre –«

»Bloß Wunder, dass Tieren nichts passiert ist! Pokerface – so nah war Schlange dran!« Mit den Händen zeigte Kalo eine Entfernung von einem knappen Meter. »Mit Schirm hier hab ich vertrieben!«

Im selben Moment trat Kalo in einen Eulenbau und verstauchte sich den Fuß. Ohne Curlys Hilfe anzunehmen, hüpfte er auf einem Bein zu seinem Wagen zurück.

»Ich gehe jetzt. Sie mich ja nicht wieder rufen!«, fauchte er noch.

»Hören Sie, ich hab doch gesagt, es tut mir Leid. Wie viel bin ich Ihnen schuldig?«

»Sie kriegen zwei Rechnungen. Eine für Hunde, eine für Bein.«

»Nun mal langsam . . . !«

»Na ja, vielleicht auch nicht. Vielleicht ich geh gleich zu Anwalt.« Kalos Augen begannen zu leuchten. »Kann sein, ich keine Hunde mehr trainieren kann, weil Schmerzen in Bein, jawohl. Vielleicht auch klagen – auf, wie heißt gleich, Arbeitsunfähigkeit.«

»Nun machen Sie mal 'nen Punkt.«

»Mama Paula großer Konzern. Mit Haufen Geld, stimmt?«

Nachdem Kalo mit dröhnendem Motor weggefahren

war, hatte Curly sich vorsichtig auf den Weg zum Bauwagen gemacht. Die Wassermokassinschlange lag jetzt nicht mehr auf der Stufe und sonnte sich, aber Curly wollte kein Risiko eingehen. Er stellte eine Trittleiter auf und schwang sich durch ein Fenster.

Zum Glück hatte er die Telefonnummer von dem Reptilienfänger aufbewahrt, der so erfolgreich die Alligatoren aus den Toiletten geholt hatte. Der Mann war zwar gerade unterwegs, um einen Iguana einzufangen, aber seine Sekretärin versprach, er würde so bald wie möglich zum Bauplatz kommen.

Fast drei Stunden lang wagte Curly sich nicht aus dem Wagen, bis der Reptilienfänger endlich vorfuhr. Nur mit einem Kissenbezug und einem umgearbeiteten Golfschläger bewaffnet, suchte der Typ das ganze Grundstück nach Wassermokassinschlangen mit glitzernden Schwänzen ab.

Es war nicht zu fassen, aber er fand keine einzige.

»Das ist doch nicht möglich!«, brüllte Curly. »Heute Morgen war noch der ganze Platz voll!«

Der Reptilienfänger zuckte mit den Achseln. »Bei Schlangen weiß man nie. Die können wer weiß wo sein.«

»Das gefällt mir aber gar nicht!«

»Sind Sie sicher, dass es Mokassins waren? Ich hab noch nie eine mit glitzerndem Schwanz gesehen.«

»Vielen Dank für die Hilfe«, sagte Curly schneidend und knallte die Tür des Bauwagens zu.

Inzwischen war er derjenige, der sich schneidenden Spott anhören musste. »Vielleicht können Sie die Schlangen ja dressieren, dass sie das Grundstück bewachen«, sagte Chuck Muckle. »Das mit den Hunden hat ja nicht geklappt.«

»Es ist wirklich nicht komisch.«

»Da haben Sie sogar Recht, Mr. Branitt. Die Sache ist alles andere als komisch.«

»So 'ne Mokassin kann einen Menschen umbringen«, sagte Curly.

»Stimmt. Kann sie auch einen Bulldozer umbringen?«

»Na ja ... vermutlich nicht.«

»Also dann, worauf warten Sie noch?«

Curly seufzte. »Sehr wohl, Sir. Montagmorgen geht's los.«

»Das ist Musik für meine Ohren«, sagte Chuck Muckle.

In der Besenkammer stank es stechend nach Chlorbleiche und anderen Putzmitteln. Außerdem war es stockdunkel.

Dana Matherson hatte zugepackt und Roy abgefangen, als er auf die Turnhalle zurannte, hatte ihn in das Kabuff gezerrt und die Tür hinter sich zugeknallt. Wendig hatte Roy sich aus Danas feuchtem Griff befreit und hockte jetzt auf dem Boden zwischen lauter Plastikflaschen und anderem Kram, während Dana umherstolperte und blind zustieß.

Auf dem Hosenboden rutschte Roy vorsichtig auf den dünnen Lichtstreifen zu, wo er die Tür vermutete. In diesem Moment gab es irgendwo über ihm ein dröhnendes Geräusch und gleich darauf einen Aufschrei – offensichtlich hatte Dana einem Blecheimer einen kräftigen Kinnhaken versetzt.

Irgendwie schaffte Roy es, im Dunkeln den Türknauf zu finden. Er riss die Tür auf und wollte sich hinausstürzen in die Freiheit. Aber nur sein Kopf schaffte es, bevor Dana ihn wieder einfing. Roys Fingerspitzen rieben quietschend über das Linoleum, als Dana ihn zurück in das Putzkämmerchen zog und die Tür schloss. Roys Hilfeschreie blieben ungehört.

Als Dana ihn hochriss, tastete Roy verzweifelt nach irgendetwas, womit er sich verteidigen konnte. Mit der rechten Hand erwischte er einen Besenstiel oder dergleichen.

»Jefft hab ich dich, Cowgirl«, sagte Dana heiser.

Er nahm Roy in den Schwitzkasten und presste ihm die Luft aus den Lungen. Roys Arme waren zu beiden Seiten festgeklemmt und die Beine baumelten herunter wie die einer Stoffpuppe.

»Ffo, tut eff dir jefft Leid, waff du gemacht hafft?«, sagte Dana hämisch.

Roy merkte, wie ihm schwarz vor Augen wurde. Der Besenstiel glitt ihm aus den Händen, seine Ohren füllten sich mit dem Geräusch zusammenschlagender Wellen. Danas Griff war erdrückend, aber noch konnte

Roy die Beine bewegen. Mit aller Kraft, die ihm geblieben war, fing er an, um sich zu treten.

Einen Moment lang geschah gar nichts – dann fühlte Roy, wie er fiel. Er landete auf dem Rücken, so dass sein Rucksack den Aufprall milderte. Er konnte noch immer nichts sehen in der Dunkelheit, aber aus Danas Wimmern schloss er, dass er ihn an einem höchst empfindlichen Körperteil getroffen haben musste.

Roy wusste, dass er schnell handeln musste. Er versuchte sich auf den Bauch zu rollen, aber er war schwach und bekam seit Danas Würgegriff nur mühsam Luft. Hilflos lag er da, wie eine Schildkröte, die jemand auf den Rücken gedreht hat.

Als er Danas Wutschrei hörte, schloss er die Augen und machte sich auf das Schlimmste gefasst. Dana stürzte sich auf ihn und umklammerte Roys Hals mit seinen beiden Metzgerhänden.

Das war's, dachte Roy. Dieser Idiot bringt mich echt um. Roy fühlte, wie ihm heiße Tränen über die Wangen liefen.

Tut mir Leid, Mom. Vielleicht könnt ihr ja noch mal einen Versuch machen, Dad und du ...

Plötzlich flog die Tür der Besenkammer auf und das Gewicht, das auf Roys Brust gelastet hatte, war auf einmal weg. Er öffnete die Augen und sah gerade noch, wie Dana Matherson hochgehoben wurde. Seine Arme baumelten hin und her, auf seinem Schweinegesicht lag ein völlig verdatterter Ausdruck.

Roy blieb am Boden liegen, schnappte nach Luft und versuchte zu begreifen, was da gerade passiert war. Vielleicht hatte Mr. Ryan ja gehört, dass in der Besenkammer gekämpft wurde – er war so stark, dass er Dana wie einen Strohsack hochheben könnte.

Endlich konnte Roy sich auf den Bauch rollen und kam auf die Füße. Er tastete nach dem Lichtschalter und bewaffnete sich wieder mit dem Besenstiel, für alle Fälle. Als er den Kopf zur Tür hinausstreckte, sah er, dass der Gang menschenleer war.

Er ließ den Besen fallen und lief auf den nächsten Ausgang zu. Fast hätte er es geschafft.

10

»Ich hab meinen Bus verpasst«, murmelte Roy.

»Na und? Ich verpass gerade mein Fußballtraining«, sagte Beatrice.

»Was ist mit Dana?«

»Er wird's überleben.«

Nicht Mr. Ryan hatte Roy davor bewahrt, in der Besenkammer erwürgt zu werden – Beatrice Leep war es gewesen. Anschließend hatte sie Dana Matherson alle Klamotten bis auf die Unterhosen heruntergerissen und ihn an den Fahnenmast vor dem Verwaltungsgebäude der Schule gefesselt. Dann hatte sie sich ein Fahrrad »ausgeliehen« und Roy mit Gewalt auf dem Lenker platziert. Nun radelte sie mit einer Wahnsinnsgeschwindigkeit durch die Straßen – und Roy hatte keine Ahnung, wohin. Er fragte sich, ob es sich rein rechtlich gesehen um eine Entführung handelte. Es musste doch ein Gesetz geben, wonach es verboten war, dass ein Schüler einen anderen vom Schulgelände verschleppte.

»Wohin fahren wir überhaupt?« Er nahm an, dass Beatrice die Frage wieder ignorieren würde, wie schon zwei Mal zuvor.

Aber dieses Mal antwortete sie: »Zu dir nach Hause.«

»Was?«

»Halt jetzt bitte den Mund, ja? Ich hab eine Saulaune.«

Roy merkte an ihrem Tonfall, dass sie ziemlich aufgeregt war.

»Du musst mir einen Gefallen tun, jetzt gleich«, sagte sie.

»Klar. Was du willst.«

Was sollte er auch sonst sagen? Er klammerte sich verzweifelt am Lenker fest, während Beatrice über Kreuzungen schoss und in Zickzacklinien zwischen den Autos hindurchpreschte. Sie war eine geübte Radlerin, trotzdem war Roy nervös.

»Verbandmaterial, Pflaster. Desinfektionsmittel«, sagte Beatrice. »Hat deine Mom so was?«

»Natürlich.« Die Hausapotheke seiner Mutter hätte ausgereicht, um eine kleinere Notaufnahmestation auszustatten.

»Gut. Jetzt brauchen wir nur noch 'ne gute Ausrede.«

»Was ist eigentlich los? Wieso kannst du das Zeug nicht bei dir zu Hause kriegen?«

»Weil dich das 'nen Dreck angeht.« Beatrice biss die Zähne zusammen und trat noch fester in die Pedale. Roy hatte das ungute Gefühl, dass mit Beatrice' Stiefbruder, dem rennenden Jungen, irgendwas Schlimmes passiert sein musste.

Mrs. Eberhardt machte ihnen die Tür auf. »Ich hab

mir schon Sorgen gemacht, Liebes. Hat der Bus Verspätung gehabt? Oh – wer ist denn das?«

»Mom, das ist Beatrice. Sie hat mich mitgenommen, auf dem Fahrrad.«

»Ich freue mich, dich kennen zu lernen, Beatrice!« Roys Mutter war nicht nur einfach höflich. Sie freute sich wirklich, dass Roy jemanden mit nach Hause brachte, auch wenn dieses Mädchen ziemlich burschikos aussah.

»Wir wollen gleich zu Beatrice und zusammen Hausaufgaben machen. Okay?«

»Ihr könnt gern hier arbeiten. Es ist ganz still im Haus –«

»Es geht um ein Chemieexperiment«, warf Beatrice schnell ein. »Es könnte ziemlich viel Unordnung geben.«

Roy unterdrückte ein Grinsen. Beatrice hatte seine Mutter auf Anhieb richtig eingeschätzt. Mrs. Eberhardt legte Wert auf ein super aufgeräumtes Haus. Beim Gedanken an Reagenzgläser mit blubbernden chemischen Lösungen runzelte sie besorgt die Stirn.

»Ist das auch nicht gefährlich?«

»Oh, wir tragen immer Gummihandschuhe«, sagte Beatrice beruhigend. »Und Schutzbrillen.«

Es war offensichtlich, dass Beatrice Erfahrung darin hatte, Erwachsenen was vorzuschwindeln. Mrs. Eberhardt fiel auch sofort auf die Geschichte rein.

Während sie ihnen eine Kleinigkeit zu essen machte,

schlich sich Roy aus der Küche und ging schnell in das Bad seiner Eltern. Die Erste-Hilfe-Ausrüstung war im Schrank unter dem Waschbecken. Roy nahm eine Schachtel mit Mullbinden, eine Rolle mit Klebepflaster und eine Tube mit antibiotischer Salbe, deren Farbe an Grillsauce erinnerte, und verstaute alles in seinem Rucksack.

Als er wieder in die Küche kam, saßen Beatrice und seine Mutter am Tisch und unterhielten sich. Zwischen ihnen stand ein Teller mit Erdnusskeksen. Beatrice kaute mit vollen Backen, was Roy als viel versprechendes Zeichen deutete. Es duftete süß nach den noch warmen Keksen und Roy nahm sich gleich zwei auf einmal.

»Los jetzt«, sagte Beatrice und sprang auf. »Wir haben noch viel zu tun.

»Ich bin so weit«, sagte Roy.

»Oh, warte noch – weißt du, was wir vergessen haben?«

Er hatte keine Ahnung, was Beatrice meinte. »Nein, was?«

»Das Hackfleisch«, sagte sie.

»Hmh?«

»Du weißt doch, für das Experiment.«

»Ach so.« Jetzt spielte Roy mit. »Stimmt.«

Seine Mutter sagte eifrig: »Ich hab zwei Pfund Hackfleisch im Kühlschrank. Wie viel braucht ihr denn?«

Roy schaute zu Beatrice, die unschuldig lächelte.

»Zwei Pfund reichen uns locker, Mrs. Eberhardt, vielen Dank.«

Roys Mutter ging eilig zum Kühlschrank und holte die Packung mit dem Fleisch heraus. »Was für ein Experiment macht ihr da eigentlich?«

Bevor Roy noch antworten konnte, sagte Beatrice: »Es geht um Zellenverfall.«

Mrs. Eberhardt rümpfte die Nase, als hätte sie jetzt schon einen fauligen Geruch in der Nase. »Na, dann saust mal los«, sagte sie, »solange das Fleisch noch frisch ist.«

Beatrice Leep lebte bei ihrem Vater, einem früheren Basketballprofi mit kaputten Knien, einem Bierbauch und wenig Lust auf regelmäßige Arbeit. Leon »Lurch« Leep hatte sehr erfolgreich erst bei den Cleveland Cavaliers, später bei Miami Heat gespielt, aber zwölf Jahre nachdem er sich aus dem Profisport zurückgezogen hatte, konnte er sich immer noch nicht entscheiden, was er mit dem Rest seines Lebens anfangen sollte.

Beatrice' Mutter war eigentlich keine ungeduldige Frau, aber irgendwann hatte sie sich von Leon scheiden lassen und als Kakadu-Trainerin im Papagei-Dschungel, einer Touristenattraktion in Miami, angeheuert. Beatrice hatte sich dafür entschieden, bei ihrem Vater zu bleiben, teils, weil sie auf Papageien allergisch reagierte, teils, weil sie Zweifel hatte, dass Leon Leep allein überleben konnte. Im Grunde war er inzwischen nur noch ein schlaffer Fettkloß.

Aber keine zwei Jahre nachdem Mrs. Leep ihn verlassen hatte, überraschte Leon alle Welt damit, dass er sich mit einer Frau verlobte, die er bei einem Golfturnier mit Promis kennen gelernt hatte. Lonna war eine der Kellnerinnen, die im Badeanzug mit kleinen Elektrowagen über den Golfplatz fuhren und den Spielern Bier und andere Getränke servierten. Bis zum Tag der Hochzeit kannte Beatrice nicht einmal Lonnas Nachnamen. An diesem Tag erfuhr sie auch, dass sie in Zukunft einen Stiefbruder haben würde.

Lonna fuhr zusammen mit einem düster dreinschauenden Jungen vor der Kirche vor. Er hatte knochige Schultern, sonnengebleichtes Haar und war braun gebrannt. Er schien sich mit Jackett und Krawatte sehr unwohl zu fühlen und verdrückte sich noch vor dem Empfang. Kaum hatte Leon den Ehering an Lonnas Finger gesteckt, da knallte der Junge seine auf Hochglanz polierten schwarzen Schuhe in die Ecke und rannte davon. Diese Szene wiederholte sich dann noch öfter in der Chronik der Familie Leep.

Lonna kam mit ihrem Sohn überhaupt nicht zurecht und nörgelte ständig an ihm herum. Beatrice kam es so vor, als hätte Lonna Angst, ihr frisch gebackener Ehemann könnte sich über das Benehmen ihres Sohnes ärgern, dabei schien Leon gar keine Notiz von ihm zu nehmen. Ab und zu machte er einen halbherzigen Versuch, sich dem Jungen anzunähern, aber die beiden hatten wenig gemein. Für Leons große Leidenschaften – Sport, Fastfood und Fernsehen – interessierte sich der Junge absolut nicht, er verbrachte seine ganze freie Zeit damit, durch die Wälder und Sümpfe zu streifen.

Einmal brachte Lonnas Sohn ein verwaistes Waschbärenbaby mit nach Hause, das prompt in einen von Leons Lieblingsschuhen aus feinem Leder kroch und sich darin erleichterte. Leon schien eher überrascht als sauer, aber Lonna ging in die Luft wie eine Rakete. Ohne mit ihrem Mann darüber zu reden, suchte sie für ihren Sohn einen Platz an einer Kadettenanstalt. Das war der erste von mehreren gescheiterten Versuchen, ihren Sohn zu »normalisieren«, wie sie es nannte.

Selten hielt er es länger als zwei Wochen irgendwo aus, bevor er wegrannte oder rausgeworfen wurde. Als das zum letzten Mal passierte, sagte Lonna ihrem Mann absichtlich nichts davon. Stattdessen tat sie weiter so, als ginge es ihrem Sohn gut – er habe gute Noten, erzählte sie, und sein Verhalten werde immer besser.

In Wirklichkeit wusste Lonna gar nicht, wo ihr Sohn überhaupt steckte, und sie hatte auch nicht die Absicht, nach ihm zu suchen. Sie hatte »die Nase voll von dem kleinen Monster«, jedenfalls hörte Beatrice, wie Lonna das am Telefon zu jemandem sagte. Und Leon Leep zeigte an dem Jungen keinerlei Interesse; was seine Frau ihm über ihren missratenen Sprössling erzählte, reichte ihm völlig. Leon merkte nicht einmal, als die Kadettenanstalt keine Rechnungen mehr für das Schulgeld schickte.

Lange bevor seine Mutter ihn zum letzten Mal wegschickte, hatten der Junge und seine Stiefschwester stillschweigend ein Bündnis geschlossen. Als Lonnas Sohn wieder in Coconut Cove auftauchte, war Beatrice der erste und einzige Mensch, zu dem er Kontakt aufnahm. Sie war auch der Meinung, dass es besser sei, nicht zu verraten, wo er sich aufhielt, denn sie wusste, sobald Lonna dahinter käme, würde sie nur das Jugendamt einschalten.

Um genau das zu verhindern, hatte sich Beatrice Roy vorgeknöpft, als sie gesehen hatte, wie er ihrem Stiefbruder hinterhergerannt war. Sie tat, was jede große Schwester getan hätte.

Während ihrer gemeinsamen Fahrt auf dem Rad bekam Roy jedenfalls so viel von der Familiengeschichte mit, dass er die schwierige Situation begriff. Und als er die Wunde des Jungen sah, verstand er auch, wieso Beatrice gleich losgerannt war, um Hilfe zu suchen, als sie ihren Bruder stöhnend im Eiswagen gefunden hatte.

Es war das erste Mal, dass Roy den Jungen aus der Nähe und von Angesicht zu Angesicht sehen durfte. Ausgestreckt lag er da, ein zerdrückter Karton diente ihm als Kopfkissen. Sein strohblondes Haar war matt vom Schweiß, seine Stirn fühlte sich heiß an. Der ruhelose, flackernde Blick des Jungen erinnerte ihn irgendwie an den eines Tieres.

»Tut es sehr weh?«, fragte Roy.

»Nee.«

»Lügner«, sagte Beatrice.

Der linke Arm des Jungen war rotviolett verfärbt und angeschwollen. Zuerst dachte Roy an einen Schlangenbiss und schaute sich besorgt um. Aber zum Glück war die Tüte mit den Wassermokassins nirgends zu sehen.

»Auf dem Weg zum Bus bin ich heute Morgen kurz vorbeigekommen und da hab ich ihn so gefunden«, erklärte Beatrice. Dann wandte sie sich an ihren Stiefbruder: »Komm schon, erzähl dem Cowgirl, was passiert ist.«

»Ein Hund hat mich erwischt.« Der Junge drehte seinen Arm um und zeigte auf mehrere knallrote Stellen, wo eindeutig ein Hund zugelangt hatte.

Die Bisswunden waren schlimm, aber Roy hatte schon Schlimmeres gesehen. Als sein Vater ihn einmal zu einer Landwirtschaftsausstellung mitgenommen hatte, war dort ein Rodeo-Clown von einem in Panik geratenen Pferd angefallen worden. Der Clown hatte so heftig geblutet, dass er mit dem Hubschrauber ins nächste Krankenhaus gebracht werden musste.

Roy machte seinen Rucksack auf und holte das Erste-Hilfe-Material heraus. Seit er in Montana an einem Sommerlager teilgenommen hatte, kannte er sich ein bisschen aus mit der Behandlung von offenen Wunden. Beatrice hatte den Arm bereits mit Mineralwasser gereinigt, so dass Roy gleich antiseptische Tinktur auf ein Stück Mullbinde tropfen und dem Jungen einen festen Verband anlegen konnte.

»Du brauchst eine Tetanusspritze«, sagte Roy.

Fischfinger schüttelte den Kopf. »Geht schon.«

»Rennt der Hund immer noch da draußen rum?«

Der Junge sah Beatrice fragend an und sie sagte: »Erzähl's ihm.«

»Sicher?«

»Ja, er ist in Ordnung.« Sie warf Roy einen abschätzenden Blick zu. »Außerdem ist er mir noch was schuldig. Er ist heute um ein Haar in der Besenkammer zerquetscht worden – stimmt's, Cowgirl?«

Roy lief rot an. »Das spielt ja jetzt keine Rolle. Was war mit dem Hund?«

»Genau genommen waren es vier«, sagte Fischfinger. »Hinter einem Drahtzaun.«

»Aber wie bist du dann gebissen worden?«

»Bin mit dem Arm stecken geblieben.«

»Wieso, was hast du denn gemacht?«

»Ach, nichts Besonderes«, sagte der Junge. »Beatrice, was ist mit dem Hackfleisch?«

»Alles klar. Roys Mom hat uns welches gegeben.«

Der Junge setzte sich auf. »Dann sollten wir mal in die Gänge kommen.«

»Nein«, sagte Roy, »du brauchst jetzt Ruhe.«

»Später. Kommt schon, sie werden bald Hunger haben.«

Roy sah Beatrice an, doch die machte keine Anstalten, ihm eine Erklärung zu geben.

Sie folgten Fischfinger aus dem Eiswagen und vom Schrottplatz hinunter. »Wir treffen uns da«, sagte er noch, dann rannte er los. Roy versuchte sich vorzustellen, wie viel Kraft das den Jungen kosten musste bei dieser schmerzhaften Verletzung.

Als Fischfinger losdüste, stellte Roy mit Befriedigung fest, dass er Schuhe anhatte – und zwar genau die Turnschuhe, die Roy ihm vor ein paar Tagen gebracht hatte.

Beatrice stieg aufs Rad und zeigte auf den Lenker. »Spring auf!«

»Kommt nicht in Frage«, antwortete Roy.

»Jetzt spinn nicht rum.«

»Hör mal, ich mach da nicht mit. Nicht, wenn er den Hunden was tun will.«

»Wovon redest du eigentlich?«

»Dafür wollte er doch das Fleisch, oder?«

Roy dachte, er sei dahinter gekommen. Er dachte, der Junge wolle sich an den Hunden rächen, indem er dem Hackfleisch irgendetwas beimischte, etwas Schädliches, vielleicht sogar Giftiges.

Beatrice lachte und verdrehte die Augen. »So verrückt ist er auch wieder nicht. Los jetzt!«

Eine Viertelstunde später fand Roy sich in der East

Oriole Avenue wieder, in der Nähe desselben Bauwagens, von dem aus der Wachmann ihn vor wenigen Tagen angebrüllt hatte. Es war fast fünf Uhr und die Baustelle sah verlassen aus.

Roy fiel auf, dass um das Grundstück herum inzwischen ein Drahtzaun errichtet worden war. Er erinnerte sich, dass der verrückte Wachmann ihm damit gedroht hatte, gefährliche Hunde auf ihn loszulassen – wahrscheinlich waren die es gewesen, die Fischfinger gebissen hatten.

Roy sprang vom Rad und sagte zu Beatrice: »Hat das irgendwas mit dem Streifenwagen zu tun, der hier mit Farbe voll gesprüht wurde?«

Beatrice sagte nichts.

»Oder den Alligatoren in den Klos?«, fragte Roy weiter.

Er kannte die Antwort, aber Beatrice' Gesichtsausdruck sagte schon alles: *Kümmer dich um deinen eigenen Kram.*

Trotz des Fiebers und der heftigen Infektion war Fischfinger vor ihnen an der Baustelle eingetroffen.

»Gib her«, sagte er und riss Roy das Päckchen mit dem Fleisch aus der Hand.

Roy schnappte es sich zurück. »Erst, wenn du mir sagst, wofür.«

Der Junge schaute Hilfe suchend zu Beatrice hinüber, aber die schüttelte den Kopf. »Mach schon«, sagte sie. »Wir haben nicht den ganzen Tag Zeit.«

Fischfinger kletterte über den Zaun, sein verletzter Arm hing dabei schlaff herunter. Beatrice folgte ihm. Mühelos schwang sie ihre langen Beine hinüber.

»Worauf wartest du noch?«, blaffte sie Roy an, der immer noch auf der anderen Seite stand.

»Und was ist mit den Hunden?«

»Die sind doch längst weg«, sagte Fischfinger.

Total verwirrt stieg Roy über den Zaun. Er folgte Beatrice und ihrem Stiefbruder zu einem Bulldozer, der auf dem Gelände stand. Dort, im Schatten der Schaufel, waren sie von der Straße aus nicht zu sehen. Roy hockte sich hin, zwischen Beatrice und Fischfinger.

Roy legte beide Arme über das Fleischpäckchen auf seinen Beinen, wie ein Footballspieler, der den Ball bewacht.

»Hast du den Polizeiwagen eingesprüht?«, fragte er den Jungen kühn.

»Kein Kommentar.«

»Und die Alligatoren in die Klos gesteckt?«

Fischfinger kniff die Augen zu schmalen Schlitzen zusammen und starrte geradeaus.

»Ich kapier das nicht«, sagte Roy. »Wieso machst du so einen Schwachsinn? Wen interessiert das schon, ob die ihr blödes Pfannkuchenrestaurant hier hinstellen oder nicht?«

Der Junge warf den Kopf herum und sah Roy mit einem eisigen Blick an.

An seiner Stelle antwortete Beatrice. »Mein Stiefbruder ist von den Hunden gebissen worden, weil er mit seinem Arm im Zaun stecken geblieben ist. So, und jetzt frag mich, wieso er ihn überhaupt durchgestreckt hat.«

»Okay. Wieso?«, fragte Roy.

»Er hat Schlangen ausgesetzt.«

»Die vom Golfplatz? Die Wassermokassins?«, rief Roy. »Aber warum? Willst du jemanden umbringen?«

Fischfinger lächelte überlegen. »Die könnten keiner Fliege was zuleide tun, diese Schlangen. Ich hab ihnen das Maul zugeklebt.«

»Haha!«

»Und Glitzerfarbe auf die Schwänze geschmiert, damit sie gut zu sehen sind«, fuhr der Junge fort.

»Ist echt wahr, Eberhardt«, sagte Beatrice.

Die Farbe hatte Roy allerdings mit eigenen Augen gesehen. »Na schön«, sagte er, »aber wie klebt man einer Schlange das Maul zu?«

»Ganz vorsichtig«, antwortete Beatrice und lachte trocken.

»Ach, das ist gar nicht so schwer«, meinte Fischfinger, »du musst bloß wissen, was du tust. Ich wollte den Hunden ja nichts Böses, ich wollte sie nur ein bisschen aufmischen.«

»Hunde können Schlangen nämlich nicht leiden«, erklärte Beatrice.

»Die flippen total aus. Bellen und jaulen und rennen wie blöd im Kreis rum«, sagte ihr Stiefbruder. »Ich wusste, wenn er die Mokassins sieht, bringt der Trainer die Hunde sofort hier weg. Rottweiler sind nämlich nicht billig.«

Das war wirklich der wildeste Plan, von dem Roy je gehört hatte.

»Das Einzige, womit ich nicht gerechnet hatte«, sagte Fischfinger und schaute auf seinen bandagierten Arm, »war, dass sie mich beißen.«

»Ich trau mich ja kaum zu fragen«, sagte Roy, »aber was ist aus deinen Schlangen geworden?«

»Ach, denen geht's gut«, berichtete der Junge. »Ich bin hin und hab sie alle wieder geholt. Dann hab ich sie an einen sicheren Ort gebracht und freigelassen.«

»Aber erst musste er ihnen die Klebstreifen vom Mund pulen«, sagte Beatrice kichernd.

»Halt«, sagte Roy. Er war völlig durcheinander. »Jetzt mal langsam.«

Fischfinger und Beatrice sahen ihn ganz nüchtern an. Roy schwirrten die Fragen nur so durch den Kopf. Die beiden mussten irgendwie von einem anderen Planeten kommen.

»Würde mir vielleicht mal einer von euch erklären«, bat er, »was das alles mit Pfannkuchen zu tun hat? Vielleicht bin ich ja vernagelt, aber ich kapier's einfach nicht.«

Der Junge grinste und rieb sich über den geschwollenen Arm. »Ganz einfach, Mann«, sagte er. »Mama Paula darf hier nicht bauen, und zwar aus demselben

Grund, weswegen hier keine miesen alten Rottweiler frei rumlaufen dürfen.«

»Zeig ihm, wieso nicht«, sagte Beatrice zu ihrem Stiefbruder.

»Okay. Gib mir mal das Hackfleisch.«

Roy reichte ihm das Päckchen. Fischfinger pulte die Plastikfolie ab und fummelte eine Hand voll Hackfleisch heraus, das er sorgfältig zu sechs kugelrunden Fleischbällchen rollte.

»Komm mit«, sagte er. »Aber sei möglichst leise.«

Fischfinger führte Roy zu einem Loch in einem Grasflecken und legte zwei Hackfleischbällchen davor. Dann ging er zu einem Loch auf der anderen Seite des Grundstücks, das ganz genau so aussah wie das erste, und legte auch dort zwei Bällchen hin. Dasselbe tat er an einem dritten Loch in einer entfernten Ecke des Grundstücks.

Während er in einen der dunklen Tunnel spähte, fragte Roy: »Was ist denn da unten?«

In Montana gruben nur Dachse und Streifenziesel solche Löcher in den Boden, und Roy war sich ziemlich sicher, dass es die in Florida kaum gab.

»Pscht!«, sagte der Junge.

Roy ging hinter ihm her zum Bulldozer, wo Beatrice immer noch auf dem Schaufelblatt saß und ihre Brille putzte.

»Und?«, fragte sie Roy.

»Was und?«

Fischfinger tippte ihm auf den Arm. »Horch!«

Roy hörte ein kurzes, hohes *Ku-kuu*. Dann noch eins, quer über den Platz hinweg. Beatrice' Stiefbruder stand leise auf, schlüpfte aus seinen neuen Turnschuhen und schlich vorwärts. Roy folgte ihm dicht auf den Fersen.

Trotz des Fiebers grinste der Junge, als er Roy ein Zeichen gab, stehen zu bleiben. »Da!«

Er zeigte auf den ersten Bau.

»Wow!«, flüsterte Roy.

Direkt neben dem Loch stand, neugierig ein Fleischbällchen beäugend, die kleinste Eule, die er je gesehen hatte.

Fischfinger tippte ihm sanft auf die Schulter.

»Okay? Hast du's jetzt kapiert?«

»Ja«, sagte Roy. »Alles klar.«

11

Officer David Delinko hatte es sich zur Gewohnheit gemacht, jeden Morgen auf dem Weg zur Arbeit und jeden Nachmittag auf dem Heimweg an dem Bauplatz vorbeizufahren. Manchmal schaute er sogar auch spät am Abend vorbei, wenn er noch einmal losfuhr, um sich schnell was zu essen zu besorgen. Praktischerweise gab es ganz in der Nähe einen kleinen Supermarkt.

Bisher hatte der Polizist nichts Außergewöhnliches bemerkt, bis auf das Spektakel an diesem Morgen: Da hatte ein wild gewordener Mann mit einem roten Schirm mehrere riesige schwarze Hunde über das Gelände gejagt. Aber der Wachmann der Baufirma hatte gesagt, es handle sich nur um ein Training, kein Grund zur Beunruhigung. Officer Delinko hatte keinen Grund, daran zu zweifeln.

Einerseits hatte der Polizist gehofft, die Vandalen höchstpersönlich einzufangen, andererseits fand er es eine ausgezeichnete Idee, das Grundstück einzuzäunen und Wachhunde zu postieren – das würde potentielle Eindringlinge mit Sicherheit abschrecken.

Am selben Nachmittag, nach wiederum acht langweiligen Stunden Dienst am Schreibtisch, beschloss Officer Delinko, erneut eine Runde am Bauplatz vorbei zu drehen. Zwei Stunden lang würde es noch hell sein, und er freute sich schon darauf, die Kampfhunde in Aktion zu sehen.

Er hatte damit gerechnet, mit wildem Gebell empfangen zu werden, stattdessen war es merkwürdig still auf dem Gelände. Von den Hunden war nichts zu sehen. Der Beamte lief außen am Zaun entlang, klatschte in die Hände und rief laut, für den Fall, dass die Tiere sich vielleicht unter Curlys Bauwagen verkrochen hatten oder im Schatten der Baumaschinen ein Schläfchen hielten.

»Hierher!«, brüllte Officer Delinko. »Komm, Bello!"
Nichts.

Er hob ein Stück Holz auf und schlug damit gegen einen Zaunpfosten. Wieder nichts.

Officer Delinko kehrte zum Tor zurück und kontrollierte das Schloss, aber da war alles in Ordnung.

Er versuchte zu pfeifen und dieses Mal erhielt er eine Antwort. Allerdings eine, mit der er nicht gerechnet hatte: *Ku-kuu, ku-kuu.*

Das war eindeutig kein Rottweiler.

Der Polizist sah, dass sich etwas auf dem Gelände bewegte, und er strengte sich an zu erkennen, was es war. Erst dachte er, es sei ein Kaninchen, wegen der sandbraunen Farbe, aber dann hob es plötzlich vom Boden ab und schwang sich von einer Seite des Grundstücks zur anderen, bis es schließlich auf der Motorhaube eines Bulldozers landete.

Officer Delinko schmunzelte – das war eine dieser zähen kleinen Eulen, über die Curly sich beschwert hatte.

Aber wo waren die Kampfhunde?

Der Beamte trat zurück und kratzte sich am Kinn. Morgen würde er mal den Wachmann fragen, was hier eigentlich los war.

Ein warmer Wind frischte auf, und Officer Delinko sah, wie oben am Zaun etwas flatterte. Es sah aus wie die Banderole von einem der Markierungspfosten, aber das war es nicht. Es war ein zerfetzter grüner Stoff-streifen.

Der Polizist fragte sich, ob vielleicht jemand versucht hatte, über den Zaun zu klettern, dem dabei das T-Shirt zerrissen war.

Officer Delinko stellte sich auf die Zehenspitzen, holte den Stofffetzen herunter und steckte ihn sorgfältig in die Tasche. Dann stieg er in den Streifenwagen und fuhr die East Oriole hinunter.

»Schneller!«, rief Beatrice Leep.

»Ich kann nicht!«, sagte Roy, der keuchend hinter ihr herrannte.

Beatrice strampelte auf dem Rad, das sie an der Schule vom Ständer genommen hatte. Fischfinger hing fast bewusstlos über dem Lenker. Ihm war schwindlig geworden, und so war er vom Zaun gefallen, als sie den Bauplatz schnell wieder verlassen wollten.

Roy konnte sehen, dass es dem Jungen wegen der Infektion immer schlechter ging. Er brauchte einen Arzt, und zwar gleich.

»Er will aber nicht«, hatte Beatrice erklärt.

»Dann müssen wir es seiner Mutter sagen.«

»Ausgeschlossen!« Und damit war sie losgeradelt.

Roy bemühte sich, sie nicht aus den Augen zu verlieren. Er wusste nicht, wo Beatrice mit ihrem Bruder hinwollte, und es kam ihm fast so vor, als wüsste sie es auch nicht.

»Wie geht's ihm?«, rief Roy.

»Nicht gut.«

Roy hörte ein Auto und schaute nach hinten. Keine zwei Häuserblocks entfernt kam ein Streifenwagen angefahren. Automatisch machte er eine Vollbremsung und winkte aufgeregt. Das Einzige, woran er denken konnte, war, Fischfinger ins Krankenhaus zu kriegen, so schnell wie möglich.

»Was machst du da!«, brüllte Beatrice ihn an.

Roy hörte ein schepperndes Geräusch, als das Fahrrad zu Boden fiel. Er drehte sich um und sah, wie Beatrice losstürmte, den Bruder wie einen Mehlsack über der Schulter. Ohne einmal zurückzuschauen, schlug sie einen Weg zwischen zwei Häusern am Ende der Straßenzeile ein und verschwand.

Roy stand wie festgewurzelt mitten auf der Straße.

Er musste eine Entscheidung treffen, schnell. Aus der einen Richtung kam der Streifenwagen, in die andere Richtung rannten seine beiden Freunde ... Freunde?

Na ja – wenn er überhaupt Freunde hatte in Coconut Cove, dann waren es wohl die beiden.

Roy holte tief Luft und raste den anderen hinterher. Er hörte Hupen, aber er rannte einfach weiter und hoffte, der Polizist würde nicht aus dem Auto springen und ihn zu Fuß verfolgen. Roy glaubte eigentlich nicht, dass er etwas Unrechtes getan hatte, aber er war sich nicht sicher, ob er vielleicht Ärger dafür kriegen könnte, dass er Fischfinger geholfen hatte, der immerhin ständig die Schule schwänzte.

Der Junge versuchte doch nur, sich um die Eulen zu kümmern – wieso sollte das eine Straftat sein?, fragte sich Roy.

Fünf Minuten später fand er Beatrice im Schatten eines Mahagonibaums im Garten eines fremden Hauses. Der Kopf ihres Stiefbruders lag in ihrem Schoß. Der Junge hatte die Augen geschlossen, Schweißtropfen glänzten auf seiner Stirn. Die tiefen Bisswunden an seinem geschwollenen Arm lagen jetzt frei, denn der Verband (und ein Ärmel des grünen T-Shirts) waren beim Sturz vom Zaun abgerissen worden.

Beatrice strich dem Jungen über die Wangen und schaute traurig zu Roy hoch. »Und was machen wir jetzt, Cowgirl?«

Curly hatte die Nase gestrichen voll von Kampfhunden. Er war zwar nicht gerade begeistert bei dem Gedanken daran, die Nächte im Bauwagen zu verbringen, aber es musste wohl sein. Es schien ihm die einzige sichere Möglichkeit, die Täter, wer immer sie waren, aufzuhalten und daran zu hindern, über den Zaun zu hüpfen und verrückt zu spielen.

Wenn an diesem Wochenende noch irgendetwas passieren sollte, was Mama Paulas Vorhaben weiter verzögerte, dann wäre Curly seinen Job los, das hatte Chuck Muckle ihm glasklar zu verstehen gegeben.

Als Curly seiner Frau von der Nachtwache erzählte, nahm sie die Neuigkeit gelassen auf, ohne sich zu ärgern oder sich Sorgen zu machen. Ihre Mutter war gerade zu Besuch und die beiden hatten für das Wochenende etliche Einkaufsbummel geplant. So würde ihnen Curlys bezaubernde Gegenwart nicht fehlen.

Missmutig packte er Zahnbürste, Zahnseide, Rasierapparat, Rasiercreme und eine Großpackung Aspirin in seinen Kulturbeutel. Dann stopfte er frische Arbeitskleidung und Unterwäsche in eine Reisetasche und nahm sein Kopfkissen aus dem Bett. Als er schon auf dem Weg nach draußen war, gab ihm seine Frau noch zwei Thunfischsandwiches mit, eins fürs Abendessen und eins fürs Frühstück.

»Pass nur gut auf dich auf da draußen, Leroy«, sagte sie.

»Wird gemacht.«

Auf der Baustelle schloss er das Tor hinter sich und ging mit Storchenschritten zum sicheren Bauwagen hinüber. Den ganzen Nachmittag lang hatte er sich den Kopf zerbrochen wegen dieser Wassermokassins, die so plötzlich wieder weg waren, und hatte sich gefragt, wieso der Reptilienfänger sie nicht hatte finden können.

Wie konnten so viele Schlangen auf einmal verschwinden?

Curly befürchtete, dass die Schlangen irgendwo ganz in der Nähe in irgendeinem geheimen Versteck unter der Erde lauerten und nur darauf warteten, bis es dunkel wurde, so dass sie ihre tödliche Jagd beginnen konnten.

»Aber ich bin gewappnet«, sagte Curly laut, um sich selbst zu überzeugen.

Er verrammelte die Tür des Bauwagens, setzte sich vor den tragbaren Fernseher und stellte den Sportkanal ein. Später am Abend sollten die Orioles gegen die Devil Rays spielen und darauf freute sich Curly schon. Bis dahin war er ganz zufrieden mit dem Fußballspiel, das gerade aus Quito in Ecuador übertragen wurde – wo immer das sein mochte.

Er lehnte sich zurück und lockerte seinen Gürtel, um Platz zu schaffen für den Revolver, den er zu seinem Schutz mitgebracht hatte. Seit er in der Marine gewesen war, hatte er keinen einzigen Schuss mehr abgefeuert und das war jetzt einunddreißig Jahre her, aber er hatte eine Pistole in seinem Haus versteckt und volles Vertrauen in seine Fähigkeiten als Schütze.

Es konnte ja wirklich nicht so schwer sein, eine dicke, fette Schlange zu treffen, oder?

Als Curly gerade sein erstes Thunfischsandwich verdrückte, kam ein Werbespot für *Mama Paulas Pfannkuchenhaus*. Die freundliche alte Mama Paula war, wie er ja schon von Chuck Muckle wusste, niemand anderes als die verkleidete Kimberly Lou Dixon. Sie backte Pfannkuchen auf einem runden Blech, warf sie in die Luft, fing sie wieder auf und sang dabei ein ziemlich albernes Lied.

Obwohl die Maskenbildner ihre Sache verflixt gut gemacht hatten, merkte Curly doch, dass die alte Dame im Film in Wirklichkeit eine viel jüngere – und hübsche – Frau war. Er musste daran denken, was Chuck Muckle ihm über Kimberly Lou Dixon und ihren neuen Film erzählt hatte, und versuchte sie sich als Königin der mutierenden Grashüpfer vorzustellen. Bestimmt würden die Leute, die für die Trickaufnahmen zuständig waren, ihr sechs grüne Beine und ein Paar Antennen verpassen, und diese Vorstellung fand Curly durchaus spannend.

Er überlegte, ob er Kimberly Lou Dixon wohl persönlich vorgestellt würde, wenn sie nach Coconut Cove kam, um beim ersten Spatenstich für das neue Restaurant dabei zu sein. So abwegig war der Gedanke wirklich nicht – schließlich war er ja der Überwachungsingenieur des Bauvorhabens, sozusagen der Boss von all dem hier.

Noch nie hatte Curly einen Filmstar oder eine Fernsehschauspielerin getroffen, auch keine Miss America oder Miss Sonstwas. Ob er sie wohl um ein Autogramm bitten dürfte? Ob sie was dagegen hätte, sich mit ihm fotografieren zu lassen? Und wenn sie mit ihm redete, würde sie das dann mit ihrer falschen Mama-Paula-Stimme tun oder als Kimberly Lou Dixon?

All diese Fragen gingen Curly durch den Kopf, als sich das Bild auf dem Fernsehschirm vor seinen ungläubig schauenden Augen mit einem Mal auflöste und nur noch heftiges Geflimmer zu sehen war. Wütend schlug er mit einer majonäsebeschmierten Faust seitlich gegen das Gerät, aber das brachte nichts.

Mitten in der Werbung für Mama Paulas Pfannkuchen war das Bild weg. Nicht gerade ein gutes Omen, dachte Curly.

Er fluchte fürchterlich über dieses elende Pech. Seit Jahren hatte er keine ganze Nacht mehr ohne Fernsehen verbracht, und er wusste gar nicht mehr, wie er sich sonst die Zeit vertreiben sollte. Ein Radio gab's nicht im Bauwagen und zu lesen nichts als eine Zeitschrift der Bauindustrie mit langweiligen Artikeln über wirbelsturmsichere Dachverkleidung und Antitermitenbehandlung für Sperrholzwände.

Curly überlegte, ob er schnell zum Supermarkt fahren und ein paar Videos ausleihen solle, aber um zu seinem Auto zu kommen, hätte er erst das Grundstück überqueren müssen. Es wurde schon langsam dämmerig, und so konnte er sich nicht aufraffen hinauszugehen – nicht, solange diese tödlichen Wassermokassins ihm draußen auflauerten.

Er knüllte das Kissen zusammen und lehnte seinen Kopf gegen die holzverkleidete Wand. Als er so ganz allein dalag in der Stille, kam ihm der Gedanke, ob eine Schlange sich wohl in den Bauwagen schlängeln konnte. Er erinnerte sich, dass er mal von einer Boa Constrictor gehört hatte, die durch die Kanalisation gekrochen und durch den Abfluss einer Badewanne in ein New Yorker Appartement gelangt war.

Bei der Vorstellung spürte Curly einen Knoten im Magen. Er stand auf und tappte vorsichtig zur Tür des kleinen Bades seines Bauwagens. Er legte ein Ohr an die Tür und lauschte ...

Bildete er sich das ein oder hörte er auf der anderen Seite etwas rascheln? Curly zog seine Pistole und legte den Finger auf den Abzug.

Doch, ganz bestimmt. Da bewegte sich etwas!

Im selben Moment, als Curly die Tür aufstieß, war ihm klar, dass da keine Giftschlange im Bad war, dass es keinen Grund für Todesangst gab. Dummerweise schaffte diese Neuigkeit es nicht schnell genug von seinem Gehirn bis zum Finger am Abzug.

Der Schuss erschreckte Curly fast genauso sehr wie die kleine Feldmaus, die still auf dem gefliesten Boden saß und nichts Böses im Sinn hatte. Als die Kugel über ihren winzigen Kopf mit den Schnurrbarthaaren hinwegpfiff, flitzte sie davon – ein quiekender, grauer Schatten, der zwischen Curlys Füßen hindurch zur Tür hinausschoss.

Mit zitternden Händen ließ Curly die Pistole sinken und starrte reumütig auf das, was er angerichtet hatte. Er hatte aus Versehen die Toilette getroffen und die Klobrille zerschmettert.

Es würde ein sehr langes Wochenende werden.

Mr. Eberhardt saß an seinem Schreibtisch, als Mrs. Eberhardt mit besorgter Miene zu ihm hereinkam.

»Dieser Polizist ist da«, sagte sie.

»Was für ein Polizist?«

»Der, der Roy neulich abends nach Hause gebracht hat. Rede du mal mit ihm.«

Officer Delinko stand im Wohnzimmer und drehte seinen Hut in der Hand. »Nett, Sie wiederzusehen«, sagte er zu Roys Vater.

»Stimmt irgendwas nicht?«

»Es geht um Roy«, erklärte Mrs. Eberhardt.

»Möglicherweise«, sagte Officer Delinko, »aber ich bin mir nicht sicher.«

»Setzen wir uns doch«, schlug Mr. Eberhardt vor. Er war darin geübt, die Ruhe zu bewahren, während er Informationsfetzen zu sortieren versuchte. »Erzählen Sie erst mal, was los ist.«

»Wo ist Roy? Ist er zu Hause?«, fragte der Polizeibeamte.

»Nein, er ist zu einer Freundin gegangen, um für die Schule zu arbeiten«, sagte Mrs. Eberhardt.

»Ich frage deswegen«, sagte Officer Delinko, »weil ich vor einer Weile ein paar Jugendliche auf der East Oriole gesehen habe. Einer davon sah ein bisschen so aus wie Ihr Sohn. Aber das Merkwürdige war: Erst hat er dem Polizeiwagen gewinkt und dann ist er plötzlich weggerannt.«

Mr. Eberhardt runzelte die Stirn. »Weggerannt? Das klingt aber gar nicht nach Roy.«

»Nein, wirklich nicht«, stimmte Mrs. Eberhardt ihm zu. »Wieso sollte er so etwas auch tun?«

»Die Jugendlichen haben ein Fahrrad auf der Straße liegen lassen.«

»Also, das von Roy ist es jedenfalls nicht. Das hat einen Platten«, verkündete Roys Mutter.

»Stimmt, ich erinnere mich«, sagte der Polizist.

»Wir mussten erst einen neuen Reifen bestellen«, erklärte Mr. Eberhardt.

Officer Delinko nickte geduldig. »Ich weiß, dass es nicht Roys Rad ist. Das Rad, von dem ich spreche, wurde kurz nach Schulschluss aus der Trace Middle School gestohlen.«

»Sind Sie sicher?«, fragte Mr. Eberhardt.

»Sicher, Sir. Ich habe die Seriennummer per Funk durchgegeben, so habe ich es erfahren.«

Es wurde still im Raum. Roys Mutter sah ihren Mann ernst an, dann schaute sie dem Polizisten ins Gesicht.

»Mein Sohn ist kein Dieb«, sagte sie entschieden.

»Ich wollte auch niemanden beschuldigen«, sagte Officer Delinko. »Der Junge, der weggerannt ist, sah so aus wie Roy, aber ich kann nicht mit Sicherheit sagen, dass er es war. Ich bin nur vorbeigekommen, weil Sie seine Eltern sind und weil das, nun ja, zu meinem Job gehört.« Der Polizist wandte sich Verständnis suchend an Mr. Eberhardt. »Sie verstehen das sicher, Mr. Eberhardt, Sie sind ja selbst auf dem Gebiet tätig.«

»Ja, sicher«, murmelte Mr. Eberhardt zerstreut. »Wie viele Kinder haben Sie gesehen?«

»Wenigstens zwei, vielleicht auch drei.«

»Und alle sind weggerannt?«

»Jawohl, Sir.« Officer Delinko versuchte so professionell wie möglich zu klingen. Vielleicht würde er sich eines Tages um einen Posten beim FBI bewerben, dann könnte Mr. Eberhardt ein gutes Wort für ihn einlegen.

»Und wie viele Fahrräder?«, fragte Mr. Eberhardt.

»Nur eins. Es ist hinten im Auto, wenn Sie es sich anschauen wollen.«

Roys Eltern folgten dem Polizisten vors Haus, wo er den Kofferraum seines Crown Victoria öffnete.

»Sehen Sie?« Officer Delinko zeigte auf das gestohlene Rad, ein blaues Strandrad.

»Nie gesehen«, sagte Mr. Eberhardt. »Was meinst du, Lizzy?«

Roys Mutter schluckte schwer. Es sah genauso aus wie das Rad von Roys neuer Freundin, Beatrice, die ihn mittags nach Hause begleitet hatte.

Bevor Mrs. Eberhardt ihre Gedanken noch sammeln konnte, sagte Officer Delinko: »Oh, fast hätte ich's vergessen. Was ist hiermit?« Er griff in seine Tasche und zog etwas heraus, das wie der abgerissene Ärmel eines T-Shirts aussah.

»Haben Sie das beim Fahrrad gefunden?«, fragte Mr. Eberhardt.

»In der Nähe.« Das war allerdings leicht geschwindelt. Der Bauplatz war in Wirklichkeit mehrere Häuserblocks von der Stelle entfernt, wo er die Kinder gesehen hatte.

»Kommt Ihnen das bekannt vor?«, fragte er die Eberhardts und hielt den Stofffetzen hoch.

»Mir nicht«, antwortete Roys Vater. »Lizzy?«

Mrs. Eberhardt schien erleichtert. »Also, Roys ist es auf jeden Fall nicht«, informierte sie Officer Delinko. »Er besitzt überhaupt keine grünen Kleidungsstücke.«

»Welche Farbe hatte denn das Hemd des Jungen, der weggerannt ist?«, fragte Mr. Eberhardt.

»Das konnte ich nicht erkennen«, gab der Beamte zu. »Er war zu weit weg.«

Das Telefon läutete und Roys Mutter ging schnell ins Haus.

Officer Delinko lehnte sich zu Roys Vater hinüber

und sagte: »Ich muss mich wirklich entschuldigen, dass ich Sie mit der Sache belästigt habe.«

»Wie Sie schon sagten – das gehört zu Ihrer Arbeit.« Mr. Eberhardt blieb höflich, auch wenn ihm klar war, dass der Polizist ihm nicht die ganze Wahrheit gesagt hatte, was den grünen Stofffetzen betraf.

»Wo wir gerade über die Arbeit sprechen«, sagte Officer Delinko. »Erinnern Sie sich noch an den Abend, als ich Roy mit seinem Rad nach Hause gebracht hab, als er den Platten hatte?«

»Natürlich.«

»Bei diesem furchtbaren Wetter.«

»Ja, ich erinnere mich«, sagte Mr. Eberhardt ungeduldig.

»Hat er irgendwas erwähnt, dass Sie vielleicht einen Brief für mich schreiben könnten?«

»Was für einen Brief?«

»An unseren Polizeichef«, sagte Officer Delinko. »Nichts Großartiges – nur eine Notiz für die Akten, dass Sie angetan waren von der Hilfe, die Ihr Sohn erhalten hat. So in der Art.«

»Und diese Notiz sollte an den Polizeichef gerichtet sein?«

»Oder an den Captain. Mein Sergeant wäre auch okay. Hat Roy nichts gesagt?«

»Nicht, dass ich wüsste«, sagte Mr. Eberhardt.

»Na ja, Sie wissen ja, wie die Kinder sind. Vermutlich hat er's vergessen.«

»Wie heißt Ihr Sergeant? Ich will sehen, was ich tun kann.« Roys Vater machte keine Anstrengung, seinen Mangel an Begeisterung zu verbergen. Langsam verlor er die Geduld mit diesem aufdringlichen jungen Polizisten.

»Tausend Dank«, sagte Officer Delinko und schüttelte Mr. Eberhardt fest die Hand. »Jedes bisschen hilft, wenn man vorankommen will. Und dann noch ein Brief von jemandem wie Ihnen, der selber bei der Regierung arbeitet –«

Aber bevor er Mr. Eberhardt den Namen seines Sergeants nennen konnte, kam Mrs. Eberhardt aus dem Haus gerannt, die Handtasche in der einen Hand und einen klingelnden Schlüsselbund in der anderen.

»Lizzy, was ist los?«, rief Mr. Eberhardt. »Wer hat denn angerufen?«

»Die Notaufnahme«, rief sie atemlos. »Roy ist verletzt!«

12

Roy war völlig fertig. Es kam ihm vor, als wäre es mindestens hundert Jahre her, seit Dana Matherson versucht hatte, ihn in der Besenkammer zu erwürgen. Dabei war es am selben Nachmittag gewesen.

»Danke«, sagte Beatrice Leep. »Jetzt sind wir quitt.«

»Kann sein«, sagte Roy.

Sie saßen in der Notaufnahme des Krankenhauses von Coconut Cove und warteten. Hierher hatten sie Beatrice' Stiefbruder gebracht, nachdem sie ihn fast anderthalb Kilometer zwischen sich getragen hatten.

»Der packt das«, sagte Roy.

Einen Moment lang dachte er, Beatrice würde anfangen zu weinen. Er griff nach ihrer Hand und drückte sie. Beatrice' Hand war deutlich größer als seine eigene.

»Er ist ganz schön zäh, wie eine kleine Kakerlake«, sagte Beatrice mit einem leichten Schniefen. »Der wird schon wieder.«

Eine Frau in hellblauem Kittel und mit einem Stethoskop um den Hals kam auf sie zu. Sie stellte sich ihnen als Dr. Gonzalez vor.

»Jetzt erzählt mir mal genau, was Roy passiert ist.«

Beatrice und der echte Roy tauschten ängstliche Blicke aus. Weil Fischfinger befürchtete, dass seine Mutter verständigt würde, hatte er ihnen verboten, im Krankenhaus seinen wirklichen Namen anzugeben. Der Junge war so aufgeregt gewesen, dass Roy gar nicht erst versucht hatte, mit ihm zu diskutieren. Als sie in der Notaufnahme nach dem Namen, der Adresse und der Telefonnummer des Jungen gefragt wurden, war Roy spontan vorgetreten und hatte laut seinen eigenen Namen genannt. Das schien die schnellste Möglichkeit, den Jungen in ein Klinikbett zu bekommen.

Roy wusste, dass er Probleme kriegen würde. Beatrice Leep wusste es auch. Deswegen hatte sie sich auch bei ihm bedankt.

»Mein Bruder ist von einem Hund gebissen worden«, sagte sie auf die Frage von Dr. Gonzalez.

»Von mehreren«, fügte Roy hinzu.

»Von was für Hunden?«, fragte die Ärztin.

»Großen.«

»Und wie kam das?«

Roy überließ es Beatrice weiterzuerzählen, schließlich hatte sie mehr Erfahrung im Schwindeln.

»Beim Fußballtraining sind sie über ihn hergefallen«, sagte sie. »Er ist völlig zerbissen nach Hause gekommen, deshalb haben wir ihn so schnell wie möglich hergebracht.«

»Hm, hm«, machte Dr. Gonzalez und runzelte leicht die Stirn.

»Was ist – glauben Sie mir nicht?« Beatrice' Entrüstung klang echt. Roy war beeindruckt.

Aber die Ärztin war auch nicht von gestern. »Oh doch, ich glaube dir, dass dein Bruder von Hunden angefallen wurde«, sagte sie. »Ich glaube nur nicht, dass das heute passiert ist.«

Beatrice verspannte sich. Roy wusste, dass er sich jetzt ganz schnell etwas einfallen lassen musste.

»Die Wunden am Arm sind nicht neu«, erklärte ihnen Dr. Gonzalez. »Bei einer Infektion in diesem Stadium würde ich mal schätzen, dass er vor achtzehn bis vierundzwanzig Stunden gebissen wurde.«

Beatrice wurde deutlich nervös. Roy wartete nicht ab, bis sie sich wieder gefangen hatte.

»Ja, das kommt hin. Etwa achtzehn Stunden«, sagte er zu der Ärztin.

»Was soll das heißen?«

»Schauen Sie, nachdem er gebissen wurde, ist er ohnmächtig geworden«, sagte Roy. »Und erst am nächsten Tag ist er aufgewacht und nach Hause gerannt. Dann hat Beatrice mich angerufen und gefragt, ob ich ihr helfen kann, ihn ins Krankenhaus zu bringen.«

Dr. Gonzalez sah Roy durchdringend und ziemlich streng an, aber ihre Stimme klang so, als wäre sie leicht amüsiert.

»Wie heißt du, mein Junge?«

Roy schluckte heftig. Jetzt hatte sie ihn kalt erwischt.

»Tex«, sagte er leise.

Beatrice stieß ihn an, so als wollte sie sagen: Was Besseres fällt dir nicht ein?

Die Ärztin verschränkte die Arme. »Also, Tex, jetzt noch mal von vorn: Dein Freund Roy wird also auf dem Fußballfeld von mehreren großen Hunden angefallen. Keiner versucht ihm zu helfen, und er bleibt die ganze Nacht und den größten Teil des nächsten Tages ohnmächtig da liegen. Dann wacht er auf einmal auf und joggt nach Hause. War es so?«

»Hm-m.« Roy schaute zu Boden. Er war ein miserabler Lügner, das wusste er.

Nun wandte Dr. Gonzalez ihre eiserne Aufmerksamkeit Beatrice zu.

»Wieso musstest *du* deinen Bruder herbringen? Wo sind denn deine Eltern?«

»Bei der Arbeit«, antwortete Beatrice.

»Und du hast sie nicht angerufen und ihnen gesagt, dass dein Bruder ins Krankenhaus muss?«

»Sie arbeiten auf 'nem Krabbenfangschiff. Da gibt's kein Telefon.«

Nicht schlecht, dachte Roy. Aber die Ärztin schluckte die Geschichte nicht.

»Das ist schon merkwürdig«, sagte sie zu Beatrice, »dein Bruder ist so lange verschwunden und keiner in der Familie macht sich Sorgen und ruft die Polizei an.«

»Er rennt öfter mal weg von zu Hause«, sagte Beatrice ruhig, »und kommt erst nach einer Weile wieder.«

Das war Beatrice' erste halbwegs wahre Antwort, doch ironischerweise war genau sie es, die Dr. Gonzalez vollends misstrauisch machte.

»Ich schaue jetzt mal nach Roy«, sagte sie. »In der Zwischenzeit könnt ihr zwei ja eure Geschichte ein bisschen aufpolieren.«

»Wie geht es ihm übrigens?«, fragte Beatrice.

»Besser. Er hat eine Tetanusspritze bekommen, außerdem pumpen wir ihn voll mit Antibiotika und Schmerzmitteln. Die Mittel sind ziemlich stark, deshalb schläft er viel.«

»Können wir zu ihm?«

»Jetzt noch nicht.«

Kaum war die Ärztin weg, gingen Roy und Beatrice vor die Tür, wo sie ungestört miteinander reden konnten. Roy setzte sich auf die Stufen vor der Notaufnahme, Beatrice blieb stehen.

»Das funktioniert nicht, Cowgirl. Sobald sie rausfinden, dass er nicht du ist . . . «

». . . dann haben wir ein Problem«, stimmte Roy ihr zu und das war eindeutig das Understatement des Jahres.

»Und wenn Lonna von der Sache hört, dann kommt er ins Heim«, sagte Beatrice düster, »so lange, bis sie eine neue Kadettenanstalt gefunden hat. Vermutlich irgendwo ganz weit weg, Guam oder so, damit er nicht abhauen kann.«

Roy verstand nicht, wie eine Mutter ihr eigenes Kind

rausschmeißen konnte, einfach nichts mehr mit ihm zu tun haben wollte, aber er wusste, dass solche tragischen Dinge vorkamen. Er hatte auch schon von Vätern gehört, die sich so verhielten. Ein furchtbarer Gedanke.

»Uns fällt schon was ein«, versprach er Beatrice.

»Weißt du was, Tex? Du bist in Ordnung.« Sie kniff ihn in die Wange und sprang die Stufen hinunter.

»He, wo willst du hin?«, rief er ihr nach.

»Essen kochen für meinen Dad. Mach ich jeden Abend.«

»Sag mal, soll das 'n Witz sein? Du kannst mich doch hier nicht alleine lassen.«

»Tut mir Leid«, sagte Beatrice. »Aber mein Dad rastet aus, wenn ich nicht komme. Der kann sich nicht mal 'nen Toast machen, ohne sich die Fingerspitzen abzubrennen.«

»Kann Lonna ihm denn nicht Essen kochen, nur heute mal?«

»Nix da. Die steht in der Kneipe hinter der Theke.« Beatrice winkte Roy kurz zu. »Sobald ich kann, komm ich wieder. Und pass bloß auf, dass sie meinen Bruder nicht operieren oder so was.«

»Warte!« Roy sprang auf. »Sag mir, wie er wirklich heißt. Das ist wohl das Mindeste, nach allem, was passiert ist.«

»Tut mir Leid, Cowgirl, geht nicht. Ich hab einen blutigen Eid geschworen, schon vor ewigen Zeiten.«

»Wie bitte?«

»Wenn er will, dass du's weißt, dann sagt er's dir schon selber.« Und damit rannte sie los. Ihre Schritte verhallten in der Dunkelheit.

Roy ging langsam zurück in die Notaufnahme. Er wusste, dass seine Mutter sich Sorgen machen würde, also fragte er den Mann am Schalter, ob er mal telefonieren dürfe. Es läutete ein halbes Dutzend Mal am anderen Ende, dann schaltete sich der Anrufbeantworter ein. Roy hinterließ die Nachricht, er werde gleich nach Hause kommen, Beatrice und er hätten ihr Experiment beendet und müssten nur noch aufräumen.

Da er nun allein im Warteraum der Notaufnahme saß, kramte er den Stapel mit alten Zeitschriften durch, bis er eine Nummer der *Outdoor Life* fand, in der ein Artikel über Forellenfischen in den Rocky Mountains stand. Das Beste an dem Bericht waren die Fotos – Angler, die knietief in blauen Flüssen standen, deren Ufer von hohen Pappeln gesäumt waren, und das alles vor dem Hintergrund schneebedeckter Gipfel.

Roy war gerade dabei, ziemlich heftiges Heimweh nach Montana zu bekommen, als er hörte, wie sich eine Sirene näherte. Er beschloss, jetzt sei genau der richtige Moment, um sich nach einem Cola-Automaten umzuschauen, auch wenn er gerade mal zwanzig Cent in der Tasche hatte.

In Wirklichkeit jedoch wollte Roy nicht in der Notaufnahme sitzen und hautnah mitbekommen, weswegen der Krankenwagen mit Sirenengeheul vorgefahren war. Er war absolut nicht in der Stimmung, jemanden hereinrollen zu sehen, der vielleicht bei einem schlimmen Autounfall verletzt worden war, womöglich einen Menschen, der im Sterben lag.

Es gab genug Leute, die so etwas richtig spannend finden würden, aber Roy gehörte nicht dazu. Einmal, als er sieben war und mit seinen Eltern in Milwaukee lebte, war ein betrunkener Jäger mit seinem Schneemobil mit Karacho gegen eine alte Birke gefahren. Der Unfall war ganz in der Nähe des Hangs geschehen, auf dem Roy und sein Vater Schlitten fuhren. Mr. Eberhardt war den Hügel hinaufgerannt, um zu sehen, ob er helfen könne, und Roy war ihm keuchend gefolgt. Oben beim Baum sahen sie dann, dass sie nichts mehr tun konnten. Der Tote lag blutüberströmt da, völlig verrenkt war er, wie eine kaputte Puppe. Dieses Bild würde Roy nie vergessen und er wollte so etwas nie mehr sehen.

Daher hatte er keine Lust, in der Notaufnahme sitzen zu bleiben und zu warten, bis ein Schwerverletzter hereingebracht wurde. Er verdrückte sich also durch eine Seitentür und lief durch die Gänge des Krankenhauses, bis eine Schwester ihn fragte, wo er hinwolle.

»Ich hab mich verlaufen, glaube ich«, sagte Roy und tat sein Bestes, verwirrt auszusehen.

»Den Eindruck hab ich allerdings auch.«

Die Schwester brachte ihn durch einen Nebengang

zurück in die Notaufnahme, wo Roy zu seiner Erleichterung nicht das befürchtete Chaos vorfand und auch keine Verletzten mit blutenden Wunden. Es war genauso still dort wie zuvor.

Verwirrt ging Roy ans Fenster und schaute hinaus. In der Einfahrt stand kein Krankenwagen, nur ein Streifenwagen der Polizei von Coconut Cove. Vielleicht war ja gar nichts gewesen, dachte er und kehrte zu seiner Zeitschrift zurück.

Kurz darauf hörte er Stimmen hinter den Doppeltüren, die zu dem Behandlungsraum führten, in den sie Fischfinger gebracht hatten. Eine lautstarke Diskussion fand dort statt und Roy spitzte die Ohren.

Eine Stimme insbesondere übertönte alle anderen und zu seinem Kummer kam sie Roy deutlich bekannt vor. Nervös saß er da und überlegte niedergeschlagen, was er jetzt machen sollte. Dann hörte er noch eine vertraute Stimme, und nun wusste er, dass er keine Wahl hatte.

Er ging auf die Doppeltüren zu und stieß sie auf. »Mom! Dad!«, rief er. »Hier bin ich.«

Officer Delinko hatte darauf bestanden, die Eberhardts mit dem Streifenwagen zur Klinik zu fahren. Es gehörte sich so, und außerdem war es eine prima Gelegenheit, bei Roys Vater Punkte zu sammeln.

Der Beamte hoffte nur, dass der Sohn von Mr. Eberhardt nicht in diesen Unfug auf der Baustelle des

Pfannkuchenrestaurants verwickelt war. Das wäre allerdings eine ganz blöde Geschichte!

Auf der Fahrt zum Krankenhaus saßen Roys Eltern hinten und unterhielten sich leise. Mrs. Eberhardt sagte, es sei ihr schleierhaft, wie Roy von einem Hund gebissen worden sein könne, während er an einem Experiment für Biologie arbeitete. »Vielleicht hatte es etwas mit dem vielen Hackfleisch zu tun«, spekulierte sie.

»Hackfleisch?«, fragte Roys Vater »Für welches Projekt braucht man denn bitte sehr Hackfleisch?«

Im Rückspiegel sah Officer Delinko, wie Mr. Eberhardt seiner Frau den Arm um die Schultern legte. Ihre Augen waren feucht und sie biss sich auf die Unterlippe. Mr. Eberhardt dagegen wirkte so angespannt wie eine Uhrfeder.

Als sie in der Notaufnahme ankamen, erklärte ihnen der Pfleger am Schalter, dass Roy schlafe und nicht gestört werden dürfe. Die Eberhardts versuchten ihn umzustimmen, aber der Mann gab nicht nach.

»Wir sind seine Eltern«, sagte Mr. Eberhardt ruhig, »und wir wollen unseren Sohn sehen, jetzt gleich.«

»Sir, zwingen Sie mich nicht, meinen Vorgesetzten zu rufen.«

»Rufen Sie, wen Sie wollen, meinetwegen auch den Zauberer von Oz«, sagte Mr. Eberhardt. »Wir gehen jetzt jedenfalls da hinein.«

Der Pfleger lief ihnen durch die Schwingtür hinterher. »Das können Sie nicht machen!«, protestierte er, überholte die Eberhardts und blockierte ihnen den Weg zur Station.

Officer Delinko preschte vor, in der Annahme, seine Polizeiuniform würde den Mann beeindrucken. Aber da irrte er sich.

»Jeder Besuch ist streng verboten, das steht hier, in den Anweisungen der Ärztin.« Der Pfleger wedelte mit einem Klemmbrett. »Ich muss Sie leider bitten, zurück ins Wartezimmer zu gehen. Das gilt auch für Sie, Officer.«

Officer Delinko trat einen Schritt zurück. Nicht so die Eberhardts.

»Hören Sie, unser Sohn liegt da drin«, erinnerte Roys Mutter den Pfleger. »Sie haben uns schließlich angerufen, stimmt's? Sie haben uns gesagt, wir sollten herkommen.«

»Sicher, und Sie dürfen Roy ja auch sehen – sobald die Ärztin es erlaubt.«

»Dann rufen Sie bitte die Ärztin! Jetzt!« Mr. Eberhardt redete weiterhin unaufgeregt, aber seine Stimme war doch um einiges lauter geworden. »Gehen Sie ans Telefon und wählen Sie die Nummer. Falls Sie vergessen haben, wie das geht, zeige ich es Ihnen gerne.«

»Die Ärztin hat gerade Pause. In fünfundzwanzig Minuten ist sie zurück«, sagte der Pfleger knapp.

»Dann findet sie uns bei unserem verletzten Sohn«, sagte Mr. Eberhardt. »So, und wenn Sie jetzt nicht den

Weg frei machen, dann gebe ich Ihnen einen Tritt in Ihren Allerwertesten. Verstanden?«

Der Pfleger wurde blass. »Ich we-werde Sie bei mei-meinem Vorgesetzten me-melden.«

»Großartig, tun Sie das.« Mr. Eberhardt schob den Pfleger beiseite und ging den Gang hinunter, wobei er seine Frau am Ellbogen führte.

»Stehen geblieben!«, blaffte eine harte weibliche Stimme sie von hinten an.

Die Eberhardts drehten sich um. Aus einer Tür mit der Aufschrift *Nur für Personal* trat eine Frau in hellblauem Kittel mit einem Stethoskop um den Hals.

»Ich bin Dr. Gonzalez. Wo wollen Sie eigentlich hin?«

»Wir möchten unseren Sohn sehen«, antwortete Mrs. Eberhardt.

»Ich habe versucht, sie aufzuhalten«, beeilte sich der Pfleger einzuwerfen.

»Sie sind die Eltern des Jungen?«, fragte die Ärztin.

»So ist es.« Roys Vater bemerkte, dass Dr. Gonzalez sie beide mit unverhohlener Neugier betrachtete.

»Verzeihen Sie die vielleicht etwas unpassende Bemerkung«, sagte sie, »aber – Sie beide sehen nicht so aus, als würden Sie auf einem Krabbenfangschiff arbeiten.«

»Wovon um Himmels willen reden Sie überhaupt?«, fragte Roys Mutter. »Sind in diesem Krankenhaus eigentlich alle verrückt?«

»Es scheint sich um ein Missverständnis zu handeln«, unterbrach Officer Delinko. »Mr. Eberhardt arbeitet im Justizministerium.«

Dr. Gonzalez seufzte. »Also, das klären wir später. Kommen Sie, schauen wir erst mal nach Ihrem Jungen.«

Die Station der Notaufnahme verfügte über sechs Betten, von denen fünf nicht belegt waren. Um das sechste Bett war ein Vorhang gezogen.

»Wir haben ihn an den Tropf gehängt. Er bekommt Antibiotika und es geht ihm schon wieder ganz gut«, sagte Dr. Gonzalez leise. »Aber wenn wir diese Hunde nicht ausfindig machen, dann braucht er noch ein paar Spritzen gegen Tollwut, und die sind kein Zuckerschlecken.«

Die Eberhardts hakten einander unter und gingen auf das Bett hinter dem Vorhang zu. Officer Delinko stellte sich neben sie – er wollte zu gern wissen, welche Farbe Roys Hemd hatte. In seiner Tasche war immer noch der leuchtend grüne Stofffetzen von Mama Paulas Zaun.

»Wundern Sie sich nicht, wenn er schläft«, flüsterte die Ärztin und zog sanft den Vorhang beiseite.

Einige Augenblicke lang sagte niemand etwas. Die vier Erwachsenen standen nur da und starrten entgeistert auf das leere Bett.

Von einem trapezförmigen Metallhaken hing ein Beutel mit einer gelblichen Flüssigkeit herunter. Die

Kanüle war abgenommen worden und baumelte kurz über dem Fußboden.

Endlich stieß Mrs. Eberhardt hervor: »Wo ist Roy?«

Dr. Gonzalez hob die Arme und ließ sie wieder sinken: »Ich ... wirklich, ich weiß es nicht.«

»Sie *wissen* es nicht?«, brach es aus Mr. Eberhardt hervor. »Eben noch soll ein verletzter Junge schlafend in seinem Bett gelegen haben und im nächsten Moment ist er plötzlich verschwunden?«

Officer Delinko trat zwischen Mr. Eberhardt und die Ärztin. Der Polizist befürchtete, Roys Vater könnte in seiner Aufregung etwas tun, was er später bedauern würde.

»Wo ist unser Sohn?«, fragte Mrs. Eberhardt noch einmal.

Die Ärztin klingelte nach einer Schwester und fing hektisch an, die Station abzusuchen.

»Aber er war der einzige Patient hier«, sagte Mr. Eberhardt wütend. »Wie ist es möglich, dass Sie den einzigen Patienten, den Sie überhaupt haben, verlieren? Was ist passiert – haben Außerirdische ihn in ihr Raumschiff gebeamt, während Sie Kaffeepause machten?«

»Roy? Roy, wo bist du?«, rief Mrs. Eberhardt.

Sie und Dr. Gonzalez fingen an, unter die fünf übrigen Betten der Station zu schauen. Officer Delinko nahm sein tragbares Funkgerät vom Gurt und sagte: »Ich fordere jetzt Verstärkung an.«

Genau in diesem Moment flogen die Doppeltüren des Wartezimmers auf.

»Mom! Dad! Hier bin ich!« Mit einer doppelten Umarmung erdrückten die Eberhardts ihren Sohn fast.

»Kleiner Teufel.« Officer Delinko lachte leise gluckend, während er sein Funkgerät wieder am Gurt befestigte. Er war sehr erfreut, dass Roy kein zerrissenes grünes T-Shirt trug.

»He!« Dr. Gonzalez klatschte einmal kurz in die Hände. »Alle mal herhören, bitte!«

Die Eberhardts schauten verblüfft auf. Die Ärztin schien nicht übermäßig froh zu sein, dass ihr verlorener Patient wieder aufgetaucht war.

»Das ist Roy?«, fragte sie und zeigte auf den Jungen.

»Natürlich ist er das. Wer denn sonst?« Mrs. Eberhardt küsste ihn auf den Kopf. »Schatz, jetzt legst du dich aber sofort wieder ins Bett.«

»Mal langsam«, sagte Mr. Eberhardt. »Ich bin mir nicht sicher, was hier eigentlich vor sich geht, aber ich habe das Gefühl, wir sollten uns bei Ihnen entschuldigen. Vermutlich gleich mehrfach.« Er legte beide Hände fest auf Roys Schultern. »Jetzt zeig uns mal, wo dich der Hund gebissen hat, Freundchen.«

Roy senkte den Blick. »Ich bin nicht gebissen worden, Dad. Das war nicht ich.«

Mrs. Eberhardt stöhnte auf. »Okay, jetzt ist mir alles klar. *Ich* bin diejenige, die nicht ganz dicht ist, stimmt's? *Ich* hab nicht mehr alle Tassen im Schrank.«

»Entschuldigen Sie mich, Herrschaften, aber wir haben nach wie vor ein großes Problem«, sagte Dr. Gonzalez. »Uns fehlt noch immer ein Patient.«

Officer Delinko war total verwirrt. Wieder griff er nach seinem Funkgerät, um die Hauptwache anzurufen.

»Bevor mir gleich der Schädel platzt«, sagte Mrs. Eberhardt, »könnte mir vielleicht irgendjemand erklären, was hier eigentlich gespielt wird?«

»Das kann nur einer.« Mr. Eberhardt zeigte auf Roy, der am liebsten in einem Mauseloch verschwunden wäre. Sein Vater drehte ihn herum, so dass er Dr. Gonzalez direkt anschauen musste.

»Tex?«, sagte sie und zog eine Augenbraue hoch.

Roy spürte, wie er rot wurde. »Es tut mir Leid, wirklich.«

»Das hier ist ein Krankenhaus und kein Spielplatz.«

»Ich weiß. Entschuldigung.«

»Wenn du der echte Roy bist«, sagte die Ärztin, »wer war dann der junge Mann, der hier im Bett lag, und wo ist er hin? Und jetzt will ich die Wahrheit wissen.«

Roy starrte auf seine Schuhspitzen. Er konnte sich nicht erinnern, dass schon jemals in seinem Leben an einem einzigen Tag so viele Dinge schief gegangen waren.

»Antworte bitte, mein Sohn«, sagte sein Vater.

Seine Mutter drückte Roys Arm. »Komm schon, Schatz. Es ist wichtig.«

»Wir finden ihn, früher oder später«, sagte Officer Delinko. »Sie können sich darauf verlassen.«

Unglücklich sah Roy zu den Erwachsenen auf.

»Ich weiß nicht, wie der Junge heißt, und ich weiß auch nicht, wo er ist«, sagte er. »Tut mir Leid, aber das ist die Wahrheit.«

Und technisch gesehen war es das ja auch.

13

Während Roy unter der Dusche stand, kochte seine Mutter einen großen Topf Spaghetti. Roy aß drei Portionen, obwohl es am Esstisch dieses Mal stiller zuging als bei einer Schachpartie.

Roy legte die Gabel zur Seite und wandte sich an seinen Vater.

»Ich nehme an, es ist so weit, oder?«

»Richtig.«

Es war Jahre her, seit Roy das letzte Mal von seinem Vater eins hinten drauf bekommen hatte, und er glaubte auch nicht, dass es jetzt dazu kommen würde. Stattdessen zitierte sein Vater ihn immer in sein Arbeitszimmer, wenn er von Roy eine ernsthafte Erklärung für sein Verhalten erwartete. Heute Abend war Roy so müde, dass er sich nicht sicher war, ob er überhaupt noch irgendetwas Sinnvolles von sich geben konnte.

Sein Vater saß hinter dem großen Schreibtisch aus Walnussholz und erwartete ihn.

»Was hast du da?«, fragte er Roy.

»Ein Buch.«

»Das sehe ich auch. Ich hatte auf etwas ausführlichere Auskünfte gehofft.«

Roys Vater konnte ziemlich sarkastisch werden, wenn er meinte, keine ausreichende Antwort zu bekommen. Roy nahm an, dass das an den vielen Jahren lag, in denen er windige Gestalten verhört hatte – Gangster oder Spione oder andere, für die sein Vater zuständig war.

»Ich nehme an«, fuhr der Vater fort, »dass das Buch ein Licht auf die merkwürdigen Ereignisse des heutigen Abends werfen soll.«

Roy reichte es über den Schreibtisch. »Ihr habt es mir vor zwei Jahren zu Weihnachten geschenkt, Mom und du.«

»Ich weiß«, sagte sein Vater nach einem kurzen Blick auf den Umschlag. »Der große Vogelführer von Sibley. Bist du sicher, dass es nicht ein Geburtstagsgeschenk war?«

»Ganz sicher, Dad.«

Roy hatte das Buch auf seinen Wunschzettel geschrieben, nachdem er mit Hilfe dieses Buches eine Wette mit dem Vater gewonnen hatte. Eines Nachmittags hatten sie nämlich einen großen, rötlich braunen Raubvogel gesehen, der hinuntergestoßen war und sich ein Erdhörnchen von einer Viehweide im Gallatin River Valley geschnappt hatte. Roys Vater hatte mit ihm um einen Milch-Shake gewettet, dass es sich bei dem Vogel um einen jungen Weißkopfseeadler handelte, dessen Kopffedern noch nicht weiß geworden waren, aber Roy hatte gesagt, es handele sich um einen ausgewachsenen Steinadler, der in der trockenen Prärielandschaft verbreiteter war. Nachdem Roys Vater in der Bücherei von Bozeman im *Sibley* nachgeschlagen hatte, musste er zugeben, dass Roy Recht gehabt hatte.

Mr. Eberhardt hielt das Buch hoch und fragte: »Und was hat dieses Buch nun mit dem Unfug im Krankenhaus zu tun?«

»Schlag mal Seite 278 auf«, sagte Roy. »Ich hab dir da was angestrichen.«

Sein Vater blätterte rasch, bis er die richtige Seite gefunden hatte.

»Kanincheneule«, las er laut vor. »*Athene Cunicularia*. Mit langen Beinen und kurzem Schwanzgefieder, relativ langen, schmalen Flügeln und flachem Schädel. Nur die jungen Eulen zeigen sich schon mal bei Tageslicht.« Sein Vater sah ihn fragend über den Buchrand hinweg an. »Hat das etwas mit dem ›Bio-Experiment‹ zu tun, an dem ihr angeblich heute Nachmittag gearbeitet habt?«

»Es gibt kein Bio-Experiment«, gab Roy zu.

»Und das Hackfleisch, das deine Mutter dir gegeben hat?«

»War ein Imbiss für die Eulen.«

»Erzähl weiter«, sagte Mr. Eberhardt.

»Es ist eine lange Geschichte, Dad.«

»Ich habe jede Menge Zeit.«

»Also gut«, sagte Roy. Irgendwie, dachte er müde, wäre es leichter gewesen, wenn sein Vater ihm eine Ohrfeige gegeben hätte.

»Na ja«, begann er, »da gibt es diesen Jungen, er ist etwa so alt wie ich ... «

Roy erzählte seinem Vater alles – oder doch fast alles. Er erwähnte nicht, dass die Schlangen, die der Stiefbruder von Beatrice Leep ausgesetzt hatte, hochgiftig waren und dass der Junge ihnen allen Ernstes den Mund zugeklebt hatte. Solche Details hätten Mr. Eberhardt womöglich mehr in Aufregung versetzt als kleinere Vandalenakte.

Außerdem sagte Roy lieber nicht, dass Beatrice ihren Stiefbruder Fischfinger getauft hatte – nur für den Fall, dass sein Vater sich gesetzlich verpflichtet fühlte, den Fall der Polizei zu melden oder irgendwo in einer Datenbank der Regierung zu speichern.

Aber ansonsten berichtete Roy alles, was er über den rennenden Jungen wusste. Sein Vater hörte ihm zu, ohne ihn zu unterbrechen.

»Dad, er ist wirklich kein schlechter Mensch«, sagte Roy, als er fertig war. »Er will bloß die Eulen retten, mehr nicht.«

Eine Weile sagte Mr. Eberhardt nichts. Er schlug noch einmal das Vogelbuch auf und betrachtete die kleinen Vögel auf der farbigen Zeichnung.

»Wenn Mama Paula das Grundstück mit Bulldozern

platt walzen lässt, dann werden alle Höhlen zugeschüttet«, sagte Roy.

Sein Vater legte das Buch weg und sah Roy liebevoll an, wenn auch mit einer Spur Traurigkeit.

»Roy, das Grundstück gehört ihnen. Sie können so ziemlich alles damit machen, was sie wollen.«

»Aber –«

»Sie haben ihren Papierkram bestimmt erledigt, so dass mit Sicherheit alle notwendigen Genehmigungen vorliegen.«

»Sie haben eine Genehmigung, die Eulen zu begraben?«, fragte Roy ungläubig.

»Die Eulen werden wegfliegen. Sie suchen sich anderswo neue Höhlen.«

»Und wenn sie gerade Junge haben? Wie sollen *die* wegfliegen?«, gab Roy wütend zurück. »Wie, Dad?«

»Das weiß ich nicht«, musste sein Vater zugeben.

»Wie würde euch das denn gefallen, Mom und dir«, drängte Roy weiter, »wenn eines Tages irgendwelche wildfremden Leute mit Bulldozern hier auftauchen und unser Haus platt machen würden? Und nichts weiter sagen würden als: ›Machen Sie sich keine Sorgen, Mr. und Mrs. Eberhardt, das ist doch nicht so schlimm. Packen Sie einfach Ihren Kram zusammen und ziehen sie woandershin.‹ Wie fändest du das?«

Roys Vater stand langsam auf, so als lastete ein zentnerschweres Gewicht auf seinen Schultern.

»Komm, lass uns ein Stück spazieren gehen«, sagte er.

Es war ein windstiller, wolkenloser Abend und ein blass silberner Mond stand über den Dächern. Insekten, die an Konfetti erinnerten, umschwirrten die Straßenlaternen in großen Schwärmen. An der Straßenecke miauten zwei Katzen einander an.

Roys Vater hielt den Kopf leicht gesenkt, die Hände hatte er in die Manteltaschen gesteckt.

»Du wirst schnell groß«, bemerkte er zu Roys Überraschung.

»Dad, ich bin der Drittkleinste in meiner Klasse!«

»So meinte ich das nicht.«

Während sie weitergingen, hüpfte Roy immer auf die Spalten zwischen den Pflastersteinen. Sein Vater und er redeten über unverfängliche Themen – über die Schule, über Sport, über Sport in der Schule –, bis Roy das Gespräch vorsichtig wieder auf das heikle Thema Fischfinger zurückbrachte. Er musste unbedingt wissen, wie sein Vater die Sache sah.

»Erinnerst du dich noch an den Tag im letzten Sommer, als wir im Madison Canyon waren?«

»Klar«, sagte sein Vater, »mit dem Schlauchboot.«

»Richtig«, sagte Roy. »Und erinnerst du dich noch, wie wir da fünf große Ohreulen in einer Pappel gezählt haben? Fünf Stück!«

»Ja, ich weiß noch.«

»Und wie du versucht hast, ein Foto zu machen, und dir die Kamera dabei ins Wasser gefallen ist?«

»Ganz so war's nicht – ich hab sie fallen lassen.«
Roys Vater grinste etwas dümmlich.

»Na ja, es war schließlich nur eine Billigkamera.«

»Schon, aber es wäre ein toller Schnappschuss geworden. Fünf auf einem Baum.«

»Ja«, sagte Roy, »das war schon erstaunlich.«

Die Eulengeschichte brachte es. Sein Vater nahm den Hinweis auf.

»Dieser Junge, von dem du mir erzählt hast – weißt du wirklich nicht, wie er heißt?«

»Er will es mir nicht sagen. Und Beatrice auch nicht«, sagte Roy. »Und das ist die volle Wahrheit.«

»Den Namen seines Stiefvaters hat er nicht angenommen?«

»Leep? Nein, laut Beatrice nicht.«

»Und er geht nicht zur Schule, hast du gesagt.«

Roys Mut sank. Wollte sein Vater Fischfinger etwa anzeigen, weil er die Schule schwänzte?

»Was mir Sorgen macht«, fuhr Mr. Eberhardt fort, »ist die familiäre Situation. Das hört sich nicht gut an.«

»Nein, die ist auch nicht gut«, räumte Roy ein. »Deswegen wohnt er ja auch nicht mehr zu Hause.«

»Gibt es denn keine Verwandten, die sich um ihn kümmern könnten?«

»Er fühlt sich sicher da, wo er ist«, sagte Roy.

»Bestimmt?«

»Dad, bitte übergib ihn nicht der Polizei. Bitte!«

»Wie sollte ich denn – ich weiß doch nicht einmal,

wo er ist.« Der Vater zwinkerte ihm zu. »Aber ich sag dir, was ich machen werde: Ich werde eine ganze Weile ernsthaft über die Sache nachdenken. Und das solltest du auch.«

»Okay«, sagte Roy. Wie sollte er denn auch an irgendetwas anderes denken? Sogar sein Kampf mit Dana Matherson schien ihm jetzt wie ein verschwommener, ferner Traum.

»Lass uns umkehren«, sagte sein Vater. »Es wird langsam spät und du hast einen langen Tag hinter dir.«

»Kann man wohl sagen«, stimmte Roy ihm zu.

Aber als er dann im Bett lag, konnte er nicht einschlafen. Sein Körper war erschöpft, doch innerlich war Roy hellwach, und alles, was am Tag passiert war, schwirrte ihm noch durch den Kopf. Er versuchte, ein bisschen zu lesen, und griff nach einem Buch, das er aus der Schülerbücherei ausgeliehen hatte. Es war die Geschichte einer Familie, die um 1850 in Florida gelebt hatte, als das Land noch totale Wildnis war. Menschen gab es zu der Zeit kaum dort und die Sümpfe und Wälder waren voller Tiere. Vermutlich eine gute Zeit für Kanincheneulen, dachte Roy.

Etwas später, als er fast eingeschlafen war, hörte er ein leises Klopfen an der Tür. Es war seine Mutter, die noch einmal hereinschaute, um ihm gute Nacht zu sagen. Sie nahm ihm das Buch aus den Händen und knipste die Nachttischlampe aus. Dann setzte sie sich auf sein Bett und fragte ihn, wie er sich fühle.

»Kaputt«, sagte Roy.

Sanft zog sie seine Decke hoch. Obwohl es so viel zu warm war, ließ Roy es geschehen. Das war einfach Moms Art, sie konnte nicht anders.

»Du weißt, wie lieb wir dich haben, mein Herz«, sagte sie.

Oh, oh, dachte Roy. Jetzt kommt's.

»Aber was du heute Abend gemacht hast, im Krankenhaus, dass du dem anderen Jungen erlaubt hast, deinen Namen zu benutzen, damit er aufgenommen wird –«

»Das war meine Idee, Mom, nicht seine.«

»Und ich bin mir auch sicher, dass du es gut gemeint hast«, sagte sie, »aber streng genommen war es eine Lüge. Du hast falsche Informationen weitergegeben oder wie man das nennen will. Das, mein Liebling, ist eine ernste Angelegenheit –«

»Ich weiß.«

»– und dein Vater und ich, nun, wir möchten nicht, dass du in Schwierigkeiten gerätst. Selbst, wenn du es für einen Freund tust.«

Roy richtete sich halb auf und stützte sich auf einen Ellbogen. »Er wäre lieber weggerannt, als seinen richtigen Namen anzugeben. Und das durfte ich nicht zulassen. Er musste zu einem Arzt.«

»Das verstehe ich auch, glaub mir.«

»Sie wollten alles Mögliche von ihm wissen, Mom, dabei kippte er fast aus den Latschen, so hohes Fieber hatte er. Vielleicht war es falsch, was ich gemacht habe, aber wenn es sein müsste, würde ich es wieder tun. Das meine ich ganz ernst.«

Roy erwartete eine milde Zurechtweisung, aber seine Mutter lächelte nur. Sie strich die Decke mit beiden Händen glatt und sagte: »Liebes, du wirst immer wieder im Leben in Situationen geraten, wo die Trennlinie zwischen Richtig und Falsch nicht so eindeutig zu ziehen ist. Dein Herz wird dir sagen, du sollst dies tun, und dein Kopf wird dir sagen, du sollst etwas anderes tun. Letzten Endes kannst du nur beide Möglichkeiten betrachten und schließlich nach bestem Wissen und Gewissen entscheiden.«

Na ja, dachte Roy, das ist doch so etwa das, was ich gemacht habe.

»Dieser Junge«, begann seine Mutter wieder, »wieso will er denn seinen Namen nicht sagen? Und wieso ist er aus dem Krankenhaus weggerannt?«

Fischfinger war durch ein Fenster der Damentoilette entkommen, die gleich neben dem Röntgenraum lag. Sein zerrissenes grünes T-Shirt hatte er an die Antenne von Officer Delinkos Streifenwagen gehängt, der vor der Notaufnahme geparkt stand.

»Vermutlich ist er weggerannt, weil er Angst hatte, jemand könnte seine Mutter anrufen.«

»Und?«

»Sie will nichts mehr von ihm wissen. Sie würde nur dafür sorgen, dass er ins Heim kommt.«

»Wie bitte?«

»Sie hat ihn in eine Kadettenanstalt geschickt«, erklärte Roy, »und jetzt will sie ihn nicht zurückhaben. Das hat sie selbst gesagt, vor Beatrice.«

Roys Mutter legte den Kopf zur Seite, so als hätte sie ihn vielleicht nicht richtig verstanden. »Seine Mutter will ihn nicht mehr haben?«

Roy sah etwas in ihrem Blick aufflackern. Er war sich nicht sicher, ob es Kummer war oder Wut – oder beides.

»Sie *will* ihn nicht?«, wiederholte seine Mutter.

Roy nickte ernst.

»Lieber Himmel!«, sagte sie.

Ihre Worte kamen so sanft, dass Roy ganz überrascht war. Er hörte Schmerz in ihrer Stimme, und er dachte, vielleicht hätte er ihr diesen Teil von Fischfingers Geschichte lieber nicht erzählen sollen.

»Tut mir Leid, Mom«, sagte er. »Ich hab dich lieb.«

»Ich dich auch, mein Herz.«

Sie küsste ihn auf die Wange und stopfte noch einmal die Decke fest um ihn. Als sie gerade die Tür schließen wollte, zögerte sie noch einmal und wandte sich zu ihm um.

»Wir sind stolz auf dich, Roy. Ich möchte, dass du das weißt. Dein Vater und ich, wir sind beide sehr, sehr stolz auf dich.«

»Hat Dad dir von den Eulen erzählt?«

»Ja, hat er. Das ist wirklich traurig.«

»Was soll ich denn bloß machen?«

»Wie meinst du das?«

»Ach, schon gut«, sagte Roy und ließ sich auf sein Kissen sinken. »Gute Nacht, Mom.«

Im Grunde hatte sie die Frage ja schon beantwortet. Alles, was er tun musste, war, die Diskussion zwischen seinem Herzen und seinem Kopf zu entscheiden.

14

Zum Glück war der nächste Tag ein Samstag, und so musste Roy nicht früh aufstehen, um den Schulbus zu erwischen.

Als er sich gerade zum Frühstück hingesetzt hatte, läutete das Telefon. Es war Garrett. Er hatte noch nie zuvor bei Roy angerufen, aber nun wollte er wissen, ob Roy Lust habe, mit ihm in einem der Einkaufszentren Skateboard zu fahren.

»Ich hab kein Skateboard, das weißt du doch«, sagte Roy.

»Macht nichts. Ich hab zwei.«

»Nein, danke. Heute geht's bei mir nicht.«

In Wirklichkeit hatte Garrett natürlich nur angerufen, weil er wissen wollte, was mit Dana Matherson passiert war.

»Mann, jemand hat ihn an die Fahnenstange gefesselt!«

»Ich war's nicht«, sagte Roy. Über dieses Thema konnte er nicht offen vor seinen Eltern reden.

»Wer dann? Und wie ist das passiert?«, wollte Garrett wissen.

»Kein Kommentar«, sagte Roy. Dasselbe hatte Fischfinger gesagt.

»Ach, komm schon, Eberhardt!«

»Bis Montag dann.«

Nach dem Frühstück fuhr ihn sein Vater zum Radladen, um den neuen Reifen abzuholen, und gegen Mittag war Roy wieder mobil. Im Telefonbuch war unter L.B. Leep eine Adresse angegeben und Roy fand das Haus auch problemlos. Es lag in der West Oriole Avenue, wo auch die Bushaltestelle war und er den rennenden Jungen zum ersten Mal gesehen hatte.

In der Einfahrt der Leeps standen ein verbeulter alter Jeep und ein glänzendes neues Cabrio. Roy lehnte sein Rad an den Briefkastenpfosten und ging schnell zum Eingang. Aus dem Haus waren keifende Stimmen zu hören, und Roy hoffte, dass sie aus einem voll aufgedrehten Fernseher kamen.

Nachdem er dreimal kräftig geklopft hatte, schwang die Tür auf und Leon Leep stand vor ihm, die kompletten zwei Meter fünf. Er trug ausgebeulte rote Shorts und ein ärmelloses Netzhemd, das sich über einem blassen Bierbauch dehnte. Leon sah so aus, als hätte er seit seinem Rückzug aus dem Profibasketball keine fünf Minuten mehr im Fitnessraum verbracht. Nur an seiner Größe erkannte man noch, dass er mal Basketballer in der Nationalliga gewesen war.

Roy verlagerte sein Gewicht auf die Fersen, um Leon ins Gesicht sehen zu können.

»Ist Beatrice zu Hause?«, fragte Roy.

»Das schon, aber die hat zu tun.«

»Dauert nur eine Minute. Es ist wegen der Schule«, sagte Roy.

»Schule – ach so«, sagte Leon, als hätte er ganz vergessen, wo seine Tochter fünf Tage die Woche hinging. Mit einem merkwürdigen Grunzen schleppte er sich davon.

Im nächsten Augenblick tauchte Beatrice auf. Sie sah ziemlich genervt aus.

»Kann ich reinkommen?«, fragte Roy.

»Nee«, flüsterte sie, »ist gerade ganz ungünstig.«

»Kannst du denn rauskommen?«

»Auch nicht.« Beatrice schaute ängstlich über die Schulter.

»Hast du gehört, was im Krankenhaus los war?«

Sie nickte. »Tut mir Leid, dass ich nicht rechtzeitig wieder da war, um dir zu helfen.«

»Was ist mit deinem Bruder – geht's ihm besser?«, fragte Roy.

»Besser als vorher jedenfalls«, sagte Beatrice.

»Wer ist denn da? Wer ist das?«, tönte eine eisige Stimme über den Flur.

»Bloß jemand von der Schule.«

»Ein Junge?«

»Ja, ein Junge«, sagte Beatrice und rollte mit den Augen in Roys Richtung.

Eine Frau, die kaum größer war als Beatrice, tauchte

hinter ihr in der Tür auf. Sie hatte eine Adlernase, misstrauisch dreinschauende, stechende Augen und eine wilde kastanienrote Lockenmähne. Aus einer Zigarette zwischen ihren glänzend lackierten Nägeln stieg blauer Rauch auf.

Das konnte nur Lonna sein, Fischfingers Mutter.

»Wer bist du?«, fragte sie.

»Ich heiße Roy.«

»Und was willst du hier, Roy?« Lonna zog hörbar an ihrer Zigarette.

»Es ist wegen der Schule«, sagte Beatrice.

»Heute ist ja wohl Samstag«, sagte Lonna.

Roy machte einen Versuch. »Es tut mir wirklich sehr Leid, dass ich Sie belästige, Mrs. Leep. Aber Beatrice und ich arbeiten zusammen an einem Referat für Biologie und –«

»Heute aber nicht«, schnitt ihm Lonna das Wort ab. »Miss Beatrice wird heute das Haus putzen. Einschließlich Küche. Und Badezimmer. Und bestimmt fällt mir noch was ein.«

Roy hatte den Eindruck, dass Lonna sich auf ziemlich dünnem Eis bewegte. Beatrice war offensichtlich die Stärkere von beiden und sie kochte vor Wut. Wenn Lonna gesehen hätte, was ihre Stieftochter mit Roys Fahrradreifen gemacht hatte, dann hätte sie ihren Tonfall vielleicht etwas gemildert.

»Vielleicht morgen«, sagte Beatrice mit zusammengebissenen Zähnen zu Roy.

»Klar. Wann du willst.« Er ging rückwärts die Stufen hinunter.

»Das wollen wir erst mal sehen.« Lonnas heisere Stimme klang abfällig. »Und das nächste Mal rufst du vorher an«, blaffte sie Roy an. »Schon mal was von 'nem Telefon gehört?«

Während Roy auf seinem Rad davonfuhr, überlegte er, ob Fischfinger in den Wäldern nicht wirklich besser dran war als zu Hause mit dieser Hexe als Mutter. Roy fragte sich, wie es wohl kommen konnte, dass Erwachsene zu solchen Ekeln wurden. Es würde ihn nicht überraschen, wenn Beatrice Lonna eines Tages den Kopf abrisse.

Seine nächste Station war das Haus von Dana Matherson, wo noch so ein zweifelhaftes Exemplar der Gattung Mutter lebte. Danas Vater öffnete ihm die Tür, und Roy hatte das Gefühl, dass der auch nicht gerade ein Hauptgewinn war. Roy hatte einen zweiten Neandertaler erwartet, aber Mr. Matherson war klein und nervös und sah nicht gerade gesund aus.

»Hi. Ich bin Roy und –«

»Tut mir Leid, wir kaufen nichts«, sagte Danas Vater höflich und wollte schon die Tür zumachen.

»Aber ich will Ihnen ja gar nichts verkaufen«, sagte Roy durch den Spalt hindurch. »Ich wollte zu Dana.«

»O je, noch so einer!« Mr. Matherson öffnete die Tür wieder und sagte etwas leiser: »Lass mich raten. Er hat dich angeheuert, damit du ihm die Hausaufgaben machst.«

»Nein, ich bin bloß ein Freund, wir kennen uns von der Schule.«

»Ein *Freund*?«

Dana hatte nicht viele Freunde, das wusste Roy, und die wenigen, die er hatte, waren durchweg größer als Roy und sahen brutaler aus.

»Wir fahren immer im Schulbus zusammen«, sagte Roy und beschloss, Beatrice' Vers noch einmal aufzusagen: »Wir schreiben zusammen ein Referat in Bio.«

Mr. Matherson runzelte die Stirn. »Soll das ein Scherz sein? Jetzt sag mir mal, wer du wirklich bist.«

»Das hab ich Ihnen doch schon gesagt.«

Danas Vater zückte seine Brieftasche. »Lassen wir die Witze, junger Mann – wie viel schulde ich dir?«

»Wofür?«

»Für die Hausaufgaben von meinem Herrn Sohn.« Mr. Matherson hielt einen Fünf-Dollar-Schein hoch. »Das Übliche?«

Er sah beschämt aus und ganz schön fertig. Roy hatte Mitleid mit ihm. Es war offensichtlich eine ziemliche Qual, so einen Idioten wie Dana großzuziehen.

»Sie schulden mir gar nichts«, sagte Roy. »Ist er zu Hause?«

Mr. Matherson sagte, Roy solle an der Tür warten. Kurz darauf tauchte Dana auf – in auf Halbmast hängenden Boxershorts und ziemlich schmuddeligen Socken.

»Du!«, knurrte er.

»Genau«, sagte Roy. »Ich.«

»Was gibt's zu glotzen, Cowgirl?«

Nicht viel, dachte Roy. Er bemerkte, dass Dana nicht mehr lispelte – die Schwellung der Oberlippe war zurückgegangen.

»Du hast ja wohl 'ne Macke«, sagte Dana, »den ganzen Weg herzuradeln, damit ich Mus aus dir mache.«

»Komm raus, ich hab nicht den ganzen Tag Zeit.«

»Was hast du gesagt?«

Dana kam heraus und lehnte die Tür an. Vermutlich wollte er nicht, dass sein Vater Zeuge des nun folgenden Gemetzels würde. Er holte aus und zielte auf Roys Kopf, aber Roy hatte den Schlag kommen sehen. Er duckte sich und Danas Faust landete voll in einem Vogelhaus aus Plastik.

Als Dana aufgehört hatte zu jaulen, sagte Roy: »Jedes Mal, wenn du versuchst, mir wehzutun, passiert dir was. Hast du das noch nicht gemerkt?«

Dana krümmte sich und schüttelte die verletzte Hand. Er schaute hoch und starrte Roy an.

»Wie gestern«, fuhr Roy fort, »als du versucht hast, mich in der Besenkammer umzubringen. Erinnerst du dich? Da hat dich ein Mädchen abgeschleppt, nackt ausgezogen und an den Fahnenmast gebunden.«

»Ich war gar nicht nackt«, blaffte Dana ihn an. »Ich hatte 'ne Unterhose an!«

»Wenn du am Montag wieder in die Schule kommst, lachen dich alle aus. Alle, Dana, und das nur, weil du so dämlich warst. Selber schuld, du hättest mich einfach nur in Ruhe lassen müssen. Das kann doch nicht so schwer sein, oder?«

»Die lachen noch viel mehr, wenn sie sehen, wie ich dich in deinen knochigen Hintern trete, dass du bis zum Mond fliegst, Cowgirl. Wie Hyänen werden sie lachen, bloß kannst du's leider nicht mehr hören.«

»Mit anderen Worten«, sagte Roy gereizt, »du hast immer noch nichts gelernt.«

»Stimmt. Und das schaffst du auch nicht.«

Roy seufzte. »Ich bin nur hergekommen, damit wir über die Sache reden. Dass endlich Schluss ist mit diesen blöden Prügeleien.«

Das hatte er sich vorgenommen. Wenn er bloß Frieden schließen könnte mit Dana Matherson, wenigstens vorübergehend, dann könnte er seine ganze Energie darauf konzentrieren, Fischfingers Problem zu lösen.

Aber Dana brüllte ihn an: »Du tickst echt nicht richtig. Nach dem Scheiß, der mir passiert ist, bist du ein toter Mann, Eberhardt. Das ist schon gar nicht mehr lustig, wie tot du bist.«

Roy begriff, dass es witzlos war. »Du bist ein hoffnungsloser Fall«, sagte er. »Übrigens, das Lila ist voll cool.« Er zeigte auf Danas geschwollene Fingerknöchel.

»Verschwinde, Cowgirl! Hau ab!«

Roy ließ ihn stehen. Dana bollerte an die Tür und brüllte, sein Vater solle ihn reinlassen. Anscheinend war die Tür ins Schloss gefallen, als Dana rausgekommen war, um Roy eins überzubraten.

Es hatte durchaus was Komisches, Dana in seinen ausgeleierten Boxershorts auf und ab hüpfen zu sehen, aber Roy konnte es nicht genießen. Er war nicht in der Stimmung dazu.

Er versteckte sein Rad und schlüpfte durch das Loch im Zaun. Bei Tageslicht betrachtet, sah der Schrottplatz gar nicht so gruselig aus, einfach nur voll gestopft. Trotz der vielen Wagen hatte Roy keine Mühe, den rostigen alten Lieferwagen zu finden, auf dessen Plane JO-JOS EISSALON geschrieben stand.

Beatrice' Stiefbruder lag hinten im Wagen, in einem modrigen Schlafsack, dessen Reißverschluss bis oben zugezogen war. Als er Roys Schritte hörte, bewegte er sich und machte vorsichtig ein Auge auf. Roy kniete sich neben ihn.

»Ich hab dir Wasser gebracht.«

»Danke, Mann.« Fischfinger griff nach der Plastikflasche. »Und danke auch für gestern Abend. Hast du Ärger gekriegt?«

»Nicht so wild«, sagte Roy. »Wie fühlst du dich?«

»Wie Kuhscheiße.«

»Du siehst aber besser aus als gestern«, sagte Roy

und das stimmte auch. Die Wangen des Jungen hatten wieder Farbe bekommen und der Arm mit den Hundebissen schien auch nicht mehr so steif und geschwollen. Am anderen Arm war ein knopfgroßer blauer Fleck zu sehen, wo der Junge die Kanüle von seinem Tropf rausgerissen hatte, bevor er aus dem Krankenhaus geflohen war.

»Das Fieber ist weg, aber mir tut's überall weh«, sagte er und kroch aus dem Schlafsack. Roy schaute weg, bis der Junge sich was übergezogen hatte.

»Ich bin hergekommen, weil ich dir was sagen wollte. Es geht um das neue Pfannkuchenrestaurant«, sagte Roy. »Ich hab mit meinem Dad gesprochen, und der sagt, die Leute können auf dem Grundstück bauen, was sie wollen, solange sie alle Genehmigungen haben, die sie brauchen. Da können wir nichts machen.«

Fischfinger grinste. »Wir?«

»Ich mein ja nur –«

»Du meinst, die Sache ist hoffnungslos, stimmt's? Komm schon, Tex, du musst mal anfangen, wie ein Outlaw zu denken.«

»Aber ich *bin* kein Outlaw.«

»Bist du wohl. Gestern Abend im Krankenhaus – so was macht nur ein Outlaw, eindeutig.«

»Du warst krank. Du hast Hilfe gebraucht«, sagte Roy.

Fischfinger trank den letzten Schluck und warf die

leere Flasche in die Ecke. Dann stand er auf und dehnte sich wie eine Katze.

»Du hast eine Grenze überschritten. Und warum? Weil es dir wichtig war, was mit mir passiert«, sagte er zu Roy. »Genauso wie es mir wichtig ist, was mit diesen ulkigen kleinen Eulen passiert.«

»Das sind Kanincheneulen. Ich hab's nachgeschlagen«, sagte Roy. »Ach übrigens, die sind vermutlich nicht so scharf auf Hackfleisch. Nach dem, was in den Vogelbüchern steht, ernähren die sich hauptsächlich von Käfern und Würmern.«

»Dann fang ich ihnen eben ein paar Käfer.« Der Junge klang leicht ungeduldig. »Es geht doch darum, dass es nicht richtig ist, was da draußen passiert. Das Land gehörte den Eulen, lange bevor es den Pfannkuchenleuten gehörte. Wo kommst du her, Tex?«

»Montana«, antwortete Roy automatisch. Dann fügte er hinzu: »Na ja, genau genommen bin ich in Detroit geboren. Aber wir haben in Montana gelebt, bevor wir hergezogen sind.«

»Ich bin noch nie im Westen gewesen«, sagte Fischfinger, »aber ich weiß, dass sie da Berge haben.«

»Und ob. Wahnsinnsberge.«

»Die könnten wir hier auch brauchen. Florida ist so flach, die rollen mit ihren Bulldozern glatt von einer Küste zur anderen durch. Denen steht einfach nichts im Weg.«

Selbst die Berge sind vor solchen Maschinen nicht

sicher, dachte Roy, aber er brachte es nicht über sich, ihm das zu sagen.

»Seit ich klein war«, sagte Fischfinger, »habe ich mit angesehen, wie alles hier verschwindet – die Kiefernwälder, das Unterholz, die Bäche, die Sümpfe. Sogar die Strände, Mann – überall stellen sie diese Hotelkästen auf und lassen nur noch Touristen mit Knete rein. Das ist doch total beknackt.«

»Das passiert überall«, sagte Roy.

»Das heißt aber nicht, dass man sich nicht dagegen wehren kann. Hier, guck doch.« Aus einer Tasche seiner zerrissenen Jeans zog der Junge ein zerknittertes Stück Papier. »Ich hab's ja versucht, Tex. Ich hab Beatrice dazu gebracht, dass sie ihnen einen Brief schreibt und ihnen alles erzählt, das mit den Eulen und so. Hier, das haben sie zurückgeschrieben, lies selbst.«

Roy strich das Papier glatt, auf dem oben das Logo von *Mama Paula* zu sehen war. Der Brief lautete:

Sehr geehrtes Fräulein Leep,

besten Dank für Ihren Brief.
Unser Unternehmen, *Mama Paulas Pfannkuchenhaus AG*, ist stolz auf sein ausgeprägtes Engagement für die Umwelt. Wir werden uns daher nach besten Kräften bemühen, die von Ihnen vorgebrachten Sorgen zu berücksichtigen.
Lassen Sie sich von mir persönlich versichern, dass

Mama Paulas Pfannkuchenhaus eng mit den örtlichen Behörden zusammenarbeitet und sämtliche Gesetze, Regeln und Bestimmungen genauestens beachtet.

Mit freundlichem Gruß
Chuck E. Muckle
Stellvertretender Direktor
Abteilung für Öffentlichkeitsarbeit

»Das ist ja vielleicht lahm«, sagte Roy und gab Beatrice' Stiefbruder das Papier zurück.

»Eben. Das ist so ein – wie nennt man das – ein Formbrief. Kein Wort von den Eulen.«

Die beiden traten aus dem Eiswagen in die Sonne. So weit Roys Auge reichte, waren Schrottautos abgestellt, eine Reihe nach der anderen. Man sah förmlich, wie die Hitze über ihnen aufstieg.

»Wie lange willst du dich hier noch verstecken?«, fragte Roy den Jungen.

»Bis sie mich wegjagen. He, sag mal, was machst du heute Abend?«

»Hausaufgaben.«

In Wirklichkeit musste Roy nur ein kurzes Kapitel durchlesen für Geschichte, aber er brauchte eine Ausrede, damit er zu Hause bleiben konnte. Er hatte so eine Ahnung, als plante Fischfinger einen seiner illegalen Besuche auf dem Grundstück von Mama Paula.

»Für den Fall, dass du deine Meinung noch änderst, kannst du ja bei Sonnenuntergang kommen. Du weißt schon, wohin«, sagte der Junge. »Und bring einen Schraubenschlüssel mit.«

Roy fühlte eine seltsame Mischung aus Angst und Aufregung in sich. Einerseits hatte er Bedenken wegen der Methoden, die Beatrice' Stiefbruder anwandte, andererseits fand er es auch toll, was der machte.

»Du bist krank gewesen«, sagte er, »du solltest dich noch ausruhen.«

»Quatsch! Als ob ich für so was Zeit hätte.«

»Das funktioniert sowieso nicht so, wie du dir das vorstellst«, hakte Roy nach. »Kann sein, dass du das alles verzögerst, aber aufhalten wirst du sie nicht. Mama Paula ist ein großes Unternehmen. Die geben nicht einfach auf und ziehen woanders hin.«

»Ich auch nicht, Tex.«

»Früher oder später kriegen sie dich, dann stecken sie dich ins Heim und –«

»Dann mach ich die Flatter. So wie immer.«

»Aber vermisst du nicht manchmal ein – na ja – ein normales Leben?«

»Was man nie gehabt hat, kann man auch nicht vermissen«, sagte Beatrice' Stiefbruder. Roy konnte keinerlei Bitterkeit in seiner Stimme feststellen.

»Vielleicht geh ich irgendwann mal wieder zur Schule«, fuhr der Junge fort, »aber fürs Erste bin ich schlau genug. Vielleicht kann ich keine Algebra, ich kann auch nicht auf Französisch sagen, ›Was für ein niedlicher Pudel‹, und wer Brasilien entdeckt hat, weiß ich auch nicht, aber ich kann mit zwei trockenen Stöckchen und einem Stein Feuer machen. Ich kann auf eine Kokospalme steigen und mir genug frische Milch für einen Monat holen –«

Sie hörten, wie der Motor eines Autos angelassen wurde, und verschwanden blitzschnell im Eiswagen.

»Der Alte, dem der Platz gehört«, flüsterte Fischfinger. »Der hat so eine Allradkiste – supercool, sag ich dir. Der kurvt damit rum wie ein Rennfahrer.«

Als sich das Dröhnen des Fahrzeugs zur anderen Seite des Schrottplatzes hin entfernte, gab der Junge Roy ein Zeichen, dass die Luft rein sei. Über eine Abkürzung führte er ihn zur Öffnung im Zaun und beide schlüpften hindurch.

»Wo willst du jetzt hin?«, fragte Roy.

»Weiß noch nicht. Vielleicht auf Erkundung.«

»Erkundung?«

»Ziele ausgucken, für heute Abend«, sagte Fischfinger.

»Oh.«

»Willst du nicht fragen, was ich vorhabe?«

»Es ist vermutlich besser, wenn ich's nicht weiß«, sagte Roy. Er überlegte, ob er erwähnen solle, dass sein Vater Justizbeamter war. Vielleicht würde Fischfinger dann verstehen, wieso Roy so ungern mitmachen wollte, auch wenn er für diesen Eulenkreuzzug durchaus Sympathien hatte. Aber Roy konnte den Gedanken nicht ertragen, seine Eltern durch die Gitterstäbe einer Gefängniszelle hindurch ansehen zu müssen, falls er und Fischfinger geschnappt würden.

»Mein Dad arbeitet für die Regierung«, sagte Roy.

»Stark«, sagte der andere. »Meiner schiebt sich bloß den ganzen Tag gefüllte Sandwiches in die Mikrowelle und glotzt Sport. Komm mit, Tex, ich zeig dir was! Was Tolles.«

»Roy heiß ich.«

»Okay, *Roy*. Mir nach!«

Und damit rannte er los. Wieder einmal.

In einem Sommer in den späten Siebzigern, lange bevor Roy Eberhardt zur Welt kam, braute sich über dem Golf von Mexiko ein kleiner, aber heftiger tropischer Wirbelsturm zusammen und zog über ein Gebiet nur wenige Meilen südlich von Coconut Cove hinweg. Niemand wurde verletzt oder getötet, obwohl die mehr als drei Meter hohe Sturmwelle schwere Schäden an Straßen und Gebäuden in Küstennähe anrichtete.

Zu Schaden gekommen war unter anderem auch ein Krabbenfangboot namens *Molly Bell*, das aus seiner Verankerung gerissen und einen Gezeitenfluss hochgeschwemmt wurde. Dort kenterte es und versank.

Der Sturm ließ nach, das Hochwasser ging zurück und auf einmal ragte das verlorene Krabbenboot halb aus dem Wasser heraus. Da blieb es liegen, denn der

Fluss war so schmal und die Strömung so gemein, die Austernbetten waren so tückisch, dass kein Kapitän Lust hatte, sein eigenes Boot zu riskieren, um die *Molly Bell* an Land zu ziehen.

Von Jahr zu Jahr wurde sie kleiner und ramponierter, ihr kräftiger Rumpf und das Deck fielen der zerstörerischen Arbeit von Holzwürmern und Muscheln sowie dem Wetter zum Opfer. Nach zwei Jahrzehnten schaute von der *Molly Bell* nur noch das schräge, verblichene Dach des Ruderhauses aus dem Fluss – und das war gerade groß genug, dass zwei Jungen nebeneinander darauf sitzen konnten, die Gesichter der Sonne zugewandt, die Füße im blassgrünen Wasser.

Roy staunte, wie still es hier war und wie die dichten Mangroven den Ort vom Lärm und Getöse der Zivilisation abschotteten. Fischfinger hatte die Augen geschlossen und atmete gierig die salzige Luft ein.

Ein einsamer Fischadler schwebte über ihnen, angelockt von schimmernden Köderfischen im seichten Wasser. Weiter stromaufwärts lauerten kleine Tarpone auf ihr Mittagessen. Ganz in der Nähe, im selben Baum, in dem die Jungen ihre Schuhe aufgehängt hatten, bevor sie zu dem kaputten Boot geschwommen waren, stand ein weißer Reiher majestätisch auf einem Bein.

»Vor zwei Wochen hab ich hier ein Krokodil gesehen«, sagte Fischfinger. »An die drei Meter lang.«

»Na toll – und das erzählst du mir erst jetzt?«, fragte Roy lachend.

Aber in Wirklichkeit fühlte er sich absolut sicher. Der Fluss war unglaublich schön und wild, ein versteckter Zufluchtsort, nur zwanzig Minuten von seinem eigenen Garten entfernt.

Diesen Ort hätte ich auch selbst entdecken können, dachte Roy, wenn ich nicht so viel Zeit damit verbracht hätte, rumzuhängen und Heimweh nach Montana zu haben.

»Wegen der Krokos musst du dir hier keine Sorgen machen«, sagte Fischfinger. »Aber wegen der Mücken.«

»Bist du mal mit Beatrice hier draußen gewesen?«

»Nur einmal. Da hat ein Krebs sie in den großen Zeh gebissen, seitdem ist das Thema für sie erledigt.«

»Armer Krebs«, sagte Roy.

»Kann man wohl sagen.«

»Darf ich dich mal was fragen?«

»Alles, außer nach meinem Namen«, sagte Fischfinger. »Ich will keinen und ich brauch auch keinen. Jedenfalls nicht hier draußen.«

»Was ich fragen wollte«, sagte Roy, »deine Mutter und du – wo ist da das Problem?«

»Keine Ahnung. Wir können einfach nicht miteinander, das war schon immer so«, sagte Fischfinger ganz nüchtern. »Ich mach mir schon lange keinen Kopf mehr deswegen.«

Roy konnte sich das schlecht vorstellen.

»Und was ist mit deinem Dad? Dem richtigen?«

»Nie gesehen.« Der Junge zuckte mit den Achseln.

»Nicht mal ein Bild kenn ich von ihm.«

Roy wusste nicht, was er sagen sollte, deshalb ließ er das Thema fallen. Stromabwärts gab es eine Bewegung im Wasser, und ein Dutzend silbriger Fische in Zigarrengröße sprang gleichzeitig hoch, um sich vor einem hungrigen Raubfisch zu retten.

»Cool! Da sind sie!« Beatrice' Stiefbruder zeigte auf das Wasser, wo die zappelnden Fische ein V bildeten. Er legte sich flach auf den Bauch und sagte Roy, er solle ihn an den Knöcheln festhalten.

»Wozu das denn?«

»Los, mach schon, Mann!«

Während Roy ihn an den Füßen hielt, warf Fischfinger sich weit nach vorn und lehnte sich mit dem drahtigen Oberkörper über den Rand des Ruderhauses hinaus, so dass er über dem Wasser hing.

»Lass jetzt bloß nicht los!«, schrie er und streckte seine gebräunten Arme aus, bis er mit den Fingerspitzen das Wasser berührte.

Roy konnte ihn fast nicht mehr halten, und so beugte er sich vor und legte sich mit seinem ganzen Gewicht auf den Jungen. Wahrscheinlich würden sie gleich alle beide kopfüber ins Wasser fallen, aber solange sie nicht an einer Austernbank entlangschrappten, war das auch okay.

»Da sind sie! Achtung!«

»Ich halte dich.« Roy spürte, wie Fischfinger noch einmal eine ruckartige Bewegung nach vorn machte, aber er schaffte es, nicht loszulassen. Er hörte ein Grunzen, ein Plätschern und dann ein triumphierendes »Ju-huu!!!«.

An den Gürtelschlaufen der Jeans zog er den Jungen sicher auf das Ruderhaus zurück. Der drehte sich um und hielt Roy strahlend seine gewölbten Hände vors Gesicht.

»Schau mal, aber vorsichtig«, sagte er zu Roy.

Zwischen den Händen des Jungen sah er einen glänzenden Fisch mit einem stumpfen Maul. Wie man ein so glitschiges, kleines Ding mit bloßen Händen aus dem Wasser holen konnte, war Roy ein Rätsel. Selbst der Fischadler wäre beeindruckt gewesen.

»Das also ist eine Meeräsche«, sagte Roy.

»Genau. Und daher hab ich meinen Spitznamen.« Der Junge lächelte stolz.

»Und wie genau hast du das gemacht? Was ist der Trick dabei?«

»Übung«, sagte der Junge. »Glaub mir, das ist tausendmal besser als Hausaufgaben machen.«

Der Fisch, der in Fischfingers Händen zappelte, glitzerte blau und grün. Der Junge hielt ihn übers Wasser und öffnete die Hände. Mit einem sanften *Plopp* war die Meeräsche in einem Wirbel verschwunden.

»Tschüss, Kleiner«, sagte der Junge. »Schwimm schnell!«

Später, als sie zum Ufer zurückkehrten, siegte Roys Neugier und er hörte sich selbst sagen: »Okay, jetzt kannst du's mir erzählen. Was geht heute Abend ab bei Mama Paula?«

Fischfinger, der gerade eine kleine Schnecke von seinen neuen Turnschuhen abschüttelte, warf ihm einen misstrauischen Blick zu. »Es gibt nur eine Möglichkeit, das rauszufinden«, sagte er. »Da sein.«

15

Roy saß im Schneidersitz auf dem Fußboden und schaute hinauf zu dem Cowboy auf dem Plakat vom Rodeo in Livingston. Er wünschte, er wäre genauso mutig wie so ein erstklassiger Bullenreiter, aber das war er nicht.

Die Sache bei Mama Paula war ihm einfach zu riskant; irgendwer oder irgendwas würde dort auf sie warten. Die Kampfhunde mochten weg sein, aber das Unternehmen würde das Grundstück für das neue Restaurant nicht lange unbewacht lassen.

Abgesehen davon, dass er Angst hatte, geschnappt zu werden, hatte Roy auch ernsthafte Bedenken, etwas zu tun, das verboten war. Und Vandalismus war nun mal eine Straftat, daran gab es nichts zu deuteln, ganz gleich, wie edel die Motive sein mochten.

Trotzdem konnte er den Gedanken an den Tag nicht ertragen, an dem die Eulenbauten von den Bulldozern zerstört würden. Er konnte sich lebhaft vorstellen, wie die Euleneltern hilflos im Kreis herumflogen, während ihre Kinder unter Tonnen von Erde begraben wurden.

Die Vorstellung machte Roy traurig und wütend.

Was machte es schon, wenn Mama Paula die nötigen Genehmigungen hatte? Nur weil etwas legal war, war es nicht automatisch auch richtig.

Roy hatte die Diskussion zwischen seinem Kopf und seinem Herzen noch nicht beenden können. Es musste doch einen Weg geben, wie er den Vögeln – und Beatrice' Stiefbruder – helfen konnte, ohne gegen das Gesetz zu verstoßen. Er musste sich einen Plan ausdenken.

Ein Blick aus dem Fenster erinnerte Roy daran, dass ihm nicht mehr viel Zeit blieb. Die Schatten waren länger geworden, und das bedeutete, dass die Sonne bald unterging und Fischfinger sich auf den Weg machen würde.

Bevor er das Haus verließ, steckte er kurz den Kopf zur Küche hinein, wo seine Mutter am Herd stand.

»Wo willst du hin?«, fragte sie.

»Nur 'ne kleine Radtour.«

»Schon wieder? Du bist doch eben erst zurückgekommen!«

»Wann gibt's Essen? Es riecht super lecker.«

»Schmorfleisch, nichts Besonderes. Aber wir essen nicht vor halb acht, acht. Dein Vater hat erst spät seinen Tee getrunken.«

»Prima«, sagte Roy. »Bis gleich, Mom.«

»Was hast du denn vor?«, rief sie ihm nach. »Roy?«

Er radelte, so schnell er konnte, bis zu dem Häuserblock, in dem Dana Matherson wohnte, und kettete sein Fahrrad an ein Straßenschild. Er ging zu Fuß auf das

Haus zu und gelangte ungesehen durch eine Hecke in den Garten.

Roy war nicht groß genug, um durch die Fenster schauen zu können; er musste also hochspringen und sich mit den Fingern an den Simsen hochziehen. Im ersten Zimmer sah er eine dünne, faltige Gestalt lang ausgestreckt auf einem Sofa liegen. Das war Danas Vater, der anscheinend ein Kühlkissen auf der Stirn liegen hatte.

Im zweiten Zimmer war entweder Danas Mutter oder auch Dana selbst, in roten Leggings und einer zotteligen Perücke auf dem Kopf. Roy beschloss, dass es sich vermutlich um Mrs. Matherson handelte, da die Person einen Staubsauger vor sich her schob. Er ließ sich wieder herunter und schlich geduckt an der Hauswand vorbei, bis er das dritte Fenster erreichte.

Und da war Dana, eindeutig.

Er rekelte sich auf seinem Bett, ein schlapper Fettsack in dreckigen Cargo-Hosen und Turnschuhen mit offenen Schnürsenkeln. Er hatte Kopfhörer auf und sein Kopf wackelte im Takt zur Musik hin und her.

Roy stellte sich auf die Zehenspitzen und klopfte mit den Knöcheln gegen die Scheibe. Dana hörte ihn nicht. Roy klopfte so lange weiter, bis ein Hund, der vor einem der Nachbarhäuser lag, zu bellen anfing.

Als Roy sich das nächste Mal hochzog, um ins Zimmer zu spähen, starrte Dana ihn finster durch die Glasscheibe an. Er hatte die Kopfhörer abgesetzt und sagte etwas. Selbst jemand, der das Lippenlesen nur als Hobby betrieb, hätte das sofort deuten können.

Grinsend ließ sich Roy wieder auf den Rasen runter und trat zwei Schritte vom Haus der Mathersons zurück. Dann tat er etwas, was nun wirklich überhaupt nicht zu einem Jungen passte, der im Grunde eher schüchtern war.

Er winkte Dana kurz zu, drehte sich um, ließ seine Hosen runter und beugte sich vor.

Verkehrt herum gesehen (also aus Roys Sicht) ließ Danas Reaktion darauf schließen, dass ihm so was noch nie passiert war. Er schien zutiefst beleidigt.

Roy zog ganz ruhig seine Hose wieder hoch, ging ums Haus herum und wartete darauf, dass Dana wie eine Furie aus der Haustür geschossen kam. Es dauerte auch nicht lange.

Roy rannte los, mit einem Vorsprung von knapp zwanzig Metern vor Dana, der ihm fluchend und schimpfend folgte. Roy wusste, dass er der bessere Läufer war, also mäßigte er sein Tempo eher. Er wollte nicht, dass Dana entmutigt aufgab.

Aber schon nach drei Blocks zeigte sich, dass Dana noch viel schlechter in Form war, als Roy vermutet hatte. Er war völlig aus der Puste, aus den wütenden Flüchen wurde ein müdes Stöhnen und statt der Beschimpfungen war nur noch ein mattes Keuchen zu hören.

Als Roy sich das nächste Mal umdrehte, sah er, wie

Dana humpelnd angetrabt kam. Es war ein jämmerlicher Anblick. Sie waren noch über einen halben Kilometer von der Stelle entfernt, zu der Roy Dana locken wollte, aber es war ihm klar, dass der es ohne eine kleine Ruhepause nicht bis dahin schaffen würde. Die traurige Gestalt schien im nächsten Moment umzukippen.

Roy blieb keine andere Wahl, er musste so tun, als ob er selbst auch müde würde. Er lief immer langsamer und fiel immer weiter zurück, bis Dana ihm praktisch in die Fersen trat. Die sattsam bekannten schweißnassen Hände legten sich um seinen Hals, aber Roy merkte gleich, dass Dana viel zu erschöpft war, um ihm die Kehle zuzudrücken. Der Junge versuchte nur, sich irgendwo festzuklammern, um nicht hinzufallen.

Es funktionierte nicht. Sie landeten auf einem Haufen, Roy platt zuunterst. Dana keuchte wie ein nasser Ackergaul.

»Tu mir nichts! Ich geb auf!«, piepste Roy überzeugend.

»Agggrrrm!« Danas Gesicht war so rot wie eine Tomate und die Augäpfel rollten wild umher.

»Du hast gewonnen!«, schrie Roy.

»Aaarrrggg!«

Danas Atem war ja schon widerlich, aber sein Körper stank einfach bestialisch. Roy drehte den Kopf zur Seite, um nach Luft zu schnappen.

Der Boden unter ihnen war weich, die Erde pechschwarz. Roy vermutete, dass sie in den Garten von irgendwelchen Leuten gefallen waren. Es kam ihm vor, als würden sie ewig da liegen, während Dana sich von der Verfolgungsjagd erholte. So zerquetscht zu werden fand Roy sehr ungemütlich, aber es war zwecklos, sich losstrampeln zu wollen. Dana war einfach ein Schwergewicht.

Endlich rührte Dana sich, packte fester zu und sagte: »So, Eberhardt, jetzt bist du fällig.«

»Bitte nicht!«

»Du hast mir deinen nackten Hintern gezeigt!«

»Das war doch nur ein Witz. Tut mir Leid, echt.«

»Wenn einer so was macht, da kenn ich keine Gnade.«

»Ich kann ja verstehen, dass du sauer bist«, sagte Roy.

Dana boxte ihm in die Rippen, aber viel Kraft war nicht dahinter.

»Findest du das immer noch witzig, Cowgirl?«

Roy schüttelte den Kopf und tat so, als täte ihm alles weh.

Dana grinste bösartig. Seine Zähne waren stumpf und gelb, so wie die eines alten Hofhundes. Er kniete sich auf Roys Brust und holte aus zum nächsten Schlag.

»Halt!«, quiekte Roy.

»Wozu? Dein Grizzly kommt dich heute nicht retten.«

»Kippen«, flüsterte Roy vertraulich.

»Hhm?« Dana ließ die Faust sinken. »Was sagst du da?«

»Ich weiß, wo eine ganze Kiste mit Zigaretten ist. Versprich mir, dass du mir nichts tust, dann sag ich dir, wo.«

»Zigaretten? Was für welche?«

So weit hatte Roy nicht gedacht, als er die Geschichte erfunden hatte. Es war ihm nicht in den Sinn gekommen, dass Dana wählerisch sein könnte, was die Marke anging.

»Gladiator«, sagte Roy. Den Namen hatte er in einer Anzeige in einer Zeitschrift gesehen.

»Gold oder Leicht?«

»Gold.«

»Ist nicht wahr!«, rief Dana aus.

»Ist wohl wahr«, antwortete Roy.

Danas Miene war nicht schwer zu deuten – er plante schon, einen Teil der Zigaretten für sich zu behalten und den Rest mit ordentlichem Profit an seine Kumpel zu verhökern.

»Wo sind sie?« Er stieg runter von Roy und zog ihn so weit hoch, dass er aufrecht saß. »Sag's mir!«

»Erst musst du versprechen, dass du mich nicht schlägst.«

»Klar, Mann, versprochen.«

»Nie mehr«, sagte Roy. »Für alle Zeiten.«

»Was du willst.«

»Sag's laut, ich will's hören.«

Dana lachte herablassend. »Na schön, kleines Cowgirl. Nie, nie, nie mehr werde ich dir den armen kleinen

Arsch versohlen. Okay? Ich schwöre beim Grab meines Vaters. Reicht das so?«

»Dein Vater lebt doch noch«, bemerkte Roy.

»Dann eben bei Natalies Grab. Und jetzt sag, wo die Dinger versteckt sind. Ich mach keine Witze.«

»Wer ist Natalie?«, fragte Roy.

»Der Papagei von meiner Mutter. Sonst kenn ich keinen, der tot ist.«

»Na ja, das wird reichen.« Nach dem, was Roy vom Haushalt der Mathersons mitbekommen hatte, überkam ihn das ungute Gefühl, dass die arme Natalie keines natürlichen Todes gestorben war.

»Was jetzt? Alles klar?«

»Ja«, sagte Roy.

Es wurde auch Zeit, dass er den dummen Fettsack in die Gänge brachte. Die Sonne war bereits im Golf versunken und die Straßenlaternen gingen nach und nach an.

Roy sagte: »An der Ecke Woodbury und East Oriole ist ein leeres Grundstück.«

»Ja und?«

»In einer Ecke von dem Grundstück steht ein Bauwagen. Da drin sind die Zigaretten.«

»Eine ganze Kiste. Wahnsinn!« Dana klang schon ganz gierig. »Aber woher weißt du das?«

»Weil meine Freunde und ich sie da versteckt haben. Wir haben sie von einem Lkw geklaut, bei den Indianern.«

»Du?«

»Ja, ich auch.«

Die Geschichte war halbwegs glaubwürdig. Die Seminole-Indianer verkauften in ihrem Reservat Tabakprodukte steuerfrei, und Raucher kamen von weit her angefahren, um sich bei ihnen einzudecken.

»Und wo in dem Bauwagen?«, wollte Dana wissen.

»Die kannst du gar nicht übersehen«, sagte Roy. »Aber wenn du willst, komm ich mit.«

Dana schnaubte verächtlich. »Nee danke, die find ich schon.«

Er bohrte zwei Finger in Roys Brust und schubste ihn einmal heftig. Roy flog in das Blumenbeet hinter ihm, sein Kopf lag in der weichen Erde. Er wartete etwa eine Minute, dann stand er auf und klopfte sich die Erde ab.

Dana Matherson war längst weg. Roy wäre auch enttäuscht gewesen, wenn nicht.

Curly überstand die Nacht, gemütlich war es allerdings nicht gerade. Am Samstagmorgen fuhr er als Erstes zum Baumarkt und kaufte eine robuste neue Klobrille für den Bauwagen sowie ein Dutzend extragroßer Rattenfallen. Auf dem Rückweg hielt er noch bei der Videothek an und lieh einen Film aus, für den Fall, dass das Fernsehkabel wieder den Geist aufgab.

Von dort fuhr er erst mal nach Hause, wo seine Frau ihm mitteilte, dass sie den Pick-up brauchte, da ihre Mutter mit dem anderen Auto zum Bingospielen wollte. Curly konnte es gar nicht leiden, wenn jemand anderes mit seinem Pick-up fuhr, und so war er ziemlich muffig, als seine Frau ihn am Bauwagen absetzte.

Bevor er sich vor dem Fernseher niederließ, nahm Curly seine Pistole aus dem Gurt und machte einen raschen Gang über das Grundstück. Alles schien in Ordnung, nichts war angetastet, nicht einmal die Vermessungspfosten. Er vermutete schon, dass allein seine Anwesenheit ausreichte, um Eindringlinge vom Bauplatz abzuschrecken. Die wirkliche Nagelprobe würde allerdings erst heute Nacht stattfinden – ohne den Pick-up, der sonst immer in der Nähe des Bauwagens geparkt war, würde der Platz verlassen und einladend aussehen.

Er lief am Zaun entlang und stellte erfreut fest, dass ihm keine einzige Wassermokassinschlange begegnete. Das bedeutete, dass er die fünf Kugeln, die er noch hatte, für ernsthafte Bedrohungen aufbewahren konnte. So ein Fiasko wie das mit der Feldmaus wollte er allerdings nicht noch einmal durchmachen, das hatte ihn den letzten Nerv gekostet.

Fest entschlossen, ungebetene Nagetiere fern zu halten, stellte Curly rings um den Bauwagen herum an strategisch günstigen Stellen Rattenfallen auf, nachdem er Erdnussbutter hineingetan hatte.

Gegen fünf machte er sich ein Fertigmenü in der Mikrowelle heiß und schob den Film in den Videorekorder. Das Putengeschnetzelte war nicht übel und der Kirschstrudel erwies sich als erstaunlich lecker. Curly ließ kein Krümelchen davon übrig.

Nur der Film war dummerweise eine Enttäuschung. Er hieß *Das letzte Haus am Hexenboulevard, Folge 3*, und eine der Schauspielerinnen war niemand anderes als Kimberly Lou Dixon.

Ein Angestellter der Videothek hatte Curly geholfen, den Film zu finden, der schon vor mehreren Jahren gedreht worden war, noch bevor Kimberly Lou Dixon als Mama Paula im Werbefernsehen auftrat. Im Film spielte sie eine College-Studentin, die Cheerleader war und in eine Hexe verzaubert wurde. Daraufhin fing sie an, in ihrem Keller die besten Footballspieler des Colleges in einem großen Topf zu kochen. Ihr Haar war für die Rolle feuerrot gefärbt und sie trug eine künstliche Nase mit einer Gummiwarze.

In der Schlussszene entkommt der Quarterback der Mannschaft dem Kochtopf und streut eine Art Zauberstaub auf Kimberly Lou Dixon, die sich daraufhin von einer Hexe zurückverwandelt in einen hübschen Cheerleader, bevor sie ihm in die Arme sinkt. Aber kaum will der Quarterback sie küssen, verwandelt sie sich wieder, dieses Mal in einen toten Iguana.

Angewidert schaltete Curly den Rekorder aus. Im Fernsehen fand er ein Golfturnier, aber davon wurde er nur schläfrig. Der erste Preis waren eine Million Dollar und eine neue Limousine, trotzdem schaffte es Curly nicht, die Augen offen zu halten.

Als er aufwachte, war es draußen bereits dunkel. Ein Geräusch hatte ihn hochfahren lassen, aber er konnte nicht sagen, was es gewesen war. Da auf einmal hörte er es wieder: Schnapp!

Im selben Moment ertönte ein Schrei, womöglich der eines Menschen, aber Curly war sich nicht sicher. Er stellte den Fernseher stumm und griff nach seiner Waffe.

Etwas – ein Arm, eine Faust? – polterte gegen die Aluminiumwand des Bauwagens. Dann wieder das schnappende Geräusch, gefolgt von einem unterdrückten Fluch.

Curly schlich zur Tür und wartete. Sein Herz klopfte so wild, dass er fürchtete, der Eindringling könne es hören.

Sobald Curly sah, dass der Türknauf sich bewegte, ging er in Aktion. Er senkte eine Schulter, ließ einen Schrei los, wie er es bei der Marine gelernt hatte, und schoss zur Tür hinaus, die er dabei aus den Angeln hob.

Der Eindringling landete schreiend am Boden. Curly stellte ihm einen Stiefel auf den Bauch, um ihn am Wegrennen zu hindern.

»Keine Bewegung!«

»Nein! Nein! Bestimmt nicht!«

Curly ließ seinen Revolver sinken. Im Licht des Bauwagens erkannte er, dass der Einbrecher nichts weiter als ein Junge war – ein großer, fetter Junge. Er war aus Versehen über die Rattenfallen gestolpert, von denen sich zwei um die Turnschuhe des Jungen gelegt hatten.

Das muss doch wehtun, dachte Curly.

»Nicht schießen! Nicht schießen!«, schrie der Junge.

»Ach, halt die Klappe.« Curly steckte seine Pistole zurück in den Halfter. »Wie heißt du, Bürschchen?«

»Roy. Roy Eberhardt.«

»Also, Roy, du steckst ganz schön in der Tinte.«

»Tut mir Leid, Mann. Aber rufen Sie nicht die Polizei, bitte. Okay?«

Der Junge fing an zu zappeln, also drückte Curly ihm den Stiefel noch fester auf den Bauch. Als er sich auf dem Grundstück umschaute, bemerkte er, dass das Schloss am Tor mit einem schweren Stein aufgebrochen war.

»Du hast wohl gedacht, du wärst ganz schön schlau«, sagte er. »Schleichst hier ständig rein und raus, gerade wie es dir passt. Einen merkwürdigen Sinn für Humor hast du, wirklich.«

Der Junge hob den Kopf. »Wovon reden Sie eigentlich?«

»Stell dich nicht blöd, Roy. Wer hat denn die ganzen Vermessungspfosten rausgerissen oder die Alligatoren in die Klos gestopft oder –«

»Was? Sie sind ja wohl durchgeknallt, Mann!«

»– oder den Streifenwagen eingesprüht? Kein Wunder, dass du nicht willst, dass ich die Polizei rufe.« Curly beugte sich über ihn. »Was ist eigentlich mit dir los, Junge? Hast du was gegen Mama Paula? Ehrlich gesagt, du siehst aus wie einer, der sich ganz gern mal einen guten Pfannkuchen reinschiebt.«

»Na klar! Ich liebe Pfannkuchen!«

»Wo ist dann das Problem?«, fragte Curly. »Warum machst du den ganzen Unfug?«

»Aber – ich bin noch nie hier gewesen!«

Curly hob den Fuß vom Bauch des Jungen. »Komm schon, Junge, steh auf.«

Der Junge nahm die Hand, aber statt sich von Curly hochziehen zu lassen, zerrte er ihn zu Boden. Curly schaffte es, einen Arm um den Hals des Jungen zu bekommen, aber der riss sich los und schmiss Curly eine Hand voll Erde ins Gesicht.

Genau wie in diesem blöden Film, dachte Curly, während er sich wütend die Augen rieb. Bloß dass aus mir kein Cheerleader wird.

Als er wieder gucken konnte, sah er gerade noch, wie der Junge abhaute. Wie Kastagnetten klapperten die Fallen an seinen Schuhspitzen. Curly wollte ihm hinterherlaufen, aber schon nach fünf Schritten stolperte er über einen Eulenbau und fiel auf die Nase.

»Ich krieg dich, Roy!«, brüllte er in die Dunkelheit. »Jetzt ist Schluss mit lustig!«

Officer Delinko hatte am Samstag frei und das war auch gut so. Er hatte eine hektische Woche hinter sich und die merkwürdige Szene in der Notaufnahme vom Krankenhaus hatte dem noch die Krone aufgesetzt.

Der verschwundene Junge mit den Hundebissen war bisher weder gefunden noch identifiziert worden, obwohl Officer Delinko jetzt ein grünes T-Shirt besaß, zu dem der abgerissene Stofffetzen gehörte, den er am Zaun des Bauplatzes gefunden hatte. Der Junge, der aus dem Krankenhaus geflohen war, musste das Hemd an die Antenne von Officer Delinkos Streifenwagen gehängt haben. Vermutlich sollte das ein Scherz sein.

Officer Delinko war es leid, die Zielscheibe solcher Scherze zu sein, auch wenn er froh war über das neue Beweisstück. Es deutete darauf hin, dass der entflohene Patient einer der Vandalen war, die auf Mama Paulas Grundstück ihr Unwesen trieben. Außerdem war zu vermuten, dass Roy Eberhardt mehr über den Fall wusste, als er zugab. Officer Delinko nahm jedoch an, dass Roys Vater diesen rätselhaften Dingen auf den Grund kommen würde, schließlich hatte er ja genügend Erfahrung mit Verhören.

Der Polizist verbrachte den Nachmittag damit, im Fernsehen die Übertragung von Baseballspielen zu schauen, aber die beiden Mannschaften aus Florida verloren haushoch – die Devil Rays mit fünf Punkten, die Marlins mit sieben. Als es Zeit wurde zum Abendessen, warf er einen Blick in den Kühlschrank und entdeckte, dass er so gut wie leer war bis auf drei einzeln verpackte Scheiben Schmelzkäse.

Gleich machte er sich auf den Weg zum Supermarkt, um sich eine tiefgekühlte Pizza zu kaufen. Wie immer machte er einen kleinen Schlenker, um bei Mama Paula vorbeizuschauen. Er hoffte weiterhin, die Vandalen, wer immer sie sein mochten, auf frischer Tat zu ertappen. Wenn ihm das gelang, müssten der Captain und der Sergeant seine Zwangsabordnung an den Schreibtisch doch eigentlich aufheben und ihn wieder Streife fahren lassen – und ihm außerdem eine großartige Empfehlung in die Personalakte schreiben.

Als er in die East Oriole einbog, fragte sich Officer Delinko, ob die dressierten Rottweiler heute Nacht wohl wieder das Grundstück bewachten. In dem Fall müsste er gar nicht erst anhalten – wer ließ sich schon gerne mit derart wild gemachten Hunden ein?

In einiger Entfernung erschien mitten auf der Fahrbahn eine massige Gestalt. Sie bewegte sich merkwürdig schwankend. Officer Delinko brachte seinen Crown Victoria zum Stehen und schaute durch die Windschutzscheibe.

Als die Gestalt näher kam und immer wieder von den Straßenlaternen beleuchtet wurde, erkannte der Polizist, dass es sich um einen Jungen handelte. Er wirkte groß und kräftig und schaute die ganze Zeit zu Boden. Er schien es eilig zu haben, aber trotzdem rannte er nicht normal, sondern taumelte eher von einer Seite zur anderen. Bei jedem Schritt schepperte es und der Ton hallte laut vom Asphalt wider.

Als er so nahe bei dem Jungen war, dass der von den Scheinwerfern des Streifenwagens erfasst wurde, bemerkte Officer Delinko einen flachen, rechteckigen Gegenstand an jedem der beiden Turnschuhe. Irgendetwas sehr Merkwürdiges war da im Gange.

Der Polizist schaltete das Blinklicht oben auf dem Wagen ein und stieg aus. Überrascht blieb der Teenager stehen und sah auf. Sein breiter Brustkorb hob und senkte sich und Schweiß lief ihm übers Gesicht.

»Kann ich dich mal kurz sprechen, junger Mann?«, fragte Officer Delinko.

»Nee«, brummte der Junge und machte Anstalten abzuhauen.

Aber mit Rattenfallen an den Füßen kam er nicht weit. Officer Delinko hatte keine Mühe, ihn einzufangen und auf den vergitterten Rücksitz des Polizeiwagens zu schubsen. Die selten benutzten Handschellen des Beamten funktionierten einwandfrei.

»Wieso wolltest du wegrennen?«, fragte er seinen jungen Gefangenen.

»Ich will einen Anwalt«, antwortete der Junge mit versteinerter Miene.

»Schlauberger.«

Officer Delinko wendete seinen Wagen, um den Jungen auf die Wache zu bringen. Beim Blick in den Rückspiegel entdeckte er, dass da noch jemand wild winkend auf der Straße angerannt kam.

Was gibt das denn jetzt?, dachte der Polizist und trat auf die Bremse.

»He! Halt!«, brüllte die Gestalt, die inzwischen näher gekommen war. Die unverkennbare Glatze schimmerte im Licht der Straßenlaternen.

Es war Leroy Branitt, alias Curly, der Wachmann von Mama Paulas Baustelle. Keuchend und schnaufend erreichte er den Streifenwagen und sank erschöpft über der Motorhaube zusammen. Sein Gesicht war gerötet und dreckverschmiert.

Officer Delinko beugte sich aus dem Fenster und fragte, was los sei.

»Sie haben ihn gefasst!«, rief der Wachmann außer Atem. »Fabelhaft!«

»Wen gefasst?« Der Wachmann drehte sich um und nahm seinen Gefangenen auf dem Rücksitz näher in Augenschein.

»Den da! Der immer auf unserem Bauplatz rumgeschlichen ist und den ganzen Unfug gemacht hat!« Curly richtete sich auf und zeigte anklagend auf den Jungen. »Heute Abend hat er versucht, in meinen Bauwagen einzubrechen. Der kann von Glück reden, dass ich ihm nicht die Birne weggeschossen hab.«

Officer Delinko hatte Mühe, seine Aufregung zu verbergen. *Er hatte es tatsächlich geschafft! Er hatte den Vandalen gefasst!*

»Ich hatte ihn schon geschnappt, aber dann ist er mir wieder entwischt«, sagte Curly gerade. »Aber immerhin konnte ich vorher noch seinen Namen rauskriegen. Roy heißt er. Roy Eberhardt. Sie können ihn fragen!«

»Nicht nötig«, antwortete Officer Delinko. »Ich kenne Roy Eberhardt und das hier ist er ganz bestimmt nicht.«

»Was!« Curly kochte vor Wut. Offensichtlich hatte er wirklich erwartet, dass der junge Einbrecher ehrlich wäre.

Officer Delinko sagte: »Ich nehme an, Sie wollen ihn anzeigen.«

»Da können Sie Gift drauf nehmen. Dieser Mistkerl wollte mich sogar blind machen. Erde hat er mir ins Gesicht geschmissen!«

»Das wäre also ein Angriff«, sagte Officer Delinko. »Dazu kommen versuchter Einbruch, unerlaubtes Eindringen auf fremdes Gelände, Zerstörung von Privateigentum und so weiter. Keine Sorge, kommt alles in meinen Bericht.« Er wies auf den Beifahrersitz und bat Curly einzusteigen. »Sie müssen mitkommen zur Wache.«

»Es ist mir ein Vergnügen.« Finster betrachtete Curly den mürrischen Klotz auf dem Rücksitz. »Wollen Sie wissen, wie er diese albernen Fallen an die Zehen gekriegt hat?«

»Später«, sagte Officer Delinko. »Aber dann will ich alles hören, haarklein.«

Dies war der große Durchbruch, auf den er gehofft hatte. Er konnte es kaum erwarten, auf die Wache zu kommen und ein volles Geständnis aus dem Typen rauszuholen.

Aus Lehrfilmen wusste Officer Delinko noch, dass man sehr viel psychologisches Geschick brauchte im Gespräch mit Verdächtigen, die nicht mit der Polizei zusammenarbeiten wollten. Also sagte er betont freundlich: »Du weißt, junger Mann, dass du dir die Dinge sehr viel leichter machen kannst.«

»Ja, klar«, brummte der Junge hinter der Abtrennung.

»Zum Beispiel, indem du uns erst einmal deinen Namen sagst.«

»O Mann, den hab ich glatt vergessen.«

Curly lachte auf. »Den hinter Gitter zu bringen wird mir eine Freude sein.«

Officer Delinko zuckte mit den Achseln. »Ganz wie du willst«, sagte er zu seinem jungen Gefangenen. »Wenn du nichts zu sagen hast, auch gut. Ist dein gutes Recht.«

Der Junge grinste listig. »Und wenn ich eine Frage hab?«

»Schieß los.«

»Okay«, sagte Dana Matherson. »Hat einer von euch Typen vielleicht 'ne Kippe für mich?«

16

Die Eberhardts saßen gerade beim Mittagessen, als es an der Tür läutete. »Also wirklich, ausgerechnet am Sonntag!«, sagte Roys Mutter. Für sie war der Sonntag ein Tag, den man mit der Familie verbringen sollte.

»Besuch für dich«, sagte Roys Vater, der an die Tür gegangen war.

Roy spürte, wie sich sein Magen zusammenzog, schließlich erwartete er niemanden. Er vermutete, dass am Abend irgendetwas auf dem Grundstück des Pfannkuchenhauses passiert sein musste. Etwas, was so wichtig war, dass ihm jemand gleich davon berichten wollte.

»Einer von deinen Schulfreunden«, sagte Mr. Eberhardt. »Er sagt, ihr hättet eine Verabredung – ihr wolltet zusammen Skateboard fahren.«

»O je.« Das musste Garrett sein. Roy wurde fast schwindelig, so erleichtert war er. »Das hab ich total vergessen.«

»Du hast aber doch gar kein Skateboard, Liebes«, erinnerte ihn Mrs. Eberhardt.

»Kein Problem«, sagte Mr. Eberhardt. »Sein Freund hat ein zweites dabei.«

Roy stand auf und wischte sich schnell mit der Serviette über den Mund. »Ist es okay, wenn ich mitgehe?«

»Aber Roy, es ist doch Sonntag!«, protestierte seine Mutter.

»Bitte! Nur eine Stunde!«

Er wusste, dass seine Eltern ja sagen würden. Sie waren froh, wenn sie den Eindruck hatten, dass er in seiner neuen Schule langsam Freunde fand.

Garrett stand auf den Stufen vor der Haustür. Er wollte gleich mit irgendwas herausplatzen, aber Roy machte ihm ein Zeichen, er solle warten, bis sie sich ein Stück vom Haus entfernt hätten. Wortlos skateten sie bis zur Straßenecke. Dort sprang Garrett vom Skateboard und rief: »Du glaubst es nicht – gestern Abend haben sie Dana Matherson eingebuchtet!«

»Ist nicht wahr!« Roy versuchte, überraschter zu tun, als er in Wirklichkeit war. Offensichtlich war das Grundstück tatsächlich bewacht gewesen.

»Die Polizei hat gleich heute Morgen bei meiner Mom angerufen«, berichtete Garrett. »Er hat versucht, in einen Bauwagen einzubrechen, um was zu klauen.«

Als Beratungslehrerin an der Trace Middle School wurde Garretts Mutter jedes Mal benachrichtigt, wenn einer der Schüler mit dem Gesetz in Konflikt kam.

»Und jetzt kommt das Schärfste«, sagte Garrett. »Dana hat ihnen erzählt, er wär du!«

»O wie nett.«

»Der hat sie doch nicht alle, oder?«

»Und vermutlich haben sie ihm geglaubt«, sagte Roy.

»Nicht eine Minute.«

»War er allein?«, fragte Roy. »Oder ist noch jemand festgenommen worden?«

Zum Beispiel der Stiefbruder von Beatrice Leep? Das hätte er gern gefragt.

»Nix da. Er war ganz allein«, sagte Garrett. »Und stell dir vor: Er hat sogar ein Register!«

»Ein was?«

»Ein Vorstrafenregister, Dummchen. Dana ist schon ein paar Mal erwischt worden, das hat die Polizei meiner Mom erzählt.«

Auch diese Neuigkeit fand Roy nicht gerade schockierend. »Und weswegen?«

»Ladendiebstahl, aufgebrochene Cola-Automaten – solche Sachen eben«, sagte Garrett. »Einmal hat er eine Frau umgeschmissen und ihr die Handtasche geklaut. Ich musste meiner Mom versprechen, dass ich es nicht weitererzähle. Dana ist ja noch minderjährig, deshalb soll es nicht allgemein bekannt werden.«

»Klar«, sagte Roy spöttisch, »man will ja seinen guten Ruf nicht ruinieren.«

»Logo. Hey – du solltest eigentlich in die Luft springen vor Freude.«

»Und wieso?«

»Weil meine Mom gesagt hat, dieses Mal lochen sie ihn echt ein.«

»Das heißt, er kommt ins Heim?«

»Sicher«, sagte Garrett. »Weil er schon so viel angestellt hat.«

»Wow«, sagte Roy leise.

Er war nicht in der Stimmung für Freudensprünge, auch wenn er ein Gefühl der Erleichterung nicht leugnen konnte. Er war es leid, für Dana Matherson als Sandsack herhalten zu müssen.

Einerseits hatte er ein schlechtes Gewissen, dass er diese Geschichte mit den Zigaretten erfunden hatte, andererseits war es womöglich ganz gut, wenn Dana eine Zeit lang im Heim lebte. Vielleicht konnten sie ihm dort ja helfen, noch mal die Kurve zu kriegen.

»Hey – wie wär's mit dem Skaterpark, hast du Lust?«, fragte Garrett.

»Okay.«

Roy stellte einen Fuß auf das geliehene Skateboard und stieß sich mit dem anderen kräftig ab. Auf dem ganzen Weg zum Park schaute er kein einziges Mal über die Schulter zurück, ob ihm jemand folgte.

Ein gutes Gefühl. So wie es sich für einen Sonntag gehörte.

Curly wachte in seinem eigenen Bett auf. Wieso auch nicht?

Der Vandale, der es auf Mama Paula abgesehen hatte, war endlich geschnappt, und so gab es für Curly auch keinen Grund mehr, nachts im Bauwagen Wache zu halten.

Officer Delinko hatte ihn zu Hause abgesetzt, und dann hatte Curly erst einmal seiner Frau und seiner Schwiegermutter haarklein seine aufregenden Erlebnisse geschildert. Und damit es sich noch ein bisschen dramatischer anhörte, hatte er hier und da etwas dicker aufgetragen.

In seiner Version der Geschichte hatte ihn der bösartige junge Eindringling zum Beispiel mit einem gekonnten Karateschlag außer Gefecht gesetzt (was viel schlimmer klang als der Dreck, den ihm der Junge ins Gesicht geschmissen hatte). Außerdem fand Curly, dass es völlig unnötig war zu erzählen, dass er über einen Eulenbau gestolpert und hingefallen war. Stattdessen beschrieb er die Verfolgungsjagd als ein atemloses Kopf-an-Kopf-Rennen. Officer Delinkos Anteil an der Ergreifung des flüchtenden Straftäters erwähnte er nur ganz am Rande.

Curlys tolle Leistung kam in der Familie so großartig an, dass er überzeugt war, Chuck Muckle würde seinen Bericht genauso schlucken. Am Montagmorgen würde Curly gleich als Erstes in der Konzernverwaltung anrufen und dem Stellvertretenden Direktor die Festnahme in allen Einzelheiten schildern, einschließlich seiner eigenen Heldentaten. Er konnte es kaum abwarten zu hören, wie Mr. Muckle ihn widerwillig dazu beglückwünschte.

Nach dem Essen setzte Curly sich vor den Fernseher, um die Übertragung eines Ballspiels zu sehen.

Kaum hatte er es sich gemütlich gemacht, da kam auch schon ein Werbespot für Mama Paula, in dem das Sonderangebot für dieses Wochenende angepriesen wurde: So viele Pfannkuchen, wie man wollte, plus Würstchen, plus Kaffee, und das alles für sechs fünfundneunzig.

Der Anblick von Kimberly Lou Dixon als Mama Paula erinnerte Curly an den blödsinnigen Film, den er ausgeliehen hatte. Er erinnerte sich nicht mehr, ob er den Film schon am Nachmittag zurückgeben musste oder erst am nächsten Tag. Curly hasste es, Überziehungsgebühren zahlen zu müssen, also beschloss er, noch einmal zum Bauwagen zu fahren und das Band zu holen.

Auf dem Weg dorthin fiel ihm plötzlich ein, dass er etwas auf dem Bauplatz vergessen hatte: seine Pistole!

Er konnte sich nicht erinnern, wo er die Waffe zuletzt gehabt hatte, die Ereignisse hatten sich so überschlagen. Als er im Streifenwagen saß, hatte er sie jedenfalls nicht mehr gehabt, also musste sie ihm aus dem Gurt gerutscht sein, während er vor dem Bauwagen mit dem Jungen gerungen hatte. Eine andere Möglichkeit war, dass er sie verloren hatte, als er in den verflixten Eulenbau getreten war.

Curly war stinksauer auf sich selbst, denn eine geladene Waffe zu verlieren war schon eine ernste Sache. Als er an dem eingezäunten Grundstück eintraf, lief er gleich zu der Stelle, wo er mit dem Jungen gerauft hatte. Aber da lag nichts.

Ängstlich ging Curly zum Eulenbau hinüber und leuchtete mit der Taschenlampe hinein. Keine Pistole zu sehen.

Nun machte er sich ernstlich Sorgen. Er schaute in den Bauwagen, aber dort war nichts verändert seit dem vergangenen Abend. Die Tür war zu stark beschädigt, als dass er sie wieder hätte einhängen können, also versperrte Curly den Eingang mit zwei Sperrholzplatten.

Dann machte er sich an eine gründliche Suche. Das ganze Grundstück lief er ab, die Augen starr auf den Boden gerichtet. In einer Hand trug er einen schweren Stein, für den Fall, dass ihm eine dieser giftigen Wassermokassins begegnen sollte.

Allmählich nistete sich ein fürchterlicher Gedanke in seinem Kopf ein und Curly lief es eiskalt über den Rücken: Was, wenn der junge Einbrecher ihm die Pistole vom Gurt gezogen hätte, während sie miteinander kämpften? Vielleicht hatte er sie ja auf der Flucht in einen Müllbehälter oder ins Gebüsch geworfen.

Curly schauderte es und er suchte noch eifriger weiter. Nach einer halben Stunde hatte er sich bis zu dem Teil des Grundstücks vorgearbeitet, in dem die Baumaschinen auf ihren Einsatz warteten.

Inzwischen hatte Curly die Hoffnung fast aufgegeben, seine Waffe noch zu finden. Er war jetzt ziemlich weit von der Stelle entfernt, an der er sie ganz sicher zuletzt gehabt hatte – und der Vandale war in die genau entgegengesetzte Richtung geflohen. So weit vom Bauwagen entfernt konnte die Pistole unmöglich noch auftauchen, es sei denn, eine ungewöhnlich große Eule hatte sie aufgehoben und hierher geschleppt.

Sein Blick fiel auf eine leichte Vertiefung im Sandboden: der Abdruck eines nackten Fußes, und zwar eindeutig eines menschlichen Fußes. Für alle Fälle zählte Curly die Zehen – es waren fünf.

Der Fuß schien beträchtlich kleiner als Curlys eigener, auch kleiner als der des bulligen Einbrechers.

Als er weiterging, fand Curly noch einen Fußabdruck und dann noch einen und noch einen. Die Spur führte direkt zu den in einer Reihe aufgestellten Baumaschinen und Curly näherte sich ihnen mit einem zunehmend unguten Gefühl.

Vor einem Bulldozer blieb er stehen und legte zum Schutz vor der grellen Sonne eine Hand über die Augen. Erst bemerkte er nichts Ungewöhnliches, aber dann traf es ihn wie der Tritt eines Esels.

Der Fahrersitz war weg!

Curly ließ den Stein fallen, den er zum Selbstschutz mitgenommen hatte, und rannte zur nächsten Maschine, einem Bagger. Auch hier fehlte der Sitz.

Wie der Blitz war Curly bei dem dritten und letzten Gerät, einer Planierraupe. Auch hier dasselbe, kein Fahrersitz.

Curly fluchte. Ohne Sitze waren die Maschinen im

Grunde nutzlos. Die Männer mussten sich ja hinsetzen, um gleichzeitig die Pedale bedienen und lenken zu können. Curly schwirrte der Kopf. Entweder hatte der Junge, den sie gestern Abend geschnappt hatten, einen Komplizen, oder jemand anderes hatte sich später auf das Grundstück geschlichen.

Aber wer?, fragte sich Curly verzweifelt. Wer sabotiert meine Geräte und wieso?

Erfolglos suchte er nach den verschwundenen Sitzen und seine Laune wurde von Minute zu Minute schwärzer. Jetzt freute er sich überhaupt nicht mehr darauf, Mr. Muckle am Montagmorgen anzurufen; im Gegenteil, es graute ihm davor. Curly hatte den Verdacht, dass es dem mürrischen Stellvertretenden Direktor von Mama Paula direkt Vergnügen bereiten würde, ihn zu feuern, und das durchs Telefon. Verzweifelt ging Curly zu den Dixi-Klos hinüber. Er hatte zum Mittagessen fast eine ganze Kanne Eistee getrunken und jetzt hatte er das Gefühl, ihm würde gleich die Blase platzen. Und dazu noch der Stress…

Curly bewaffnete sich mit seiner Taschenlampe und betrat eine der Kabinen. Die Tür ließ er leicht angelehnt, für den Fall, dass er schnell den Rückzug antreten müsste. Erst wollte er sicher sein, dass dieses Mal keine schlecht gelaunten Reptilien in den Klos versteckt waren.

Vorsichtig leuchtete Curly die Schüssel aus. Er schluckte tief, als der Strahl auf etwas Dunkles, Glänzendes im Wasser traf, aber beim näheren Hinsehen erkannte er, dass es kein Alligator war.

»Na super«, murmelte Curly unglücklich, »einfach großartig.«

Es war seine Pistole.

Roy wollte dringend zum Schrottplatz hinüber und Fischfinger besuchen. Er wollte herausfinden, was am Abend zuvor auf dem Grundstück von Mama Paula passiert war.

Das Problem war Roys Mutter. Kaum war Roy zurück vom Skateboardpark, berief sie sich auf die allgemeine Sonntagsregel, und so wurde ein Familienausflug geplant. Wie versprochen machte der Vater mit ihnen eine Fahrt in einem Luftkissenboot durch die Sümpfe der Everglades.

Roy fand den Ausflug ganz toll, obwohl ihm von dem Krach bald die Ohren wehtaten. Der Motor des Bootes sei der gleiche, wie kleinere Flugzeuge ihn benutzten, sagte der Mann am Steuer, ein groß gewachsener Indianer vom Stamm der Seminole mit einem Cowboyhut aus Stroh auf dem Kopf.

Das Boot hatte einen flachen Boden und flitzte nur so über das schilfbewachsene flache Wasser und durch die schmalen, gewundenen Flussarme. So schnell ging es, dass Roy vom Fahrtwind die Augen tränten. Achterbahn fahren war nichts dagegen. Unterwegs hielten sie an, um Schlangen, Ochsenfrösche, Chamäleons,

Waschbären, Opossums, Schildkröten, Enten, Reiher, zwei Adler, einen Otter und (wenn Roy richtig gezählt hatte) neunzehn Alligatoren anzuschauen. Roys Vater nahm alles mit der Videokamera auf, während seine Mutter mit ihrer neuen Digitalkamera fotografierte.

Obwohl das Luftkissenboot sehr schnell war, glitt es über das flache Wasser wie über Seide. Roy staunte wieder einmal, wie flach Florida war, wie weit der Horizont, wie exotisch die üppige Vegetation. War man erst einmal den Menschenmassen entkommen, dann war Florida nicht weniger wild als Montana.

Als Roy an diesem Abend im Bett lag, fühlte er sich Fischfinger viel näher als zuvor und er verstand den privaten Kreuzzug des Jungen gegen das Pfannkuchenunternehmen viel besser. Es ging ihm ja nicht nur um die Eulen, es ging ihm um das Ganze – um alle Vögel, alle Tiere, um die unberührte Natur, die so leicht zerstört werden konnte. Kein Wunder, dass der Junge wütend war – und fest entschlossen.

Als Roys Eltern hereinkamen, um ihm eine gute Nacht zu wünschen, sagte er ihnen, dass er den Ausflug in die Everglades nie vergessen würde, und das war die Wahrheit. Seine Mom und sein Dad waren noch immer seine besten Freunde, und es konnte durchaus Spaß machen, etwas mit ihnen zu unternehmen. Roy wusste, dass es für die beiden auch nicht so einfach war, immer wieder zusammenzupacken und umzuziehen. Die Eberhardts waren ein Team und sie hielten zusammen.

»Als wir weg waren, hat Officer Delinko eine Nachricht auf Band gesprochen«, sagte Roys Vater. »Gestern Abend haben sie jemanden gefasst, den sie als den Täter vom Bauplatz in Verdacht haben.«

Roy sagte nichts.

»Keine Sorge«, fügte Mr. Eberhardt hinzu. »Es war nicht der junge Mann, von dem du mir erzählt hast, der aus dem Krankenhaus weggelaufen ist.«

»Es war dieser Matherson«, unterbrach ihn Mrs. Eberhardt aufgeregt, »der Junge, der dich im Bus angegriffen hat. Und er wollte der Polizei doch tatsächlich weismachen, er wäre du.«

Roy schaffte es nicht, so zu tun, als wüsste er nichts. »Garrett hat mir alles erzählt«, gab er zu.

»Tatsächlich? Dann muss er aber Zugang zu internen Quellen haben«, bemerkte Roys Vater.

»Direkten Zugang«, sagte Roy. »Was hat der Polizist sonst noch gesagt?«

»Das war's schon. Ich hatte den Eindruck, er wollte, dass ich dich ein bisschen ausfrage. Er glaubt wohl, du weißt etwas.«

»Ich?«, fragte Roy.

»Das ist ja wohl lächerlich«, warf seine Mutter ein. »Woher soll Roy wissen, was so ein Lümmel wie dieser Dana Matherson im Schilde führt?«

Roys Mund war staubtrocken. Er fühlte sich seinen Eltern wirklich nahe, aber er konnte ihnen einfach nicht erzählen, dass er Dana den nackten Hintern gezeigt und

ihm was über geklaute Zigaretten im Bauwagen vorge-
schwindelt hatte, um ihn so auf das Grundstück von
Mama Paula zu locken.

»Es ist allerdings ein merkwürdiger Zufall«, sagte
Mr. Eberhardt, »zwei Jungen, die sich genau dasselbe
Ziel ausgeguckt haben. Kann es sein, dass dieser
Matherson mit deinem Freund, dem Stiefbruder von
Beatrice, irgendwie unter einer Decke –«

»Ausgeschlossen!«, unterbrach ihn Roy heftig.
»Dana interessiert sich doch nicht für Eulen. Der interessiert sich für nichts als für sich selbst.«

»Das denke ich auch«, sagte Roys Mutter.

Als seine Eltern schon fast die Tür hinter sich zugezogen hatten, sagte Roy noch: »Dad?«

»Ja?«

»Weißt du noch, wie du gesagt hast, dass diese
Pfannkuchentypen mit ihrem Grundstück machen
können, was sie wollen, solange sie alle Genehmigungen und so haben?«

»So ist es auch.«

»Wie kann ich das nachprüfen?«, fragte Roy. »Ich
meine, wenn ich wissen will, ob alles legal ist.«

»Vermutlich müsstest du das städtische Bauamt anrufen.«

»Das Bauamt. Okay, danke.«

Als die Tür endgültig zu war, redeten Roys Eltern
noch leise im Flur miteinander. Roy konnte aber nichts
verstehen und so zog er sich die Decke bis zum Hals

hoch und drehte sich auf die Seite. Im nächsten Moment fielen ihm auch schon die Augen zu.

Es dauerte nicht lange, da hörte er eine Stimme, die seinen Namen flüsterte. Roy nahm an, dass er schon träumte.

Aber dann war da wieder die Stimme, und dieses Mal klang sie so echt, dass er sich aufsetzte. Es war ganz still im Zimmer, das Einzige, was er hörte, war sein eigener Atem.

Na super, dachte er, jetzt fang ich schon an, mir Sachen einzubilden.

Er legte sich wieder zurück und schaute zur Decke.

»Roy?«

Er wurde ganz steif vor Schreck.

»Flipp jetzt nicht aus, Roy.«

Aber er war kurz davor, die Stimme kam nämlich direkt unter seinem Bett hervor.

»Roy, ich bin's.«

»Wer *ich*?«

Roy atmete stoßartig und sein Herzschlag klang wie ein Trommelwirbel. Jemand war in seinem Zimmer, unter seinem Bett.

»Ich – Beatrice. Ganz ruhig, Mann.«

»Was machst *du* denn hier?«

»Pscht! Nicht so laut!«

Roy hörte, wie sie unter dem Bett hervorkroch. Dann stand sie leise auf und ging ans Fenster. Der Mond am Himmel war gerade groß genug, um Licht auf ihre blonden Locken zu werfen und sich in ihren Brillenglä-sern zu spiegeln.

»Wie bist du denn hier reingekommen?« Roy be-mühte sich leise zu sprechen, aber er war zu aufgeregt. »Wie lange bist du schon hier?«

»Den ganzen Nachmittag«, antwortete Beatrice. »So-lange du mit deinen Leuten weg warst.«

»Du bist bei uns eingebrochen!«

»Ganz ruhig, Cowgirl. Ich hab kein Fenster ein-geschmissen oder so, wenn du das meinst. Die Schiebe-tür zu eurer Terrasse lässt sich ganz leicht aus den Schienen heben – das geht überall«, sagte Beatrice ganz locker.

Roy sprang aus dem Bett, verschloss die Tür und knipste die Schreibtischlampe an.

»Sag mal, bist du total übergeschnappt?«, blaffte er sie an. »Hast du beim Fußballtraining einen Schlag auf den Hinterkopf gekriegt oder was?«

»Tut mir Leid, echt«, sagte Beatrice, »es ist bloß – zu Hause ist ziemlich dicke Luft, und ich wusste nicht, wo ich hingehen sollte.«

»Oh.« Sofort tat es Roy Leid, dass er sie so angefah-ren hatte. »Ist es wegen Lonna?«

Beatrice nickte düster. »Vermutlich ist die alte Hexe von ihrem Besen gefallen oder so. Jedenfalls hat sie eine Mordslaune. Mein Dad und sie hatten Krach. Aber wie! Sie hat ihm den Radiowecker an den Kopf geknallt und er hat sich mit einer Mango gerächt.«

Roy hatte immer gedacht, dass Beatrice Leep vor nichts Angst hätte, aber jetzt schien ihr doch ziemlich mulmig zu sein. Sie tat ihm so Leid – er konnte sich nur schwer vorstellen, wie das war, wenn man mit Erwachsenen zusammenleben musste, die sich so idiotisch aufführten.

»Du kannst heute Nacht hier bleiben«, bot er ihr an.

»Ehrlich?«

»Solange meine Eltern nichts mitkriegen.«

»Roy, du bist ganz schön cool«, sagte Beatrice.

Er grinste. »Danke, dass du mich Roy genannt hast.«

»Danke, dass ich hier pennen darf.«

»Leg dich ins Bett«, sagte er. »Ich schlaf auf dem Boden.«

»Kommt nicht in Frage«, sagte sie.

Roy versuchte erst gar nicht, mit ihr zu diskutieren. Er gab Beatrice ein Kissen und eine Decke und sie streckte sich zufrieden auf dem Teppich aus.

Er knipste das Licht aus und sagte gute Nacht. Dann fiel ihm noch was ein. »He – hast du Fischfinger heute gesehen?«

»Kann sein.«

»Er hatte was geplant für gestern Abend, hat er gesagt.«

»Irgendwas hat der immer vor.«

»Schon, aber das kann doch nicht ewig so weitergehen«, sagte Roy. »Früher oder später schnappen sie ihn.«

»Das dürfte ihm auch klar sein.«

»Aber das heißt, wir müssen was tun.«

»Und was?«, fragte Beatrice matt. Sie war schon fast hinüber. »Den kannst du nicht aufhalten, Roy. Der hat so einen verdammten Dickkopf.«

»Dann müssen wir eben mitmachen.«

»Was hast du gesagt?«

»Nacht, Beatrice.«

17

Curly starrte das Telefon an, als ob es davon aufhören würde zu läuten. Endlich nahm er seinen ganzen Mut zusammen und hob den Hörer ab.

Am anderen Ende war Chuck Muckle – wer sonst.

»Kann ich die Bulldozer hören, Mr. Branitt?«

»Nein, Sir.«

»Warum nicht? Hier im schönen Memphis im Staate Tennessee ist es Montagmorgen. Ist es in Florida nicht auch Montagmorgen?«

»Ich hab eine gute Neuigkeit für Sie«, sagte Curly, »und eine schlechte.«

»Die gute ist, dass Sie einen neuen Job gefunden haben, richtig?«

»Bitte, Mr. Muckle, lassen Sie mich doch ausreden.«

»Sprechen Sie ruhig weiter«, sagte Mr. Muckle, »aber räumen Sie dabei Ihren Schreibtisch leer.«

Curly erzählte rasch seine Version von dem, was Samstagabend geschehen war. Die Sache mit den fehlenden Bulldozersitzen nahm der Geschichte am Ende allerdings einiges von ihrem Glanz. Um die Dinge nicht noch schlimmer zu machen, als sie ohnehin schon waren, erwähnte Curly nichts davon, dass seine Pistole aus irgendeinem Grund in einem Mobilklo aufgetaucht war.

Am anderen Ende der Leitung blieb es merkwürdig still. Curly fragte sich, ob der Stellvertretende Direktor von Mama Paula vielleicht einfach aufgelegt hatte.

»Hallo?«, rief er in den Hörer. »Sind Sie noch dran?«

»Und ob ich das bin«, antwortete Chuck Muckle mit schneidender Stimme. »Also, damit wir uns richtig verstanden haben: Ein junger Mann ist festgenommen worden wegen versuchten Einbruchs auf unserem Gelände –«

»Genau. Und wegen tätlichen Übergriffs auf eine Person und unerlaubten Betretens des Grundstücks!«

»– aber genau am selben Abend werden die Sitze der Bulldozer und Bagger oder was auch immer von einer weiteren Person, eventuell auch mehreren Personen, entfernt.«

»Jawohl, Sir. Das war die weniger gute Neuigkeit.«

»Haben Sie den Diebstahl bei der Polizei angezeigt?«

»Natürlich nicht. Ich wollte ja nicht, dass das in die Zeitung kommt.«

»Vielleicht besteht ja doch noch Hoffnung für Sie«, sagte Chuck Muckle. Dann fragte er, ob es möglich sei, die Maschinen auch ohne Sitze zu bedienen.

»Nur wenn Sie so 'ne Art Krake sind.«

»Gehe ich also recht in der Annahme, dass heute auf der Baustelle nicht gearbeitet wird?«

»Morgen auch nicht«, sagte Curly finster. »Ich hab schon neue Sitze bestellt, bei einem Großhändler in Sarasota, aber vor Mittwoch sind die nicht hier.«

»Was für ein glücklicher Zufall«, sagte Chuck Muckle. »Das ist gerade der letzte Tag, an dem Miss Kimberly Lou Dixon uns zur Verfügung steht. Nächstes Wochenende beginnen in New Mexico die Dreharbeiten für ihren Insektenfilm.«

Curly schluckte. »Diesen Mittwoch soll der erste Spatenstich stattfinden? Und was ist mit dem Planieren?«

»Wir haben unsere Pläne geändert. Bedanken Sie sich in Hollywood«, sagte Chuck Muckle. »Erst gibt es also den feierlichen ersten Spatenstich, und wenn dann alle wieder weg sind, können die Maschinen loslegen – vorausgesetzt, die sind bis dahin nicht komplett auseinander genommen.«

»Aber heute haben wir doch … ich meine, Mittwoch ist doch schon übermorgen!«

»Machen Sie sich nicht ins Hemd, Mr. Branitt. Wir organisieren das alles von hier aus – die Werbung, die Pressemitteilungen und so weiter. Ich setze mich mit dem Büro des Bürgermeisters und der Handelskammer in Verbindung. Ihre Aufgabe ist unglaublich einfach – aber vermutlich gelingt es Ihnen trotzdem, sie zu versieben.«

»Was denn?«

»Sie müssen nichts weiter tun, als die Baustelle die

nächsten achtundvierzig Stunden abzusperren. Glauben Sie, dass Sie das schaffen?«

»Sicher doch«, sagte Curly.

»Keine Alligatoren, keine Giftschlangen, kein Diebstahl«, sagte Chuck Muckle. »Kurzum: keine Probleme. Capito?«

»Nur noch eine kurze Frage, wegen der Eulen.«

»Was für Eulen?« Blitzartig kam Chuck Muckles Gegenfrage. »Diese Höhlen sind verlassen, wissen Sie das nicht mehr?«

Anscheinend hat bloß jemand vergessen, das den Vögeln zu sagen, dachte Curly.

»Es gibt kein Gesetz, das es verbietet, verlassene Nester zu zerstören«, sagte der Stellvertretende Direktor. »Wenn irgendwer fragt, sagen Sie ihm das: Die Höhlen sind verlassen.«

»Aber was ist, wenn eine von diesen Eulen auftaucht?«, fragte Curly.

»Was für Eulen?!« Chuck Muckle brüllte jetzt fast. »Es gibt keine Eulen auf dem Gelände, vergessen Sie das nicht, Mr. Branitt. Nada. Null. Niente. Wenn jemand trotzdem eine sieht, dann sagen Sie ihm, es sei – was weiß ich – ein Rotkehlchen oder ein wildes Huhn oder sonst was.«

Ein Huhn?, wunderte sich Curly.

»Übrigens«, sagte Chuck Muckle, »ich komme persönlich nach Coconut Cove, damit ich die reizende Miss Dixon zu unserer Feier begleiten kann. Beten Sie, dass wir beide uns über nichts mehr unterhalten müssen, wenn ich vor Ort bin.«

»Machen Sie sich keine Sorge«, sagte Curly. Er selbst allerdings machte sich große Sorgen.

Beatrice Leep war schon weg, als Roy aufwachte. Es war ihm schleierhaft, wie sie so unbemerkt aus dem Haus schlüpfen konnte, aber er war froh, dass sie es geschafft hatte.

Beim Frühstück las Roys Vater laut den kurzen Artikel über Dana Mathersons Festnahme aus der Zeitung vor. Die Überschrift lautete: *Jugendlicher bei Einbruchsversuch gefasst.*

Weil Dana noch unter achtzehn war, durften die Behörden seinen Namen nicht an die Medien weitergeben – eine Tatsache, die Roys Mutter schmerzte. Sie fand, Danas gesammelte Straftaten hätten auf die erste Seite der Zeitung gehört. Im Artikel stand nur, dass es sich um einen Schüler der Trace Middle School handelte und dass die Polizei ihn im Verdacht hatte, in verschiedene Akte von mutwilliger Zerstörung verwickelt zu sein. Dass es sich dabei um das Grundstück von Mama Paula handelte, wurde nicht erwähnt.

In der Schule war Danas Festnahme Gesprächsthema Nummer Eins. Viele Mitschüler wussten, dass Dana es immer auf Roy abgesehen hatte. Sie waren daher gespannt, wie er auf die Sache reagieren würde.

Roy bemühte sich, nicht zu jubeln oder Witze darüber zu machen. Am liebsten wollte er so wenig wie möglich Aufmerksamkeit auf sich lenken. Falls Dana irgendwas über die angeblichen Zigaretten im Bauwagen ausplaudern sollte, würde er vielleicht versuchen, Roy die Schuld für den gescheiterten Einbruch in die Schuhe zu schieben. Die Polizei hatte keinen Grund, dem Jungen irgendetwas zu glauben, aber Roy wollte kein Risiko eingehen.

Gleich nach dem Läuten zum Ende der ersten Stunde nahm Garrett ihn beiseite und teilte ihm eine erstaunliche Neuigkeit mit.

»Rattenfallen«, sagte er hinter vorgehaltener Hand.

»Wovon redest du eigentlich?«, fragte Roy.

»Als sie ihn geschnappt haben, hatte er Rattenfallen an seinen Schuhen. Deshalb konnte er auch nicht wegrennen.«

»Das glaubst du doch selber nicht!«

»Im Ernst, Mensch. Die Polizei hat meiner Mutter erzählt, dass er in die Fallen getreten ist, als er um den Bauwagen rumschlich.«

So, wie er Dana kannte, konnte Roy sich das lebhaft vorstellen.

»Drei Zehen hat er gebrochen«, sagte Garrett.

»Übertreib mal nicht!«

»Doch! Im Ernst! Das waren Fallen für Riesenratten.« Garrett hielt seine Hände weit auseinander, um Roy die Größe der Tiere zu zeigen.

»Meinetwegen.« Roy wusste, dass Garrett gern

übertrieb. »Hat die Polizei deiner Mom sonst noch was erzählt?«

»Was soll sie denn erzählt haben?«

»Na ja, zum Beispiel, *was* Dana eigentlich klauen wollte.«

»Kippen, hat er gesagt. Aber die Polizei glaubt ihm nichts.«

»Wer würde dem auch glauben?«, sagte Roy und schwang sich den Ranzen über die Schulter.

Den ganzen Morgen über hielt er zwischen den Stunden immer Ausschau nach Beatrice Leep, sah sie aber nirgends. Beim Mittagessen saßen die Fußballmädchen zusammen in der Cafeteria, doch Beatrice war nicht dabei. Roy ging zu ihrem Tisch hinüber und fragte nach ihr.

»Die ist beim Zahnarzt«, sagte eine ihrer Mannschaftskameradinnen, ein schlaksiges Mädchen aus Kuba. »Sie ist bei sich zu Hause die Treppe runtergefallen und hat sich einen Zahn abgebrochen. Aber zum Spiel heute Abend ist sie wieder da.«

»Gut«, sagte Roy, obwohl er das, was er gerade gehört hatte, alles andere als gut fand.

Beatrice war so supersportlich, dass er sich einfach nicht vorstellen konnte, dass sie wie irgendein Trampel so einfach die Treppe hinunterfiel. Und nachdem er gesehen hatte, was sie mit seinem Fahrradreifen gemacht hatte, war ihm auch schleierhaft, wie ihr ein Zahn abbrechen sollte.

Als die Geschichtsstunde anfing, waren Roys Gedanken noch immer bei Beatrice. Er hatte Mühe, sich auf den Test zu konzentrieren, obwohl er wirklich nicht schwierig war.

Die letzte Frage war genau die, die Mr. Ryan ihm am Freitag auf dem Flur gestellt hatte: *Wer gewann die Schlacht am Eriesee?* Ohne zu zögern, schrieb Roy: »Kommodore Oliver Perry.«

Es war die einzige Frage, die er mit Sicherheit richtig beantwortet hatte.

Auf der Rückfahrt im Bus behielt Roy Dana Mathersons stämmige Freunde wachsam im Auge, aber sie warfen keinen einzigen Blick in seine Richtung. Entweder hatte Dana ihnen nichts davon sagen können, was Roy getan hatte, oder Roy war Danas Kumpeln einfach gleichgültig.

Auf der Polizeiwache las der Captain gerade den Bericht über Dana Mathersons Festnahme, als Officer Delinko zusammen mit seinem Sergeant hereinkam. Der Captain machte den Männern ein Zeichen, dass sie sich setzen sollten.

»Gute Arbeit«, sagte er zu Officer Delinko. »Sie haben mir das Leben spürbar leichter gemacht. Eben hatte ich unseren Abgeordneten in der Leitung, und ich kann Ihnen sagen, der Mann ist rundum zufrieden.«

»Das freut mich, Sir«, sagte Officer Delinko.

»Wie denken Sie über diesen Dana Matherson? Was hat er Ihnen gesagt?«

»Nicht viel.«

Das Verhör war nicht so glatt gelaufen, wie Officer Delinko es sich erhofft hatte. In den Ausbildungsfilmen hatten die Festgenommenen immer irgendwann klein beigegeben und gestanden. Dana jedoch hatte sich stur gezeigt und war nicht zur Zusammenarbeit bereit gewesen. Seine Aussagen waren verworren.

Zuerst hatte er gesagt, er sei auf dem Grundstück von Mama Paula herumgeschlichen, um eine Ladung Zigaretten zu klauen. Nachdem er allerdings mit einem Anwalt gesprochen hatte, änderte er seine Geschichte. Nun behauptete er, er sei bloß zu dem Bauwagen gegangen, um eine Kippe zu schnorren, aber der Wachmann habe ihn für einen Einbrecher gehalten und sei ihm mit der Waffe hinterhergerannt.

»Dieser Matherson ist eine harte Nuss«, sagte Officer Delinko zum Captain.

»Kann man wohl sagen«, meinte der Sergeant, »der hat schon so einiges auf dem Kerbholz.«

Der Captain nickte. »Ich hab sein Vorstrafenregister gesehen. Aber was mir Sorgen macht: Der Junge ist ein Dieb, aber keiner, der diese Art von Streichen spielt. Ich kann mir einfach nicht vorstellen, dass er Alligatoren in Toiletten steckt. Eher klaut er Toiletten.«

»Darüber hab ich mir auch schon Gedanken gemacht«, sagte Officer Delinko.

Der Übeltäter auf Mama Paulas Grundstück hatte eine Art von schwarzem Humor bewiesen, der überhaupt nicht zu den bisherigen Straftaten des offensichtlich leicht beschränkten Dana Matherson zu passen schien. Von ihm würde man eher erwarten, dass er die Reifen eines Streifenwagens demontierte, als dass er die Scheiben schwarz einsprühte oder sein T-Shirt wie einen Wimpel an die Antenne hängte.

»Was für ein Motiv sollte er denn für diese merkwürdigen Scherze haben?«, überlegte der Captain laut.

»Ich hab ihn gefragt, ob er was gegen Mama Paulas Pfannkuchen hat«, sagte Officer Delinko, »und er hat gemeint, er findet die von der Konkurrenz besser.«

»Und das soll der Grund sein? Dass ihm die Pfannkuchen von der Konkurrenz besser schmecken?«

»Bis auf die mit Buttermilch«, berichtete Officer Delinko. »Über die Buttermilchpfannkuchen von Mama Paula hat er nur Gutes gesagt.«

Ärgerlich wandte der Sergeant ein: »Ach was, der Junge macht sich doch nur über uns lustig.«

Langsam schob der Captain seinen Stuhl zurück. Er fühlte, wie er wieder Kopfschmerzen bekam.

»Okay, ich habe eine Entscheidung getroffen«, sagte er. »In Anbetracht der Tatsache, dass wir nichts Besseres vorzuweisen haben, beabsichtige ich, dem Polizeichef mitzuteilen, dass der Vandale gefasst und der Fall abgeschlossen ist.«

Officer Delinko räusperte sich. »Sir, ich habe am Tatort einen Fetzen von einem T-Shirt gefunden. Aber das T-Shirt ist viel zu klein für diesen Matherson.«

Er erwähnte nicht, dass der Rest des T-Shirts zum Spott an die Antenne seines Dienstwagens gehängt worden war.

»Wir brauchen schon mehr als einen Lumpen«, schnaubte der Captain. »Wir brauchen einen lebendigen Menschen, und der einzige, den wir haben, sitzt in Untersuchungshaft im Jugendgefängnis. Und deshalb ist er ganz offiziell unser Übeltäter, verstanden?«

Officer Delinko und sein Vorgesetzter sagten gleichzeitig ja.

»Ich begebe mich hier auf sehr dünnes Eis, und Sie wissen, was das bedeutet«, fuhr der Captain fort. »Wenn noch irgendwas auf dem Grundstück passiert, dann stehe ich als Clown da. Und wenn ich als Clown dastehe, dann werden gewisse Leute hier den Rest ihrer Laufbahn damit zubringen, Münzen aus Parkuhren zu leeren. Habe ich mich klar ausgedrückt?«

Wieder sagten Officer Delinko und sein Vorgesetzter ja.

»Ausgezeichnet«, sagte der Captain. »Das heißt, Ihre Aufgabe besteht im Wesentlichen darin, dafür zu sorgen, dass es von jetzt an bis zum ersten Spatenstich am Mittwoch keine weiteren Überraschungen mehr gibt.«

»Kein Problem.« Der Sergeant erhob sich. »Können wir David nun die gute Neuigkeit mitteilen?«

»Je eher, desto besser«, sagte der Captain. »Officer Delinko, Sie sind ab sofort wieder im Streifendienst. Außerdem hat Ihr Sergeant ein Schreiben verfasst, in dem Ihr herausragender Einsatz zur Ergreifung des Täters sehr gelobt wird. Dieses Schreiben kommt in Ihre Personalakte.«

Officer Delinko strahlte. »Vielen Dank, Sir!«

»Und noch etwas: Wegen Ihrer besonderen Vertrautheit mit dem Fall werden Sie für eine besondere Streife eingesetzt: Sie bewachen den Bauplatz von Mama Paula. Jede Schicht hat zwölf Stunden, dann haben Sie zwölf Stunden frei. Heute Abend fangen Sie an. Sind Sie bereit?«

»Selbstverständlich, Captain.«

»Dann gehen Sie jetzt nach Hause und legen sich aufs Ohr«, riet ihm der Captain. »Wenn sie nämlich noch einmal da draußen einschlafen, dann schreib ich Ihnen auch einen Brief für Ihre Akten, einen ganz kurzen. Nämlich Ihre Kündigung.«

Draußen auf dem Gang schlug der Sergeant Officer Delinko kräftig auf die Schulter. »Noch zwei Nächte, David, dann sind wir die Sache los. Sind Sie nervös?«

»Nur eine Frage noch, Sir: Werde ich alleine Dienst haben?«

»Na ja«, sagte der Sergeant, »wir haben im Moment Probleme mit der Nachtschicht. Kirby ist von einer Wespe gestochen worden und Miller hat die Grippe.

Sieht ganz so aus, als müssten Sie sich allein auf den Weg machen.«

»Ist in Ordnung«, sagte Officer Delinko, obwohl er lieber einen Partner gehabt hätte, so wie die Dinge lagen. Vermutlich würde Curly ja im Bauwagen übernachten. So toll war das zwar nicht mit ihm, aber besser mit Curly als ganz allein.

»Trinken Sie Kaffee, David?«

»Ja, Sir.«

»Gut. Dann trinken Sie doppelt so viel wie sonst«, sagte der Sergeant. »Ich erwarte zwar nicht, dass irgendwas passiert, aber falls doch, dann sollten Sie hellwach sein.«

Auf dem Weg nach Hause hielt Officer Delinko an einem Souvenirladen am Highway an. Dann machte er einen Umweg, um sich Dana Matherson noch einmal vorzuknöpfen. Es wäre eine riesengroße Erleichterung, wenn der Junge auch nur eine der früheren Taten zugeben würde.

Ein Beamter des Untersuchungsgefängnisses führte Dana in das Besuchszimmer und wartete dann vor der Tür. Der Junge trug einen zerknitterten grauen Overall. Weil seine Zehen wegen der Rattenfallen noch immer geschwollen waren, trug er nur Socken an den Füßen. Officer Delinko bot ihm einen Streifen Kaugummi an, den der Junge sich gleich in den Mund schob.

»Also, junger Mann, inzwischen hast du ja nun ein bisschen Zeit zum Nachdenken gehabt.«

»Worüber denn?« Dana blies eine Kaugummiblase und ließ sie platzen.

»Das weißt du sehr gut. Über deine Situation.«

»Ich muss gar nicht nachdenken«, sagte der Junge. »Dafür hab ich ja 'nen Anwalt.«

Officer Delinko beugte sich vor. »Vergiss jetzt mal den Anwalt, okay? Ich werd ein gutes Wort für dich einlegen, wenn du mir dabei hilfst, ein paar andere Fälle aufzuklären. Hast du zum Beispiel die Fenster von meinem Streifenwagen eingesprüht?«

Der Junge schnaubte verächtlich. »Wieso sollte ich so was Bescheuertes machen?«

»Nun komm schon, Dana. Ich kann dir die Sache wirklich erleichtern, du musst mir nur die Wahrheit sagen.«

»Ich hab 'ne bessere Idee: Wieso lecken Sie mich nicht am Allerwertesten?«

Officer Delinko verschränkte die Arme. »Siehst du, das ist genau der mangelnde Respekt vor der Staatsgewalt, der dich hierher gebracht hat.«

»Nix da. Ich kann Ihnen sagen, wer mich hergebracht hat. Das war Roy Eberhardt, der Arsch.«

»Fang nicht wieder damit an«, sagte Officer Delinko und stand auf. »Wir verschwenden mit dir offensichtlich nur unsere Zeit.«

Dana Matherson lachte höhnisch. Dann zeigte er auf die kleine Plastiktüte, die der Polizist auf den Tisch gelegt hatte. »Haben Sie mir endlich was zum Qualmen gebracht?«

»Nein, aber was anderes.« Officer Delinko griff in die Tüte. »Einen kleinen Kerl, der dir Gesellschaft leisten soll«, sagte er und ließ etwas ganz locker auf den Schoß des Jungen fallen.

Dana Matherson schrie auf, machte einen Satz, versuchte, den Gegenstand wegzustoßen, und fiel vor lauter Panik mit seinem Stuhl um. Er sprang vom Boden auf und stolperte zur Tür, wo der Aufsichtsbeamte ihn fest am Arm packte und wegbrachte.

Officer Delinko betrachtete den Gegenstand, der nun auf dem Linoleumboden lag – absolut lebensecht, mit Zähnen und Schuppen, nur das Preisschild störte, das mitten auf der Schnauze klebte: 3,95 Dollar.

Es war ein Gummialligator, den Officer Delinko im Souvenirladen erstanden hatte.

Dana Mathersons Reaktion auf das harmlose Spielzeug überzeugte den Polizisten, dass der Junge unmöglich derjenige sein konnte, der auf Mama Paulas Grundstück sein Unwesen getrieben hatte. Jemand, der beim Anblick eines winzigen Plastiktiers so ausflippte, war mit Sicherheit nicht in der Lage, mit einem lebendigen Alligator umzugehen, schon gar nicht heimlich und in der dunklen Kabine eines Dixiklos.

Der wahre Schuldige lief immer noch frei herum und heckte seinen nächsten Plan aus. Officer Delinko hatte zwei lange, aufregende Nächte vor sich.

Die Eberhardts hatten einen PC, den Roy für Hausaufgaben und für seine Snowboard-Videospiele benutzen durfte. Roy surfte auch schon ganz geschickt im Internet, und so hatte er kein Problem damit, über eine Suchmaschine jede Menge Informationen über Kanincheneulen zu finden. Die Art, die in Florida vorkam, hieß mit lateinischem Namen *Athene cunicularia floridana* und hatte dunkleres Gefieder als die westliche Variante. Sie war ein scheuer kleiner Vogel und, wie andere Eulen auch, hauptsächlich nachtaktiv. Die Jungen kamen normalerweise zwischen Februar und Juli zur Welt, aber selbst im Oktober waren noch Junge gesichtet worden.

Systematisch ging Roy sämtliche Suchergebnisse durch, bis er schließlich ins Schwarze traf. Er druckte zwei engzeilig bedruckte Seiten aus, verstaute sie in seinem Rucksack und schwang sich aufs Fahrrad.

Es war nicht weit bis zum Rathaus von Coconut Cove. Roy schloss sein Rad ab und folgte der Beschilderung, bis er das Bauamt gefunden hatte. Hinter dem Tresen stand ein blasser junger Mann mit sommersprossigem Gesicht und hängenden Schultern. Als der Angestellte ihn gar nicht zur Kenntnis nahm, ging Roy mutig auf ihn zu und bat um die Akte für *Mama Paulas Pfannkuchenhaus AG*.

Der Sachbearbeiter schien amüsiert. »Weißt du denn das Aktenzeichen?«

»Wovon?«

»Von dem Grundstück.«

»Ich weiß, wo es liegt. Ecke East Oriole und Woodbury.«

Der Angestellte sagte: »Das ist keine genaue Kennzeichnung. Das ist ja kaum eine richtige Adresse.«

»Tut mir Leid, mehr hab ich nicht.«

»Brauchst du das für die Schule?«, fragte der Mann.

Wieso eigentlich nicht?, überlegte Roy. »Ja«, sagte er dann.

So eine kleine Notlüge konnte doch nicht so schlimm sein, wenn sie half, die Eulen zu retten.

Der Angestellte sagte, Roy solle warten, während er die Adresse überprüfte. Nach einer Weile kam er mit einem Haufen Akten unter dem Arm zurück. »So, und welche willst du nun sehen?«, fragte er mit einem leicht spöttischen Grinsen.

Roy starrte ihn entgeistert an. Er hatte keine Ahnung, womit er anfangen sollte.

»Vielleicht mit der, in der die Baugenehmigungen sind?«, schlug er vor.

Der Angestellte ging den Stapel durch. Roy hatte die dunkle Vorahnung, dass die Formulare und Dokumente so unverständlich geschrieben waren, dass er sie vermutlich ohnehin nicht verstehen konnte. Genauso gut könnten sie auf Chinesisch geschrieben sein.

»Hm, hm«, machte der Sachbearbeiter und schaute den Stapel noch einmal durch. »Die Akte ist nicht da.«

»Wie meinen Sie das?«, fragte Roy.

»Der Ordner mit all den Genehmigungen und den Inspektionsberichten – anscheinend ist er ausgeliehen.«

»Von wem denn?«

»Ich muss erst mit meiner Chefin sprechen«, sagte der Sachbearbeiter, »aber die ist schon nach Hause gegangen. Unser Büro macht um halb fünf zu, und es ist – mal sehen – drei Minuten vor halb.« Er klopfte mit dem Finger nachdrücklich auf seine Armbanduhr.

»Na gut, dann komme ich morgen wieder«, sagte Roy.

»Vielleicht solltest du dir lieber ein anderes Thema für dein Referat suchen«, sagte der Sachbearbeiter mit aufgesetzter Höflichkeit.

Roy lächelte kühl. »Nein, danke. So schnell geb ich nicht auf.«

Vom Rathaus fuhr er zu einem Angelladen und kaufte von seinem übrigen Essensgeld eine Schachtel mit lebenden Grillen. Eine Viertelstunde später schlich er über den Schrottplatz.

Fischfinger war nicht im Eiswagen, aber sein Schlafsack war noch da. Roy wartete eine Weile, doch ohne Klimaanlage war es im Wagen unerträglich heiß und stickig. Nicht lange, und Roy saß wieder auf seinem Rad, dieses Mal in Richtung East Oriole und Woodbury.

Das Tor war verschlossen und von dem mürrischen, glatzköpfigen Wachmann war nichts zu sehen. Roy ging außen am Zaun entlang und hielt Ausschau nach Beatrice' Stiefbruder oder irgendwelchen netten Überraschungen, die der Junge für die Pfannkuchentypen hinterlassen haben mochte.

Roy hätte nichts Ungewöhnliches bemerkt, wenn er nicht eine der Eulen erschreckt hätte, die daraufhin von ihrem Bau aufflog und in der Kabine eines der Bulldozer landete. In dem Moment bemerkte Roy, dass der Sitz fehlte. Sofort schaute er zu den übrigen Baumaschinen hinunter – überall das Gleiche.

Aha, dachte Roy, *das* hatte Fischfinger neulich abends vor. Und deswegen sollte ich einen Schraubenzieher mitbringen.

Roy ging zurück zum Tor, öffnete die Schachtel mit den Grillen und hielt sie an den Zaun. Eine nach der anderen sprang zwischen den Drahtschlingen hindurch und landete am Boden. Roy hoffte, dass die Eulen sie finden würden, wenn sie zum Abendessen aus ihren Höhlen kamen.

Er hätte vermutlich verschwinden sollen, als er es zum ersten Mal hupen hörte, aber er tat es nicht. Er hockte einfach geduldig da und wartete, bis auch die letzte kleine Grille die Schachtel verlassen hatte.

Inzwischen war aus dem Hupen ein blökender Dauerton geworden und der blaue Pick-up kam mit quietschenden Bremsen zum Stehen. Roy ließ die Schachtel fallen und schwang sich auf sein Rad, aber es war zu spät. Der Wagen versperrte ihm den Fluchtweg.

Mit einem Satz war der glatzköpfige, rotgesichtige Fahrer aus dem Auto und hob Roys Rad am Sitz hoch. Roy strampelte wie verrückt, kam aber nicht von der Stelle.

»Wie heißt du? Was machst du hier?«, polterte der Wachmann. »Das hier ist ein Privatgrundstück, weißt du das nicht? Du willst wohl in den Knast, wie?«

Roy hörte auf, in die Pedale zu treten, und schnappte nach Luft.

»Ich weiß genau, was du im Schilde führst«, knurrte der kahlköpfige Mann. »Denk nur nicht, ich wär dir nicht auf die Schliche gekommen.«

»Bitte, Mister«, sagte Roy, »lassen Sie mich gehen. Ich hab doch nur die Eulen gefüttert.«

Mit einem Mal war die rote Farbe aus den Wangen des Mannes gewichen.

»Was für Eulen?«, fragte er, jetzt nur noch halb so laut. »Hier gibt's keine Eulen.«

»Doch, sicher«, sagte Roy. »Ich hab sie selbst gesehen.«

Der Kahlköpfige sah jetzt extrem aufgebracht aus. Er kam mit dem Gesicht so nah an Roy heran, dass der riechen konnte, was der Mann gegessen hatte – Zwiebeln.

»Jetzt hörst du mir mal zu, Junge. Du hast hier keine verdammten Eulen gesehen, kapiert? Was du gesehen hast, das war … das war … ein wildes Huhn!«

Roy unterdrückte ein Lachen. »Aber sicher doch.«

»Das ist so. Sieh mal, wir haben hier diese Zwerg-hühner –«

»Mister, was ich gesehen habe, das waren Eulen, und das wissen Sie auch«, sagte Roy. »Und ich weiß, wieso Sie solche Angst haben.«

Der Wachmann ließ Roys Fahrrad los.

»Ich habe keine Angst«, sagte er mit versteinerter Miene, »und du hast keine Eulen gesehen. Und jetzt verschwinde und lass dich ja nicht mehr hier blicken. Sonst kommst du auch noch hinter Gitter, genauso wie der letzte Junge, den ich auf dem Grundstück erwischt habe.«

Roy lenkte sein Rad vorsichtig um den Pick-up herum und brauste dann mit voller Fahrt davon.

»Das waren Hühner!«, brüllte der Glatzkopf ihm hinterher.

»Eulen«, schrie Roy triumphierend zurück.

Höher und höher und immer höher radelte er den steilen Berg hinauf – oder wenigstens stellte er sich das vor. Das gab ihm die Kraft, so heftig in die Pedale zu treten.

In Wirklichkeit befand er sich auf der East Oriole Avenue, die genau so flach war wie einer von Mama Paulas Pfannkuchen. Er hatte Angst, der Wachmann könne es sich anders überlegen und ihm doch noch nachjagen. Roy rechnete jeden Moment damit, die Hupe des Pick-ups und laute Flüche zu hören, die Hitze des Motors dicht neben sich zu spüren.

Deswegen schaute er sich lieber nicht um und wurde auch nicht langsamer, sondern trat mit aller Kraft in die Pedale, trotz seiner angespannten Arme und der brennenden Beine.

Er hörte erst auf, als er die Kuppe seines gedachten Berges in Montana erreicht hatte und hinunterrollte in die Kühle des Tals.

18

»Das war derselbe Bengel, den ich schon letzte Woche hier hab rumschleichen sehen«, erklärte Curly Officer Delinko. »Aber diesmal hab ich ihn erwischt!«

Officer Delinko bot an, den Vorfall zu melden, aber Curly versicherte ihm, das sei nicht nötig.

»Der kommt nicht wieder, das garantiere ich Ihnen. Nicht nach der Abreibung, die ich ihm verpasst habe.«

Es ging auf Mitternacht zu. Die beiden Männer standen am Bauplatz neben dem Streifenwagen und unterhielten sich entspannt. Beide waren insgeheim der Meinung, dass der wirkliche Vandale noch immer auf freiem Fuß war, aber keiner wollte diesen Verdacht mit dem anderen teilen.

Officer Delinko sagte Curly nicht, dass Dana Matherson viel zu große Angst vor Alligatoren hatte, um der Vandale sein zu können. Er wollte nicht, dass der Wachmann wieder ausrastete.

Und Curly sagte Officer Delinko nichts davon, dass die Sitze erst aus den Baumaschinen gestohlen worden waren, nachdem Dana Matherson schon gefasst worden war. Curly wollte nicht, dass Officer Delinko diese

Mitteilung in einen Bericht aufnahm, den womöglich irgendein neugieriger Zeitungsreporter zu lesen bekam.

Obwohl jeder sein Geheimnis vor dem anderen hatte, waren die beiden Männer doch froh, die Nacht nicht allein auf dem Grundstück verbringen zu müssen. Es war ein gutes Gefühl, Verstärkung in nächster Nähe zu haben.

»Ach, übrigens«, sagte Officer Delinko, »was ist eigentlich aus den Kampfhunden geworden, die hier den Bauplatz bewachen sollten?«

»Diese durchgeknallten Köter? Die haben sich ruckzuck aus dem Staub gemacht, vermutlich geradewegs bis Berlin«, sagte Curly. »Hören Sie mal, ich hau mich aufs Ohr. Wenn irgendwas ist, brüllen Sie einfach.«

»Worauf Sie sich verlassen können«, antwortete Officer Delinko.

»Und kein Nickerchen heute Nacht, verstanden?«

»Keine Sorge.«

Officer Delinko war froh, dass es dunkel war, so konnte der Wachmann nicht sehen, wie er rot wurde. Nie im Leben würde er den peinlichen Anblick vergessen – sein kostbarer Streifenwagen mit pechschwarz zugesprühten Fenstern! Und noch immer träumte er davon, den Übeltäter zu erwischen und seiner gerechten Strafe zuzuführen.

Nachdem Curly sich in seinen bequemen, klimatisierten Bauwagen zurückgezogen hatte, machte sich der Polizist daran, das Grundstück abzugehen. Er folgte immer dem Strahl seiner Taschenlampe, von einem Vermessungspfosten zum nächsten. Er hatte die Absicht, das, wenn nötig, die ganze Nacht lang zu tun, um ganz sicher zu sein, dass niemand sich an den Pfosten zu schaffen machte. Im Auto hatte er fünf randvolle Thermoskannen stehen; der Kaffee würde ihm also ganz bestimmt nicht ausgehen.

Ein leeres Grundstück zu bewachen war nun wirklich keine besonders glanzvolle Aufgabe für einen Polizisten, das wusste Officer Delinko, aber in diesem speziellen Fall handelte es sich doch um eine äußerst wichtige Arbeit. Der Polizeichef, der Captain, der Sergeant – alle verließen sich auf ihn, dass auf dem Grundstück des Pfannkuchenhauses kein weiterer Unfug mehr passierte. Und es war ihm auch klar, dass er viel schneller vorankommen würde im Amt für öffentliche Sicherheit von Coconut Cove, wenn er diese Aufgabe gut erfüllte. Er sah sich schon mit dem goldenen Abzeichen eines Kommissars herumlaufen.

Während er so durch die Dunkelheit stapfte, stellte Officer Delinko sich vor, wie er sich in einem maßgeschneiderten Anzug machen würde statt in dieser steifen Uniform. Er hätte auch einen anderen Dienstwagen, zwar auch einen Crown Victoria, aber das anthrazitgraue Modell ohne die Aufschrift »Polizei«, das nur die Kommissare bekamen. Als er gerade mitten in einem Wachtraum von einem Knöchelpistolenhalfter und der dazugehörigen leichten Pistole war, schlug er mit einem Mal einen unfreiwilligen Purzelbaum und landete auf dem Sandboden.

O nein, dachte der Streifenpolizist, nicht schon wieder.

Er tastete hektisch nach seiner Taschenlampe, aber als er sie gefunden hatte, funktionierte sie erst einmal nicht. Er schüttelte sie ein paar Mal, dann flackerte die Birne auf, wenn auch nur schwach. Ganz klar, er war wieder einmal in so einen Eulenbau getreten.

Officer Delinko stand auf und strich sich die Hose glatt. »Nur gut, dass Curly nicht wach ist und das gesehen hat«, murmelte er vor sich hin.

»Hehe!«, hörte er im nächsten Moment eine leise, raue Stimme.

Officer Delinko legte die rechte Hand an seine Pistole. Mit der linken richtete er die Taschenlampe dorthin, wo er den unsichtbaren Eindringling vermutete.

»Keine Bewegung!«, kommandierte der Polizist.

»Hehe! Hehe!«

Hin und her zuckte der gelbe Lichtstrahl, aber es war nichts zu sehen. Die asthmatisch klingende, freche Stimme schien aus dem Nichts zu kommen.

Vorsichtig machte Officer Delinko zwei Schritte nach vorn und leuchtete in den Bau, in den er eben getreten war. Ein Paar bernsteinhelle Augen funkelten ihn aus dem schwarzen Loch an.

»He!«

Der Polizist nahm die Hand vom Revolver und hockte sich vorsichtig hin. »Na so was, hallo«, sagte er.

»He! He! He!«

Es war eine Babyeule, nicht mehr als zehn, zwölf Zentimeter groß. Noch nie zuvor hatte Officer Delinko etwas gesehen, was so zart war und dabei so vollkommen gestaltet.

»Hehe!«, sagte die Eule wieder.

»Hehe!«, antwortete der Polizist, obwohl seine Stimme zu tief war für eine richtige Imitation. »Du wartest wohl auf Mama und Papa, dass sie dir dein Abendessen bringen, stimmt's?«

Die bernsteinfarbenen Augen zwinkerten. Erwartungsvoll öffnete sich der gelbe Schnabel und schloss sich wieder. Der kleine runde Kopf drehte sich hin und her.

Officer Delinko lachte laut auf. Dieser winzige Vogel faszinierte ihn. Er knipste die Taschenlampe aus und sagte: »Keine Angst, Kleiner, ich tu dir nichts.«

Über ihm hörte er aufgeregtes Geflatter, gefolgt von einem zischenden *Ksch, ksch, ksch!* Der Polizist schaute auf und sah zwei dunkle Umrisse mit Flügeln, die sich deutlich vor dem Sternenhimmel abzeichneten – bestimmt die Eltern der kleinen Eule, die angstvoll über ihrem erschrockenen Küken kreisten.

Langsam trat Officer Delinko von dem Bau zurück und hoffte, die erwachsenen Eulen würden merken, dass sie nun sicher landen konnten. Er sah die dunklen Vögel vor dem blaugrauen Himmel, die jetzt immer niedriger flogen, und bewegte sich ein bisschen schneller weg von dem Erdloch.

Selbst als die beiden Eulen gelandet waren, selbst dann, als er gesehen hatte, wie sie wie gefiederte Gespenster im Boden verschwanden, ging er immer noch weiter. Schritt für Schritt ging er rückwärts, bis ... bis er gegen etwas knallte, das so groß und so kalt und so hart war, dass es ihm fast den Atem verschlug. Er fuhr herum und knipste die Taschenlampe wieder an.

Es war ein Bulldozer.

Officer Delinko war direkt mit einer von Curlys Baumaschinen zusammengeprallt. Er starrte den Klotz aus Stahl an und rieb sich die geprellte Schulter. Er merkte nicht, dass der Sitz fehlte, und selbst wenn er es gemerkt hätte, wäre er deswegen nicht weiter beunruhigt gewesen.

Der Polizist hatte nämlich ganz andere Sorgen. Sein Blick wanderte zwischen dem massiven Bulldozer und dem Eulenbau hin und her.

Bis zu diesem Moment war Officer David Delinko so damit beschäftigt gewesen, den Fall von Mama Paula zu lösen und an seine eigene Karriere zu denken, dass er kaum etwas anderes im Kopf gehabt hatte.

Jetzt verstand er, was mit den kleinen Eulen passieren würde, wenn er seine Arbeit gut machte, und ein großer Kummer, der sich nicht so leicht abschütteln ließ, lastete auf einmal auf ihm.

Roys Vater war erst spät von der Arbeit nach Hause gekommen, und so hatte Roy keine Gelegenheit gehabt, ihm zu erzählen, was er im Internet über die Eulen herausgefunden hatte und dass eine der Akten über das Pfannkuchenrestaurant im Bauamt fehlte. Ihm schien das sehr verdächtig, und er wollte gern hören, wie sein Vater sich die Sache erklärte.

Aber als Roy sich zum Frühstück setzte, war er sprachlos. Von der Rückseite der Zeitung, die sein Vater gerade las, lächelte ihn jemand freundlich an, und das war niemand anderes als Mama Paula selbst!

Die mit Sternen und der amerikanischen Fahne sehr patriotisch gestaltete halbseitige Anzeige war eine Einladung:

MAMA PAULA
DIE ERFINDERIN DER WELTBERÜHMTEN
HAFERMEHLPFANNKUCHEN MIT SÜSSHOLZAROMA
IST STOLZ DARAUF, IHRE NEUE NACHBARIN
IN COCONUT COVE ZU WERDEN.
MAMA PAULA ERÖFFNET HIER IHR
469. FAMILIENRESTAURANT
UND MÖCHTE SIE GERN MORGEN MITTAG UM 12 UHR
HÖCHSTPERSÖNLICH BEGRÜSSEN.
WIR LADEN SIE EIN ZUM FEIERLICHEN ERSTEN SPATENSTICH
AN DER ECKE EAST ORIOLE UND WOODBURY,
DEM KÜNFTIGEN SITZ UNSERER FILIALE.

Roy ließ den Löffel fallen und aufgeweichte Froot Loops flogen durch die Küche.

»Was ist jetzt los, Schätzchen?«, fragte seine Mutter.

Roy merkte, dass ihm schlecht wurde. »Nichts, Mom.«

Dann entdeckte auch Mrs. Eberhardt die Anzeige. »Oh, das tut mit Leid, Roy. Ich weiß, es ist traurig – die armen, wehrlosen Vögel.«

Mr. Eberhardt drehte die Zeitung um und sah nach, worauf seine Frau und sein Sohn starrten. Er runzelte die Stirn und sagte: »Offensichtlich haben sie es eilig mit ihrem Projekt.«

Roy stand auf. Ihm war ganz flau im Magen. »Ich geh dann mal. Sonst verpass ich noch den Bus.«

»Du hast noch viel Zeit«, sagte seine Mutter. »Setz dich und iss erst mal auf.«

Roy schüttelte matt den Kopf und nahm den Rucksack vom Stuhl. »Tschüss, Mom, tschüss, Dad.«

»Roy, warte mal! Möchtest du mit uns darüber reden?«

»Nicht wirklich, Dad.«

Sein Vater faltete die Zeitung zusammen und reichte sie ihm. »Hast du heute nicht Gesellschaftskunde?«

»Oh, stimmt«, sagte Roy, »hab ich glatt vergessen.«

Jeden Dienstag sollten die Schüler, die bei Mr. Ryan Geschichte hatten, ein aktuelles Thema vorschlagen, über das sie dann gemeinsam diskutieren konnten. Deswegen gab Roys Vater seinem Sohn dienstags immer die Zeitung mit, damit er sie im Bus lesen und sich ein Thema aussuchen konnte.

»Soll ich dich zur Schule fahren?«, bot ihm seine Mutter an.

Roy merkte, dass sie Mitleid mit ihm hatte wegen der Neuigkeiten über Mama Paula. Für sie war das Schicksal der Eulen schon besiegelt, aber Roy war nicht so schnell bereit, die Hoffnung aufzugeben.

»Geht schon.« Er stopfte die Zeitung in seinen Rucksack. »Mom, leihst du mir deine Kamera?«

»Na ja, ich weiß nicht ...«

»Für die Schule«, sagte Roy. Sein Magen krampfte sich bei der Lüge zusammen. »Ich pass auch ganz gut auf, ehrlich.«

»Na gut. Warum auch nicht.«

Vorsichtig packte Roy die Kamera zwischen seine Bücher, umarmte seine Mutter, winkte seinem Vater noch einmal zu und schoss zur Tür hinaus. Er rannte an seiner üblichen Bushaltestelle vorbei, immer weiter, bis zur Haltestelle an der East Oriole Avenue, in der Beatrice Leep wohnte. Von den Schülerinnen und Schülern der Trace Middle School war noch nichts zu sehen, also rannte Roy bis zu Beatrice' Haus und wartete davor auf dem Bürgersteig.

Er versuchte, sich eine gute Ausrede einfallen zu lassen für den Fall, dass Lonna oder Leon ihn bemerkten, aber dann war es doch Beatrice, die zur Tür herauskam. Roy rannte so eilig auf sie zu, dass er sie fast umwarf.

»Was war denn gestern los? Wo ist dein Bruder? Hast du heute Morgen die Zeitung gesehen? Hast du –«

Schnell legte sie ihm eine Hand auf den Mund.

»Ganz ruhig, Cowgirl«, sagte sie. »Wir gehen jetzt erst mal zur Haltestelle. Unterwegs können wir reden.«

Wie Roy schon vermutet hatte, war Beatrice nicht die Treppe hinuntergefallen. Der Zahn war abgebrochen, als sie ihrer Stiefmutter einen Ring vom Zeh beißen wollte.

Der Ring war aus einem kleinen Topaz gemacht, einem Glücksbringer, den Beatrice' Mutter zurückgelassen hatte, als sie wegging. Lonna hatte den Stein aus Leon Leeps Sockenschublade geklaut und sich daraus einen modischen Zehenring anfertigen lassen.

Beatrice war deswegen stinksauer gewesen.

»Wenn mein Alter gewollt hätte, dass Lonna ihn bekommt, dann hätte er ihn ihr ja geben können«, knurrte sie.

»Und deshalb hast du ihn ihr vom Zeh genagt? Wie das denn?« Roy staunte.

»War gar nicht so einfach.«

Beatrice machte ein Schimpansengesicht und zeigte auf einen spitzen Stumpf, wo vorher einer ihrer Schneidezähne gewesen war. »Der ist abgebrochen. Aber sie machen mir einen falschen, der sieht wie echt aus«, erklärte sie. »Bloß gut, dass mein Alter eine Versicherung für Zahnbehandlungen hat.«

»War sie wach, als du das gemacht hast?«

»Ja«, sagte Beatrice, »aber vermutlich hätte sie lieber gepennt. Jetzt erzähl mir, was heute in der Zeitung stand. Du bist ja total durch den Wind.«

Sie stöhnte, als Roy ihr die Anzeige mit der Einladung zu Mama Paulas Feier zeigte. »Als ob die Welt nichts dringender bräuchte ...«

»Wo ist dein Bruder?«, fragte Roy. »Meinst du, er weiß das schon?«

Beatrice sagte, sie habe Fischfinger seit Sonntag nicht mehr gesehen. »Und da war bei uns die Kacke am Dampfen. Mein Bruder hatte sich in der Garage versteckt und auf mich gewartet. Ich wollte ihm ein paar frische Hemden bringen. Prompt kam mein Dad, um sich 'ne neue Palette Bier zu holen. Die beiden standen da und haben sich ganz freundlich unterhalten, aber in dem Moment ist Lonna reingekommen und hat eine Riesenszene gemacht.«

»Und was war dann?«, fragte Roy.

»Er ist losgerannt wie eine gesengte Sau. Und dann haben Lonna und mein Alter diesen Mordskrach gekriegt –«

»Der, von dem du mir erzählt hast.«

»Genau«, sagte Beatrice. »Dad will, dass mein Bruder zurückkommt und wieder bei uns wohnt, aber Lonna sagt, kommt nicht in Frage. Sie sagt, er sei ein Wechselbalg. Was zum Teufel meint sie damit, Tex? Ein *Wechselbalg*? Na ja, ist auch egal, jedenfalls reden die zwei immer noch nicht miteinander, Lonna und mein Dad. Die beiden stehen so unter Druck, dass du denkst, gleich fliegt das ganze Haus in die Luft.«

Für Roy hörte sich Beatrice' Schilderung wie ein einziger Alptraum an. »Brauchst du was zum Unterkriechen?«, fragte er.

»Nee, geht schon. Dad meint, es geht ihm besser, wenn ich in der Nähe bin.« Beatrice lachte. »Ich sei *gefährlich und verrückt*, hat Lonna zu ihm gesagt. Wahrscheinlich liegt sie gar nicht so verkehrt damit.«

An der Haltestelle traf Beatrice eine ihrer Mannschaftskameradinnen, und die beiden fingen gleich an, über das Spiel vom Vorabend zu reden, das die Mannschaft durch einen Elfmeter von Beatrice gewonnen hatte. Roy hielt sich zurück und sagte nicht viel, aber er spürte die neugierigen Blicke der anderen Schüler. Er war immerhin der Junge, der sich Dana Matherson entgegengestellt und überlebt hatte.

Er war überrascht, als Beatrice Leep sich im Bus neben ihn setzte und nicht zu ihren Mitspielerinnen.

»Gib noch mal die Zeitung her«, flüsterte sie.

Sie las die Anzeige von Mama Paula und sagte: »Jetzt gibt's zwei Möglichkeiten, Tex. Entweder wir sagen's ihm oder wir sagen's ihm nicht.«

»Wir sollten vielleicht mehr tun, als es ihm einfach bloß zu sagen.«

»Mitmachen, meinst du. Das hast du neulich schon gesagt, an dem Abend.«

»Alle gegen einen, so sieht's im Moment aus. Aber ganz allein hat er keine Chance«, meinte Roy.

»Klar. Andererseits enden wir dann vielleicht alle drei in der Erziehungsanstalt.«

»Nicht, wenn wir's clever anstellen.«

Beatrice betrachtete ihn neugierig. »Hast du schon einen Plan, Eberhardt?«

Roy nahm die Kamera seiner Mutter aus dem Rucksack und zeigte sie Beatrice.

»Ich höre«, sagte sie.

Roy legte los.

Er verpasste einen Teil der Klassenlehrerstunde, weil er ins Büro der Stellvertretenden Schulleiterin gerufen wurde.

Das lange, einsame Haar über der Oberlippe von Miss Hennepin war noch lockiger und glänzender als beim letzten Mal. Komischerweise war das Haar jetzt goldblond statt tiefschwarz. Konnte es sein, dass Miss Hennepin es färbte?, fragte sich Roy.

»Man hat uns darüber in Kenntnis gesetzt, dass ein junger Mann am Freitagabend aus der Notaufnahme des Krankenhauses geflüchtet ist«, sagte sie gerade. »Ein junger Mann, der unter einem falschen Namen aufgenommen worden war, und zwar unter deinem Namen. Was kannst du mir darüber sagen, Roy?«

»Ich weiß gar nicht, wie er richtig heißt«, sagte Roy matt. Es war schlau gewesen von Fischfinger, dass er ihm seinen Namen nicht gesagt hatte; dadurch musste Roy jetzt wenigstens nicht schon wieder lügen.

»Und du erwartest allen Ernstes von mir, dass ich dir das glaube?«

»Das ist wirklich wahr, Miss Hennepin.«

»Ist der Junge einer unserer Schüler?«

»Nein, Ma'am«, sagte Roy.

Die Stellvertretende Schulleiterin war sichtlich enttäuscht. Offensichtlich hatte sie gehofft, dass sie selbst für den verschwundenen Flüchtling zuständig war.

»Aber welche Schule besucht dein namenloser Freund dann, Roy?«

Jetzt geht's los, dachte Roy. »Ich glaube, er reist sehr viel herum, Miss Hennepin.«

»Heißt das, er wird zu Hause unterrichtet?«

»So könnte man es sagen.«

Miss Hennepin starrte Roy aufmerksam an. Mit ihrem mageren Zeigefinger strich sie über das glänzende Haar über ihrem Mund. Roy schüttelte sich angeekelt.

»Roy, du weißt, dass es gegen das Gesetz ist, wenn ein Junge in deinem Alter nicht zur Schule geht. ›Verstoß gegen die Schulpflicht‹ nennt man das.«

»Ich weiß.«

»Dann solltest du das deinem Schnellläufer vielleicht mitteilen«, sagte die Stellvertretende Schulleiterin spitz. »Bist du dir darüber im Klaren, dass unser Schuldistrikt spezielle Polizisten hat, die ständig unterwegs sind und sich nach Schulschwänzern umschauen? Und sie machen ihre Arbeit ausgezeichnet, das kannst du mir glauben.«

Diese Polizisten hätten es wohl nicht ganz einfach, wenn sie Fischfinger in den Wäldern und zwischen den Mangroven aufspüren wollten, dachte Roy. Trotzdem machte ihn die Möglichkeit nervös. Was, wenn sie mit Bluthunden und Hubschraubern kamen?

Miss Hennepin trat näher an ihn heran, dabei reckte sie ihren dünnen Hals so hoch, dass sie Roy an einen Bussard erinnerte. »Du hast ihn deinen Namen im Krankenhaus benutzen lassen, stimmt's, Roy? Du hast diesem jugendlichen Straftäter deine Identität geliehen für seine dubiosen Zwecke. «

»Er war von gefährlichen Hunden gebissen worden. Er brauchte einen Arzt.«

»Und ich soll dir glauben, dass das alles war? Im Ernst?«

Roy konnte nur mit den Achseln zucken. »Kann ich jetzt gehen?«

»Für heute ja«, sagte Miss Hennepin, »aber wir sprechen uns noch mal in dieser Sache. Ich weiß, wenn irgendwo etwas faul ist.«

In der Mittagspause lieh er sich Garretts Fahrrad aus und machte sich auf zum Schrottplatz. Niemand sah ihn verschwinden, und das war auch gut so, denn es war den Schülern streng verboten, das Schulgelände ohne besondere Erlaubnis zu verlassen.

Beatrice' Stiefbruder hielt gerade ein Nickerchen, als Roy in den Eiswagen hineinplatzte. Mit nacktem Oberkörper und voller Mückenstiche kroch der Junge aus dem Schlafsack und nahm Roy die Zeitung aus der Hand.

Roy hatte erwartet, dass Fischfinger ausrasten würde, aber stattdessen blieb er überraschend gelassen, fast so, als hätte er mit der Neuigkeit gerechnet. Sorgsam riss er die Anzeige aus und betrachtete sie gründlich, als wäre sie eine Schatzkarte.

»Zwölf Uhr mittags also«, murmelte er.

»Das sind gerade mal vierundzwanzig Stunden«, sagte Roy. »Was machen wir?«

»Wer wir?«

»Du, ich und Beatrice.«

»Vergiss es, Mann. Ich zieh euch beide nicht mit rein in diesen Mist.«

»Jetzt hör mir erst mal zu«, sagte Roy drängend. »Beatrice und ich, wir haben schon darüber gesprochen. Wir wollen dir helfen, die Eulen zu retten. Ganz ehrlich, wir sind wild entschlossen.«

Er packte die Kamera aus und reichte sie dem Jungen. »Ich zeig dir, wie sie funktioniert«, sagte Roy, »es ist ganz einfach.«

»Und was soll ich damit?«

»Wenn du es schaffst, einen von diesen Vögeln zu fotografieren, dann können wir die Pfannkuchenheinis daran hindern, das Grundstück platt zu machen.«

»Das glaubst du doch selbst nicht«, sagte Fischfinger.

»Doch, im Ernst«, sagte Roy. »Ich hab im Internet nachgesehen. Die Eulen sind geschützt – es gibt ein Gesetz, wonach es streng verboten ist, sich an so einem Bau zu schaffen zu machen, außer man hat eine spezielle Genehmigung. Aber die Akte mit den Genehmigungen fehlt im städtischen Bauamt. Was schließen wir daraus?«

Fischfinger betastete die Kamera skeptisch. »Schickes Ding«, sagte er. »Aber für so was ist jetzt keine Zeit mehr, Tex. Jetzt wird mit härteren Bandagen gekämpft.«

Aber Roy gab nicht nach. »Nein, hör mir doch mal zu! Wenn wir einen Beweis vorlegen, dann können die mit ihrem Projekt einpacken. Wir brauchen nichts weiter als ein einziges lausiges Foto von einer kleinen Eule –«

»Du solltest jetzt mal gehen«, sagte der Junge. »Ich hab zu tun.«

»Aber du kannst dich doch nicht ganz allein mit diesen Pfannkuchentypen anlegen. Ausgeschlossen. Ich geh hier nicht weg, bis du's dir anders überlegt hast.«

»Du sollst verschwinden, hab ich gesagt!« Fischfinger packte Roy am Arm, drehte ihn um hundertachtzig Grad herum und stieß ihn zur Tür hinaus.

Roy landete auf allen vieren im heißen Kies. Er war leicht verwirrt; er hatte ganz vergessen, wie stark der Junge war.

»Ich hab dir und meiner Schwester schon genug Ärger gemacht. Von jetzt ab ist das *mein* Krieg.« Beatrice' Stiefbruder stand trotzig in der Tür; seine Wangen waren gerötet, seine Augen funkelten wild. In der rechten Hand hielt er Mrs. Eberhardts Digitalkamera.

Roy zeigte darauf und sagte: »Behalt sie erst mal.«

»Du bist doch nicht bei Trost. Ich komm mit solchen blöden Dingern nie zurecht.«

»Ich zeig's dir –«

»Ach was«, sagte Fischfinger und schüttelte den Kopf. »Geh mal wieder zurück zu deiner Schule. Ich hab zu tun.«

Roy stand auf und wischte sich den Staub von der Hose. Er fühlte einen dicken Kloß im Hals, aber er war fest entschlossen, nicht zu weinen.

»Du hast schon genug getan«, sagte der Schnellläufer, »mehr, als ich erwartet hätte.«

Es gab bestimmt eine Million Dinge, die Roy gern gesagt hätte, aber das Einzige, was er herausbrachte, war: »Viel Glück morgen.«

Fischfinger zwinkerte ihm zu und reckte einen Daumen hoch.

»Ciao, Roy«, sagte er.

In der Zeitung standen an diesem Tag gleich mehrere Artikel, die sich ausgesprochen gut zur Diskussion geeignet hätten.

Ein vermisster US-amerikanischer Soldat war in den

pakistanischen Bergen gerettet worden. In Boston hatte ein Arzt ein neues Medikament zur Behandlung von Leukämie entdeckt. Und in Naples im Bundesstaat Florida war ein Beamter festgenommen worden, weil er von einem Unternehmen, das dort einen Golfplatz anlegen wollte, fünftausend Dollar Schmiergeld angenommen hatte.

Aber als Roy an die Reihe kam, sein Thema vorzutragen, wählte er keines davon. Stattdessen hielt er die Zeitung hoch und zeigte auf die Seite, aus der Fischfinger Mama Paulas Anzeige ausgerissen hatte.

»Fast jeder isst gerne Pfannkuchen«, begann Roy, »ich auch. Und wie! Und als ich zum ersten Mal davon hörte, dass Mama Paula hier in Coconut Cove eine Filiale eröffnet, da fand ich das einfach cool.«

Mehrere Kinder nickten grinsend. Eines der Mädchen tat so, als wäre sie hungrig, und rieb sich den Magen.

»Auch als ich mitbekam, wo das Restaurant gebaut werden sollte – auf dem großen leeren Grundstück an der Ecke Woodbury und East Oriole –, fand ich noch alles ganz in Ordnung«, sagte Roy. »Aber eines Tages hat mich ein Freund dahin mitgenommen und mir etwas gezeigt, und seitdem sehe ich die Sache total anders.«

Auf einmal war die Klasse ganz still. Noch nie zuvor hatten sie ihren neuen Mitschüler so viel reden hören.

»Was er mir gezeigt hat, war eine Eule«, fuhr Roy fort, »ungefähr so groß.«

Er zeigte zwischen zwei Fingern einen Abstand von etwa zwanzig Zentimetern. »Als wir noch in Montana gelebt haben, da habe ich ganz oft Eulen gesehen, aber nie so kleine. Und die hier war nicht mal ein Küken, sondern schon ausgewachsen! Sie schaute ganz starr und ernst drein, fast wie ein winziger Spielzeuglehrer.«

Die Klasse lachte.

»Sie heißen Kanincheneulen, weil sie tatsächlich unter der Erde leben«, erzählte Roy weiter, »und zwar in Erdlöchern, die von Schildkröten und Gürteltieren gegraben wurden. Und ein paar von diesen Eulenfamilien wohnen nun genau auf diesem Grundstück Ecke Woodbury und East Oriole. Sie haben ihre Nester in den Höhlen gebaut und ziehen da ihre Jungen groß.«

Einige von Roys Mitschülerinnen und Mitschülern rutschten unruhig auf ihren Stühlen herum. Manche fingen an, miteinander zu flüstern, andere schauten den Lehrer an. Mr. Ryan saß nachdenklich an seinem Pult und stützte das Kinn auf eine Hand.

»Roy«, sagte er sanft, »das ist sicher ein wunderbares Thema für Biologie oder auch für Sozialkunde, aber vielleicht nicht für unsere Diskussionsrunde über aktuelle Ereignisse.«

»Und ob das ein aktuelles Ereignis ist«, widersprach Roy. »Morgen Mittag um zwölf passiert es nämlich, Mr. Ryan.«

»Was passiert da?«

»Sie fangen an, das Gelände zu planieren für das

neue Pfannkuchenhaus. Das wird ein richtig großes Fest oder so was«, sagte Roy. »Die Frau, die im Fernsehen immer die Mama Paula spielt, kommt auch. Und der Bürgermeister. Steht in der Zeitung.«

Ein rothaariges Mädchen in der ersten Reihe hob die Hand. »Schreibt die Zeitung irgendwas über die Eulen?«

»Nein«, antwortete Roy, »nicht ein Wort.«

»Aber was passiert dann mit ihnen?«, rief ein sommersprossiger Junge von hinten.

»Das kann ich euch sagen.« Roy schaute Mr. Ryan an. »Diese Maschinen begraben sämtliche Erdlöcher unter sich und alles, was darin ist.«

»Das können die doch nicht machen!«, rief das rothaarige Mädchen, und alle fingen aufgeregt an, untereinander zu reden, bis Mr. Ryan sie aufforderte, still zu sein und Roy zu Ende sprechen zu lassen.

»Die erwachsenen Eulen werden vielleicht versuchen wegzufliegen«, sagte Roy, »aber vielleicht bleiben sie auch in den Höhlen, weil sie ihre Jungen schützen wollen.«

»Aber dann sterben sie doch!«, rief der sommersprossige Junge.

»Wieso können diese Pfannkuchenleute das einfach machen?«, wollte ein anderer wissen.

»Ich weiß es nicht«, sagte Roy, »aber es ist gegen das Gesetz und es ist auch nicht richtig.«

Hier unterbrach ihn Mr. Ryan entschieden. »Warte mal, Roy, was meinst du damit: ›Es ist gegen das Ge-

setz‹? Du musst sehr vorsichtig sein mit so schwerwie-
genden Anschuldigungen.«

Aufgeregt erklärte Roy, dass die Kanincheneulen so-
wohl nach Bundesgesetzen als auch nach den Gesetzen
des Staates Florida unter Schutz stünden und dass es
illegal sei, den Vögeln etwas zu tun oder in ihren Le-
bensraum einzugreifen, wenn man nicht eine spezielle
Genehmigung der Regierung habe.

»Ah ja, gut«, sagte Mr. Ryan. »Aber was sagt das
Pfannkuchenunternehmen dazu? Ich bin sicher, dass es
die nötige Genehmigung eingeholt hat und –«

»Die Akte fehlt«, fiel ihm Roy ins Wort, »und der
Wachmann hat versucht mir weiszumachen, dass es
keine Eulen auf dem Gelände gibt, nicht eine einzige.
Und das ist gelogen!«

In der Klasse begann wieder allgemeines Gerede.

»Morgen Mittag um zwölf«, fuhr Roy fort, »geh ich
dahin, um … na ja, ich will einfach, dass die Leute von
Mama Paula wissen, dass es irgendjemanden gibt in
Coconut Cove, dem diese Vögel nicht egal sind.«

Mr. Ryan räusperte sich. »Das ist eine heikle Situation, Roy. Ich kann mir vorstellen, wie aufgeregt und
frustriert du bist, aber ich muss dich daran erinnern,
dass Schüler das Schulgelände nicht ohne Erlaubnis
verlassen dürfen.«

»Dann lass ich mir von meinen Eltern eine Entschuldigung geben«, sagte Roy.

Der Lehrer schmunzelte. »Das wäre eine Möglichkeit«, sagte er. Die Klasse erwartete, dass er noch mehr sagte, aber das tat er nicht.

»Schaut mal«, sagte Roy, »jeden Tag lesen wir etwas über ganz normale Leute, die Geschichte gemacht haben, weil sie aufgestanden sind und gekämpft haben für etwas, woran sie glaubten. Okay, ich weiß, wir reden hier nur über ein paar kleine Eulen, und ich weiß auch, wie wild alle auf Pfannkuchen von Mama Paula sind, aber was da passiert, ist einfach schlimm. Total schlimm.«

Roys Kehle war so trocken wie Präriestaub und sein Hals fühlte sich heiß an.

»Jedenfalls«, murmelte er noch, »das Ganze findet morgen Mittag um zwölf statt.«

Damit setzte er sich.

Ein langes Schweigen breitete sich in der Klasse aus. In Roys Ohren dröhnte es wie ein Zug.

19

»Ich mache mir Sorgen wegen der Eulen«, sagte Officer Delinko zu Curly.

»Was für Eulen?«

Es war dunkel geworden auf dem Bauplatz und die Schwalben schossen kreuz und quer durch die Luft auf der Jagd nach Mücken. Morgen war der große Tag.

»Nun tun Sie mal nicht so«, sagte der Polizist. »Ich hab sie mit eigenen Augen gesehen. Gibt es denn keine Möglichkeit, sie umzusiedeln, irgendwohin, wo sie sicher sind?«

»Soll ich Ihnen einen Rat geben?«, fragte Curly. »Denken Sie einfach nicht dran. Machen Sie's so wie ich, schieben Sie den Gedanken einfach von sich weg.«

»Das kann ich nicht, das ist ja das Problem.«

Curly zeigte mit dem Daumen auf den Bauwagen. »Wollen Sie mal 'ne Pause einlegen? Ich hab den neuen Film von Jackie Chan da.«

Officer Delinko konnte nicht verstehen, wie der Wachmann das mit den Eulen so locker hinnehmen konnte. Er fragte sich, ob der andere sich einfach bloß als Macho aufspielen wollte. »Haben Sie Ihren Leuten gesagt, dass diese Vögel hier sind?«, fragte er.

»Welchen Leuten?«

»Na, denen von der Pfannkuchenfirma. Vielleicht wissen die ja nichts davon.«

Curly schnaubte verächtlich. »Wollen Sie mich auf den Arm nehmen? Klar wissen die das, alles. Aber das ist doch nicht Ihr Problem. Wir können sowieso nichts machen, selbst wenn wir wollten.«

Curly ging zu seinem Bauwagen hinüber, während Officer Delinko weiter auf dem Gelände Streife ging. Jedes Mal, wenn er an einem Erdloch vorbeikam, leuchtete er mit der Taschenlampe hinein, aber er sah keine Eulen. Er hoffte, die Vögel hätten bereits gespürt, dass irgendetwas Schreckliches bevorstand, und deswegen das Weite gesucht, aber so richtig glauben konnte er es nicht.

Kurz nach Mitternacht hörte Officer Delinko, wie Curly zur Tür herauskam und nach ihm rief. Der Wachmann behauptete, er sei von einem Geräusch aufgewacht. Es habe sich so angehört, als sei jemand über den Zaun gestiegen.

Mit gezogener Waffe suchte der Polizist das Grundstück sorgfältig ab; sogar unter dem Bauwagen und auf dem Dach schaute er nach. Aber alles, was er entdecken konnte, waren Opossumspuren im Sand.

»Hat sich aber viel größer angehört als 'n Opossum«, sagte Curly mürrisch.

Später, als Officer Delinko gerade seine dritte Thermoskanne mit Kaffee aus dem Streifenwagen holte, kam es ihm so vor, als sähe er am anderen Ende mehrmals kurz hintereinander ein weißes Licht aufblitzen. Es erinnerte ihn an Unfälle spät in der Nacht, wenn der Polizeifotograf seine Aufnahmen machte.

Aber als Officer Delinko zu der Stelle rannte, wo er die Blitze gesehen hatte, konnte er nichts Ungewöhnliches entdecken. Es musste eine Art Wetterleuchten gewesen sein.

Der Rest der Nacht verging ohne weitere Ereignisse. Der Polizist blieb hellwach.

Beim Frühstück fragte Roy seine Mutter, ob er in der Mittagspause die Schule verlassen dürfe. Er hatte angenommen, sie würde eher ja sagen als sein Vater, aber sie überraschte ihn.

»Ich weiß nicht, ob es so eine gute Idee ist, wenn du zu dieser Feier gehst.«

»Aber, Mom –«

»Mal sehen, wie dein Vater darüber denkt.«

Na ja, dachte Roy, das war's dann wohl.

Kaum saß Mr. Eberhardt am Tisch, berichtete ihm seine Frau auch schon von Roys Wunsch.

»Klar, warum nicht?«, sagte Mr. Eberhardt. »Ich schreib ihm eine Entschuldigung.«

Roy blieb der Mund offen stehen. Von seinem Vater hatte er genau die gegenteilige Reaktion erwartet.

»Aber du musst versprechen, dich vernünftig aufzuführen«, sagte Mr. Eberhardt, »ganz egal, wie dich die Sache aufregt.«

»Versprochen, Dad.«

Später verstaute der Vater Roys Rad im Kofferraum und fuhr Roy zur Schule. Als er ihn absetzte, fragte er: »Glaubst du, dein Freund kommt heute auch – Beatrice' Stiefbruder?«

»Vermutlich«, sagte Roy.

»Ganz schön riskant.«

»Ich weiß, Dad. Ich hab versucht, ihm das klarzumachen.«

»Pass auf dich auf«, sagte Mr. Eberhardt nachdrücklich, »und sei schlau.«

»Yes, Sir.«

Beatrice Leep wartete schon vor Roys Klassenzimmer. Ihr lockiges Haar war feucht, so als wäre sie eben aus der Dusche gekommen.

»Nun?«, sagte sie.

»Ich hab 'ne Entschuldigung. Und du?«

Beatrice zeigte eine knittrige Papierserviette, auf die jemand mit roter Tinte etwas gekritzelt hatte. »Ich hab meinen Alten geweckt und ihn gefragt. Der war noch so im Tiefschlaf, der hätte alles unterschrieben«, sagte sie. »Ich hätte mir 'nen Scheck über tausend Dollar ausstellen sollen.«

»Damit dürfte für heute Mittag alles klar sein«, sagte

Roy. Und etwas leiser fügte er hinzu: »Ich bin bei deinem Bruder gewesen. Er hat mich rausgeschmissen.«

Beatrice zuckte mit den Achseln. »Was soll ich dazu sagen? Manchmal ist er einfach unmöglich.«

Sie kramte in ihrer Tasche und brachte die Kamera zum Vorschein, die Roys Mutter gehörte. »Die hat er gestern Abend noch vorbeigebracht, ganz spät, als Lonna und Dad schon schliefen. Er sagt, er hat die Bilder gemacht, die du haben wolltest. Ich hab versucht, mal 'nen Blick drauf zu werfen, aber ich hab nicht gerafft, wie das verdammte Ding funktioniert.«

Wortlos packte Roy die Kamera und legte sie in sein Schließfach.

»Drück uns bloß die Daumen«, sagte Beatrice noch, bevor sie vom Strom der Mitschüler im Gang verschluckt wurde.

Roy konnte sich den ganzen Vormittag über vor Aufregung kaum konzentrieren und fragte sich immer wieder, ob sein Plan wohl klappen würde.

Um viertel vor elf fuhr eine schwarze Stretchlimousine vor dem leeren Grundstück vor. Der Fahrer stieg aus und öffnete eine der Türen. Eine Weile geschah gar nichts, dann kam ein groß gewachsener Mann mit welligem Silberhaar zum Vorschein. Er trug eine weiße Hose mit Bügelfalten und einen dunkelblauen Blazer mit einem aufgenähten Abzeichen auf der Brusttasche.

Hinter seiner enormen Sonnenbrille sah sich der Mann ungeduldig um. Dann schnipste er kurz mit den Fingern in die Richtung von Officer Delinko, der soeben seinen Streifenwagen aufschloss.

Der Polizist hatte nicht gemerkt, dass man ihn rief. Er hatte jetzt frei, nachdem er vierzehn Stunden lang stramm Wache geschoben hatte. Curly war kurz nach Hause gegangen, um zu duschen und sich zu rasieren, und Officer Delinko hatte versprochen, solange ein Auge auf die Maschinen zu halten, die inzwischen neue Sitze bekommen hatten. Doch jetzt war Curly wieder da – mit Jackett und Krawatte, allen Ernstes! – und der Polizist konnte gehen. Er hatte keine Lust, bis zu dieser blöden Feier auf dem Platz herumzuhängen.

»Officer!« Der silberhaarige Mann machte ihm jetzt unübersehbare Zeichen. »He, Officer, kommen Sie mal her!«

Officer Delinko näherte sich der Limousine und fragte, was los sei. Der Mann stellte sich als Chuck E. Muckle, Stellvertretender Direktor oder so was Ähnliches bei *Mama Paulas Pfannkuchenhaus AG* vor. Vertraulich fügte der Mann hinzu: »Wir bräuchten mal diskrete Unterstützung.«

»Also, ich bin nicht mehr im Dienst«, erklärte Officer Delinko, »aber ich ruf gern einen Kollegen.« Er war so erschöpft von der langen schlaflosen Nacht, dass er kaum noch in der Lage war zu sprechen.

»Haben Sie eine Ahnung, wer hier im Auto sitzt?«,

fragte Chuck Muckle und wies mit dem Kopf auf die Limousine.

»Nein, Sir.«

»Miss Kimberly Lou Dixon.«

»Wie nett«, sagte Officer Delinko lahm.

»*Die* Kimberly Lou Dixon.«

»Na so was.«

Chuck Muckles gerötetes Gesicht rückte näher heran. »Sie haben wohl keine Ahnung, von wem ich rede, Officer, oder?«

»Nicht die Spur, Sir. Nie gehört von der Dame.«

Der Stellvertretende Direktor des Unternehmens verdrehte die Augen und fing an zu erklären, wer Kimberly Lou Dixon sei und wieso sie den weiten Weg von Beverly Hills in Kalifornien bis nach Coconut Cove in Florida auf sich genommen habe.

»Und nun müsste sie sich mal die Nase pudern«, sagte Chuck Muckle, »und zwar ein bisschen dringend.«

»Die Nase pudern?«, fragte Officer Delinko verwirrt.

»Na ja, Sie verstehen schon. Ein bisschen frisch machen!« Chuck Muckle riss fast der Geduldsfaden. »Ist das denn so schwer zu begreifen, Officer? Die Dame muss auf den Topf – verstehen Sie mich so vielleicht besser?«

»Kapiert.« Officer Delinko wies auf Curlys Bauwagen. »Kommen Sie mal mit.«

Als Kimberly Lou Dixon aus der Limousine stieg,

war Officer Delinko total überrascht, wie jung sie aussah, verglichen mit der faltigen Großmutter in der Fernsehwerbung. Kimberly Lou hatte leuchtend grüne Augen und üppiges kastanienrotes Haar, dazu milchweiße, pfirsichglatte Haut – eine rundum reizende und kultivierte Lady, dachte Officer Delinko.

Dann machte sie den Mund auf.

»Ich muss mal pullern«, verkündete sie mit einer Stimme wie Schmirgelpapier. »Zeigst du mir, wo's langgeht, Süßer?«

Die Schauspielerin trug Stöckelschuhe, einen schwarzen Rock und eine blasse Seidenbluse. Über ihrer Schulter hing eine Einkaufstasche aus Leder.

Curly brachte kein Wort heraus, als er die Tür zum Bauwagen öffnete. Ohne ein Wort zu sagen, schritt Kimberly Lou Dixon an ihm vorbei zur Toilette.

»Kann ich mich hier umziehen?«, fragte sie mit ihrer heiseren Stimme.

»Umziehen? Ich würde sagen, Sie sehen verdammt gut aus so.«

»Sie muss sich doch als Mama Paula kostümieren«, erklärte Officer Delinko. »Sie ist mit so einem Typen gekommen, und der hat gefragt, ob sie deinen Bauwagen als Garderobe benutzen kann.«

»Jederzeit«, sagte Curly mit verträumter Miene.

Im Türrahmen erschien der Umriss eines Mannes, und gleich darauf wehte der ölige Duft seines Rasierwassers herein. »Aha, Sie sind vermutlich der unvergleichliche Leroy Branitt«, knurrte jemand. Den ironischen Tonfall kannte Curly nur allzu gut.

In ihm krampfte sich alles zusammen. Officer Delinko machte den Weg frei und stellte vor: »Der Herr ist von der Restaurantkette.«

»Das hab ich mir schon gedacht«, sagte Curly. Er streckte Chuck Muckle die rechte Hand entgegen, aber der starrte darauf, als wäre sie ein toter Fisch.

»Bitte sagen Sie mir, Mr. Branitt, dass Sie keine schlechten Nachrichten für mich haben, die mir diesen wunderschönen tropischen Morgen verderben könnten. Sagen Sie mir, dass hier in Coconut Cove alles superduper ist.«

»Alles in Ordnung, Sir«, sagte Curly. »Zwei Nächte lang haben wir hier Wache geschoben, der Polizist und ich, und es war total friedlich, wie in einer Kirche. Stimmt's, David?«

»Stimmt«, sagte Officer Delinko.

Chuck Muckle setzte die Sonnenbrille ab und beäugte den Polizisten misstrauisch. »Sie sind nicht zufällig derselbe geniale Mensch, der hier im Auto eingeschlafen ist, während draußen dieser Vandale mit unseren Vermessungspfosten Blödsinn getrieben hat, oder?«

So neugierig Officer Delinko auch darauf war, Kimberly Lou Dixon gleich als Mama Paula zu sehen, so sehr wünschte er sich in diesem Moment ganz weit weg.

»Derselbe geniale Mensch«, fuhr Chuck Muckle fort, »dessen leichtsinnige Schlafgewohnheiten dazu geführt haben, dass in einem Zeitungsartikel der gute Name, der gute Ruf von Mama Paula beschmiert wurden? Waren Sie das?«

»Ja, kann schon sein«, sagte Curly.

Officer Delinko warf dem Wachmann einen wütenden Blick zu. Dann sagte er zu Mr. Muckle: »Es tut mir wirklich aufrichtig Leid, Sir.« Aber mehr meinetwegen als Ihretwegen, fügte er in Gedanken hinzu.

»Es erstaunt mich einigermaßen, dass Sie Ihren Job noch immer haben«, bemerkte Chuck Muckle. »Ihr Polizeichef muss ein mildtätiger Mensch sein. Entweder das oder er braucht händeringend Leute.«

Endlich raffte sich Curly auf, etwas zugunsten des Polizisten zu sagen: »Officer Delinko ist derjenige, der mir neulich abends geholfen hat, den Einbrecher zu fassen!«

Das war nun wirklich eine schamlose Übertreibung von Curlys Anteil an der Festnahme von Dana Matherson, und Officer Delinko wollte die Sache gerade richtig stellen, als Kimberly Lou Dixon wie eine Rakete aus der Toilette geschossen kam.

»Sie haben aber 'ne Masse Kakerlaken da drin, will ich Ihnen mal sagen!«

»Das sind keine Kakerlaken, das sind Grillen«, sagte Curly. »Keine Ahnung, wo die auf einmal alle hergekommen sind.«

Er schob sich an Officer Delinko und Chuck Muckle vorbei und machte sich selbst mit der Schauspielerin bekannt. »Ich bin der Überwachungsingenieur des Bauvorhabens, Miss Dixon, und wollte Ihnen gern sagen, dass ich alle Ihre Filme gesehen habe.«

»Alle beide, meinen Sie?« Kimberly Lou Dixon strich ihm über den glänzenden Schädel. »Machen Sie sich nichts draus, Mr. Branitt, ich find's trotzdem richtig goldig von Ihnen.«

»Ach ja, und ich kann's kaum erwarten, bis Ihr neuer Film draußen ist – ›Mutierende Invasoren von Saturn Elf‹. Ich steh auf Science Fiction, wissen Sie.«

»›Jupiter Sieben‹«, unterbrach ihn Chuck Muckle. »Der Film heißt ›Mutierende Invasoren von Jupiter Sieben‹.«

»Meinetwegen«, sagte Curly. »Jedenfalls sind Sie bestimmt ganz großartig als Königin der Grashüpfer.«

»Garantiert. Ich schreib schon an meiner Dankesrede für die Oscarverleihung.« Die Schauspielerin warf einen Blick auf ihre diamantbesetzte Armbanduhr.

»Hört mal, Jungs, ich sollte mal ein bisschen voranmachen und mich in die entzückende alte Mama Paula verwandeln. Könnte einer von euch Schätzchen mir vielleicht den Koffer aus der Limousine holen?«

20

In einer kleineren Limousine fuhren der Bürgermeister von Coconut Cove sowie der Präsident der Handelskammer am Bauplatz vor. Gleich danach kam ein Übertragungswagen eines örtlichen Fernsehsenders, gefolgt von einem Pressefotografen.

Arbeiter des städtischen Bauamtes banden rote, weiße und blaue Fähnchen an den Zaun und befestigten ein handbeschriftetes Transparent, auf dem zu lesen war:

WILLKOMMEN, MAMA PAULA!

Um zehn vor zwölf trafen Roy und Beatrice ein; dieses Mal saß sie auf dem Lenker und er trat in die Pedale. Die Kamera hatte er sorgfältig im Rucksack verstaut. Beide waren total überrascht, als sie sahen, dass sie nicht die Einzigen waren – der sommersprossige Junge war schon da, das rothaarige Mädchen auch und mindestens der halbe Geschichtskurs von Mr. Ryan. Etliche hatten ihre Eltern mitgebracht.

»Sag mal, was hast du denen gestern eigentlich erzählt?«, fragte Beatrice. »Hast du ihnen kostenlose Pfannkuchen versprochen, oder was?«

»Ich hab nur von den Eulen erzählt, das war alles«, sagte Roy.

Die nächste freudige Überraschung war, dass ein Kleinbus der Sportmannschaften ihrer Schule vorfuhr und die Spielerinnen aus Beatrice' Fußballmannschaft heraushüpften. Einige von ihnen hatten Plakate dabei.

Roy grinste Beatrice an, aber die zuckte nur mit den Achseln, als wäre nichts dabei. Beide suchten die immer größer werdende Menge ab, doch von Beatrice' flüchtigem Stiefbruder war nichts zu sehen.

Auch von den Eulen zeigte sich keine, aber das wunderte Roy nicht. Bei so viel Lärm und Unruhe lag es nahe, dass die Vögel lieber unter der Erde blieben, wo es dunkel und sicher war. Roy wusste, dass die Pfannkuchenleute sich genau darauf verließen: dass die Eulen viel zu viel Angst haben würden, um aus ihren Löchern zu kommen.

Um Viertel nach zwölf schwang die Tür des Bauwagens auf. Als Erster kam ein Polizist heraus und Roy erkannte ihn gleich: Es war Officer Delinko. Ihm folgten der glatzköpfige Wachmann, der immer so schlecht gelaunt war, und schließlich ein hochnäsig aussehender Typ mit silbrigem Haar und einer lächerlichen Sonnenbrille.

Ganz zum Schluss kam Mama Paula, die aus der Fernsehwerbung. Sie trug eine schimmernde graue Perücke, eine Brille mit einem Drahtgestell und eine

Baumwollschürze. Einige Leute klatschten zur Begrüßung und sie winkte etwas lahm.

Die vier gingen gemeinsam zu einer rechteckigen Freifläche, die mitten auf dem Grundstück mit Seilen abgetrennt worden war. Der Silberhaarige bekam ein Mikrofon gereicht und stellte sich vor als Chuck E. Muckle, Stellvertretender Direktor in der Hauptverwaltung von Mama Paula. Er nahm sich ungeheuer wichtig, das sah Roy gleich.

Ohne den Wachmann und den Polizisten weiter zu beachten, ging Mr. Muckle gleich dazu über, einige der lokalen Größen vorzustellen – den Bürgermeister, einen Abgeordneten des Gemeinderats und den Präsidenten der Handelskammer.

»Ich kann Ihnen gar nicht sagen, wie stolz und entzückt wir sind, dass unser 469. Familienrestaurant hier in Coconut Cove entstehen wird«, sagte Mr. Muckle. »Herr Bürgermeister, Herr Abgeordneter, und auch Sie, alle diese wunderbaren Menschen, die heute, an diesem prachtvollen Tag, unserer Einladung gefolgt sind ... Ich bin gekommen, um Ihnen zu versprechen, dass Mama Paula immer eine gute Bürgerin dieses Ortes sein wird und Ihnen allen eine gute Freundin, eine gute Nachbarin.«

»Es sei denn, man ist eine Eule!«, sagte Roy.

Aber das hörte Mr. Muckle nicht. Er winkte den Schülern zu und sagte: »Ich bin ganz besonders begeistert, so viele sympathische junge Menschen hier zu sehen. Dies ist ein historischer Moment für eure Stadt – unsere Stadt, wie ich vielleicht sagen darf –, und wir freuen uns, dass ihr euch kurz von der Schule freimachen konntet, um hier mit uns zu feiern.«

Er schwieg einen Moment und lachte etwas künstlich. »Aber ich denke, die meisten von euch werden wir wiedersehen, sobald das Restaurant eröffnet hat und Mama Paula eifrig in der Küche wirkt. Sagt mal – wer von euch isst denn gerne Süßholzpfannkuchen?«

Es war ein peinlicher Moment. Nur der Bürgermeister und der Abgeordnete hoben ihre Hände. Die Mädchen aus der Fußballmannschaft hielten ihre Plakate mit der leeren Seite nach vorn und warteten darauf, dass Beatrice ihnen ein Zeichen gab.

Mr. Muckle kicherte nervös. »Mama Paula, meine Liebe, ich denke, es ist so weit. Sollen wir zur Tat schreiten?«

Alle stellten sich für die Fernsehkamera und den Pressefotografen nebeneinander in Positur – der Stellvertretende Direktor des Unternehmens, der Bürgermeister, Mama Paula, der Abgeordnete Mr. Grandy und der Chef der Handelskammer.

Goldlackierte Schaufeln wurden ausgeteilt, und auf ein Zeichen von Mr. Muckle hin beugten sich die Promis freundlich lächelnd vor und hoben eine Schaufel voll Sand aus. Wie auf Kommando brach mitten in der Menge ein Grüppchen städtischer Angestellter in Jubelrufe aus und fing an zu klatschen.

Es war der größte Schwindel, den Roy je erlebt hatte. Er konnte nicht glauben, dass irgendwer das im Fernsehen bringen oder in der Zeitung darüber schreiben würde.

»Diese Leute«, sagte Beatrice, »sind so was von unecht.«

Sobald alle Fotos geschossen waren, ließ Mr. Muckle die Schaufel fallen und schnappte sich wieder das Mikrofon. »Bevor die Bagger und Bulldozer loslegen, möchte Mama Paula noch ein paar Worte zu Ihnen sagen.«

Mama Paula sah nicht gerade besonders glücklich aus, als sie das Mikro in die Hand gedrückt bekam. »Es ist richtig schön hier in Ihrer Stadt«, sagte sie. »Wir sehen uns alle wieder bei der großen Eröffnung im Frühjahr –«

»Ganz sicher nicht!«

Dieses Mal kamen die Worte ganz laut aus Roys Mund und keiner war überraschter als er selbst. Unruhe ging durch das Publikum, und Beatrice rückte gleich ein Stück näher, weil sie mehr oder weniger erwartete, dass irgendjemand auf Roy losgehen würde.

Die als Mama Paula kostümierte Schauspielerin schien ärgerlich. Sie spähte über den Rand ihres billigen Drahtgestells in die Menge. »Wer war das?«

Roy hob automatisch den rechten Arm. »Ich, Mama Paula«, rief er. »Wenn Sie auch nur einer unserer Eulen was tun, dann ess ich keinen einzigen mehr von Ihren blöden Pfannkuchen.«

»Wovon redest du eigentlich? Was für Eulen denn?«

Chuck Muckle wollte ihr das Mikrofon wegreißen, aber Mama Paula machte eine heftige Bewegung mit dem Ellbogen und traf ihn mitten in den Bauch. »Weg da, Chuckie«, raunzte sie ihn an.

»Schauen Sie doch selber nach!«, rief Roy und zeigte mit ausgestrecktem Arm über den Platz. »Überall, wo Sie hier ein Loch im Boden sehen, wohnt eine Eule. Die bauen da ihre Nester und legen ihre Eier hinein. Die Löcher sind ihr Zuhause.«

Mr. Muckle lief puterrot an. Der Bürgermeister schaute hilflos in die Gegend, der Abgeordnete schien gleich in Ohnmacht zu fallen, und der Mensch von der Handelskammer sah aus, als hätte er in ein Stück Seife gebissen.

Inzwischen redeten die Eltern der Kinder aufgeregt miteinander und zeigten auf die Erdlöcher. Einige der Schülerinnen und Schüler skandierten Sprüche, um Roy zu unterstützen, und Beatrice' Mannschaftskameradinnen schwenkten ihre Plakate.

Auf einem stand: MAMA PAULA GEHT ÜBER EULENLEICHEN! Auf einem anderen: VOGEL-MÖRDER RAUS! Ein drittes trug die Aufschrift: FREIHEIT FÜR DIE EULEN, MAMA PAULA AB INS LOCH!

Während der Pressefotograf Fotos von den Demonstranten schoss, flehte Mama Paula: »Aber ich will doch euren Eulen nichts tun! Ehrlich, ich kann keiner Fliege was zuleide tun!«

Chuck Muckle erwischte endlich doch noch das Mikrofon und ließ eine heftige Schimpfkanonade gegen Roy los: »Junger Mann, du solltest dich lieber erst mal über die Fakten informieren, bevor du solche empörenden und verleumderischen Beschuldigungen in die Welt setzt. Es gibt hier keine Eulen, nicht eine einzige. Diese alten Erdlöcher sind seit Jahren verlassen!«

»Ach ja?« Roy griff in seinen Rucksack und zog die Kamera seiner Mutter hervor. »Ich hab Beweise!«, rief er. »Hier drin!«

Seine Mitschüler johlten und schrien hurra. Chuck Muckles Gesicht sah auf einmal ganz grau und eingefallen aus. Mit ausgestreckten Händen ging er auf Roy zu. »Zeig mal her!«

Roy duckte sich weg und schaltete die Kamera ein. Dann hielt er den Atem an. Er hatte keine Ahnung, was er da sehen würde.

Er drückte auf den Knopf, um das erste Foto anzuschauen, das Fischfinger gemacht hatte. Im selben Moment, als das verwackelte, schiefe Bild auf dem Display erschien, wusste Roy, dass er in der Patsche saß.

Es war die Fotografie eines Fingers.

Ängstlich klickte er auf das zweite Bild, und was er jetzt zu sehen bekam, war auch nicht ermutigender: ein dreckiger nackter Fuß. Roy wusste gleich, zu wem der gehörte.

Beatrice' Stiefbruder hatte viele Begabungen, aber das Fotografieren gehörte ganz offensichtlich nicht dazu.

Verzweifelt drückte Roy noch einmal auf den Knopf und ein drittes Bild erschien. Dieses Mal war eindeutig irgendetwas anderes als ein menschlicher Körperteil zu sehen – ein ziemlich weit entferntes, fedriges Etwas, das nur ungleichmäßig vom Blitzlicht der Kamera erfasst worden war.

»Hier!«, schrie Roy. »Schauen Sie selbst!«

Chuck Muckle riss ihm die Kamera aus der Hand und warf einen flüchtigen Blick auf das Foto, bevor er in höhnisches Gelächter ausbrach. »Was soll das denn darstellen?«

»Das ist eine Eule!«, sagte Roy.

Es war auch eine Eule, Roy war sich ganz sicher. Blöderweise musste der Vogel gerade den Kopf weggedreht haben, als Fischfinger abdrückte.

»Sieht mir eher aus wie ein Lehmklumpen«, sagte Chuck Muckle. Er hielt die Kamera hoch, damit die Zuschauer in der ersten Reihe das Display sehen konnten. »Der Junge hat wohl viel Fantasie, was?«, sagte er schneidend. »Wenn das eine Eule ist, bin ich ein Weißkopfadler.«

»Aber das *ist* eine Eule«, beharrte Roy. »Und dieses Foto ist gestern Abend hier auf dem Grundstück aufgenommen worden.«

»Das beweis erst mal!«, spottete Chuck Muckle.

Roy wusste nicht, was er darauf antworten sollte. Einen Beweis hatte er nicht.

Die Kamera seiner Mutter wurde herumgereicht, und als sie zurückkam, wusste Roy, dass die meisten Leute sich nicht wirklich sicher waren, ob sie nun einen Vogel gesehen hatten. Nicht einmal Beatrice war sich sicher; sie drehte die Kamera einmal ganz herum, um irgendetwas zu entdecken, was eindeutig auf eine Eule schließen ließ.

Roy war am Boden zerstört – die Bilder, die Fischfinger aufgenommen hatte, waren nutzlos. Ein so verschwommenes Beweisstück würde niemals ausreichen, um den Bau des Restaurants zu verbieten.

»Vielen Dank, dass Sie gekommen sind«, sagte Mr. Muckle durch das Mikrofon zu den Zuschauern, »und vielen Dank auch für Ihre Geduld während dieser ziemlich ... rücksichtslosen Unterbrechung. Meine lieben Pfannkuchenfans, wir sehen uns alle wieder, und zwar im nächsten Frühjahr, zu einem herzhaften Frühstück. Damit ist die heutige Veranstaltung beendet.«

Die Schüler von der Trace Middle School schauten starr auf Beatrice und Roy, die aber auch nicht weiterwussten. Roy spürte selbst, wie er nach dieser Niederlage mit hängenden Schultern dastand, und Beatrice schaute böse und resigniert zugleich.

Auf einmal erhob sich eine junge Stimme: »Halt! Es ist noch nicht vorbei. Noch längst nicht!«

Aber dieses Mal war es nicht Roy.

»O je«, sagte Beatrice und schaute auf.

Ein Mädchen weiter hinten in der Menge schrie auf, und alles fuhr herum, um zu sehen, was los war. Auf den ersten Blick konnte man das, was sich da am Boden zeigte, für einen Ball halten, aber es war ... der Kopf eines Jungen.

Sein stumpfes Haar war blond, sein Gesicht karamellbraun, die Augen waren weit aufgerissen und schauten starr. Von seinen Lippen führte eine Drachenschnur zu einem großen Blecheimer in der Nähe.

Sofort kamen die Prominenten aus der Menge herbeigeeilt. Beatrice und Roy folgten ihnen auf dem Fuß. Alles blieb stehen und starrte den Kopf an, der aus der Erde ragte.

»Was ist denn jetzt los?«, stöhnte der Wachmann.

Chuck Muckle donnerte: »Soll das ein schlechter Scherz sein?«

»Großer Gott«, rief der Bürgermeister, »ist er tot?«

Aber der Junge war alles andere als tot. Er grinste zu seiner Stiefschwester hoch und zwinkerte Roy verschwörerisch zu. Irgendwie hatte er es geschafft, seinen mageren Körper in die Öffnung eines Eulenbaus zu zwängen, so dass nur noch sein Kopf herausschaute.

»Hi, Mama Paula!«, sagte er.

Die Schauspielerin trat zögernd näher. Ihre Perücke war leicht verrutscht und ihr Make-up löste sich wegen der hohen Luftfeuchtigkeit langsam auf.

»Was gibt's?«, fragte sie unsicher.

»Wenn Sie die Eulen begraben«, sagte Fischfinger, »dann müssen Sie mich mitbegraben.«

»Aber nicht doch – ich liebe Vögel! Alle Vögel!«

»Officer Delinko? Wo sind Sie?« Chuck Muckle winkte den Polizisten heran. »Verhaften Sie diesen unverschämten kleinen Lümmel, sofort!«

»Weswegen denn?«

»Wegen unerlaubten Betretens eines privaten Grundstücks natürlich, ist doch klar.«

»Aber Ihr Unternehmen hat die Öffentlichkeit zu dieser Veranstaltung eingeladen«, bemerkte Officer Delinko. »Wenn ich den Jungen festnehme, muss ich alle anderen auf dem Grundstück auch verhaften.«

Roy sah, wie eine Ader an Mr. Muckles Hals anschwoll und zu pulsieren begann wie ein Gartenschlauch. »Gleich morgen früh rufe ich den Polizeipräsidenten an«, zischte Mr. Muckle dem Polizisten leise zu. »Sie haben also die ganze Nacht Zeit, sich eine gute Entschuldigung zu überlegen.«

Dann blickte er matt auf den verzweifelten Wachmann. »Mr. Branitt, bitte … graben Sie dieses … dieses Unkraut aus.«

»Das würde ich Ihnen nicht raten«, zischte Beatrice' Stiefbruder warnend. Sein Mund blieb dabei fast geschlossen und den Faden ließ er nicht los.

»Ach, wirklich? Und warum nicht?«, fragte Chuck Muckle.

Der Junge grinste. »Roy, tu mir mal 'nen Gefallen und guck nach, was da im Eimer ist.«

»Klar, mach ich«, sagte Roy.

»Was siehst du da?«, fragte der Junge.

»Wassermokassinschlangen«, antwortete Roy.

»Wie viele?«

»Neun oder zehn.«

»Sehen sie glücklich aus, Roy?«

»Nicht wirklich.«

»Was glaubst du, was passiert, wenn ich das Ding umkippe?« Mit einer Kopfbewegung zeigte er auf die Schnur, die ihn mit dem Eimer verband.

Roy spielte sofort mit. »Irgendwem könnte was echt Schlimmes passieren«, sagte er. Er war ziemlich überrascht gewesen (aber gleichzeitig erleichtert), als er sah, dass die Reptilien im Eimer aus Gummi waren.

Mr. Muckle kochte vor Wut. »Das ist doch lächerlich! Branitt – tun Sie, was ich Ihnen gesagt habe. Schaffen Sie mir den Bengel aus den Augen!«

Der Wachmann machte einen Schritt zurück. »Ich nicht. Ich steh nicht so auf Schlangen.«

»Ist das Ihr Ernst? Dann sind Sie gefeuert.« Wieder wandte sich der Stellvertretende Direktor an Officer Delinko. »Machen Sie sich nützlich. Erschießen Sie die verdammten Viecher.«

»Nein, Sir, nicht mit all den Leuten ringsherum. Viel zu gefährlich.«

Der Polizist ging zu dem Jungen und hockte sich vor ihn hin.

»Wie bist du denn hier hereingekommen?«, fragte er.

»Ich bin über den Zaun gesprungen, gestern Abend. Dann hab ich mich unter dem Bagger versteckt«, sagte der Junge. »Sie sind bestimmt fünf Mal an mir vorbeigelaufen.«

»Bist du derselbe, der mir letzte Woche den Streifenwagen eingesprüht hat?«

»Kein Kommentar.«

»Und der vom Krankenhaus weggelaufen ist?«

»Auch kein Kommentar.«

»Und das grüne T-Shirt an meine Antenne gehängt hat?«

»Mann, Sie kapieren einfach nichts. Die Eulen haben keine Chance gegen diese Maschinen.«

»Doch, das verstehe ich. Ganz ehrlich«, sagte Officer Delinko. »Eine Frage noch: Das mit den Wassermokassins, meinst du das ernst?«

»Todernst.«

»Kann ich mal in den Eimer gucken?«

Die Augen des Jungen flackerten unruhig. »Danach können Sie sich begraben lassen.«

»Wir müssen was tun, aber schnell«, flüsterte Roy Beatrice zu. »Die Schlangen sind nicht echt.«

»Na super.«

Als der Polizist sich dem Eimer näherte, rief Beatrice: »Tun Sie das nicht! Die sind gefährlich!«

Officer Delinko wich nicht zurück. Eine ganze Weile spähte er über den Rand des Eimers; Roy und Beatrice kam es wie eine Ewigkeit vor.

Das Spiel ist aus, dachte Roy niedergeschlagen. Der merkt doch, dass die Dinger nicht echt sind, geht gar nicht anders.

Aber der Polizist sagte kein Wort, als er vom Eimer zurücktrat.

»Na?«, fragte Mr. Muckle. »Was ist jetzt?«

»Der Junge meint's ernst. Ich an Ihrer Stelle würde verhandeln«, sagte Officer Delinko.

»Ha! Ich verhandele doch nicht mit kriminellen Jugendlichen.« Mit einem wütenden Knurren riss Chuck Muckle dem Abgeordneten Mr. Grandy die goldlackierte Schaufel aus der Hand und marschierte auf den Eimer zu.

»Nicht!«, brüllte der Junge im Eulenbau und spuckte die Schnur aus.

Aber der Mann war nicht zu bremsen. Mit einem wilden Hieb stieß er den Eimer um und schlug und hackte in einem Anfall blinder Wut auf die Schlangen ein. Er hörte erst auf, als lauter kleine Stückchen vor ihm lagen.

Lauter kleine Gummistückchen.

Erschöpft beugte Chuck Muckle sich vor und betrachtete mit zusammengekniffenen Augen die verstümmelten Spielzeugschlangen. In seiner Miene spiegelte sich ungläubiges Erstaunen, aber auch die Demütigung, die er soeben erlebt hatte.

»Was zum Teufel ist das jetzt wieder?«, keuchte er.

Während seines gewalttätigen Angriffs auf die Wassermokassins hatte die Menge immer wieder *oooh!* und *aaah!* geschrien. Jetzt war nichts weiter zu hören als das Klicken der Kamera des Pressefotografen und der keuchende Atem des Stellvertretenden Direktors.

»He, die sind ja gar nicht echt!«, platzte auf einmal Curly heraus. »Das sind gar keine richtigen Schlangen!«

Roy beugte sich zu Beatrice hinüber und flüsterte: »Ein zweiter Einstein!«

Chuck Muckle drehte sich ganz langsam um, wie in Zeitlupe. Mit dem Schaufelblatt zeigte er drohend auf den Jungen im Eulenbau.

»Du da«, blaffte er ihn an und ging auf ihn zu.

Roy stellte sich blitzschnell dazwischen.

»Aus dem Weg, Junge!«, sagte Chuck Muckle. »Ich hab keine Zeit mehr für diesen Blödsinn. Weg hier, aber dalli!«

Es war deutlich zu sehen, dass der Obermacker von Mama Paula die Nerven verloren hatte, vielleicht sogar den Verstand.

»Was haben Sie vor?«, fragte Roy, obwohl er schon wusste, dass der Mann ihm nicht ruhig und geduldig antworten würde.

»Ich hab gesagt, du sollst mir aus dem Weg gehen! Ich buddel den Zwerg jetzt selber aus.«

Beatrice Leep schoss nach vorn, stellte sich neben

Roy und nahm ihn bei der Hand. Ein erschrockenes Gemurmel ging durch die Menge.

»Ach, ist es nicht niedlich! Wie Romeo und Julia«, höhnte Chuck Muckle. Und mit leiser Stimme fügte er hinzu: »Das Spiel ist aus, Kinder. Ich zähl jetzt bis drei, dann fang ich an zu graben. Oder noch besser – vielleicht sag ich unserem Glatzkopf hier, er soll mal den Bulldozer anwerfen?«

Der Wachmann guckte sauer. »Ich denk, ich bin gefeuert.«

Aus dem Nichts tauchte jemand neben Roy auf und nahm seine linke Hand – es war Garrett, das Skateboard unter dem Arm. Drei seiner Skaterkumpel standen Hand in Hand neben ihm.

»Was macht ihr denn hier, Jungs?«, fragte Roy.

»Schule schwänzen«, antwortete Garrett fröhlich. »Das hier ist echt viel spannender, Mann.«

Als Roy zur anderen Seite schaute, sah er, dass neben Beatrice inzwischen die gesamte Fußballmannschaft stand. Alle hatten sich untergehakt und bildeten eine Menschenkette. Es waren lauter große, kräftige Mädchen, die sich von Chuck Muckles großmäuligen Drohungen nicht im Geringsten einschüchtern ließen.

Das begriff auch Chuck Muckle. »Hört auf mit diesen Dummheiten!«, flehte er. »Es ist wirklich nicht nötig, jetzt so eine hässliche Szene zu machen.«

Total erstaunt beobachtete Roy, wie sich immer mehr Kinder aus der Menge lösten und einander an den Händen fassten, um eine menschliche Barrikade um Beatrice' eingebuddelten Stiefbruder herum zu bilden.

Keiner der Eltern tat etwas, um sie daran zu hindern.

Der Kameramann verkündete, dass die Demonstration soeben live in den Mittagsnachrichten übertragen werde, und der Fotograf von der Zeitung drängte sich heran, um eine Nahaufnahme von Mr. Muckle zu machen. Der war inzwischen schweißgebadet und sah mit einem Mal ganz alt aus, ein geschlagener alter Mann. Er stützte sich auf die Schaufel, als wäre sie ein Stock.

»Habt ihr mich nicht gehört, Leute?«, rief er heiser. »Die Feier ist vorbei! Schluss! Aus! Ihr könnt alle nach Hause gehen.«

Der Bürgermeister, der Abgeordnete und der Mann von der Handelskammer gingen unauffällig zu ihrer Limousine zurück, während Leroy Branitt zu seinem Bauwagen stapfte, um sich ein kaltes Bier zu genehmigen. Officer Delinko lehnte am Zaun und schrieb an seinem Bericht.

Roy fühlte sich merkwürdig benommen, aber gleichzeitig war er ganz gelassen.

Eines der Mädchen stimmte den berühmten alten Folksong an über das Land, das allen gehört – *This Land is Your Land*. Es war Beatrice, ausgerechnet, und ihre Stimme war überraschend weich und schön. Nicht lange, und die anderen Kinder sangen alle mit. Roy schloss die Augen und fühlte sich, als segelte er auf einer sonnenbeschienenen Wolke dahin.

»'tschuldigung, Herzchen, ist hier noch 'ne Lücke?«

Roy musste erst blinzeln, bis er die Augen wieder richtig aufbekam, dann grinste er breit.

»Aber immer doch, Ma'am«, sagte er.

Mama Paula schlüpfte zwischen ihm und Garrett in den Kreis. Ihre Stimme war zwar rau, aber die Melodie bekam sie problemlos hin.

Die Demo dauerte noch eine Stunde. Zwei weitere Fernsehteams tauchten auf, zusammen mit mehreren Streifenwagen, die Officer Delinko zur Verstärkung herbeitelefoniert hatte.

Chuck Muckle redete auf die neu angekommenen Vertreter der Staatsgewalt ein, sie sollten die Demonstranten festnehmen wegen unerlaubten Betretens eines Grundstücks, Schuleschwänzens und öffentlicher Ruhestörung. Das Ansinnen wurde jedoch entschieden zurückgewiesen. Einer der Sergeants teilte Mr. Muckle mit, dass es für das Image des Amtes für öffentliche Sicherheit nicht gerade gut sei, wenn Polizisten einer Gruppe von Mittelschülern Handschellen anlegten.

Die Situation blieb auch weitgehend ruhig – bis zum spektakulären Auftritt von Lonna Leep, die ihren Sohn in den Fernsehnachrichten gesehen hatte. Sie hatte sich aufgebretzelt, als ob sie zu einer Party wollte, und hatte überhaupt keine Hemmungen, ihre Nase vor jede Kamera zu halten. Roy bekam mit, wie sie einem Reporter erzählte, wie stolz sie auf ihren Sohn sei, der seine Freiheit riskiere, um den armen, wehrlosen Eulen zu helfen.

»Mein mutiger kleiner Kämpfer!«, krähte sie. Roy fand es ziemlich peinlich.

Mit spitzen Schreien stürmte sie nun auf die Menschenwand zu, die ihren Sohn umgab. Auf Beatrice' Kommando hin hakten sich alle noch fester unter, so dass Lonna nicht vorbeikonnte.

Es gab einen haarigen Moment, als Lonna und ihre Stieftochter sich Auge in Auge gegenüberstanden und wütend anfunkelten, so als wollten sie gleich losschlagen. Garrett entschied den Gleichstand zu Beatrice' Gunsten, indem er einen phänomenalen falschen Furz losließ. Lonna floh entsetzt.

Roy stieß Beatrice an. »Schau mal, da oben!«

Über ihren Köpfen flog ein kleiner Vogel mit bräunlichem Gefieder und machte erstaunlich gewagte Loopings. Roy und Beatrice sahen entzückt zu, wie er immer tiefer flog, bis er sich schließlich im Sturzflug dem Eulenbau in der Mitte des Kreises näherte.

Alle Köpfe fuhren herum, alle wollten sehen, wo der Vogel gelandet war. Von einer Sekunde zur anderen war der Gesang verstummt.

Fischfinger versuchte, sich das Lachen zu verbeißen. Die wagemutige Eule saß ganz friedlich auf seinem Kopf.

»Keine Angst, mein Kleiner«, sagte der Junge, »fürs Erste bist du sicher.«

21

Napoleon?

»Napoleon Bridger.« Roy las den Namen laut vor.

»Auf jeden Fall ein interessanter Name«, bemerkte seine Mutter.

Sie saßen am Frühstückstisch, und Mrs. Eberhardt war dabei, Artikel und Fotos aus der Morgenzeitung auszuschneiden.

Auf der Titelseite war ein Foto von Roy, Beatrice und Mama Paula, wie sie Hand in Hand im Kreis der Demonstranten standen. Im Hintergrund war der Kopf von Beatrice' Stiefbruder zu sehen. Er erinnerte stark an eine vom Baum gefallene Kokosnuss mit einem blonden Toupet. Im Text neben dem Foto hieß es, Mama Paula sei im wirklichen Leben die Schauspielerin und frühere Schönheitskönigin Kimberly Lou Dixon. Der Name von Beatrice' Stiefbruder wurde als Napoleon Bridger Leep angegeben.

»Ist er jetzt wieder zu Hause?«, fragte Roys Mutter.

»Ich weiß nicht, ob ich das so nennen würde«, antwortete Roy, »auf jeden Fall ist er bei seiner Mom und seinem Stiefvater.«

Lonna Leep hatte auf dem Schauplatz des Schüler-protests tränen- und wortreich danach verlangt, wieder mit ihrem Sohn zusammengeführt zu werden. Polizisten, die es nicht besser wussten, hatten sie durch die Menge hindurch zu Fischfinger geführt und damit die mutige kleine Eule verjagt.

»Mein Kämpfer! Mein kleiner Held!« Lonna hatte sich vor den Fernsehkameras in Szene gesetzt, während der Junge sich aus dem Bau herauswand. Roy und Beatrice hatten hilflos und angewidert zusehen müssen, wie Lonna Fischfinger bühnenreif in die Arme schloss und ihn dabei fast zerquetschte.

Mrs. Eberhardt schnitt gerade ein Foto aus, auf dem Lonna zusammen mit dem Jungen abgebildet war. Fischfinger sah so aus, als fühlte er sich extrem unwohl.

»Vielleicht läuft es ja jetzt besser zwischen den beiden«, sagte Roys Mutter hoffnungsvoll.

»Nein, Mom. Die wollte bloß ins Fernsehen.« Roy griff nach seinem Rucksack. »Ich sollte mal los.«

»Dein Vater möchte dich noch sprechen, bevor du gehst.«

»Oh.«

Mr. Eberhardt hatte abends noch sehr lange gearbeitet und war erst nach Hause gekommen, als Roy schon schlief.

»Ist er sauer?«, fragte Roy.

»Das glaube ich nicht. Weswegen sollte er?«

Roy zeigte auf die Zeitung, die inzwischen von Mrs.

Eberhardts Schere völlig durchlöchert war. »Wegen gestern. Wegen dem, was Beatrice und ich gemacht haben.«

»Schätzchen, du hast doch gegen kein Gesetz verstoßen. Du hast niemandem wehgetan«, sagte Mrs. Eberhardt. »Du hast nur laut gesagt, was nach deiner Überzeugung richtig ist. Dein Vater hat Respekt vor so etwas.«

Roy wusste, dass *Respekt haben* nicht unbedingt dasselbe bedeutete wie *gut finden*. Er hatte so ein Gefühl, als hätte sein Vater durchaus Sympathien für die Eulen, aber laut gesagt hatte er es nie.

»Mom, wird Mama Paula das Restaurant trotzdem bauen?«

»Ich weiß es nicht, Roy. Offensichtlich ist dieser Mr. Muckle durchgedreht und hat versucht, eine Reporterin zu erwürgen, die ihm dieselbe Frage gestellt hat.«

»Das gibt's doch nicht!« Roy und Beatrice waren gegangen, bevor die spontan organisierte Pressekonferenz zu Ende gewesen war.

Mrs. Eberhardt hielt einen Zeitungsausschnitt hoch. »Hier steht's.«

Roy konnte es nicht fassen, wie viel Platz die Zeitung ihrem Eulenprotest eingeräumt hatte. Es war anscheinend die größte Sensation in Coconut Cove seit dem letzten Hurrikan.

»Seit heute früh um sechs hat ununterbrochen das Telefon geläutet. Wir haben irgendwann den Hörer danebengelegt«, sagte Roys Mutter.

»Es tut mir wirklich Leid, Mom.«

»Jetzt sei nicht dumm. Ich mach dir ein richtiges Erinnerungsalbum, Schätzchen, das kannst du dann mal deinen Kindern und Enkeln zeigen.«

Lieber würde ich ihnen die Eulen zeigen, dachte Roy. Falls es bis dahin noch welche gibt.

»Roy!«

Sein Vater rief aus dem Arbeitszimmer. »Kannst du bitte mal an die Tür gehen?«

Eine magere junge Frau mit kurzen schwarzen Haaren stand vor der Haustür. Sie war mit einem Spiralheft und einem Kugelschreiber bewaffnet.

»Hi, ich bin von der *Gazette*«, sagte sie.

»Danke, aber wir haben die Zeitung schon abonniert.«

Die Frau lachte. »Oh, ich verkaufe die Zeitung nicht. Ich schreibe sie.« Sie hielt Roy die rechte Hand hin. »Kelly Colfax.«

An ihrem Hals entdeckte Roy mehrere bläuliche Fingerabdrücke, die stark an die Spuren erinnerten, die Dana Matherson an Roys Hals hinterlassen hatte. Roy vermutete, dass Kelly Colfax die Journalistin war, die Chuck Muckle zu erwürgen versucht hatte.

»Ich hol mal meinen Vater«, sagte er.

»Nicht nötig. Dich wollte ich nämlich sprechen«, sagte sie. »Du bist doch Roy Eberhardt, stimmt's?«

Roy hatte das Gefühl, in der Falle zu sitzen. Er wollte nicht unhöflich sein, aber mit Sicherheit wollte er auch nichts sagen, was Fischfinger noch mehr in Schwierigkeiten bringen konnte.

Aber Kelly Colfax feuerte schon ihre Fragen ab:

»Wie kam es, dass du an der Demonstration teilgenommen hast? – Bist du mit Napoleon Bridger Leep befreundet? – Hattet ihr beide etwas mit dem Vandalismus auf dem Grundstück von Mama Paula zu tun? – Isst du gern Pfannkuchen? Welche?«

Roy schwirrte der Kopf. Schließlich unterbrach er die Reporterin und sagte: »Ich bin nur hingegangen, weil ich was für die Eulen tun wollte. Das war alles.«

Während die Reporterin Roys Worte mitschrieb, ging die Tür auf und Mr. Eberhardt trat vors Haus – glatt rasiert und frisch geduscht und in einem seiner eleganten grauen Anzüge.

»Entschuldigen Sie bitte, Ma'am, dürfte ich meinen Sohn kurz sprechen?«

»Selbstverständlich«, sagte Kelly Colfax.

Mr. Eberhardt zog Roy ins Haus und schloss die Tür hinter sich. »Roy, du musst ihre Fragen nicht beantworten.«

»Aber ich will, dass sie weiß –«

»Hier. Gib ihr das.« Roys Vater öffnete seinen Aktenkoffer und zog einen dicken Pappordner heraus.

»Was ist das, Dad?«

»Sie wird schon dahinter kommen.«

Roy öffnete den Ordner und musste grinsen. »Das ist doch der Ordner vom Rathaus, oder?«

»Stimmt«, sagte sein Vater, »eine Kopie.«

»Der mit dem ganzen Zeug über Mama Paula. Der

nicht da war, als ich ihn ausleihen wollte«, sagte Roy. »Jetzt ist mir alles klar.«

Mr. Eberhardt erklärte seinem Sohn, dass er den Ordner ausgeliehen und Seite für Seite kopiert hatte. Dann war er damit zu einer Rechtsanwaltskanzlei gegangen, die sich auf Umweltschutzsachen spezialisiert hatte.

»Und darf Mama Paula jetzt die Eulenhöhlen planieren oder nicht?«, fragte Roy. »War die Genehmigung im Ordner?«

Sein Vater schüttelte den Kopf. »Nein.«

Roy war total glücklich, aber gleichzeitig auch verwirrt. »Dad, solltest du das nicht lieber irgendwem im Justizministerium geben? Wieso soll das die Zeitung bekommen?«

»Weil darin etwas steht, was alle Menschen in Coconut Cove wissen sollten.« Mr. Eberhardt sprach leise und vertraulich. »Besser gesagt – wichtig ist genau das, was nicht darin steht.«

»Und was ist das?«, fragte Roy. Sein Vater sagte es ihm.

Als Roy die Tür wieder öffnete, erwartete ihn Kelly Colfax mit einem kessen Lächeln. »Können wir weitermachen?«

Roy strahlte sie seinerseits an. »Tut mir Leid, aber ich komm sonst zu spät zur Schule.« Er hielt ihr den Ordner hin. »Hier. Das hilft Ihnen vielleicht weiter bei Ihrer Geschichte.«

Die Reporterin klemmte sich ihr Schreibheft unter

den Arm und griff nach dem Ordner. Während sie die Dokumente kurz durchblätterte, veränderte sich ihre Miene. Sie sah völlig verwirrt aus.

»Was hat das alles zu bedeuten, Roy? Wonach genau soll ich suchen?«

»Ich glaube, das nennt sich UVS«, sagte Roy. Das hatte ihm sein Vater gesagt.

»Und das steht für…?«

»Umweltverträglichkeitsstudie.«

»Richtig! Klar!«, sagte die Reporterin. »Für jedes große Bauprojekt braucht man so eine Studie. Da gibt es ein Gesetz.«

»Ja, aber die Studie für Mama Paula ist nicht drin.«

»Jetzt komme ich nicht mehr mit, Roy.«

»Sie *sollte* in dem Ordner sein«, sagte er, »aber sie *ist* es nicht. Das heißt, das Unternehmen hat nie eine machen lassen – oder sie haben sie absichtlich verschwinden lassen.«

»Aha!« Kelly Colfax sah auf einmal so aus, als hätte sie einen Sechser im Lotto gewonnen. »Danke, Roy«, sagte sie und packte den Ordner fest mit beiden Händen, während sie rückwärts die Stufen hinunterging. »Vielen, vielen Dank.«

»Mir müssen Sie nicht danken«, sagte Roy ganz leise. »Danken Sie meinem Dad.«

Dem die Eulen offensichtlich auch am Herzen lagen.

Epilog

Während der folgenden Wochen wuchs sich die Geschichte um Mama Paula zu einem ausgewachsenen Skandal aus. Die fehlende Umweltverträglichkeitsstudie schaffte es auf die Titelseite der *Gazette* und erwies sich als Todesstoß für das Pfannkuchenprojekt.

Es stellte sich heraus, dass eine gründliche Studie sehr wohl angefertigt worden war und die Biologen des Unternehmens darauf hingewiesen hatten, dass drei Kanincheneulenpaare auf dem Gelände lebten. Diese Tiere standen in Florida auf der Liste der bedrohten Tiere. Abgesehen von dem Imageverlust, hätte Mama Paula ernste rechtliche Probleme bekommen, wenn diese Dinge allgemein bekannt geworden wären. Folglich verschwand die Studie aus den Akten. Der Bericht wurde später in einer Golftasche des Abgeordneten Bruce Grandy gefunden, zusammen mit einem Umschlag, in dem sich etwa viereinhalbtausend Dollar Bargeld befanden. Gekränkt wies der Abgeordnete die Unterstellung zurück, bei dem Betrag könne es sich um Bestechungsgeld gehandelt haben. Anschließend heuerte er sofort den teuersten Verteidiger der Gegend an.

Kimberly Lou Dixon kündigte derweil ihren Werbevertrag mit Mama Paula; sie könne nicht für ein Unternehmen arbeiten, das Eulenküken von Bulldozern in ihren Höhlen begraben ließe, bloß um Pfannkuchen zu verkaufen. Auf dem Höhepunkt ihrer tränenreichen Ankündigung hielt sie einen Ausweis der Gesellschaft für Vogelschutz hoch, bei der sie die lebenslange Mitgliedschaft erworben hatte. Dieser Moment wurde von verschiedenen Fernsehkameras und dem Fotografen einer Zeitschrift eingefangen, in der dann auch ein Foto erschien, das Kimberly Lou Hand in Hand mit Beatrice während der Eulendemo zeigte.

So viel Aufmerksamkeit der Medien hatte Kimberly Lou Dixon nicht einmal als Kandidatin für die Wahlen zur Miss America oder als zukünftiger Star in dem Film *Mutierende Invasoren von Jupiter Sieben* genossen. Roys Mutter verfolgte die plötzliche Karriere der Schauspielerin auf den Klatschseiten der Zeitungen, wo auch zu lesen war, dass sie einen Vertrag für einen Film mit einem bekannten Schauspieler unterschrieben hatte.

Im Gegensatz dazu war der Medienrummel um die Eulen für *Mama Paulas Pfannkuchenhaus* ein einziger Alptraum. Das *Wall Street Journal*, die wichtigste Finanzzeitung der USA, widmete dem Unternehmen einen alles andere als schmeichelhaften Artikel auf der ersten Seite. Sofort sank der Wert der Aktien des Unternehmens wie ein Stein im Wasser.

Nachdem Chuck E. Muckle während der Ereignisse

auf dem Grundstück ausgerastet war, wurde er auf den Posten eines untergeordneten Assistenten zurückversetzt. Er kam zwar nicht ins Gefängnis wegen seines tätlichen Angriffs auf die Reporterin, aber er musste ein Seminar besuchen zum Thema *Wie gehe ich mit meiner Wut um?* Die anschließende Prüfung bestand er nicht. Bald darauf kündigte er und nahm eine Stelle als Kreuzfahrtdirektor in Miami an.

Am Ende blieb Mama Paula keine andere Wahl, als den Plan eines Restaurants in Coconut Cove fallen zu lassen. Es gab zu viele Probleme: die nicht endenden Schlagzeilen über das Fehlen der Umweltverträglichkeitsstudie, die peinliche Kündigung von Kimberly Lou Dixon, der Fernsehbericht über Chuck E. Muckle, der auf Kelly Colfax losgegangen war, und schließlich – und vor allem – die verdammten Eulen.

Alle waren total aus dem Häuschen wegen dieser Eulen.

Die großen Fernsehsender schickten Kamerateams zur Trace Middle School, um Schüler zu interviewen, die an der Demonstration teilgenommen hatten, und mit Lehrern zu sprechen. Roy machte sich möglichst dünn, aber von Garrett hörte er später, Miss Hennepin habe in einem Interview die Schüler, die in der Mittagspause an der Protestaktion teilgenommen hatten, sehr gelobt. Sie selbst habe sie dazu ermuntert, behauptete sie. Es amüsierte Roy immer, wenn Erwachsene logen, um sich selbst wichtig zu machen.

Eines Abends platzte seine Mutter ins Zimmer und sagte, in einer der wichtigsten Nachrichtensendungen im Fernsehen würde soeben über ihn und Beatrice gesprochen. Als sie ins Wohnzimmer kamen, hörten sie gerade noch, wie der Präsident der Pfannkuchenkette in einem Interview versprach, das Grundstück in Coconut Cove für alle Zeiten als geschützten Ort für Kanincheneulen zu bewahren. Das Unternehmen selbst werde fünfzigtausend Dollar für den Umweltschutz spenden.

»Wir möchten all unseren Kunden versichern, dass Mama Paula auch in Zukunft dem Umweltschutz verpflichtet bleibt«, sagte er. »Wir bedauern es zutiefst, dass aufgrund der Nachlässigkeit von Bauunternehmen und einiger weniger ehemaliger Angestellter diese einzigartigen kleinen Vögel in Gefahr geraten sind.«

»So ein verlogener Scheißer!«, murmelte Roy.

»Roy Andrew Eberhardt!«

»'tschuldigung, Mom, aber der Kerl sagt einfach nicht die Wahrheit. Der wusste ganz genau Bescheid wegen der Eulen. Alle haben sie es gewusst.«

Mr. Eberhardt stellte den Ton ab. »Roy hat Recht, Lizzy. Sie wollen alle nur ihren Kopf retten.«

»Aber das Wichtige ist, dass du es geschafft hast«, sagte Roys Mutter. »Die Vögel sind jetzt sicher vor diesen Pfannkuchenleuten. Das muss doch wirklich ein tolles Gefühl sein.«

»Ist es auch«, sagte Roy, »aber *ich* habe die Eulen nicht gerettet.«

Mr. Eberhardt ging zu seinem Sohn hinüber und legte ihm eine Hand auf die Schulter. »Du und Beatrice, ihr habt die Sache bekannt gemacht. Ohne euch hätte kein Mensch erfahren, was da vor sich ging. Niemand wäre aufgekreuzt und hätte gegen die Planierung des Grundstücks protestiert.«

»Schon«, sagte Roy, »aber angefangen hat das alles nur wegen Beatrice' Stiefbruder. Über *ihn* hätte dieser Typ im Fernsehen berichten müssen. Das Ganze war schließlich seine Idee.«

»Ich weiß, Schätzchen«, sagte Mrs. Eberhardt, »aber der ist ja nun verschwunden.«

Roy nickte. »Sieht ganz so aus.«

Weniger als achtundvierzig Stunden hatte Fischfinger es unter einem Dach mit Lonna ausgehalten, die die meiste Zeit am Telefon hing und versuchte, immer noch mehr Interviews zu verabreden. Lonna brauchte ihren Sohn, um ihre Familie im Scheinwerferlicht zu halten, aber das war der allerletzte Ort, an dem Fischfinger sein wollte.

Mit Beatrice' Hilfe hatte sich der Junge aus dem Haus gestohlen, als Lonna und Leon gerade wegen eines neuen Kleides herumzankten. Lonna hatte es sich für siebenhundert Dollar gekauft, weil sie glaubte, sie werde in die berühmte Talkshow von Oprah Winfrey eingeladen. Doch dann hatten sich die Leute vom Fernsehen nie wieder gemeldet, und Leon verlangte, dass Lonna das Kleid zurückgab und sich den vollen Preis erstatten ließ.

Als das Geschrei der Leeps etwa den Geräuschpegel von sechs Bulldozern erreicht hatte, ließ Beatrice ihren Stiefbruder aus dem Badezimmerfenster herab. Dummerweise hielt ein neugieriger Nachbar den Ausbruch für einen Einbruch und benachrichtigte die Polizei. Fischfinger kam gerade mal bis zur übernächsten Straßenecke, bevor er von Polizeiwagen umgeben war.

Lonna war stinkwütend, als sie hörte, dass ihr Sohn wieder die alten Tricks versuchte. Aus purer Bosheit erzählte sie den Beamten, er habe einen wertvollen Zehenring aus ihrer Schmuckschatulle gestohlen, und verlangte, sie sollten ihn in eine Erziehungsanstalt stecken, damit er zu Verstand käme.

Dort hielt der Junge es ganze siebzehn Stunden aus, dann haute er wieder ab, dieses Mal zusammen mit einem ganz erstaunlichen Komplizen.

Als er sich mit seinem neuen besten Freund in einem Wäschekorb versteckte, hatte Dana Matherson mit Sicherheit nicht die geringste Ahnung, dass er nicht zufällig für den Ausbruchsversuch auserwählt worden war, im Gegenteil. Es dämmerte ihm auch nicht, dass der magere blonde Junge ganz genau wusste, wer er war und welche Gemeinheiten er Roy Eberhardt angetan hatte.

Der einfältige Dana hatte vermutlich nur über sein unerwartetes Glück gestaunt, als der Wäschekorb in den Lieferwagen der Wäscherei geladen wurde, der gleich danach zum Tor der Anstalt hinausfuhr. Selbst als die Sirenen der Polizeiwagen immer lauter wurden, dürfte er sich noch keine Sorgen gemacht haben. Doch dann bremste der Wäschereiwagen abrupt und die Türen flogen auf.

Im selben Moment sprangen die beiden Flüchtlinge aus den stinkenden Wäschebündeln und rannten los.

Als Roy die Geschichte später von Beatrice erfuhr, war ihm sofort klar, wieso ihr Stiefbruder ausgerechnet Dana als Fluchtgenossen ausgesucht hatte. Fischfinger war flink und wendig, Dana hingegen schwerfällig und, wegen seiner Begegnung mit den Rattenfallen, noch immer schlecht zu Fuß.

Der perfekte Köder – das war Dana.

Natürlich hatte die Polizei den bulligen Brutalo schnell eingefangen, auch wenn es ihm gelungen war, zwei Beamte abzuschütteln, bevor man ihn endgültig fasste und ihm Handschellen anlegte. Beatrice' Stiefbruder war da nur noch ganz verschwommen in der Ferne zu erkennen gewesen, ein bronzefarbener Pfeil, der zwischen den Bäumen verschwand.

Die Polizei fand ihn nie, andererseits suchte sie auch nicht besonders gründlich. Dana stand ganz oben auf ihrer Fahndungsliste und hatte bereits ein Vorstrafenregister.

Aber auch Roy konnte Fischfinger nicht finden. Immer wieder war er mit seinem Rad zum Schrottplatz gefahren und hatte in Jo-Jos Eiswagen geschaut, aber der war jedes Mal leer gewesen. Und dann, eines Tages, war auch der Wagen weg, abgeschleppt und zu einem verrosteten Altmetallblock zusammengepresst.

Beatrice Leep wusste, wo ihr Bruder sich versteckte, aber sie hatte geschworen, nichts zu verraten. »Tut mir Leid, Tex«, hatte sie zu Roy gesagt, »aber ich habe einen blutigen Eid geschworen.«

Der Junge war also wieder verschwunden.

Und Roy wusste, er würde Napoleon Bridger nie wiedersehen, es sei denn, der andere *wollte* gesehen werden.

»Der kommt schon klar«, sagte Roy, mehr, um seine Mutter zu beruhigen. »Der ist ein Stehaufmännchen.«

»Ich hoffe, du hast Recht«, sagte seine Mutter, »aber er ist noch so jung.«

»Hört mal, ich hab eine Idee.« Roys Vater klimperte mit den Autoschlüsseln. »Wir machen einen Ausflug.«

Als die Eberhardts an der Ecke Woodbury Avenue und East Oriole Street ankamen, parkten schon zwei andere Fahrzeuge vor dem Tor. Das eine war ein Streifenwagen, das andere ein blauer Pick-up. Roy erkannte beide.

Officer David Delinko war auf dem Nachhauseweg von der Polizeiwache, wo er zum zweiten Mal vom Chef ein großes Lob erhalten hatte, dieses Mal dafür, dass er Dana Matherson mit eingefangen hatte.

Leroy »Curly« Branitt, der im Moment arbeitslos war, hatte gerade seine Frau und seine Schwiegermutter am Einkaufszentrum abgesetzt, als ihm die Idee kam, einen kleinen Abstecher zu machen.

Genau wie die Eberhardts waren auch die beiden Männer gekommen, um nach den Eulen zu sehen.

Während es langsam dämmrig wurde, standen sie alle fünf wortlos da und warteten. Es war ein freundliches, unkompliziertes Schweigen, obwohl es viel zu erzählen gegeben hätte. Abgesehen von dem Zaun mit den verblassenden Schleifen merkte man dem Grundstück überhaupt nicht an, dass die Pfannkuchenleute jemals da gewesen waren. Curlys Bauwagen und die Baumaschinen waren abgeschleppt worden und auch die Mobilklofirma hatte ihre Toiletten zurückbekommen. Sogar die Vermessungspfosten hatte man aus dem Boden gezogen und mit dem Müll weggeschafft.

Nach und nach füllte sich die Abendluft mit dem Zirpen der Grillen, und Roy musste grinsen, als er daran dachte, wie er eine Schachtel mit den Tieren gekauft und am Zaun geöffnet hatte. Offensichtlich hatten die Eulen jetzt genug Insekten zu fressen.

Es dauerte gar nicht lange, da hüpften zwei Vögel aus einem Bau in der Nähe. Ihnen folgte auf wackligen Beinen ein Küken, das so zerbrechlich aussah wie Weihnachtsbaumschmuck.

Im genau gleichen Rhythmus drehten die Eulen ihre zwiebelgroßen Köpfe und starrten die Menschen an, die ihrerseits die Eulen anstarrten. Roy konnte sich nur zusammenreimen, was die Tiere denken mochten.

»Ich muss zugeben«, sagte Curly mit einem leisen, freundlichen Schnauben, »niedlich sind sie ja, die Viecher.«

Eines Samstags, nachdem sich die Aufregung um den Mama-Paula-Skandal gelegt hatte, radelte Roy zur Schule, um sich ein Fußballspiel von Beatrice und ihrer Mannschaft anzuschauen. Es war ein drückend heißer Nachmittag, aber Roy hatte sich inzwischen damit abgefunden, dass es in Florida keine Jahreszeiten gab, nur leicht variierende Formen von Sommer.

Und auch wenn er die klaren Herbsttage von Montana vermisste, so waren die Tagträume von seinem alten Zuhause doch seltener geworden. In der Sonne sah der Stadionrasen heute neongrün aus, und Roy genoss es, sein T-Shirt auszuziehen und sich rösten zu lassen.

Beatrice hatte schon drei Tore geschossen, bevor sie Roy bemerkte, der es sich auf den Rängen bequem gemacht hatte. Sie winkte ihm zu und Roy reckte beide Daumen hoch. Er musste direkt lachen, weil die Situation schon komisch war – ausgerechnet Beatrix winkte Tex, dem Neuen, zu.

Die hoch stehende Sonne und die dampfende Hitze erinnerten Roy an einen anderen strahlend schönen Nachmittag vor gar nicht langer Zeit, an einem gar nicht weit entfernten Ort. Noch vor dem Abpfiff schnappte Roy sich sein Hemd und machte sich davon.

Es war nur ein kurzer Weg vom Fußballplatz zu dem versteckten Fluss. Roy kettete sein Rad an einen knorrigen Baumstumpf und bahnte sich einen Weg durch die dicht stehenden Bäume.

Es war Flut und vom Ruderhaus der *Molly Bell* schaute nur noch ein verwitterter Balken heraus. Roy hängte seine Turnschuhe an eine Astgabel und schwamm zum Wrack hinaus. Die warme Strömung trieb ihn sanft voran. Mit beiden Händen packte er den First des Ruderhauses und zog sich auf das windschiefe nackte Holz hinauf. Es gab kaum genug Platz, um im Trockenen zu sitzen.

Roy legte sich auf den Bauch, zwinkerte ein paar Mal, um das Salz aus den Augen zu bekommen, und wartete. Die Stille um ihn herum hüllte ihn ein wie eine weiche Decke.

Zuerst entdeckte er den T-förmigen Schatten des Fischadlers im mattgrünen Wasser unter ihm. Später glitt der weiße Reiher dicht über das Wasser und suchte vergeblich nach einer seichten Stelle, durch die er waten könnte. Schließlich landete der Vogel auf halber Höhe auf einer schwarzen Mangrove und schimpfte.

Roy freute sich über die elegante Gesellschaft, aber er ließ den Fluss nicht aus den Augen. Er hatte gehört, wie flussaufwärts ein Tarpon auf Futtersuche in die Luft sprang, und das hatte ihn wachsam gemacht. Und tatsächlich, bald darauf kam Bewegung in das Wasser um ihn herum. Sekunden später tauchte ein ganzer

Schwarm von Meeräschen auf, schlanke Silberpfeile, die immer wieder aus dem Wasser schossen.

Roy schob sich auf dem Ruderhaus so weit nach vorn, wie er es riskieren konnte, und ließ beide Arme hinunterbaumeln. Die Meeräschen sprangen jetzt nicht mehr, sondern schwammen in keilförmiger Formation auf die *Molly Bell* zu und in der Mitte des Flusses bildeten sich feine Wellen. Bald verdunkelte sich das Wasser unter ihm, und Roy konnte die Umrisse einzelner Fische mit ihren breiten Köpfen ausmachen, die alle aufgeregt um ihr Leben schwammen.

Als sich der Schwarm dem gekenterten Krabbenfangboot näherte, teilte er sich, wie von einem Säbel durchtrennt, in der Mitte. Schnell guckte sich Roy einen Fisch aus und stieß mit beiden Händen in das Wasser, wobei er bedenklich ins Rutschen geriet.

Einen aufregenden Moment lang fühlte er den Fisch zwischen seinen Fingern – kühl und glatt und geheimnisvoll wie Quecksilber. Er ballte seine Finger zu Fäusten, aber die Äsche schlüpfte blitzschnell davon. Noch einmal sprang sie durch die Luft, dann gesellte sie sich zu den übrigen Fischen ihres flüchtenden Schwarms.

Roy setzte sich auf und starrte auf seine tropfenden leeren Hände. Unmöglich, dachte er. Niemand konnte diese verdammten Dinger mit bloßen Händen erwischen, nicht einmal Beatrice' Stiefbruder. Es musste ein Trick gewesen sein.

Ein Geräusch wie ein Lachen drang aus dem Mangrovendickicht. Roy dachte erst, es sei der Reiher, aber als er aufschaute, sah er, dass der Vogel nicht mehr da war. Langsam richtete er sich auf und legte zum Schutz vor der Sonne die Hand über die Augen.

»Bist du das?«, rief er. »Napoleon Bridger, bist du's?«

Nichts.

Roy wartete und wartete, bis die Sonne schon tief stand und der Fluss in Schatten gehüllt war. Das Geräusch, das sich wie ein Lachen angehört hatte, drang nicht noch einmal aus dem Dickicht zu ihm. Widerstrebend rutschte Roy von der *Molly Bell* und ließ sich ans Ufer treiben.

Mechanisch zog er seine Klamotten über, aber als er nach seinen Schuhen greifen wollte, sah er, dass nur noch einer an der Astgabel hing. Sein rechter Turnschuh fehlte. Roy zog den linken an und machte sich, auf einem Bein hinkend, auf die Suche nach dem zweiten Schuh. Bald fand er ihn, halb im seichten Wasser unter den Ästen verborgen. Vermutlich war er hinuntergefallen.

Aber als er sich bückte, um ihn aufzuheben, hing der Schuh fest. Die Schnürsenkel waren fest um eine dicht mit Entenmuscheln besetzte Wurzel verknotet. Roys Finger zitterten, als er die präzisen Schifferknoten löste.

Er hob den triefenden Schuh hoch und spähte hinein. Darin steckte eine junge Meeräsche, nicht größer als der Zeigefinger eines Mannes. Sie zappelte hin und her und wehrte sich gegen ihre Gefangenschaft. Roy nahm sie in die Hand und watete tiefer in den Fluss hinein. Sanft entließ er den Fisch ins Wasser. Noch einmal tauchte die Meeräsche kurz auf, dann verschwand sie blitzschnell.

Bewegungslos stand Roy da und lauschte, aber außer dem Sirren der Mücken und dem sanften Wispern der Wellen war nichts zu hören. Der rennende Junge war schon fort.

Während Roy sich den zweiten Schuh zuband, lachte er vor sich hin. Es ging also doch – man konnte eine Meeräsche mit bloßen Händen fangen. Es war kein Trick gewesen.

Ich werde wohl noch mal herkommen müssen und es wieder versuchen, dachte Roy. So wie ein echter Junge aus Florida.

Carl Hiaasen

Carl Hiaasen begann im Alter von sechs Jahren zu schreiben, als sein Vater ihm eine Schreibmaschine schenkte. Er studierte Journalismus und begann seine journalistische Laufbahn beim *Miami Herald,* für den er nach wie vor Kolumnen schreibt, die zahlreich ausgezeichnet wurden. Er lebt mit seiner Familie und seinen Schlangen in den Florida Keyes. In Deutschland wurde Hiaasen durch seine Romane für Erwachsene bekannt, die in insgesamt einundzwanzig Sprachen übersetzt wurden; *Eulen* ist sein erstes Buch für jüngere Leser. Bei Beltz & Gelberg erschienen von ihm ebenfalls die Umwelt-Krimis *Fette Fische, Panther, Echte Biester, Einäugige Echse* und *Schlangenjagd.* Weitere Informationen zum Autor auf seiner Homepage unter www.carlhiaasen.com.

Carl Hiaasen
Schlangenjagd

Aus dem Amerikanischen von Kanut Kirches
Roman, 320 Seiten (ab 12), Beltz & Gelberg 75463
Ebenfalls als E-Book erhältlich (74981)

Billy Dickens' Leben ist – schlicht verrückt:
Mit Mutter und Schwester hat er schon an
sechs verschiedenen Orten in Florida gelebt,
weil seine Mutter darauf besteht, in der Nähe
eines Adlerhorsts zu wohnen. Billy ist in der
Schule als »Schlangenjunge« verschrien, weil
er einmal eine lebendige Klapperschlange in
seinem Spind hatte. Vielleicht. Vielleicht war
sie aber auch nur aus Gummi. Sein Vater
hat die Familie verlassen und arbeitet für die
Regierung. Vielleicht. Das weiß niemand
so genau. Und jetzt hat Billy seine Adresse
gefunden ...

Carl Hiaasen
Fette Fische

Aus dem Amerikanischen von Birgitt Kollmann
Roman, 304 Seiten (ab 11), Gulliver TB 74007
Ebenfalls als E-Book erhältlich (74762)

Türkisblaues Wasser in den Florida Keys – oder
weiterhin eine stinkende Kloake, in der Baden
verboten ist? Noah und seine Schwester Abbey
setzen alles daran, die Verbrecher zu erwischen,
die das Abwasser eines Kasinoschiffs direkt ins
Hafenbecken leiten. Schließlich sitzt ihr Vater
deswegen unschuldig im Gefängnis ...

GULLIVER www.beltz.de
Beltz & Gelberg, Postfach 10 01 54, 69441 Weinheim

Carl Hiaasen
Echte Biester

Aus dem Amerikanischen von Michael Koseler
Roman, 331 Seiten (ab 12), Gulliver TB 74532
Ebenfalls als E-Book erhältlich (74414)

Als Sohn eines Tiertrainers bringt Wahoo Cray
so schnell nichts aus der Ruhe. Bis ein
Filmteam der Realityshow »Expedition
Überleben!« auftaucht: Derek Badger, der Star
der Sendung, will unbedingt mit echten
Biestern kämpfen, obwohl er kaum in der Lage
ist, eine Fliege zu fangen. Erst bringt er alle zur
Weißglut, dann verschwindet er lädiert und
verwirrt in den Everglades. Wahoo macht sich
auf die Suche nach ihm.

Katja Brandis
White Zone – Letzte Chance

Roman, 464 Seiten (ab 14), Gulliver TB 74949
Ebenfalls als E-Book erhältlich (74834)

Sechs straffällige Jugendliche, darunter die
19-jährige Crash, erhalten eine letzte Chance: In
einer alten Forschungsstation in der Antarktis
sollen sie ihr Leben in den Griff bekommen.
Doch das Abenteuer wird zum Höllentrip.
Ein Unbekannter bedroht die Gruppe und die
unmenschliche Umgebung fordert ihren Preis.
Nicht nur Crashs Nerven liegen blank. Als
die Jugendlichen schließlich ein japanisches
Walfangboot bei seiner grausamen Arbeit
beobachten, entsteht ein riskanter Plan, für den
sie alles auf eine Karte setzen.

GULLIVER   www.beltz.de
Beltz & Gelberg, Postfach 10 01 54, 69441 Weinheim

Carl Hiaasen
Einäugige Echse

us dem Amerikanischen von Michael Koseler
Roman, 313 Seiten (ab 12), Gulliver TB 74799
Ebenfalls als E-Book erhältlich (74512)

Richard ahnt Schlimmes: Seine impulsive Cousine Malley ist spurlos mit einem dubiosen Typen namens Talbo Chock verschwunden. Als er verzweifelt am Strand auf sie wartet, lernt er den kauzigen Ökoterroristen Skink kennen. Dieser ist verrückt genug zu glauben, dass er den Entführer stellen kann. Gemeinsam begeben sich Skink und Richard auf einen Roadtrip quer durch Florida und stürzen sich in einen haarsträubenden Kampf mit fiesen Mosquitos, bissigen Alligatoren, durchgedrehten Wildschweinen und schießwütigen Kerlen …

Brandis & Ziemek
Ruf der Tiefe

Roman, 424 Seiten (ab 13), Gulliver TB 74336
Ebenfalls als E-Book erhältlich (74267)

Leon lebt am geheimnisvollsten Ort der Erde: in der Tiefsee. Zusammen mit Lucy, einem intelligenten Krakenweibchen, durchstreift er den Pazifischen Ozean auf der Suche nach Rohstoffen. Doch plötzlich scheint das Meer verrücktzuspielen: Am Grund breiten sich »Todeszonen« aus, die Wesen der Tiefe ergreifen massenhaft die Flucht. Und dann machen Leon und Lucy eine gefährliche Entdeckung …

GULLIVER www.beltz.de
Beltz & Gelberg, Postfach 10 01 54, 69441 Weinheim

Oliver Uschmann/Sylvia Witt
Meer geht nicht

Roman, 143 Seiten (ab 11), Gulliver HC 74997

»Du warst noch nie am Meer?« Samuel, Bina
und Sharif können es nicht fassen. Ihr neuer
Freund Kevin war noch nicht mal an der
Nordsee. Das Leben ist zu kurz, um so etwas
aufzuschieben. Also starten die Freunde die
Mission »Kevin ans Meer bringen«. Heimlich,
ohne ihre Eltern. Doch alles verläuft ganz anders
als gedacht …

Rebecca Patterson
Freddy Sidebottoms absolut peinliche Welt

Aus dem Englischen von Friederike Levin
Mit Bildern von Rebecca Patterson
128 Seiten (ab 9), Gulliver HC 81001
Ebenfalls als E-Book erhältlich (81002)

Freddy ist ein absoluter Tollpatsch. Ob er beim
Klassenausflug im Zoo ins Affengehege stürzt
oder seine Badehose verrutscht – kein Tag
vergeht ohne einen »klassischen Fredster!«.
Bis ihm sein erfindungsreicher Großvater einen
genialen Spielzeugwürfel schenkt. Es scheint, als
könnte Freddy damit alle seine Peinlichkeiten
verhindern. Ein witziger und äußerst unterhalt-
samer Roman um einen Jungen, der das Chaos
perfekt macht!

GULLIVER   www.beltz.de
Beltz & Gelberg, Postfach 10 01 54, 69441 Weinheim

Erin Hunter
Bravelands – Der Außenseiter

Aus dem Englischen von Maria Zettner
Roman, 350 Seiten (ab 11), Gulliver TB 75536
Ebenfalls als E-Book erhältlich (74938)

In der glühenden Hitze der Savanne Afrikas
eröffnet sich eine mystische und faszinierende
Welt: die Bravelands. Hier leben die Tiere
in friedlicher Gemeinschaft und folgen dem
Gesetz der Savanne. Als ein unfassbarer
Mord geschieht, gerät die Balance zwischen
Jägern und Beute ins Wanken und der Frieden
droht für immer zu kippen. Das Schicksal
der Savanne liegt nun in den Pfoten von
drei ungleichen Helden, die erst noch eigene
Grenzen überwinden und zueinander finden
müssen.

Erin Hunter
Bravelands – Das Gesetz der Savanne

Aus dem Englischen von Cornelia Stoll
Roman, 398 Seiten (ab 11), Beltz & Gelberg 75446
Ebenfalls als E-Book erhältlich (74688)

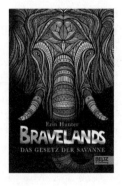

Das Gesetz der Savanne wurde gebrochen:
die Elefantendame Große Mutter, die weise
Anführerin der Tiere, wurde ermordet. Nun
liegt es an dem Löwen Heldenmut, dem
Pavian Dorn und dem Elefantenmädchen
Aurora, die Wahrheit ans Licht zu bringen.
Gleichzeitig entdeckt Aurora, dass sie die Gabe
hat, in den Knochen der Toten die Zukunft zu
lesen.
Alle drei müssen nun über ihren Schatten
springen, um die fragile Balance in der
Savanne Afrikas zu erhalten.

GULLIVER www.beltz.de
Beltz & Gelberg, Postfach 10 01 54, 69441 Weinheim

Erin Hunter
Warrior Cats: In die Wildnis
Aus dem Englischen von Klaus Weimann
Roman, 320 Seiten (all age), Gulliver TB 74215
Ebenfalls als E-Book erhältlich (74136)

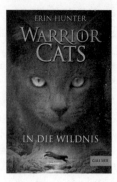

Seit uralten Zeiten leben tief im Wald vier
wilde KatzenClans. Voller Sehnsucht nach
Freiheit verlässt Hauskater Sammy seine
Zweibeiner, um sich dem DonnerClan
anzuschließen. Doch nicht alle Katzen trauen
ihm, denn die Zeichen im Wald stehen auf
Kampf. Sammy, der nun den Namen
Feuerpfote trägt, muss sich beweisen …

Erin Hunter
Warrior Cats: Feuer und Eis
Aus dem Englischen von Klaus Weimann
Roman, 368 Seiten (all age), Gulliver TB 74235
Ebenfalls als E-Book erhältlich (74137)

Aus Feuerpfote, dem jungen Schüler des
DonnerClans, ist Feuerherz geworden, ein
mutiger Krieger. Als Hunger und Not, geheime
Bündnisse und die Machtgier einiger Katzen
den Frieden zwischen den vier Clans bedrohen,
ist Feuerherz' Mut gefragt. Doch ausgerechnet
jetzt verstrickt sich Graustreif in eine
gefährliche Liebe …

GULLIVER www.beltz.de
Beltz & Gelberg, Postfach 10 01 54, 69441 Weinheim

have stood too long in the way of others equally entitled
to a period of growth—as relieved as we are when an in-
curable invalid dies.

My tragedy *The Father* was recently criticized for being
too sad—as if one wants cheerful tragedies! Everybody
is clamoring for this supposed "joy of life," and theatre
managers demand farces, as if the joy of life consisted
in being ridiculous and portraying all human beings as
suffering from St. Vitus's dance or total idiocy. I myself
find the joy of life in its strong and cruel struggles, and
my pleasure in learning, in adding to my knowledge. For
this reason I have chosen for this play an unusual situation, but an instructive one—an exception, that is to say,
but a great exception, one proving the rule, which will no
doubt annoy all lovers of the commonplace. What will
offend simple minds is that my plot is not simple, nor its
point of view single. In real life an action—this, by the
way, is a somewhat new discovery—is generally caused by
a whole series of motives, more or less fundamental, but
as a rule the spectator chooses just one of these—the one
which his mind can most easily grasp or that does most
credit to his intelligence. A suicide is committed. Business
troubles, says the man of affairs. Unrequited love, say
the women. Sickness, says the invalid. Despair, says the
down-and-out. But it is possible that the motive lay in all
or none of these directions, or that the dead man concealed
his actual motive by revealing quite another, likely to
reflect more to his glory.

I see Miss Julie's tragic fate to be the result of many
circumstances: the mother's character, the father's mistaken upbringing of the girl, her own nature, and the
influence of her fiancé on a weak, degenerate mind. Also,
more directly, the festive mood of Midsummer Eve, her
father's absence, her monthly indisposition, her preoccupation with animals, the excitement of dancing, the magic
of dusk, the strongly aphrodisiac influence of flowers, and
finally the chance that drives the couple into a room alone
—to which must be added the urgency of the excited man.

My treatment of the theme, moreover, is neither exclusively physiological nor psychological. I have not put the
blame wholly on the inheritance from her mother, nor on
her physical condition at the time, nor on immorality. I
have not even preached a moral sermon; in the absence of
a priest I leave this to the cook.

I congratulate myself on this multiplicity of motives as being up-to-date, and if others have done the same thing before me, then I congratulate myself on not being alone in my "paradoxes," as all innovations are called.

In regard to the drawing of the characters, I have made my people somewhat "characterless" for the following reasons. In the course of time the word character has assumed manifold meanings. It must have originally signified the dominating trait of the soul complex, and this was confused with temperament. Later it became the middle-class term for the automaton, one whose nature had become fixed or who had adapted himself to a particular role in life. In fact a person who had ceased to grow was called a character, while one continuing to develop—the skillful navigator of life's river, sailing not with sheets set fast, but veering before the wind to luff again—was called characterless, in a derogatory sense, of course, because he was so hard to catch, classify, and keep track of. This middle-class conception of the immobility of the soul was transferred to the stage where the middle class has always ruled. A character came to signify a man fixed and finished: one who invariably appeared either drunk or jocular or melancholy, and characterization required nothing more than a physical defect such as a clubfoot, a wooden leg, a red nose; or the fellow might be made to repeat some such phrase as: "That's capital!" or: "Barkis is willin'!" This simple way of regarding human beings still survives in the great Molière. Harpagon is nothing but a miser, although Harpagon might have been not only a miser, but also a first-rate financier, an excellent father, and a good citizen. Worse still, his "failing" is a distinct advantage to his son-in-law and his daughter, who are his heirs, and who therefore cannot criticize him, even if they have to wait a while to get to bed. I do not believe, therefore, in simple stage characters; and the summary judgments of authors—this man is stupid, that one brutal, this jealous, that stingy, and so forth—should be challenged by the Naturalists who know the richness of the soul complex and realize that vice has a reverse side very much like virtue.

Because they are modern characters, living in a period of transition more feverishly hysterical than its predecessor at least, I have drawn my figures vacillating, disintegrated, a blend of old and new. Nor does it seem to me unlikely that, through newspapers and conversations, modern ideas may have filtered down to the level of the domestic servant.

My souls (characters) are conglomerations of past and present stages of civilization, bits from books and newspapers, scraps of humanity, rags and tatters of fine clothing, patched together as is the human soul. And I have added a little evolutionary history by making the weaker steal and repeat the words of the stronger, and by making the characters borrow ideas or "suggestions" from one another.

Miss Julie is a modern character, not that the half-woman, the man-hater, has not existed always, but because now that she has been discovered she has stepped to the front and begun to make a noise. The half-woman is a type who thrusts herself forward, selling herself nowadays for power, decorations, distinctions, diplomas, as formerly for money. The type implies degeneration; it is not a good type and it does not endure; but it can unfortunately transmit its misery, and degenerate men seem instinctively to choose their mates from among such women, and so they breed, producing offspring of indeterminate sex to whom life is torture. But fortunately they perish, either because they cannot come to terms with reality, or because their repressed instincts break out uncontrollably, or again because their hopes of catching up with men are shattered. The type is tragic, revealing a desperate fight against nature, tragic too in its Romantic inheritance now dissipated by Naturalism, which wants nothing but happiness—and for happiness strong and sound species are required.

But Miss Julie is also a relic of the old warrior nobility now giving way to the new nobility of nerve and brain. She is a victim of the discord which a mother's "crime" has produced in a family, a victim too of the day's complaisance, of circumstances, of her own defective constitution, all of which are equivalent to the Fate or Universal Law of former days. The Naturalist has abolished guilt with God, but the consequences of the action—punishment, imprisonment, or the fear of it—he cannot abolish, for the simple reason that they remain whether he is acquitted or not. An injured fellow-being is not so complacent as outsiders, who have not been injured, can afford to be. Even if the father had felt impelled to take no vengeance, the daughter would have taken vengeance on herself, as she does here, from that innate or acquired sense of honor which the upper classes inherit—whether from barbarism or Aryan forebears, or from the chivalry of the Middle Ages, who knows? It is a very beautiful thing, but it has become a danger nowadays to the preservation of the race. It is the nobleman's hara-kiri, the Japanese law of inner conscience which compels him to cut his own stomach open at the insult of another, and which survives in modified form in the duel, a privilege of the nobility. And so the valet Jean lives on, but Miss Julie cannot live without honor. This is the thrall's advantage over the nobleman, that he lacks this fatal preoccupation with honor. And in all of us Aryans there is something of the nobleman, or the Don Quixote, which makes us sympathize with the man who commits suicide because he has done something ignoble and lost his honor. And we are noblemen enough to suffer at the sight of fallen greatness littering the earth like a corpse—yes, even if the fallen rise again and make restitution by honorable deeds. Jean, the valet, is a race-builder, a man of marked characteristics. He was a laborer's son who has educated himself toward becoming a gentleman. He has learned easily, through his well-developed senses (smell, taste, vision)—and he also has a sense of beauty. He has already bettered himself, and is thick-skinned enough to have no scruples about using other people's services. He is already foreign to his associates, despising them as part of the life he has turned his back on, yet also fearing and fleeing from them because they know his secrets, pry into his plans, watch his rise with envy, and look forward with pleasure to his fall. Hence his dual, indeterminate character, vacillating between love of the heights and hatred of those who have already achieved them. He is, he says himself, an aristocrat; he has learned the secrets of good society. He is polished, but vulgar within; he already wears his tails with taste, but there is no guarantee of his personal cleanliness.

He has some respect for his young lady, but he is frightened of Kristin, who knows his dangerous secrets, and he is sufficiently callous not to allow the night's events to wreck his plans for the future. Having both the slave's brutality and the master's lack of squeamishness, he can see blood without fainting and take disaster by the horns

Consequently he emerges from the battle unscathed, and probably ends his days as a hotelkeeper. And even if *he* does not become a Roumanian count, his son will doubtless go to the university and perhaps become a county attorney.

The light which Jean sheds on a lower-class conception of life, life seen from below, is on the whole illuminating —when he speaks the truth, which is not often, for he says what is favorable to himself rather than what is true. When Miss Julie suggests that the lower classes must be oppressed by the attitude of their superiors, Jean naturally agrees, as his object is to gain her sympathy; but when he perceives the advantage of separating himself from the common herd, he at once takes back his words.

It is not because Jean is now rising that he has the upper hand of Miss Julie, but because he is a man. Sexually he is the aristocrat because of his virility, his keener senses, and his capacity for taking the initiative. His inferiority is mainly due to the social environment in which he lives, and he can probably shed it with his valet's livery.

The slave mentality expresses itself in his worship of the Count (the boots), and his religious superstition; but he worships the Count chiefly because he holds that higher position for which Jean himself is striving. And this worship remains even when he has won the daughter of the house and seen how empty is that lovely shell.

I do not believe that a love relationship in the "higher" sense could exist between two individuals of such different quality, but I have made Miss Julie imagine that she is in love, so as to lessen her sense of guilt, and I let Jean suppose that if his social position were altered he would truly love her. I think love is like the hyacinth which has to strike roots in darkness *before* it can produce a vigorous flower. In this case it shoots up quickly, blossoms, and goes to seed all at the same time, which is why the plant dies so soon.

As for Kristin, she is a female slave, full of servility and sluggishness acquired in front of the kitchen fire, and stuffed full of morality and religion, which are her cloak and scapegoat. She goes to church as a quick and easy way of unloading her household thefts onto Jesus and taking on a fresh cargo of guiltlessness. For the rest she is a minor character, and I have therefore sketched her in the same manner as the pastor and the doctor in *The Father*, where I wanted ordinary human beings, as are most country pastors and provincial doctors. If these minor characters seem abstract to some people, this is due to the fact that ordinary people are to a certain extent abstract in pursuit of their work; that is to say, they are without individuality, showing, while working, only one side of themselves. And as long as the spectator does not feel a need to see them from other sides, there is nothing wrong with my abstract presentation.

In regard to the dialogue, I have departed somewhat from tradition by not making my characters catechists who ask stupid questions in order to elicit a smart reply. I have avoided the symmetrical, mathematical construction of French dialogue, and let people's minds work irregularly, as they do in real life where, during a conversation, no topic is drained to the dregs, and one mind finds in another a chance cog to engage in. So too the dialogue wanders, gathering in the opening scenes material which is later picked up, worked over, repeated, expounded, and developed like the theme in a musical composition.

The plot speaks for itself, and as it really only concerns two people, I have concentrated on these, introducing only one minor character, the cook, and keeping the unhappy spirit of the father above and behind the action. I have done this because it seems to me that the psychological process is what interests people most today. Our inquisitive souls are no longer satisfied with seeing a thing happen; we must also know how it happens. We want to see the wires themselves, to watch the machinery, to examine the box with the false bottom, to take hold of the magic ring in order to find the join, and look at the cards to see how they are marked.

In this connection I have had in view the documentary novels of the brothers de Goncourt, which appeal to me more than any other modern literature.

As far as the technical side of the work is concerned, I have made the experiment of abolishing the division into acts. This is because I have come to the conclusion that our capacity for illusion is disturbed by the intervals, during which the audience has time to reflect and escape from the suggestive influence of the author-hypnotist. My play will probably take an hour and a half, and as one can listen to a lecture, a sermon, or a parliamentary debate for as long as that or longer, I do not think a theatrical performance will be fatiguing in the same length of time. As early as 1872, in one of my first dramatic attempts, *The Outlaw*, I tried this concentrated form, although with scant success. The play was written in five acts, and only when finished did I become aware of the restless, disjointed effect that it produced. The script was burned and from the ashes rose a single well-knit act—fifty pages of print, playable in one hour. The form of the present play is, therefore, not new, but it appears to be my own, and changing tastes may make it timely. My hope is one day to have an audience educated enough to sit through a whole evening's entertainment in one act, but one would have to try this out to see. Meanwhile, in order to provide respite for the audience and the players, without allowing the audience to escape from the illusion, I have introduced three art forms: monologue, mime, and ballet. These are all part of drama, having their origins in classic tragedy, monody having become monologue and the chorus, ballet.

Monologue is now condemned by our realists as unnatural, but if one provides motives for it one makes it natural, and then can use it to advantage. It is, surely, natural for a public speaker to walk up and down the room practicing his speech, natural for an actor to read his part aloud, for a servant girl to talk to her cat, a mother to prattle to her child, an old maid to chatter to her parrot, and a sleeper to talk in his sleep. And in order that the actor may have a chance, for once, of working independently, free from the author's direction, it is better that the monologue should not be written, but only indicated. For since it is of small importance what is said in one's sleep or to the parrot or to the cat—none of it influences the action—a talented actor, identifying himself with the atmosphere and the situation, may improvise better than the author, who cannot calculate ahead how much may be said or how long taken without waking the audience from the illusion.

Some Italian theatres have, as we know, returned to improvisation, thereby producing actors who are creative, although within the bounds set by the author. This may well be a step forward, or even the beginning of a new art form worthy to be called *productive*.

In places where monologue would be unnatural I have
used mime, leaving here an even wider scope for the
actor's imagination, and more chance for him to win
independent laurels. But so as not to try the audience
beyond endurance, I have introduced music—fully justified
by the Midsummer Eve dance—to exercise its powers of
persuasion during the dumb show. But I beg the musical
director to consider carefully his choice of compositions,
so that conflicting moods are not induced by selections
from the current operetta or dance show, or by folk tunes
of too local a character.

The ballet I have introduced cannot be replaced by the
usual kind of "crowd scene," for such scenes are too badly
played—a lot of grinning idiots seizing the opportunity to
show off and thus destroying the illusion. And as peasants
cannot improvise their taunts, but use ready-made phrases
with a double meaning, I have not composed their lam-
poon, but taken a little-known song and dance which I
myself noted down in the Stockholm district. The words
are not quite to the point, but this too is intentional, for
the cunning, i.e., weakness, of the slave prevents him from
direct attack. Nor can there be clowning in a serious
action, or coarse joking in a situation which nails the lid
on a family coffin.

As regards the scenery, I have borrowed from im-
pressionist painting its asymmetry and its economy; thus,
I think, strengthening the illusion. For the fact that one
does not see the whole room and all the furniture leaves
scope for conjecture—that is to say imagination is roused
and complements what is seen. I have succeeded too in
getting rid of those tiresome exits through doors, since
scenery doors are made of canvas, and rock at the slightest
touch. They cannot even express the wrath of an irate
head of the family who, after a bad dinner, goes out
slamming the door behind him, "so that the whole house
shakes." On the stage it rocks. I have also kept to a single
set, both in order to let the characters develop in their
métier and to break away from overdecoration. When
one has only one set, one may expect it to be realistic;
but as a matter of fact nothing is harder than to get a
stage room that looks something like a room, however
easily the scene painter can produce flaming volcanoes
and waterfalls. Presumably the walls must be of canvas;
but it seems about time to dispense with painted shelves

and cooking utensils. We are asked to accept so many stage conventions that we might at least be spared the pain of painted pots and pans.

I have set the back wall and the table diagonally so that the actors may play full face and in half-profile when they are sitting opposite one another at the table. In the opera *Aïda* I saw a diagonal background, which led the eye to unfamiliar perspectives and did not look like mere reaction against boring straight lines.

Another much-needed innovation is the abolition of footlights. This lighting from below is said to have the purpose of making the actors' faces fatter. But why, I ask, should all actors have fat faces? Does not this under-lighting flatten out all the subtlety of the lower part of the face, specially the jaw, falsify the shape of the nose and throw shadows up over the eyes? Even if this were not so, one thing is certain: that the lights hurt the per-formers' eyes, so that the full play of their expression is lost. The footlights strike part of the retina usually protected—except in sailors who have to watch sunlight on water—and therefore one seldom sees anything other than a crude rolling of the eyes, either sideways or up toward the gallery, showing their whites. Perhaps this too causes that tiresome blinking of the eyelashes, especially by actresses. And when anyone on the stage wants to speak with his eyes, the only thing he can do is to look straight at the audience, with whom he or she then gets into direct communication, outside the framework of the set—a habit called, rightly or wrongly, "greeting one's friends."

Would not sufficiently strong side lighting, with some kind of reflectors, add to the actor's powers of expression by allowing him to use the face's greatest asset—the play of the eyes?

I have few illusions about getting the actors to play *to* the audience instead of *with* it, although this is what I want. That I shall see an actor's back throughout a critical scene is beyond my dreams, but I do wish crucial scenes could be played, not in front of the prompter's box, like duets expecting applause, but in the place required by the action. So, no revolutions, but just some small modifi-cations, for to make the stage into a real room with the fourth wall missing would be too upsetting altogether.

I dare not hope that the actresses will listen to what

I have to say about make-up, for they would rather be beautiful than lifelike, but the actor might consider whether it is to his advantage to create an abstract character with grease paints, and cover his face with it like a mask. Take the case of a man who draws a choleric charcoal line between his eyes and then, in this fixed state of wrath, has to smile at some repartee. What a frightful grimace the result is! And equally, how is that false forehead, smooth as a billiard ball, to wrinkle when the old man loses his temper?

In a modern psychological drama, where the subtlest reactions of a character need to be mirrored in the face rather than expressed by sound and gesture, it would be worth while experimenting with powerful side lighting on a small stage and a cast without make-up, or at least with the minimum.

If, in addition, we could abolish the visible orchestra, with its distracting lamps and its faces turned toward the audience; if we could have the stalls raised so that the spectators' eyes were higher than the players' knees; if we could get rid of the boxes (the center of my target), with their tittering diners and supper parties, and have total darkness in the auditorium during the performance; and if, first and foremost, we could have a *small* stage and a *small* house, then perhaps a new dramatic art might arise, and theatre once more become a place of entertainment for educated people. While waiting for such a theatre it is as well for us to go on writing so as to stock that repertory of the future.

I have made an attempt. If it has failed, there is time enough to try again.

A Dream Play (1902)

IN THIS dream play, as in his former dream play *To Damascus,* the Author has sought to reproduce the disconnected but apparently logical form of a dream. Anything can happen; everything is possible and probable. Time and space do not exist; on a slight groundwork of reality, imagination spins and weaves new patterns made up of memories, experiences, unfettered fancies, absurdities, and improvisations.

The characters are split, double, and multiply; they evaporate, crystallize, scatter, and converge. But a single consciousness holds sway over them all—that of the dreamer. For him there are no secrets, no incongruities, no scruples and no law. He neither condemns nor acquits, but only relates, and since, on the whole, there is more pain than pleasure in the dream, a tone of melancholy, and of compassion for all living things, runs through the swaying narrative. Sleep, the liberator, often appears as a torturer, but when the pain is at its worst, the sufferer awakes—and is thus reconciled with reality. For, however agonizing real life may be, at this moment, compared with the tormenting dream, it is a joy.

NOTES FOR AN EFFECTIVE PLAY[2]

An effective play should contain or make use of:
hints and intimations
a secret made known to the audience either at the beginning or toward the end. If the spectator but not the actors know the secret, the spectator enjoys their game of blindman's buff. If the spectator is not in on the secret, his curiosity is aroused and his attention held.

an outburst of emotion, rage, indignation
a discovery
a punishment (nemesis), a humiliation
a careful resolution, either with or without a reconciliation
a *quid pro quo*
a parallelism
a reversal (*revirement*), an upset, a well-prepared surprise.

[2] August Strindberg, *Samlade otryckta skrifter* (Stockholm: 1919), II, p. 172. These notes have been translated by Evert Sprinchorn especially for inclusion in this volume.

ANTON CHEKHOV
(1860-1904)

Ivanov[1]

ALEX. CHEKHOV, OCTOBER, 1887

I WROTE the play unexpectedly, after a certain conversation with Korsh. Went to bed, thought up a theme, and wrote it down. I spent less than two weeks on it. I cannot judge the merits of the play. It is to come out in a surprisingly short time. Everybody likes it. Korsh did not find a single error or sin against the stage, which is a sad indication of how good and attentive my judges are. I write a play for the first time, ergo mistakes should be therein. The plot is complicated and not silly. I finish up each act as if it were a story: the action goes on quietly and peacefully, and at the end I give the audience a heavy jolt. All my energy was spent on a few really brisk, forceful climaxes; but the bridges joining these are insignificant, loose, and not startling. Still, I am glad; no matter how bad the play is, I created a type that has literary value; I have produced a role which only as great a talent as Davidov will undertake to play, a role in which an actor can reveal himself, and display true ability. . . .

My play has fourteen characters, five of them women. I feel that my ladies, with the exception of one, are not thoroughly well developed.

Modern playwrights begin their plays with angels, scoundrels, and clowns exclusively. Well, go seek these elements in all Russia! Yes, you may find them, but not in such extreme types as the playwrights need. Unwillingly, you begin forging them out of the mind and the imagination, you perspire, and give the matter up. I wanted to be

[1] Anton Chekhov, *Letters on the Short Story, the Drama and other Literary Topics,* selected and edited by Louis S. Friedland (New York: Minton, Balch & Co., 1924), pp. 119–41.

original: I did not portray a single villain, not a single angel (though I could not refrain when it came to the clown), did not accuse anyone, or exculpate. Whether all this is well done, I do not know.

A. S. SOUVORIN, DECEMBER 19, 1888

I give you my word that I shall write no more of such intellectual and sickly plays as *Ivanov*. If *Ivanov* does not succeed I shall not be surprised, and shall not lay it to intrigues and plots.

A. S. SOUVORIN, DECEMBER 23, 1888

The absence of Sasha in the fourth act was very noticeable, you say. So it should be. Let the whole audience know that Sasha is not there. You insist on her appearing: the laws, forsooth, demand it. Very well, let her appear, but what will she say? Such young ladies (she is not a girl but a woman) cannot and should not speak. The former Sasha could speak and was sympathetic, but the new one will only irritate the public by appearing. She cannot really fall on Ivanov's neck and say, "I love you!" She does not love and has confessed it. To bring her on the stage at the end she would have to be completely remodeled. You say that there is not a single woman in the closing scenes, and that this makes the ending dry. I agree with you. Only two women could appear at the close and speak for Ivanov; only two women who really loved him: his mother and the Jewess. But as both of them are dead, that is out of the question. An orphan, let him remain an orphan, the devil take him.

A. S. SOUVORIN, DECEMBER 26, 1888

You want me at all costs to free Sasha. But *Ivanov* is not likely to prove a success. If it is, I shall do as you wish, but, pardon me, I shall let her have it, the nasty woman! You say that women love through sympathy and compassion, that they marry through this feeling. . . . And men? I do not like realistic novelists to slander women, but I dislike it even more when they lift woman by the shoulders—as U—— does—and try to show that, even if she is worse than man, yet man is a scoundrel and woman an angel. Neither women nor men are worth a brass farthing, but man is more intelligent and more just.

A. S. SOUVORIN, DECEMBER 30, 1888

. . . The manager thinks Ivanov a superfluous man, in the manner of Turgenev; Savina asks, "Why is Ivanov a scoundrel?" You write, "It is necessary to add something that will make it clear why two women cling to Ivanov, and why he is a scoundrel, and the doctor,—a great man." If the three of you have so understood me that my Ivanov has no good in him at all, then I suppose my wits forsook me, and I did not succeed in writing what I intended. If Ivanov appears in my play as a scoundrel or a superfluous man, and the doctor as a great man, if it is not clear why Sarra and Sasha love Ivanov, then evidently the play has not turned out as I wished, and to stage it is out of the question. This is how I understand my characters. Ivanov is a gentleman, a university man, and not remarkable in any way. He is excitable, hotheaded, easily carried away, honest, and straightforward like most people of his class. He has lived on his estate and served on the Zemstvo. What he has been doing and how he has behaved, what he has been interested in and enthusiastic over, can be seen from the following words of his addressed to the doctor (Act I, scene 5): "Don't marry Jewesses or neurotic women or bluestockings . . . don't fight with thousands singlehanded, don't wage war on windmills, don't batter your head against the wall. . . . God preserve you from scientific farming, wonderful schools, enthusiastic speeches. . . ." This is what he has in his past. Sarra, who has seen his scientific farming and other crazes, says about him to the doctor, "He is a remarkable man, doctor, and I am sorry you did not meet him two or three years ago. Now he is depressed and melancholy, he doesn't talk or do anything—but in the old days . . . how charming he was!" (Act I, scene 7). His past is beautiful, as is generally the case with educated Russians. There is not, or there hardly is, a single Russian gentleman or university man who does not boast of his past. The present is always worse than the past. Why? Because Russian excitability has one specific characteristic: it is quickly followed by exhaustion. A man has scarcely left the classroom before he rushes to take up a burden beyond his strength; he tackles at once the schools, the peasants, scientific farming, and the *Viestnik Evropi,* he makes speeches, writes to the minister, combats evil, applauds good, falls in love, not in an ordinary, simple way, but selects either a bluestocking, or a neurotic, or a Jewess, or even a prostitute whom he tries to save, and so on, and so on. But by the time he is thirty or thirty-five he begins to feel tired and bored. He has not got decent mustaches yet, but he already says with authority, "Don't marry, my dear fellow. . . . Trust my experience," or, "After all, what does Liberalism come to? Between ourselves, Katkov was often right. . . . " He is ready to reject the Zemstvo and scientific farming, and science and love. My Ivanov says to the doctor (Act I, scene 5), "You took your degree only last year, my dear friend, you are still young and vigorous, while I am thirty-five. I have a right to advise you. . . . " That is how these prematurely exhausted people talk. Further down, sighing authoritatively, he advises, "Don't you marry in this or that way [see above], but choose something commonplace, gray, with no vivid colors or superfluous flourishes. Altogether, build your life according to the conventional pattern. The grayer and more monotonous the background, the better. . . . The life that I have led—how tiring it is! Ah, how tiring!"

Conscious of physical exhaustion and boredom, he does not understand what is the matter with him, and what has happened. Horrified, he says to the doctor (Act I, scene 3), "Here you tell me she is going to die and I feel neither love nor pity, but a sort of emptiness and weariness. . . . If one looks at me from outside it must be horrible. I don't understand what is happening to my soul." Finding themselves in such a position, narrow and unconscientious people generally throw the whole blame on their environment, or write themselves down as Hamlets and superfluous people, and are satisfied with that. But Ivanov, a straightforward man, openly says to the doctor and to the public that he does not understand his own mind. "I don't understand! I don't understand!" That he really doesn't understand can be seen from his long monologue in Act III, where, tête-à-tête with the public, he opens his heart to it and even weeps.

The change that has taken place in him offends his sense of what is fitting. He looks for the causes outside himself and fails to find them; he begins to look for them inside and finds only an indefinite feeling of guilt. It is a Russian feeling. Whether there is a death or illness in his family, whether he owes money or lends it, a Russian always feels guilty. Ivanov talks all the time about being to blame in some way, and the feeling of guilt increases in him at every juncture. In Act I he says, "Suppose I am terribly to blame, yet my thoughts are in a tangle, my soul is in bondage to a sort of sloth, and I am incapable of understanding myself. . . ." In Act II, he says to Sasha, "My conscience aches day and night, I feel that I am profoundly to blame, but in what exactly I have done wrong I cannot make out."

To exhaustion, boredom, and the feeling of guilt add one more enemy: loneliness. Were Ivanov an official, an actor, a priest, a professor, he would have grown used to his position. But he lives on his estate. He is in the country. His neighbors are either drunkards or fond of cards, or are of the same type as the doctor. None of them cares about his feelings or the change that has taken place in him. He is lonely. Long winters, long evenings, an empty garden, empty rooms, the grumbling Count, the ailing wife. . . . He has nowhere to go. This is why he is every minute tortured by the question: what is he to do with himself?

Now about his fifth enemy. Ivanov is tired and does not understand himself, but life has nothing to do with that! It makes its legitimate demands upon him, and whether he will or no, he must settle problems. His sick wife is a problem, his numerous debts are a problem, Sasha flinging herself on his neck is a problem. The way in which he settles all these problems must be evident from his monologue in Act III, and from the contents of the last two acts. Men like Ivanov do not solve difficulties, but collapse under their weight. They lose their heads, gesticulate, become nervous, complain, do silly things, and finally, giving rein to their flabby, undisciplined nerves, lose the ground under their feet and enter the class of the "broken down" and "misunderstood."

Disappointment, apathy, nervous limpness, and exhaustion are the inevitable consequences of extreme excitability, and such excitability is extremely characteristic of our young people. Take literature. Take the present time . . . Socialism is one of the forms of this excitement. But where is socialism? You see it in Tikhomirov's letter to the Tsar. The socialists are married and they criticize the Zemstvo. Where is Liberalism? Mikhailovsky himself says that all the labels have been mixed up now. And what are all the Russian enthusiasms worth? The war has wearied us, Bulgaria has wearied us till we can only be ironical about it. Zucchi has wearied us and so has the comic opera.

Exhaustion (Dr. Bertenson will confirm this) finds expression not only in complaining or the sensation of boredom. The life of an overtired man cannot be represented like this: ⌇⌇⌇⌇⌇⌇⌇⌇⌇⌇⌇⌇⌇⌇⌇⌇⌇⌇⌇⌇⌇⌇⌇⌇⌇⌇⌇⌇⌇⌇
It is very unequal. Overtired people never lose the capacity for becoming extremely excited, but cannot keep it up for long, and each excitement is followed by still greater apathy. . . . Graphically, it could be represented like this:

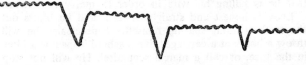

The fall as you see, is not continuous but broken. Sasha declares her love and Ivanov cries out in ecstasy, "A new life!"—and next morning he believes in this new life as little as he does in spooks (the monologue in Act III); his wife insults him and, fearfully worked up and beside himself with anger, he flings a cruel insult at her. He is called a scoundrel. This is either fatal to his tottering brain, or stimulates him to a fresh paroxysm, and he pronounces sentence on himself.

Not to tire you out altogether I pass now to Dr. Lvov. He is the type of an honest, straightforward, hotheaded, but narrow and uncompromising man. Clever people say of such men, "He is stupid, but his heart is in the right place." Anything like breadth of outlook or unreflecting feeling is foreign to Lvov. He is the embodiment of a program, a walking tendency. He looks through a narrow frame at every person and event, he judges everything according to preconceived notions. Those who shout, "Make way for honest labor!" are an object of worship to him; those who do not shout it are scoundrels and exploiters. There is no middle. He has been brought up on Mikhailov's novels; at the theatre he has seen on the stage "new men," i.e., the exploiters and sons of our age, painted by the modern playwrights. He has stored it all up, and so much so, that when he reads *Rudin* he is sure to be asking himself, "Is Rudin a scoundrel or not?" Literature and the stage have so educated him that he approaches every character in real life and in fiction with this question. . . . If it were given him to see your own play, he would blame you for not saying clearly: are Mmes. Kotelnikov, Sabinin, Adashev, Matvella, scoundrels, or not? That question is to him of first importance. It is not enough for him that all men are sinners. He wants saints and villains.

He was prejudiced before he came to the district. He at once classed all the rich peasants as exploiters, and Ivanov, whom he could not understand, as a scoundrel. Why, the man has a sick wife and he goes to see a rich lady neighbor—of course he is a scoundrel! It is obvious that he is killing his wife in order to marry an heiress.

Lvov is honest and straightforward, and he blurts out the truth without sparing himself. If necessary, he will throw a bomb at a carriage, give a school inspector a blow in the face, or call a man a scoundrel. He will not stop at anything. He never feels remorse—it is his mission as "an honest worker" to fight "the powers of darkness"!

Such people are useful, and are for the most part attractive. To caricature them, even in the interests of the play, is unfair and, indeed, unnecessary. True, a caricature is more striking, and therefore easier to understand, but it is better to put your color on too faint than too strong.

Now about the women. What do they love Ivanov for? Sarra loves him because he is a fine man, because he has enthusiasm, because he is brilliant and speaks with as much heat as Lvov (Act I, scene 7). She loves him while he is excited and interesting; but when he begins to grow misty in her eyes, and to lose definiteness of outline, she ceases to understand him, and at the end of Act III speaks out plainly and sharply.

Sasha is a young woman of the newest type. She is well educated, intelligent, honest, and so on. In the realm of the blind a one-eyed man is king, and so she favors Ivanov in spite of his being thirty-five. He is better than anyone else. She knew him when she was a child and saw his work close at hand, at the period before he was exhausted. He is a friend of her father's.

She is a female who is not won by the vivid plumage of the male, not by their courage and dexterity, but by their complaints, whinings, and failures. She is the sort of girl who loves a man when he is going downhill. The moment Ivanov loses heart the young lady is on the spot! That's just what she was waiting for. Just think of it, she now has such a holy, such a grateful task before her! She will raise up the fallen one, set him on his feet, make him happy. . . . It is not Ivanov she loves, but this mission. Argenton[2] in Daudet's book says, "Life is not a novel." Sasha does not know this. She does not know that for Ivanov love is only a fresh complication, an extra stab in the back. And what comes of it? She struggles with him for a whole year and, instead of being raised, he sinks lower and lower.

If all of this is not in the play, there can be no question of producing it. It seems that I did not write what I wished. Remove it from the boards. I do not want to preach heresy on the stage. If the audience will leave the theatre with the conviction that Ivanovs are scoundrels and that Doctors Lvov are great men, then I'll have to give up and fling my pen to the devil. You won't get anywhere with corrections and insertions. No corrections can bring down a great man from his pedestal, and no insertions can change a scoundrel into an ordinary sinful mortal. You may bring Sasha on the stage at the end, but to Ivanov and Lvov I can add nothing more. I simply don't know how. And if I should add anything, it will spoil the effect still more. Trust in my intuition; it is an author's, you know. If the public does not understand "iron in the blood," then to the devil with it, i.e., with the blood in which there is no iron.

. . . Characteristically, Ivanov often lets fall the word "Russian." Don't be cross about it. When I was writing the play I had in mind only the things that really matter —that is, only the typical Russian characteristics. Thus the extreme excitability, the feeling of guilt, the liability to become exhausted are purely Russian. Germans are never excited, and that is why Germany knows nothing of disappointed, superfluous, or overtired people. . . . The excitability of the French is always maintained at one and the same level, and makes no sudden bounds or falls, and so a Frenchman is normally excited down to a decrepit old age. In other words, the French do not have to waste their strength in overexcitement; they spend their powers sensibly, and do not go bankrupt.

[2] In Alphonse Daudet's *Jack*.

It is understood that in the play I did not use such terms as "Russian," "excitability," etc., in the full expectation that the reader and spectator would be attentive and that for them it would not be necessary to underscore these. I tried to express myself simply, was not subtle, and was far from the suspicion that the readers and spectators would fasten my characters to a phrase, would emphasize the conversations about the dowry, etc. I suppose I could not write the play. Of course, it is a pity. Ivanov and Lvov appear to my imagination to be living people. I tell you honestly, in all conscience, these men were born in my head, not by accident, not out of sea foam, or preconceived "intellectual" ideas. They are the result of observing and studying life. They stand in my brain, and I feel that I have not falsified the truth or exaggerated it a jot. If on paper they have not come out clear and living, the fault is not in them but in me, for not being able to express my thoughts. It shows it is too early for me to begin writing plays.

WILLIAM ARCHER
(1856-1924)

BERNARD SHAW
(1856-1950)

Widowers' Houses: A Collaboration[1] (1893)

[WILLIAM ARCHER]

PARTLY to facilitate the labours of Mr George Bernard
Shaw's biographers, and partly by way of relieving my
own conscience, I think I ought to give a short history
of the genesis of Widowers' Houses. Far away back in the
olden days [1885], while as yet the Independent Theatre
slumbered in the womb of Time, together with the New
Drama, the New Criticism, the New Humour, and all the
other glories of our renovated world, I used to be a daily
frequenter of the British Museum Reading Room. Even
more assiduous in his attendance was a young man of tawny
complexion and attire, beside whom I used frequently to
find myself seated. My curiosity was piqued by the odd
conjunction of his subjects of research. Day after day
for weeks he had before him two books, which he studied
alternately, if not simultaneously—Karl Marx's Das Kapi-
tal (in French), and an orchestral score of Tristan und
Isolde. I did not know then how exactly this quaint
juxtaposition symbolised the main interests of his life.
Presently I met him at the house of a common acquaintance, and we conversed for the first time. I learned from
himself that he was the author of several unpublished
masterpieces of fiction. Construction, he owned with en-
gaging modesty, was not his strong point, but his dialogue
was incomparable. Now, in those days, I had still a certain
hankering after the rewards, if not the glories, of the playwright. With a modesty in no way inferior to Mr Shaw's, I
had realised that I could not write dialogue a bit; but I
still considered myself a born constructor. So I proposed,

[1] Bernard Shaw, *Prefaces* (London: Constable & Co. Ltd.,
1934), pp. 667–71. Reprinted by permission of The Public
Trustee and The Society of Authors.

and Mr Shaw agreed to, a collaboration. I was to provide him with one of the numerous plots I kept in stock, and he was to write the dialogue. So said, so done. I drew out, scene by scene, the scheme of a twaddling cup-and-saucer comedy vaguely suggested by Augier's Ceinture Dorée. The details I forget, but I know it was to be called Rhinegold, was to open, as Widowers' Houses actually does, in a hotel-garden on the Rhine, and was to have two heroines, a sentimental and a comic one, according to the accepted Robertson-Byron-Carton formula. I fancy the hero was to propose to the sentimental heroine, believing her to be the poor niece instead of the rich daughter of the sweater, or slum-landlord, or whatever he may have been; and I know he was to carry on in the most heroic fashion, and was ultimately to succeed in throwing the tainted treasure of his father-in-law, metaphorically speaking, into the Rhine. All this I gravely propounded to Mr Shaw, who listened with no less admirable gravity. Then I thought the matter had dropped, for I heard no more of it for many weeks. I used to see Mr Shaw at the Museum, laboriously writing page after page of the most exquisitely neat shorthand at the rate of about three words a minute; but it did not occur to me that this was our play. After about six weeks he said to me, 'Look here, I've written half the first act of that comedy, and I've used up all your plot. Now I want some more to go on with.' I told him that my plot was a rounded and perfect organic whole, and that I could no more eke it out in this fashion than I could provide him or myself with a set of supplementary arms and legs. I begged him to extend his shorthand and let me see what he had done; but this would have taken him far too long. He tried to decipher some of it orally, but the process was too lingering and painful for endurance. So he simply gave me an outline in narrative of what he had done; and I saw that, so far from having used up my plot, he had not even touched it. There the matter rested for months and years. Mr Shaw would now and then hold out vague threats of finishing 'our play,' but I felt no serious alarm. I thought (judging from my own experience in other cases) that when he came to read over in cold blood what he had written, he would see what impossible stuff it was. Perhaps my free utterance of this view piqued him; perhaps he felt impelled to remove from the Independent Theatre the reproach of dealing solely in foreign products. The fire of his genius, at all events, was not to be quenched by my persistent applications of the wet blanket. He finished his play; Mr Grein, as in duty bound, accepted it; and the result was the performance of Friday last [9th Dec. 1892] at the Independent Theatre.

[BERNARD SHAW]

To this history I have little to add. The circumstances occurred, in the main, as Mr Archer states them. But I most strenuously deny that there is any such great difference between his Rhinegold and Widowers' Houses as he supposes. I appeal to the impartial public, which has now both my play and Mr Archer's story before it, to judge whether I did not deal faithfully with him. The Rhine hotel garden, the hero proposing to the heroine in ignorance of the source of her father's wealth, the "tainted treasure of the father-in-law," the renunciation of it by the lover: all these will be found as prominently in the pages of the play as in Mr Archer's description of the fable which he persists in saying I did "not even touch." As a matter of fact the dissolution of partnership between us came when I told him that I had finished up the renunciation and wanted some more story to go on with, as I was only in the middle of the second act. He said that according to his calculation the renunciation ought to have landed me at the end of the play. I could only reply that his calculation did not work out, and that he must supply further material. This he most unreasonably refused to do; and I had eventually to fish up the tainted treasure out of the Rhine, so to speak, and make it last out another act and a half, which I had to invent all by myself. Clearly, then, he was the defaulter; and I am the victim.

It will have been noted by the attentive reader that what I have called a story, Mr Archer calls a plot; and that he mentions two heroines, introduced for the sole purpose of being mistaken for one another. Now, I confess to discarding the second daughter. She was admittedly a mere joist in the plot; and I had then, have now, and have always had, an utter contempt for "constructed" works of art. How any man in his senses can deliberately take as his model the sterile artifice of Wilkie Collins or Scribe,

and repudiate the natural artistic activity of Fielding,
Goldsmith, Defoe and Dickens, not to mention Aeschylus
and Shakespear, is beyond argument with me: those
who entertain such preferences are obviously incapable
people, who prefer a "well made play" to King Lear exactly as they prefer acrostics to sonnets. As a fictionist,
my natural way is to imagine characters and spin out a
story about them, whether I am writing a novel or a play;
and I please myself by reflecting that this has been the
way of all great masters of fiction. At the same time I am
quite aware that a writer with the necessary constructive
ingenuity, and the itch for exercising it for its own sake, can
entertain audiences or readers very agreeably by carefully
constructing and unravelling mysteries and misunderstand-
ings; and that this ingenuity may be associated with sufficient creative imagination to give a considerable show of
humanity and some interest of character to the puppets
contrived for the purpose of furthering the plot. The line
between the authors who place their imagination at the
service of their ingenuity and those who place their ingenuity at the service of their imagination may be hard to draw
with precise justice (to Edgar Allan Poe, for instance!);
but it is clear that if we draw it as an equator, Scribe and
the plot constructors will be at the south pole, and
Aeschylus and the dramatic poets at the north. Now,
Archer's Rhinegold, in the absence of any convincing
evidence that I was an Aeschylus, was designed for the
southern hemisphere; and Widowers' Houses was built for
the north. I told the story, but discarded the plot;
and Archer at once perceived that this step made the
enterprise entirely my own, since the resultant play,
whether good or bad, must on my method be
a *growth* out of the stimulated imagination of the actual
writer, and not a manufactured article constructed by an
artisan according to plans and specifications supplied by
an inventor. The collaboration was therefore dropped; and
after finishing the second act, so as to avoid leaving a
loose end, and noting such beginnings of the third as had
already sprouted, I left the work aside for seven years
and thought no more of it. Last August, having been
rather overworked by the occurrence of a General Election
at the busiest part of the journalistic season in London,
I could do nothing for a while but potter aimlessly over my
old papers, among which I came across the manuscript of

the play; and it so tickled me that I there and then sat down and finished it. But for Mr Grein and the Independent Theatre Society it would probably have gone back to its drawer and lain there for another seven years, if not for ever.

Some idea of the discussion which followed the performance may be gathered from the appendices which will be found at the end of this preface. The entire novelty on the stage of the standpoint taken, which is impartially Socialistic, greatly confused the critics, especially those who are in the habit of accepting as Socialism that spirit of sympathy with the poor and indignant protest against suffering and injustice which, in modern literature, culminated in Victor Hugo's Les Misérables, and has lately been forced into the theatre by the pressure of the Socialist propaganda outside. This "stage Socialism" is represented in my play by the good-natured compunction of my hero, who conceives the horrors of the slums as merely the result of atrocious individual delinquency on the part of the slum landlord. In spite of the unanswerable way in which the shallowness and impracticability of this view are exposed at once by a single speech from a practical business man many of my critics were unable to rid themselves of it. They dismissed the man of business as a sophistical villain, and so got hopelessly astray as to the characterization in the piece. My portraiture of Lickcheese, the slum rent collector, an effective but quite common piece of work, pleased better than any of the rest. My technical skill as a playwright sustained many attacks, all based on the assumption that the only admissible stage technique is the technique of plot construction, an assumption which excludes Shakespear and Goethe from the ranks of competent stage workmen, and which therefore appears to me to reduce itself to absurdity, although I am well aware that many of our critics look on Shakespear and Goethe as literary men who were unfortunately disabled from producing good acting plays by their deficiency in the stagecraft of the ordinary farcical comedy writer and melodramatist. It was further objected that my play, being didactic, was therefore not a work of art—a proposition which, if examined, will be found to mean either that the world's acknowledged masterpieces are not works of art, or else exactly nothing at all. Now, I submit that I could not reasonably be expected to defer to

the authority of canons of art which no artist acknowledges,
and in subjection to which no art would be possible, even
if I had not, by my practice in the profession of music
critic during the remarkable development effected both
in that art and in its criticism by Richard Wagner, been
sufficiently trained in critical processes to recognize the
objections I have cited as nothing more than the common
fallacies and ineptitudes into which all critics fall when first
confronted with a progressive movement. I have also prac-
tised picture criticism, and have had to make up my mind
as to the pre-Raphaelite movement and the Impression-
ist movement, with the result that I have come to suspect dramatic critics of never having had to make up
their minds about anything, owing to the fact that until
the advent of Ibsen the other day there had not for many
years been anything worth calling a movement in dramatic art. I by no means undervalued their like or dislike of my work, which was written as much to please
them as anyone else; but, as an expert, I found their
critical analysis anything but skilful, and their power of
imposing on themselves by phrase-making, boundless.
Even the best of the younger school will occasionally be
satisfied that he has quite accounted for an unexpected
speech by dismissing it as a wanton paradox (without any
consciousness of having insulted the author); or he will
dispose of an incident by pointing out that it is "incon-
sistent"; or, if he wishes to be specially ingenious, he will
say of a character—a red-haired one, for instance—
that it is not a human being at all, but a type of the
red-haired variety of mankind. I make free to criticize
my critics thus because some of them are my personal
friends; others have dealt so handsomely by me that I
cannot very well except them without a ridiculous appearance of returning the compliment; and the rest will be all
the better for being brought to book. Besides, I may
offer my Quintessence of Ibsenism, written and published
before there was any question of finishing or producing
Widowers' Houses, as a substantial proof that my interest
in the art of criticism is not at bottom merely the protest of my own sensitiveness against the very disrespectful
way in which my work has been handled in various
quarters. There must, however, be no mistake as to the
ground upon which I challenge criticism for the play, now
that I submit it in print to the public. It is a propagandist

play—a didactic play—a play with a purpose; but I do
not therefore claim any special indulgence for it from
people who go to the theatre to be entertained. I offer it
as a technically good practicable stage play, one which
will, if adequately acted, hold its proper audience and
drive its story home to the last word.

But in claiming place for my play among works of art,
I must make a melancholy reservation. One or two
friendly readers may find it interesting, amusing, even
admirable, as far as a mere topical farce can excite admiration; but nobody will find it a beautiful or lovable work.
It is saturated with the vulgarity of the life it represents:
the people do not speak nobly, live gracefully, or sincerely
face their own position: the author is not giving expression
in pleasant fancies to the underlying beauty and romance
of happy life, but dragging up to the smooth surface of
"respectability" a handful of the slime and foulness of its
polluted bed, and playing off your laughter at the scandal
of the exposure against your shudder at its blackness. I
offer it as my own criticism of the author of Widowers'
Houses that the disillusion which makes all great dramatic
poets tragic has here made him only derisive; and de-
rision is by common consent a baser atmosphere than
that of tragedy. I had better have written a beautiful
play, like Twelfth Night, or a grand play, like the tragic
masterpieces; but, frankly, I was not able to: modern
commercialism is a bad art school, and cannot, with all
its robberies, murders and prostitutions, move us in the
grand manner to pity and terror: it is squalid, futile,
blundering, mean, ridiculous, for ever uneasily pretending
to be the wide-minded, humane, enterprising thing it
is not. It is not my fault, reader, that my art is the expression of my sense of moral and intellectual perversity
rather than of my sense of beauty. My life has been
passed mostly in big modern towns, where my sense of
beauty has been starved whilst my intellect has been
gorged with problems like that of the slums in this play,
until at last I have come, in a horrible sort of way, to
relish them enough to make them the subjects of my
essays as an artist. Such art as can come out of these
conditions for a man of my endowment I claim to have
put into my work; and therefore you will please judge it,
not as a pamphlet in dialogue, but as in intention a work
of art as much as any comedy of Molière's is a work of

art, and as pretending to be a better made play for actual use and long wear on the boards than anything that has yet been turned out by the patent constructive machinery. And I claim that its value in both respects is enhanced by the fact that it deals with a burning social question, and is deliberately intended to induce people to vote on the Progressive side at the next County Council election in London. So, as the clown says in All's Well, "Spare not me." I am no novice in the current critical theories of dramatic art; and what I have done I have done on purpose.

JOHN MILLINGTON SYNGE
(1871-1909)

The Playboy of the Western World[1] (1907)

IN WRITING *The Playboy of the Western World,* as in my other plays, I have used one or two words only that I have not heard among the country people of Ireland, or spoken in my own nursery before I could read the newspapers. A certain number of the phrases I employ I have heard also from herds and fishermen along the coast from Kerry to Mayo, or from beggarwomen and ballad singers near Dublin; and I am glad to acknowledge how much I owe to the folk imagination of these fine people. Anyone who has lived in real intimacy with the Irish peasantry will know that the wildest sayings and ideas in this play are tame indeed, compared with the fancies one may hear in any little hillside cabin in Geesala, or Carraroe, or Dingle Bay. All art is a collaboration; and there is little doubt that in the happy ages of literature, striking and beautiful phrases were as ready to the storyteller's or the playwright's hand, as the rich cloaks and dresses of his time. It is probable that when the Elizabethan dramatist took his inkhorn and sat down to his work he used many phrases that he had just heard, as he sat at dinner, from his mother or his children. In Ireland, those of us who know the people have the same privilege. When I was writing *The Shadow of the Glen,* some years ago, I got more aid than any learning could have given me from a chink in the floor of the old Wicklow house where I was staying, that let me hear what was being said by the servant girls in the kitchen. This matter, I think, is of importance, for in countries where the imagination of the people, and the language they use, is rich and living, it is possible for

1 *The Complete Works of John M. Synge* (New York: Random House, 1935), pp. 3, 177–78. Copyright 1935 by the Modern Library, Inc. Reprinted by permission of Random House, Inc., and George Allen and Unwin, Ltd., London.

a writer to be rich and copious in his words, and at the same time to give the reality, which is the root of all poetry, in a comprehensive and natural form. In the modern literature of towns, however, richness is found only in sonnets, or prose poems, or in one or two elabrate books that are far away from the profound and common interests of life. One has, on one side, Mallarmé and Huysmans producing this literature; and, on the other, Ibsen and Zola dealing with the reality of life in joyless and pallid words. On the stage one must have reality, and one must have joy; and that is why the intellectual modern drama has failed, and people have grown sick of the false joy of the musical comedy that has been given them in place of the rich joy found only in what is superb and wild in reality. In a good play every speech should be as fully flavored as a nut or apple, and such speeches cannot be written by anyone who works among people who have shut their lips on poetry. In Ireland, for a few years more, we have a popular imagination that is fiery and magnificent, and tender; so that those who wish to write start with a chance that is not given to writers in places where the springtime of the local life has been forgotten, and the harvest is a memory only, and the straw has been turned into bricks.

The Tinker's Wedding

THE DRAMA is made serious—in the French sense of the word—not by the degree in which it is taken up with problems that are serious in themselves, but by the degree in which it gives the nourishment, not easy to define, on which our imaginations live. We should not go to the theatre as we go to a chemists', or a dram shop, but as we go to a dinner, where food we need is taken with pleasure and excitement. This was nearly always so in Spain and England and France, where the drama was at its richest—but in these days the playhouse is too often stocked with the drugs of many seedy problems, or with the absinthe or vermouth of the last musical comedy.

The drama, like the symphony, does not teach or prove anything. Analysts with their problems, and teachers with their systems, are soon as old-fashioned as the pharmacopoeia of Galen—look at Ibsen and the Germans—but the best plays of Ben Jonson and Molière can no more go out of fashion than the blackberries on the hedges.

Of the things which nourish the imagination humor is one of the most needful, and it is dangerous to limit or destroy it. Baudelaire calls laughter the greatest sign of the Satanic element in man; and when a country loses its humor, as some towns in Ireland are doing, there will be morbidity of mind, as Baudelaire's mind was morbid.

In the greater part of Ireland, however, the whole people, from the tinkers to the clergy, have still a life and view of life, that are rich and genial and humorous. I do not think that these country people, who have so much humor themselves, will mind being laughed at without malice, as the people in every country have been laughed at in their comedies.

LUIGI PIRANDELLO
(1867-1936)

Six Characters in Search of an Author[1] (1925)

IT SEEMS like yesterday but is actually many years ago that a nimble little maidservant entered the service of my art. However, she always comes fresh to the job.

She is called Fantasy.

A little puckish and malicious, if she likes to dress in black no one will wish to deny that she is often positively bizarre and no one will wish to believe that she always does everything in the same way and in earnest. She sticks her hand in her pocket, pulls out a cap and bells, sets it on her head, red as a cock's comb, and dashes away. Here today, there tomorrow. And she amuses herself by bringing to my house—since I derive stories and novels and plays from them—the most disgruntled tribe in the world, men, women, children, involved in strange adventures which they can find no way out of; thwarted in their plans; cheated in their hopes; with whom, in short, it is often torture to deal.

Well, this little maidservant of mine, Fantasy, several years ago, had the bad inspiration or ill-omened caprice to bring a family into my house. I wouldn't know where she fished them up or how, but, according to her, I could find in them the subject for a magnificent novel.

I found before me a man about fifty years old, in a dark jacket and light trousers, with a frowning air and ill-natured, mortified eyes; a poor woman in widow's weeds leading by one hand a little girl of four and by the other a boy of rather more than ten; a cheeky and "sexy" girl, also clad in black but with an equivocal and brazen pomp, all atremble with a lively, biting contempt for the

[1] Luigi Pirandello, Preface, *Six Characters in Search of an Author,* translated by Eric Bentley, *Naked Masks* (New York: E. P. Dutton & Co.), pp. 363–75. Copyright 1952 by E. P. Dutton & Co., Inc. Reprinted by permission of E. P. Dutton & Co., Inc.

mortified old man and for a young fellow of twenty who
stood on one side closed in on himself as if he despised
them all. In short, the six characters who are seen coming
on stage at the beginning of the play. Now one of them and
now another—often beating down one another—em-
barked on the sad story of their adventures, each shouting
his own reasons, and projecting in my face his disordered passions, more or less as they do in the play to
the unhappy Manager.

What author will be able to say how and why a character
was born in his fantasy? The mystery of artistic creation
is the same as that of birth. A woman who loves may
desire to become a mother; but the desire by itself, however intense, cannot suffice. One fine day she will find herself a mother without having any precise intimation when
it began. In the same way an artist imbibes very many
germs of life and can never say how and why, at a certain moment, one of these vital germs inserts itself into
his fantasy, there to become a living creature on a plane
of life superior to the changeable existence of every day.

I can only say that, without having made any effort
to seek them out, I found before me, alive—you could
touch them and even hear them breathe—the six characters now seen on the stage. And they stayed there
in my presence, each with his secret torment and all
bound together by the one common origin and mutual
entanglement of their affairs, while I had them enter the
world of art, constructing from their persons, their passions, and their adventures a novel, a drama, or at
least a story.

Born alive, they wished to live.

To me it was never enough to present a man or a woman
and what is special and characteristic about them simply
for the pleasure of presenting them; to narrate a particular affair, lively or sad, simply for the pleasure of
narrating it; to describe a landscape simply for the
pleasure of describing it.

There are some writers (and not a few) who do feel
this pleasure and, satisfied, ask no more. They are, to
speak more precisely, historical writers.

But there are others who, beyond such pleasure, feel
a more profound spiritual need on whose account they
admit only figures, affairs, landscapes which have
been soaked, so to speak, in a particular sense of life

and acquire from it a universal value. These are, more precisely, philosophical writers.

I have the misfortune to belong to these last.

I hate symbolic art in which the presentation loses all spontaneous movement in order to become a machine, an allegory—a vain and misconceived effort because the very fact of giving an allegorical sense to a presentation clearly shows that we have to do with a fable which by itself has no truth either fantastic or direct; it was made for the demonstration of some moral truth. The spiritual need I speak of cannot be satisfied—or seldom, and that to the end of a superior irony, as for example in Ariosto—by such allegorical symbolism. This latter starts from a concept, and from a concept which creates or tries to create for itself an image. The former on the other hand seeks in the image—which must remain alive and free throughout—a meaning to give it value.

Now, however much I sought, I did not succeed in uncovering this meaning in the six characters. And I concluded therefore that it was no use making them live.

I thought to myself: "I have already afflicted my readers with hundreds and hundreds of stories. Why should I afflict them now by narrating the sad entanglements of these six unfortunates?"

And, thinking thus, I put them away from me. Or rather I did all I could to put them away.

But one doesn't give life to a character for nothing.

Creatures of my spirit, these six were already living a life which was their own and not mine any more, a life which it was not in my power any more to deny them.

Thus it is that while I persisted in desiring to drive them out of my spirit, they, as if completely detached from every narrative support, characters from a novel miraculously emerging from the pages of the book that contained them, went on living on their own, choosing certain moments of the day to reappear before me in the solitude of my study and coming—now one, now the other, now two together—to tempt me, to propose that I present or describe this scene or that, to explain the effects that could be secured with them, the new interest which a certain unusual situation could provide, and so forth.

For a moment I let myself be won over. And this condescension of mine, thus letting myself go for a

while, was enough, because they drew from it a new incre-
ment of life, a greater degree of clarity and addition, consequently a greater degree of persuasive power over me.
And thus as it became gradually harder and harder for
me to go back and free myself from them, it became
easier and easier for them to come back and tempt me.
At a certain point I actually became obsessed with them.
Until, all of a sudden, a way out of the difficulty flashed
upon me.

"Why not," I said to myself, "present this highly strange
fact of an author who refuses to let some of his characters
live though they have been born in his fantasy, and the
fact that these characters, having by now life in their veins,
do not resign themselves to remaining excluded from the
world of art? They are detached from me; live on their
own; have acquired voice and movement; have by themselves—in this struggle for existence that they have had
to wage with me—become dramatic characters, characters that can move and talk on their own initiative;
already see themselves as such; have learned to defend
themselves against me; will even know how to defend
themselves against others. And so let them go where
dramatic characters do go to have life: on a stage. And
let us see what will happen."

That's what I did. And, naturally, the result was what
it had to be: a mixture of tragic and comic, fantastic
and realistic, in a humorous situation that was quite new
and infinitely complex, a drama which is conveyed by
means of the characters, who carry it within them and
suffer it, a drama, breathing, speaking, self-propelled,
which seeks at all costs to find the means of its own
presentation; and the comedy of the vain attempt at an
improvised realization of the drama on stage. First, the
surprise of the poor actors in a theatrical company re-
hearsing a play by day on a bare stage (no scenery, no
flats). Surprise and incredulity at the sight of the six
characters announcing themselves as such in search of
an author. Then, immediately afterward, through that sudden fainting fit of the Mother veiled in black, their instinctive interest in the drama of which they catch a glimpse
in her and in the other members of the strange family, an
obscure, ambiguous drama, coming about so unexpectedly on a stage that is empty and unprepared to receive
it. And gradually the growth of this interest to the burst-

ing forth of the contrasting passions of Father, of Stepdaughter, of Son, of that poor Mother, passions seeking,
as I said, to overwhelm each other with a tragic, lacer-
ating fury.

And here is the universal meaning at first vainly
sought in the six characters, now that, going on stage
of their own accord, they succeed in finding it within
themselves in the excitement of the desperate struggle
which each wages against the other and all wage against
the Manager and the actors, who do not understand them.

Without wanting to, without knowing it, in the strife of
their bedeviled souls, each of them, defending himself
against the accusations of the others, expresses as his
own living passion and torment the passion and torment
which for so many years have been the pangs of my
spirit: the deceit of mutual understanding irremediably
founded on the empty abstraction of the words, the mul-
tiple personality of everyone corresponding to the possibilities of being to be found in each of us, and finally
the inherent tragic conflict between life (which is always
moving and changing) and form (which fixes it, immutable).

Two above all among the six characters, the Father
and the Stepdaughter, speak of that outrageous unalterable fixity of their form in which he and she see
their essential nature expressed permanently and im-
mutably, a nature that for one means punishment and
for the other revenge; and they defend it against the
factitious affectations and unaware volatility of the actors,
and they try to impose it on the vulgar Manager who
would like to change it and adapt it to the so-called exigencies of the theatre.

If the six characters don't all seem to exist on the
same plane, it is not because some are figures of first
rank and others of the second, that is, some are main
characters and others minor ones—the elementary perspective necessary to all scenic or narrative art—nor is
it that any are not completely created—for their purpose. They are all six at the same point of artistic
realization and on the same level of reality, which is
the fantastic level of the whole play. Except that the
Father, the Stepdaughter, and also the Son are realized
as mind; the Mother as nature; the Boy as a presence

watching and performing a gesture and the Baby unaware of it all. This fact creates among them a perspective of a new sort. Unconsciously I had had the impression that some of them needed to be fully realized (artistically speaking), others less so, and others merely sketched in as elements in a narrative or presentational sequence: the most alive, the most completely created, are the Father and the Stepdaughter who naturally stand out more and lead the way, dragging themselves along beside the almost dead weight of the others—first, the Son, holding back; second, the Mother, like a victim resigned to her fate, between the two children who have hardly any substance beyond their appearance and who need to be led by the hand.

And actually! actually they had each to appear in that stage of creation which they had attained in the author's fantasy at the moment when he wished to drive them away.

If I now think about these things, about having intuited that necessity, having unconsciously found the way to resolve it by means of a new perspective, and about the way in which I actually obtained it, they seem like miracles. The fact is that the play was really conceived in one of those spontaneous illuminations of the fantasy when by a miracle all the elements of the mind answer to each other's call and work in divine accord. No human brain, working "in the cold," however stirred up it might be, could ever have succeeded in penetrating far enough, could ever have been in a position to satisfy all the exigencies of the play's form. Therefore the reasons which I will give to clarify the values of the play must not be thought of as intentions that I conceived beforehand when I prepared myself for the job and which I now undertake to defend, but only as discoveries which I have been able to make afterward in tranquillity.

I wanted to present six characters seeking an author. Their play does not manage to get presented—precisely because the author whom they seek is missing. Instead is presented the comedy of their vain attempt with all that it contains of tragedy by virtue of the fact that the six characters have been rejected.

But can one present a character while rejecting him? Obviously, to present him one needs, on the contrary, to receive him into one's fantasy before one can express

him. And I have actually accepted and realized the six
characters: I have, however, accepted and realized them
as rejected: in search of *another* author.

What have I rejected of them? Not themselves, obviously, but their drama, which doubtless is what interests
them above all but which did not interest me—for the
reasons already indicated.

And what is it, for a character—his drama?

Every creature of fantasy and art, in order to exist,
must have his drama, that is, a drama in which he may be
a character and for which he *is* a character. This drama is
the character's *raison d'être,* his vital function, necessary
for his existence.

In these six, then, I have accepted the "being" without
the reason for being. I have taken the organism and
entrusted to it, not its own proper function, but another
more complex function into which its own function entered,
if at all, only as a datum. A terrible and desperate situation especially for the two—Father and Stepdaughter—
who more than the others crave life and more than
the others feel themselves to be characters, that is, absolutely need a drama and therefore their own drama—the
only one which they can envisage for themselves yet which
meantime they see rejected: an "impossible" situation
from which they feel they must escape at whatever cost;
it is a matter of life and death. True, I have given them
another *raison d'être,* another function: precisely that
"impossible" situation, the drama of being in search of
an author and rejected. But that this should be a *raison
d'être,* that it should have become their real function,
that it should be necessary, that it should suffice, they
can hardly suppose; for they have a life of their own.
If someone were to tell them, they wouldn't believe him.
It is not possible to believe that the sole reason for our
living should lie in a torment that seems to us unjust and
inexplicable.

I cannot imagine, therefore, why the charge was brought
against me that the character of the Father was not what
it should have been because it stepped out of its quality
and position as a character and invaded at times the
author's province and took it over. I who understand those
who don't quite understand me see that the charge derives
from the fact that the character expresses and makes his
own a torment of spirit which is recognized as mine.

Which is entirely natural and of absolutely no significance. Aside from the fact that this torment of spirit in the character of the Father derives from causes, and is suffered and lived for reasons that have nothing to do with the drama of my personal experience, a fact which alone removes all substance from the criticism, I want to make it clear that the inherent torment of my spirit is one thing, a torment which I can legitimately—provided that it be organic—reflect in a character, and that the activity of my spirit as revealed in the realized work, the activity that succeeds in forming a drama out of the six characters in search of an author is another thing. If the Father participated in this latter activity, if he competed in forming the drama of the six characters without an author, then and only then would it by all means be justified to say that he was at times the author himself and therefore not the man he should be. But the Father suffers and does not create his existence as a character in search of an author. He suffers it as an inexplicable fatality and as a situation which he tries with all his powers to rebel against, which he tries to remedy; hence it is that he is a character in search of an author and nothing more, even if he expresses as his own the torment of my spirit. If he, so to speak, assumed some of the author's responsibilities, the fatality would be completely explained. He would, that is to say, see himself accepted, if only as a rejected character, accepted in the poet's heart of hearts, and he would no longer have any reason to suffer the despair of not finding someone to construct and affirm his life as a character. I mean that he would quite willingly accept the *raison d'être* which the author gives him and without regrets would forgo his own, throwing over the Manager and the actors to whom in fact he runs as his only recourse.

There is one character, that of the Mother, who on the other hand does not care about being alive (considering being alive as an end in itself). She hasn't the least suspicion that she is *not* alive. It has never occurred to her to ask how and why and in what manner she lives. In short, she is not aware of being a character inasmuch as she is never, even for a moment, detached from her role. She doesn't know she has a role.

This makes her perfectly organic. Indeed, her role of Mother does not of itself, in its natural essence, em-

brace mental activity. And she does not exist as a mind.
She lives in an endless continuum of feeling, and therefore she cannot acquire awareness of her life—that is,
of her existence as a character. But with all this, even she,
in her own way and for her own ends, seeks an author,
and at a certain stage seems happy to have been brought
before the Manager. Because she hopes to take life from
him, perhaps? No: because she hopes the Manager will
have her present a scene with the Son in which she would
put so much of her own life. But it is a scene which does
not exist, which never has and never could take place. So
unaware is she of being a character, that is, of the life
that is possible to her, all fixed and determined, moment
by moment, in every action, every phrase.

   She appears on stage with the other characters but
without understanding what the others make her do. Obviously, she imagines that the itch for life with which the
husband and the daughter are afflicted and for which she
herself is to be found on stage is no more than one of the
usual incomprehensible extravagances of this man who is
both tortured and torturer and—horrible, most horrible
—a new equivocal rebellion on the part of that poor
erring girl. The Mother is completely passive. The events
of her own life and the values they assume in her eyes,
her very character, are all things which are "said" by the
others and which she only once contradicts, and that
because the maternal instinct rises up and rebels within
her to make it clear that she didn't at all wish to abandon
either the son or the husband: the Son was taken from
her and the husband forced her to abandon him. She is
only correcting data; she explains and knows nothing.

   In short, she is nature. Nature fixed in the figure of a
mother.

   This character gave me a satisfaction of a new sort,
not to be ignored. Nearly all my critics, instead of
defining her, after their habit, as "unhuman"—which
seems to be the peculiar and incorrigible characteristic of
all my creatures without exception—had the goodness to
note "with real pleasure" that at last a *very human* figure
had emerged from my fantasy. I explain this praise to
myself in the following way: since my poor Mother is entirely limited to the natural attitude of a Mother with no
possibility of free mental activity, being, that is, little
more than a lump of flesh completely alive in all its

functions—procreation, lactation, caring for and loving
its young—without any need therefore of exercising her
brain, she realizes in her person the true and complete
"human type." That must be how it is, since in a human
organism nothing seems more superfluous than the mind.

But the critics have tried to get rid of the Mother with
this praise without bothering to penetrate the nucleus of
poetic values which the character in the play represents.
A very human figure, certainly, because mindless, that is,
unaware of being what she is or not caring to explain it to
herself. But not knowing that she is a character doesn't
prevent her from being one. That is her drama in my
play. And the most living expression of it comes spurt-
ing out in her cry to the Manager, who wants her to think
all these things have happened already and therefore cannot now be a reason for renewed lamentations: "No, it's
happening now, it's happening always! My torture is not a
pretense, signore! I am alive and present, always, in every
moment of my torture: it is renewed, alive, and present
always!" This she *feels,* without being conscious of it, and
feels it therefore as something inexplicable: but she feels it
so terribly that she doesn't think it *can* be something to
explain either to herself or to others. She feels it and
that is that. She feels it as pain and this pain is immediate; she cries it out. Thus she reflects the growing
fixity of life in a form—the same thing, which in another
way, tortures the Father and the Stepdaughter. In them,
mind. In her, nature. The mind rebels and, as best it
may, seeks an advantage; nature, if not aroused by sen-
sory stimuli, weeps.

Conflict between life-in-movement and form is the in-
exorable condition not only of the mental but also of the
physical order. The life which in order to exist has become fixed in our corporeal form little by little kills
that form. The tears of a nature thus fixed lament the ir-
reparable, continuous aging of our bodies. Hence the
tears of the Mother are passive and perpetual. Revealed
in three faces, made significant in three distinct and
simultaneous dramas, this inherent conflict finds in
the play its most complete expression. More: the Mother
declares also the particular value of artistic form—a form
which does not delimit or destroy its own life and which
life does not consume—in her cry to the Manager. If
the Father and Stepdaughter began their scene a hun-

dred thousand times in succession, always, at the appointed moment, at the instant when the life of the work of art must be expressed with that cry, it would always be heard, unaltered and unalterable in its form, not as a mechanical repetition, not as a return determined by external necessities, but, on the contrary, alive every time and as new, suddenly born *thus forever!* embalmed alive in its incorruptible form. Hence, always, as we open the book, we shall find Francesca alive and confessing to Dante her sweet sin, and if we turn to the passage a hundred thousand times in succession, a hundred thousand times in succession Francesca will speak her words, never repeating them mechanically, but saying them as though each time were the first time with such living and sudden passion that Dante every time will turn faint. All that lives, by the fact of living, has a form, and by the same token must die—except the work of art which lives forever in so far as it *is* form.

The birth of a creature of human fantasy, a birth which is a step across the threshold between nothing and eternity, can also happen suddenly, occasioned by some necessity. An imagined drama needs a character who does or says a certain necessary thing; accordingly this character is born and is precisely what he had to be. In this way Madame Pace is born among the six characters and seems a miracle, even a trick, realistically portrayed on the stage. It is no trick. The birth is real. The new character is alive not because she was alive already but because she is now happily born as is required by the fact of her being a character—she is obliged to be as she is. There is a break here, a sudden change in the level of reality of the scene, because a character can be born in this way only in the poet's fancy and not on the boards of a stage. Without anyone's noticing it, I have all of a sudden changed the scene: I have gathered it up again into my own fantasy without removing it from the spectator's eyes. That is, I have shown them, instead of the stage, my own fantasy in the act of creating—my own fantasy in the form of this same stage. The sudden and uncontrollable changing of a visual phenomenon from one level of reality to another is a miracle comparable to those of the saint who sets his own statue in motion: it is neither wood nor stone at such a moment. But the miracle is not arbitrary. The stage—a stage which accepts the fantastic reality of the six characters—is no fixed, immutable datum. Nothing in this play exists as given and preconceived. Everything is in the making, is in motion, is a sudden experiment: even the place in which this unformed life, reaching after its own form, changes and changes again contrives to shift position organically. The level of reality changes. When I had the idea of bringing Madame Pace to birth right there on the stage, I felt I could do it and I did it. Had I noticed that this birth was unhinging and silently, unnoticed, in a second, giving another shape, another reality to my scene, I certainly wouldn't have brought it about. I would have been afraid of the apparent lack of logic. And I would have committed an ill-omened assault on the beauty of my work. The fervor of my mind saved me from doing so. For, despite appearances, with their specious logic, this fantastic birth is sustained by a real necessity in mysterious, organic relation with the whole life of the work.

That someone now tells me it hasn't all the value it could have because its expression is not constructed but chaotic, because it smacks of romanticism, makes me smile.

I understand why this observation was made to me: because in this work of mine the presentation of the drama in which the six characters are involved appears tumultuous and never proceeds in an orderly manner. There is no logical development, no concatenation of the events. Very true. Had I hunted it with a lamp I couldn't have found a more disordered, crazy, arbitrary, complicated, in short, romantic way of presenting "the drama in which the six characters are involved." Very true. But I have not presented that drama. I have presented another—and I won't undertake to say again what!—in which, among the many fine things that everyone, according to his tastes, can find, there is a discreet satire on romantic procedures: in the six characters thus excited to the point where they stifle themselves in the roles which each of them plays in a certain drama while I present them as characters in another play which they don't know and don't suspect the existence of, so that this inflammation of their passions—which belongs to the realm of romantic procedures—is humorously "placed," located in the void. And the drama of the six characters presented not as it would have been organized by my fantasy had it been accepted but in this way, as a rejected drama, could not exist in the work except as a "situation," with some little development, and could not come out except in indications, stormily, disorderedly, in violent foreshortenings, in a chaotic manner: continually interrupted, sidetracked, contradicted (by one of its characters), denied, and (by two others) not even seen.

There is a character indeed—he who denies the drama which makes him a character, the Son—who draws all his importance and value from being a character not of the comedy in the making—which as such hardly appears—but from the presentation that I made of it. In short, he is the only one who lives solely as a "a character in search of an author"—inasmuch as the author he seeks is not a dramatic author. Even this could not be otherwise. The character's attitude is an organic product of my conception, and it is logical that in the situation it should produce greater confusion and disorder and another element of romantic contrast.

But I had precisely to *present* this organic and natural chaos. And to present a chaos is not at all to present chaotically, that is, romantically. That my presentation is the reverse of confused, that it is quite simple, clear, and orderly, is proved by the clarity which the intrigue, the characters, the fantastic and realistic, dramatic and comic levels of the work have had for every public in the world and by the way in which, for those with more searching vision, the unusual values enclosed within it come out.

Great is the confusion of tongues among men if criticisms thus made find words for their expression. No less great than this confusion is the intimate law of order which, obeyed in all points, makes this work of mine classical and typical and at its catastrophic close forbids the use of words. Though the audience eventually understands that one does not create life by artifice and that the drama of the six characters cannot be presented without an author to give them value with his spirit, the Manager remains vulgarly anxious to know how the thing turned out, and the "ending" is remembered by the Son in its sequence of actual moments, but without any sense and therefore not needing a human voice for its expression. It happens stupidly, uselessly, with the going off of a mechanical weapon on stage. It breaks up and disperses the sterile experiment of the characters and the actors, which has apparently been made without the assistance of the poet.

The poet, unknown to them, as if looking on at a distance during the whole period of the experiment, was at the same time busy creating—with it and of it—his own play.

ERNST TOLLER
(1893-1939)

Transfiguration[1]

IT HAS often been said about my plays that they are not unbiased, not impartial. What does the bourgeois critic call unbiased, impartial? The body of attitudes and perceptions in the traditional tracks of which he jogs along, and which in reality signify the spiritual legitimization of middle-class rule. It is this very form of rule that revolutionary art wants to shake up. What the working people need is a theatre which is intimately bound up with our era. Great art has never been timeless. Whether we consider Sophocles, Aristophanes, Dante, Shakespeare, Kleist, Büchner, Schiller, they all use "topical" problems, and try to give them an "eternal" interpretation. They were the mouthpieces of an idea inspired by the era, of a community struggling in the era. Many of their works have met with the same criticism which nowadays tries to hack to pieces contemporary writings.

No serious artist will dispute the fact that in art there are "timeless" elements, expressions of cosmic relationships in which changes are hardly noticeable.

Even revolutionary dramatic and epic art will awaken within us the consciousness of that ultimateness which Angelus Silesius called "Unio Mystica," and which I would like to call: Silence of the Universe. Fulfilled by the sensual present, the militant artist will create it by instinctive presentiment.

The lyric poet, who by giving form to his feelings overcomes the private aloneness of man—his relationships, happy by nature but saddened with knowledge—follows other laws.

Unfortunately, today we have no dramatic theory with

[1] Ernst Toller, "My Works," translated by Marketa Goetz in *The Tulane Drama Review*, March 1959, pp. 99–106. Reprinted by permission of *The Tulane Drama Review* and Sidney Kaufman.

a contemporary value, such as Lessing created for his period. It is not the abundance of various artistic figures that creates confusion but the lack of clear critical concepts.

The great "pure form" is in theory always the "eternal." But, as a note has to reach a certain high or low pitch in order to be perceived by the human ear, so the poetic work must sound a certain height or depth in order to be perceived by the period. Understand me correctly: today we may be deaf to a great work of art, tomorrow we will hear it. How often we have laid books aside without receiving any particular impression; when we take them up again years later we discover that they really concern us. Let us avoid that mental pharisaism which Trotsky calls "patriotism of the period." If we reject a work of art for ourselves, we must have sufficient sense of distance not to admit the possibility of its relation to other periods, other cultures. No epoch contains the yardstick of all things.

Beauty, too, as a concept has various contents. Any artist at any time strives toward formal beauty; the revolutionary, the socialist within the artist, fights for beauty as reality.

Transfiguration I wrote in the middle of the war. I made copies of the scenes in the military hospital, and handed them out to women during the strike in the beginning of 1918. At that time only one thing mattered to me in my writing: to work for freedom. The play is called Expressionistic. "Reality scenes" and "dream scenes" alternate with each other. Today many people smile at Expressionism; at that time it was a necessary artistic form. It took a stand against that kind of art which was satisfied with lining up impressions side by side, asking no questions about the essence, the responsibility, the idea. The Expressionist wanted to do more than take photographs. Realizing that the artist's environment, as it were, penetrates him and is reflected in the mirror of his soul, he wanted to re-create this environment in its very essence. For it was the intention of Expressionism to influence this environment; it was to be changed, to be given a juster, a brighter face. Reality was to be caught in the bright beam of the idea.

Everything that happened resolved itself into an outer and an inner happening, both being equally important, as equally strong motive forces. The style of Expressionism—I only speak about good style—was terse, almost like a telegram, avoiding minor issues, always penetrating to the center of things. In the Expressionist drama, man was no incidental private person. He was a type, applying to many by leaving out their superficial features. By skinning the human being one hoped to find his soul under the skin.

The realities of the time were so varied and powerful that no one could cope with them. One was able to dominate them only by abstraction, by shedding light on those patterns that established the reason for things.

The period of Expressionism gave place to the New Factuality and to that artistic genre which is called Reportage. I think that the "new objectivity" was a form of modern Biedermeier style; the artist, working with this "new objectivity," was not close to people and things but to their photographs.

Today, when we have gained distance from the individual events, when important matters can be distinguished from unimportant ones, when a thousand details have been forgotten, we have attained a style which is saturated with reality, and yet is founded on an idea. Experience and objectivity fuse once again.

Whether Expressionism has brought forth works that will last will be known in fifty years. One must not, however, forget that it had been born out of a period, and wanted to go to work on that period. Since Schiller's *Robbers,* since *Intrigue and Love,* the theatre has never been to such an extent the platform of contemporary events, surrounded by the squabbles and conflicts of public opinion. Passionate sympathy on one hand, fierce reproaches for biased prejudice on the other.

Every author wants to crowd into his first work all he knows, all he has ever experienced. I did the same. And thus it is not surprising that the private, the lyrical element is more prominent than dramatic structure may permit.

Masses and Man

IN *Masses and Man,* the form is purer. It was very strange: after the play had been performed, one group said it was counterrevolutionary because it condemns any form of violence; others said that it was Bolshevistic because the representative of non-violence is destroyed, and the masses, in spite of suffering defeat for the time being, remain victorious in the long run. Only a few recognized that the battle between individual and masses did not take place merely on the outside, that everyone is intrinsically individual and "mass" at the same time. As an individual he acts in accordance with the moral idea that is considered right. He wants to live by it, even if the world goes to ruin. As a part of the mass, he is driven by social impulses and situations; he wants to reach the goal, even if he has to give up the moral idea. Even today this paradox is insoluble for the politically active man, and I wanted to demonstrate this very insolubility.

The City Theatre in Nuremberg ventured to stage the premiere of *Masses and Man.* Soon Prime Minister von Kahr prohibited all public and even all closed performances of the drama, and stated the reasons for this unconstitutional measure in the meeting of the Landtag. He supported his argument, among other reasons, with a complaint from the Central Society of German Citizens of Jewish faith, who had "taken offense" against the scene in the stock market.

The greater my concern with social problems, the more resolutely I became a socialist, the more clearly I recognized the limit to any possibility of happiness that can be fought for and attained by individual and social strength of will. The revolutionary poet of the nineteenth century believed in the romantic paradise on earth. We know that socialism, too, will end only the pain which comes from the insufficiency of social systems; that there remains a residue of insoluble tragedy, occasioned by the action of cosmic forces. As long as we are not able to overcome lightning and earthquakes, fires and hail storms, hunchbacks and ugly faces, blind eyes and crooked souls, sterility and death, we ought to become humbler.

We know that beauty does not move us as much as misery. We know that it is our task to give form to this misery in a work of art, and to separate ourselves from it in reality. Our social tragedy is a different tragedy from that of the Greeks, which represented pain and misery as something unavoidable that man is destined to submit to. Our tragedy is a different tragedy from that of the Middle Ages, which represented misery as the way to heavenly salvation. We do not want any heavenly salvation. We have realized that two kinds of misery press upon us: the misery that arises from human life, and the misery that arises from the injustice of the social system.

The Machine-Wreckers

IN PERIODS of violent social battles, the theatre will reflect these battles. The proletarian who appears in drama today is no longer the proletarian of the nineteenth century. The stagnating, hopeless air of *The Lower Depths,* though deeply moving, is not his air any more. The proletarian of the nineteenth century suffered gloomily under the burden of his fate, under want, exploitation, excessive work, little pay. The proletarian of the twentieth century became a conscious fighter, the defender of an idea. He does not only criticize, he creates pictures of new realities that he wants to build. His language, influenced by the leading article of his party newspaper, is poorer in strong images, richer in dialectic strength. It could not surprise anyone, then, that on the stage too he repels those who attack him in real life.

In *The Machine-Wreckers* I tried to show the rise of this new proletarian type.

I consciously reject the tendency to worship the proletarian, to carry on an inverted Byzantine cult in his honor. He is the historic bearer of a great new idea; that is what matters. It is possible that the central figure in a poetic work is a bourgeois with a "pure heart," the ideal, "good" human being. In spite of this, he confutes the system of society in which he lives because of the divergency between his own personal actions and the actions of the ruling forces, thus producing an effect upon the audience that we might call spiritually revolutionizing.

There is only one type of *Tendenz* not permitted to the artist—the tendency to produce a black-and-white drawing, showing man on one side as devil, on the other as angel. This concept is more decisive than the mixture of good and bad qualities. But in spite of the law of strict impartiality that shapes figures out of their innate necessities, the creative artist is conscious of being precisely the person who arrives at a collectively valid subjectivity. He does not balance values and ideas. A hierarchy is arranged within him that separates superior values from inferior ones.

One must not confuse political creative writing with propaganda that uses poetic means. The latter serves exclusively for daily purposes, it is both more and less than creative writing. More: because it contains the possibility of inciting the audience, in the strongest, the best hypothetical case, to act immediately. Less: because it never explores the depths which are reached by literature in order to communicate to the audience the sense of a tragicomical basis. In other words: when propaganda demonstrates ten "problems" it presupposes that all ten are soluble, and it has the right to demand the solution of all ten. To express it only with a vague example, in the case of ten problems literature will bring about the solution of nine, and demonstrate the tragic insolubility of the last. Whether this is done in a lofty, a resigned, or a pessimistic way, or with the demand implied by "and yet . . . !" is a question of mental attitude, of artistic temperament, but not of the essence.

Political literature merely elaborates upon the daily editorials of the party, it is occasioned by the demands of the idea.

All the dramas which I wrote in prison suffer from "too much." The artist who is "free" can experience this or that excitement, this or that resentment, this or that thought in some form unconnected with his art. My mouth was closed, and my pen was bound by the strict censorship of the fortress. The only place where I could to a certain extent let off steam was in a work of art. There the censorship was not as strict as with letters. Thus I crowded into my dramas all suppressed thoughts and feelings, even those that did not necessarily belong to the individual work. When my dramas are staged again today, I always shorten them and try to cut sentences which arose from an accidental situation.

Hoppla, Such Is Life!

Hoppla, Such Is Life! is the title of the first work that I wrote "in liberty." Again it dealt with the clash of the man who wants to realize the absolute completely, this very day, with the forces of the era and with his contemporaries who either give up that wish through weakness, treachery, cowardice, or else prepare for a later realization of the wish through force, loyalty, courage. Karl Thomas does not understand either group, he equates their motives and actions, and is destroyed. Having been alienated from true art by the American "happy end," many critics and members of the audience today demand of the dramatist something that is not his task at all: to send them home at the end of the play with those silly little verses for the home which our parents had painted on Chesterfield cushions, plates, picture posters for utility purposes: "Be true and honest," "Look not into others' doings but keep to your own," "Be joyful of heart"—or, as Dursus wrote in the 134th issue of *The Red Flag* in 1930: "Let's get going in the fresh air of nature with the fresh air of the class war!" Officials of the proletarian cult and critics in the entertainment column of capitalistic newspapers, having a bad conscience and craving to saunter through newspaper columns as eternal happy wanderers, became more aggressively revolutionary than those who worked actively for the revolution, called the outcome of this drama which has been repeated and will be repeated many times, not "revolutionary" because it did not send them home with little moral treatises and the cry: "Long live political trend number 73."

Today I am sorry that, influenced by the fashion of the day, I destroyed the architecture of the original work in favor of the architecture of the directing. Its intended form was stronger than the one that was shown on the stage. I alone am responsible for this but I have learned something, and today I prefer a director to get too little out of a work rather than put too much into it. By the way, Piscator in Gasbarra's book *The Political Theatre* has really no reason to complain about me and my style.[2]

[2] Or are the sentences which Piscator suggested instead of the ones I had written, "functional, accelerating the dramatic action, intensifying the mental tension," in short, do they provide "the realistic foundation" and "replace the poetic, lyrical element" of the author? I quote from Piscator's manuscript: Scene after the murder of Wilhelm Kilmann. Monologue Karl Thomas.
Thomas: They shoot him because he is a revolutionary, I wanted to shoot him because he wasn't, and now I am firing at his murderers as if I were defending Kilmann's accomplices which would make me in turn his friend, brother and comrade. . . . Nothing but a transfer, a short step, was needed and the world's liberation from national hatred, disgraceful class subjugation, faulty [administration of the law] justice would have been helped to victory. (In a some

While working at it I took into consideration three conclusions, but never the one of "voluntary return to prison" which has been unhesitatingly forced on me in the abovementioned book. In my first draft, Thomas, who did not understand the world of 1927, runs into the asylum to the psychoanalyst, realizes in his conversation with the physician that there are two types of dangerous madmen: those who are kept in isolated cells, and those who rage against humanity as politicians and military men. At this point he understands the old comrades who carry on the idea in dogged daily work, he wants to leave the asylum but, as he has comprehended, as he has reached the mature human being's sense of reality, the psychiatric official will not let him out any more. Only now, the latter claims, has he become "dangerous to the state," not before when he had been an inconvenient dreamer.

A few more words about a new play *Draw the Fires!* It deals with the battle in the Skagerrak, the German navy revolt, and the lawsuit against Köbis, Reichpietsch, Beckers, Sachse, Weber. I call this play a historical drama. I have changed places of action, shifted the time of events, invented characters, because I think that a dramatist should create that picture of an era out of his experience of it

---

what raised voice.) That this is not the case, Wilhelm—a terrible guilt on my part. Albert Kroll, Mother Meller, Eve, guilty, guilty. You there, down in the orchestra, guilty, guilty, we and they (he wants to continue speaking) . . .
Or: Final scene in prison. Karl Thomas's monologue.
Thomas: . . . I am awake. So widely awake that I can see through you, yet I would not learn anything new . . . Oh, the merry-go-round turns, everything begins at the beginning again. Yes, you dear people, and you my enemies, aren't you noticing that the earth is splitting underneath your feet? Kilmann, dead man, maybe celebrated by your murderers . . . if you lived, comrade, you wouldn't start at the beginning again. Man, undo it, undo it: tactics, treason. Volcanoes, fiery eyes of the earth are opening up, are breaking open before you. You are standing on the edge of the crater. What kind of madness has obsessed you, to keep crouching there and staring into the white heat! Save yourselves! Save yourselves! It rises! The lava shapes itself in a boiling base into a terrible weapon of destruction! It rises incessantly! Its hissing and malicious laughter at your stupidity that does not see the solution: divide et impera. . . .
Not to speak of the scene which was rehearsed one day, having been "inserted into" the play overnight without my even being asked. With a shock I recognized it from the names of the characters.

without photographing each historical detail. Artistic truth may coincide with historical truth, but the two are not necessarily identical in every detail.

The question of the formal strength of the new drama must not be overlooked, but how difficult it is to pass judgments on problematic new isues in our time when aesthetic laws have been shattered, when old values and norms have lost their binding validity. We know that we are not producing classical art. Classicism is the expression of self-contained superior calm. We, however, do not want to be calm, we do not want to build ivory towers into which we retreat; we want to take part in the struggles of our era, and we are not afraid of the rebuke that our life is just as ragged as life on the outside. Our art does not want to be merely an art of compassion, it was born from comradeship in arms. We, too, ask ourselves frequently: can art influence reality? Can the poet from his writing desk exert any influence on the politics of his age? There are authors who answer this question with "no," I answer it with "yes." All art has magical consequences. In what way is the effect of art distinguished from, say, the effect of a speech at a meeting? A speech at a meeting, at best, makes a problem understandable to the listener, it "educates" him. (Did education prevent the World War?)

Art reaches further than reason, it firmly establishes the emotion. It supplies the established emotion with rational legitimacy. I believe, therefore, that the artist should not prove a thesis but create examples. Art belongs among those rare spiritual means of stirring up buried instincts, of training brave attitudes, of deepening spontaneous feeling for humanity, freedom, and beauty.

In our era people use many expressions which no longer correspond to what we perceive and know. It is necessary to dissolve certain ideas, to re-create and name them more honestly from the greater nearness to things and people which we have reached. Also, in the ideological realm of the revolution, of the working classes, we must not admit pharisaical phrases, false coinage, deceitful distortions.

Outward successes have been of little use to me; before every new work I felt that I was at the beginning. And when the creative impulse failed me for several months, I feared it had left me forever. Only the creative artist knows the terrible crisis that occurs at such a time.

When I am working I am possessed by work, but I know that again decisions may be taken in which personal efforts are more important than art.

FEDERICO GARCÍA LORCA
(1899-1936)

Mariana Pineda[1] (1933)

"MARIANA PINEDA" was one of the greatest emotional experiences of my childhood. With children of my own age, we used to join hands and form circles that opened and closed in rhythm; and we would sing in a melancholy tone which I imagined to be tragic:

> *Oh! qué día tan triste en Granada*
> *que a las piedras hacía llorar*
> *al ver que Marianita se muere*
> *en cadalso por no declarar.*
>
> *Marianita, sentada en su cuarto,*
> *no paraba de considerar:*
> *"Si Pedrosa me viera bordando*
> *la bandera de la libertad."*

> (Oh! So sad a day in Granada
> which made the stones weep
> to see Marianita die on the scaffold
> because she would not inform.
>
> Marianita, sitting in her room,
> did not pause to consider:
> "If Pedrosa could only see me
> embroidering the flag of freedom.")

To me, Marianita, the flag of freedom, and Pedrosa assumed legendary and immaterial outlines—like a cloud, a very violent downpour of rain, a fluffy white mist; things which came to us from the Sierra Nevada and wrapped our little town in a cotton-like whiteness and silence.

One day, holding onto my mother's hand, I came to

[1] Marie Laffranque, "Federico García Lorca: Déclarations et Interviews Retrouvés" *Bulletin Hispanique,* July–September, 1956, pp. 325–26, 328–31. From an interview in *La Nación* of Buenos Aires, December 29, 1933, on the occasion of the first performance in Argentina of *Mariana Pineda.* Reprinted by courtesy of Francisco García Lorca. Written in 1923, this play is based on incidents in the life of Mariana Pineda who, in a period of extreme reaction in nineteenth century Spain, was executed for embroidering a revolutionary flag.

Granada. Again the popular ballad rose up before me, also sung by children whose voices were graver and more solemn, even more dramatic than those which had filled the streets of my little home town; and with an anxious heart I asked questions, inquired into and watched out for many things. I came to the conclusion that Mariana Pineda was a woman, a marvel of a woman; and the reason for her existence, the chief motive of her life, was love and freedom.

Nailed to these two crosses of sorrow and happiness —the two immortal illusions created by the gods to give man's life some hopeful meaning—Mariana Pineda appeared before me like some fabulous and most beautiful being, her mysterious eyes following with ineffable tenderness all the movements of the city. Materializing this ideal figure, I imagined the Alhambra to be a moon adorning my heroine's breast; her skirt the surrounding lowland embroidered in a thousand tones of green; the white petticoat the snow of the mountain etched against the blue sky; and the scalloped hem the golden flame of a copper-colored lamp.

To the characters created by the writers of the Golden Age whom I read with liveliest emotion, I added the figure of Mariana Pineda, seeing her with all the inspiration of heroic poetry. At that time Mariana Pineda would have sprung from my mind and hands dressed in the armor of the Great Captain, slaying with her broadsword all those who refused to accept love of liberty as the fundamental essence of life.

Enveloped in high-sounding eleven-syllable lines, in acrostics and royal eight-line stanzas, Mariana Pineda clothed in her sturdy armor rose constantly before my imagination, while my heart softly told me "that was not it"; Mariana lifted two weapons, love and freedom, in her hands—not to conquer but to die on the gallows. They were two fists beating constantly on her own heart.

But I also told myself that to create this legendary being it was absolutely necessary to falsify history; and history is an incontrovertible fact which leaves the imagination no other way out save that of clothing it in the poetry of words, in the emotion of silence and the things surrounding it.

I was aware of what I had to do. I had pledged myself to

offer to Granada—Granada of the singing and crystalline water—the homage of my love and admiration. So I began work on the popular ballad sung in the streets by the pure and solemn voices of the children, and I finished, murmuring between the latticework and gratings in a prayerful tone which drew tears from my eyes:

> *Oh! qué día tan triste en Granada*
> *que a las piedras hacía llorar*

Sticking as closely as possible to the facts of history, I imbued them with emotion, with the sweet poetry that comes from children, little nuns, and the silence of convents; with the robust and virile poetry that accompanies those romantic *caballeros* of love and freedom in the eighteenth century—and above all that admirable woman who, with the one wing of love shattered, is able with the other wing of freedom to conquer space and be crowned with the glory of immortality.

My Mariana Pineda is a woman deeply rooted in Spain. Yet I have intended her to sing the song of her life to love and freedom, in a form that embraces the concept of universality in those two great emotions. So at the end of the play my heroine cries out in a voice that comes from afar:

> *Yo soy la libertad porque el amor lo quiso*
> *Pedro! La libertad por la cual me dejaste.*
> *Yo soy la libertad herida por los hombres*
> *Amor, amor, amor y eternas soledades.*
>
> (I am freedom because love wanted it so;
> Pedro! the freedom for which you left me.
> I am freedom stricken by men
> Love, love, love and eternal solitudes.)

Although not my first work, it is one of my earliest; and I feel toward it like a young bridegroom. It was written in 1923.

Most of the Madrid critics praised the literary and dramatic merit of *Mariana Pineda* to an extent that surprised me. In general they asserted that it was more than just promising; it was a real achievement by a playwright who brought to the theatre a technique aware of the limitations of historical drama and an abundance of poetry that flowed naturally and continuously, not only from the characters but also from their surroundings. They found in it an emotional power highlighted as much in the tragic phrases of Mariana Pineda as in the sweet and sorrowful words of the little nuns when they set out toward the scaffold. This concept of *Mariana Pineda* is the one that satisfies me most, because I sincerely believe that theatre is not and cannot be anything but emotion and poetry —in word, action, gesture.

There are those who say that I am a playwright because of Lola Membrives and that that great artist is an actress because of me. Such a comment may well be true, in a general sense. As the mother in *Blood Wedding*, the shoemaker's wife in *The Shoemaker's Prodigious Wife*, but above all because of the penetrating understanding and emotion—at times compassionate and always exalted— with which Lola Membrives studies and creates my characters, I believe this to be so.

The Shoemaker's Prodigious Wife[2] (1933)

I WROTE *The Shoemaker's Prodigious Wife* in 1926, shortly after finishing *Mariana Pineda*. It did not have its first performance until 1930, at the hands of Margarita Xirgu's company. But the work which I staged at the Teatro Español was a chamber version, in which the farce gained greater intimacy but lost all its rhythmic aspects.

In reality Buenos Aires is seeing its true premiere, together with eighteenth- and nineteenth-century songs and danced with unusual grace by Lola Membrives and her company.

The Shoemaker's Prodigious Wife is a simple farce, in the pure classic manner, describing the spirit of a woman who is like all other women. At the same time—and with tenderness—it is an apologia of the human soul.

Thus, the shoemaker's wife is both a type and an archetype; she is a primal creature and a myth of our pure unsated illusion.

It was the summer of 1926. I was in the city of Granada, surrounded by black fig trees, ears of grain, tiny pools of water; I was possessor of a fund of joy,

[2] From an interview in *La Nación* of Buenos Aires, November 30, 1933, on the occasion of the premiere of *The Shoemaker's Prodigious Wife*.

intimate friend of the roses; and I wanted to set an example in play form of a simple style, revealing in fresh tones the essence of disillusioned fantasies.

The disturbing letters I received from my friends in Paris, struggling beautifully but grimly with abstract art, led me, as a reaction, to create this legend which is almost vulgar in its direct immediacy. Through it I wanted an invisible thread of poetry to flow; from it humor and the comic shout emerge, clearly and unequivocally, from the very outset.

In my *Shoemaker's Wife* I sought to express—within the limits of ordinary farce, and without laying hands on the elements of poetry within my reach—the struggle of reality with fantasy that exists within every human being. (By fantasy I mean everything that is unrealizable.)

The shoemaker's wife fights constantly with ideas and real objects because she lives in her own world, in which every idea and object has a mysterious meaning which she herself does not know. She has only lived and had suitors on the other bank of the river, which she cannot and will not ever be able to reach.

The other characters serve her in their performances without having any more importance than the story and tempo of the play require. The only characters are herself and the crowd of people who encircle her with a girdle of thorns and shrieks of laughter.

The most characteristic thing about the shoemaker's crazy little wife is that her only friend is a small child, tenderness personified and symbol of things in bloom, yet still very far from blossoming forth as a flower. The most characteristic thing about this simple farce is the staging, closely knit and lively, and the musical score which I use to make the stage seem unreal and to erase from the audience's mind any notion that "this is really and truly taking place." I also use the music to raise the poetic level—in the same sense in which our classical dramatists used music.

The language is popular, spoken with a Castilian accent; but it contains Andalusian forms and expressions, enabling me at times—such as when the shoemaker preaches—to produce a slightly caricatural effect in the manner of Cervantes.

Translated by Joseph M. Bernstein

EUGENE O'NEILL
(1888-1953)

The Sea Plays[1] (1919)

... TO ME *In the Zone* seems the least significant of all the plays. It is too facile in its conventional technique, too full of clever theatrical tricks, and its long run as a successful headliner in vaudeville proves conclusively to my mind that there must be "something rotten in Denmark." At any rate, this play in no way represents the true me or what I desire to express. It is a situation drama lacking in all spiritual import—there is no big feeling for life inspiring it. Given the plot and a moderate ability to characterize, an industrious playwright could have reeled it off. ...

Whereas, *The Moon of the Caribbees*, for example (my favorite), is distinctly my own. The spirit of the sea —a big thing—is in this latter play the hero. While *In the Zone* might have happened just as well, if less picturesquely, in a boardinghouse of munitions workers. Let me illustrate by a concrete example what I am trying to get at. Smitty in the stuffy, grease-paint atmosphere of *In the Zone* is magnified into a hero who attracts our sentimental sympathy. In *The Moon*, posed against a background of that beauty, sad because it is eternal, which is one of the revealing moods of the sea's truth, his silhouetted gestures of self-pity are reduced to their proper insignificance, his thin whine of weakness is lost in the silence which it was mean enough to disturb, we get the perspective to judge him—and the others—and we find his sentimental posing much more out of harmony with truth, much less in tune with beauty, than the honest vulgarity of his mates. To me *The Moon* works with truth, and *Beyond the Horizon* also, while *In the Zone* substitutes theatrical sentimentalism. I will say nothing of the worth of the method used in the two short plays save

[1] Barrett H. Clark, *Eugene O'Neill: The Man and his Plays* (New York: Dover Publications, 1947), pp. 56, 58–59, 66, 72, 84, 104–06. Copyright 1947 by Barrett H. Clark. Reprinted by courtesy of Mrs. Barrett H. Clark.

that I consider *In the Zone* a conventional construction of the theatre as it is, and *The Moon* an attempt to achieve a higher plane of bigger, finer values. But I hope to have all this out with you when we meet. Perhaps I can explain the nature of my feeling for the impelling, inscrutable forces behind life which it is my ambition to at least faintly shadow at their work in my plays.

Beyond the Horizon (1918)

I THINK the real-life experience from which the idea of *Beyond the Horizon* sprang was this: On the British tramp steamer on which I made a voyage as ordinary seaman, Buenos Aires to New York, there was a Norwegian A.B., and we became quite good friends. The great sorrow and mistake of his life, he used to grumble, was that as a boy he had left the small paternal farm to run away to sea. He had been at sea twenty years, and had never gone home once in that time. . . . Yet he cursed the sea and the life it had led him—affectionately. He loved to hold forth on what a fool he had been to leave the farm. There was the life for you. . . . At exactly the right moment . . . he turned up in my memory. I thought: "What if he had stayed on the farm, with his instincts? What would have happened?" But I realized at once he never would have stayed. . . . It amused him to pretend he craved the farm. He was too harmonious a creature of the God of Things as They Are. . . . And from that point I started to think of a more intellectual, civilized type from the standpoint of the above-mentioned God— a man who would have my Norwegian's inborn craving for the sea's unrest, only in him it would be conscious, too conscious, intellectually diluted into a vague, intangible wanderlust. His powers of resistance, both moral and physical, would also probably be correspondingly watered. He would throw away his instinctive dream and accept the thralldom of the farm for—why, for almost any nice little poetical craving—the romance of sex, say.

The Emperor Jones (1924)

THE IDEA of *The Emperor Jones* came from an old circus man I knew. This man told me a story current in Haiti concerning the late President Sam. This was to the effect that Sam had said they'd never get him with a lead bullet; that he would get himself first with a silver one . . . . This notion about the silver bullet struck me, and I made a note of the story. About six months later I got the idea of the woods, but I couldn't see how it could be done on the stage, and I passed it up again. A year elapsed. One day I was reading of the religious feasts in the Congo and the uses to which the drum is put here: how it starts at a normal pulse and is slowly intensified until the heartbeat of everyone present corresponds to the frenzied beat of the drum. There was an idea and an experiment. How would this sort of thing work on an audience in a theatre? The effect of the tropical forest on the human imagination was honestly come by. It was the result of my own experience while prospecting for gold in Spanish Honduras.

The Hairy Ape[2] (1922)

IT WAS on two voyages that I got to know the stokers, although it did not really begin aboard ship. There is class distinction even among the groups that make up the crew of an ocean liner. But in this case, one group does not regard another as superior to it. Each has a healthy contempt for the other.

I shouldn't have known the stokers if I hadn't happened to scrape an acquaintance with one of our own furnace-room gang at Jimmy the Priest's![3] His name was Driscoll, and he was a Liverpool Irishman. It seems that years ago some Irish families settled in Liverpool. Most of them followed the sea, and they were a hard lot. To sailors all over the world, a "Liverpool Irishman" is the synonym for a tough customer. It was through Driscoll that I got to know other stokers. Driscoll himself came to a strange end. He committed suicide by jumping overboard in mid-

[2] Mary B. Mullett, "The Extraordinary Story of Eugene O'Neill," *The American Magazine*, November, 1922, pp. 34, 114-20. By permission of The Crowell-Collier Publishing Company.
[3] "In New York I lived at 'Jimmy the Priest's'; a waterfront dive, with a back room where you could sleep with your head on the table if you bought a schooner of beer. 'Jimmy the Priest's' is the original of the saloon in *Anna Christie*."

ocean . . . it was the *why* of Driscoll's suicide that gave me the germ of the idea for my play *The Hairy Ape*. . . .

Yank is really yourself, and myself. He is *every* human being. But, apparently, very few people seem to get this. They have written, picking out one thing or another in the play, "how true" it is. But no one has said "I am Yank. Yank is my own self."

Yet that was what I meant him to be. His struggle to "belong," to find the thread that will make him a part of the fabric of Life—we are all struggling to do just that. One idea I had in writing the play was to show that the missing thread, literally "the tie that binds," is understanding of one another.

In the scene where the bell rings for the stokers to go on duty, you remember that they all stand up, come to attention, then go out in a lockstep file. Some people think even that is an actual custom aboard ship! But it is only symbolic of the regimentation of men who are the slaves of machinery. In a larger sense, it applies to all of us, because we all are more or less the slaves of convention, or of discipline, or of a rigid formula of some sort.

The whole play is expressionistic. The coal shoveling in the furnace room, for instance. Stokers do not really shovel coal that way. But it is done in the play in order to contribute to the rhythm. For rhythm is a powerful factor in making anything expressive. People do not know how sensitive they are to rhythm. You can actually produce and control emotions by that means alone.

In *Beyond the Horizon*, there are three acts of two scenes each. One scene is out of doors, showing the horizon, suggesting the man's desire and dream. The other is indoors, the horizon gone, suggesting what has come between him and his dream. In that way I tried to get rhythm, the alternation of longing and loss.

Probably very few people who saw the play knew that this was definitely planned to produce the effect. But I am sure they all unconsciously got the effect. It is often easier to express an idea through such means than through words or mere copies of real actions. Sometimes I try to do it in the one way, sometimes in the other. If there was *only* one way . . . I should be following the mechanistic creed, which is the very thing I condemn.

The Hairy Ape (1924)

The Hairy Ape was propaganda in the sense that it was a symbol of man, who has lost his old harmony with nature, the harmony which he used to have as an animal and has not yet acquired in a spiritual way. Thus, not being able to find it on earth nor in heaven, he's in the middle, trying to make peace, taking the "woist punches from bot' of 'em." This idea was expressed in Yank's speech. The public saw just the stoker, not the symbol, and the symbol makes the play either important or just another play. Yank can't go forward, and so he tried to go back. This is what his shaking hands with the gorilla meant. But he can't go back to "belonging" either. The gorilla kills him. The subject here is the same ancient one that always was and always will be the one subject for drama, and that is man and his struggle with his own fate. The struggle used to be with the gods, but is now with himself, his own past, his attempt "to belong."

The Great God Brown (1926)

I REALIZE that when a playwright takes to explaining he thereby automatically places himself "in the dock." But where an open-faced avowal by the play itself of the abstract theme underlying it is made impossible by the very nature of that hidden theme, then perhaps it is justifiable for the author to confess the mystical pattern which manifests itself as an overtone in *The Great God Brown*, dimly behind and beyond the words and actions of the characters.

I had hoped the names chosen for my people would give a strong hint of this. (An old scene, admitted—Shakespeare and multitudes since.) Dion Anthony—Dionysus and St. Anthony—the creative pagan acceptance of life, fighting eternal war with the masochistic, life-denying spirit of Christianity as represented by St. Anthony—the whole struggle resulting in this modern day in mutual exhaustion—creative joy in life for life's sake frustrated, rendered abortive, distorted by morality from Pan into Satan, into a Mephistopheles mocking himself in order to feel alive; Christianity, once heroic in martyrs for its intense faith, now pleading weakly for intense belief in anything, even Godhead itself. (In the play it is Cybele, the pagan Earth Mother, who makes the assertion with authority: "Our Father, Who Art!" to the dying Brown, as it is she who tries to inspire Dion Anthony with her certainty in life for its own sake.)

Margaret is my image of the modern direct descendant of the Marguerite of *Faust*—the eternal girl-woman with a virtuous simplicity of instinct, properly oblivious to everything but her end of maintaining the race.

Cybel is an incarnation of Cybele, the Earth Mother doomed to segregation as a pariah in a world of unnatural laws but patronized by her segregators who are thus themselves the first victims of their laws.

Brown is the visionless demigod of our new materialistic myth—a Success—building his life of exterior things, inwardly empty and resourceless, an uncreative creature of superficial preordained social grooves, a by-product forced aside into slack waters by the deep main current of life desire.

Dion's mask of Pan which he puts on as a boy is not only a defense against the world for the supersensitive painter-poet underneath it but also an integral part of his character as the artist. The world is not only blind to the man beneath it but it also sneers at and condemns the Pan mask it sees. After that Dion's inner self retrogresses along the line of Christian resignation until it partakes of the nature of the Saint while at the same time the outer Pan is slowly transformed by his struggle with reality into Mephistopheles. It is as Mephistopheles he falls stricken at Brown's feet after having condemned Brown to destruction by willing him his mask, but, this mask falling off as he dies, it is the Saint who kisses Brown's feet in abject contrition and pleads as a little boy to a big brother to tell him a prayer.

Brown has always envied the creative life force in Dion —what he himself lacks. When he steals Dion's mask of Mephistopheles he thinks he is gaining the power to live creatively while in reality he is only stealing that creative power made self-destructive by complete frustration. This devil of mocking doubt makes short work of him. It enters him, rending him apart, torturing and transfiguring him until he is even forced to wear a mask of his Success, William A. Brown, before the world, as well as Dion's mask toward wife and children. Thus Billy Brown becomes not himself to anyone. And thus he partakes of Dion's anguish—more poignantly, for Dion had the Mother, Cybele—and in the end out of this anguish his soul is born, a tortured Christian soul such as the dying Dion's, begging for belief, and at the last finding it on the lips of Cybel.

And now for an explanation regarding this explanation. It was far from my idea in writing *Brown* that this background pattern of conflicting tides in the soul of Man should ever overshadow and thus throw out of proportion the living drama of the recognizable human beings, Dion, Brown, Margaret, and Cybel. I meant it always to be mystically within and behind them, giving them a significance beyond themselves, forcing itself through them to expression in mysterious words, symbols, actions they do not themselves comprehend. And that is as clearly as I wish an audience to comprehend it. It is Mystery—the mystery any one man or woman can feel but not understand as the meaning of any event—or accident—in any life on earth. And it is this mystery I want to realize in the theatre. The solution, if there ever be any, will probably have to be produced in a test tube and turn out to be discouragingly undramatic.

JEAN COCTEAU
(b. 1891)

Les Mariés de la Tour Eiffel[1] (1922)

EVERY WORK of a poetic nature includes what Gide, in his preface to *Paludes*, rightly calls God's share. This share, which escapes the poet himself, has surprises in store for him. A phrase or gesture which had value for him only in the sense that mass is valuable to a painter, contains a secret meaning which everyone subsequently interprets in his own way. The true symbol is never foreseen. It emerges by itself, provided the bizarre and unreal do not enter into the picture.

In a fairy-like spot fairies do not appear. They move about in it invisibly. They can only appear to mortals on prosaic terra firma.

Simple minds see fairies more easily than others, because they do not fight against the miracle with set minds. I may say that the chief electrician, with his fits and starts, has often clarified the play for me.

I have read, in André Antoine's memoirs, about the scandal caused by the presence on stage of real hunks of

[1] Jean Cocteau, Preface, *Les Mariés de la Tour Eiffel* (Paris: Éditions de la Nouvelle Française, 1924). Reprinted by courtesy of Jean Cocteau. *Les Mariés de la Tour Eiffel* was first performed in 1921 in Paris by the Swedish Ballet Company of Mr. Rolf de Maré, with music by Germaine Tailleferre, Georges Auric, Arthur Honegger, Darius Milhaud, and Francis Poulenc, costumes and masks by Jean Victor-Hugo, and choreography by Jean Cocteau and Jean Borlin. The scene is the first platform of the Eiffel Tower. The bellows of a camera the size of a man form a corridor which extends into the wings. The front of the camera opens and shuts like a door to let the characters in and out. Downstage, on either side, are two phonographs. Each one contains an actor. The phonographs deliver all the lines of the characters and the scenes are enacted in mime and dance as they are described. The "ridiculous action" concerns the visit of a wedding party to the Eiffel Tower.

meat and a water fountain. Now we are in a period in
which the theatregoing public, convinced by Antoine, is
angry if the stage is not set with real-life objects, or if the
audience is not confronted with plots as long and as complicated as those from which the theatre should divert it.

Les Mariés de la Tour Eiffel, because of its frankness,
is more disappointing than an esoteric play. Mystery in-
spires a kind of fear in the audience. In this play I re-
nounce mystery. I light up everything; I underline everything. Sunday boredom, human cattle, ready-made
expressions, dissociations of ideas in flesh and blood, fierce-
ness of childhood, poetry and miracle of everyday life:
that is my play, which the young musicians who accompany it have understood so well.

A phrase by the photographer might serve as my frontis-
piece: "Since these mysteries are beyond me, let us pretend to be the organizers of them." This is our phrase,
par excellence. The conceited man always finds a last
refuge in responsibility. Thus, for example, he prolongs
a war after the phenomenon which decides the outcome
of the war has come to an end.

In Les Mariés God's share is great. Human phonographs,
stage right and stage left, like the ancient Greek chorus,
like the gossipy old man and woman, comment—without
the least bit of "literature"—on the ridiculous action that
takes place in dance and mime in the middle of the stage.
I say "ridiculous" because, instead of trying to remain on
this side of the ridiculous in life, instead of trying to
moderate and rearrange it, as we rearrange an adventure
in which we played an unfavorable part when we subsequently narrate it, I on the contrary emphasize it, I
carry it further along, and I try to depict things *more
truthfully than truth*.

The poet must bring objects and feelings from behind
their veils and their mists; he must show them suddenly,
so nakedly and so swiftly that it hurts man to recognize
them. Then they impress him with their youth, as if they
had never become official old men.

This is the case with commonplaces, old, powerful, and
universally accepted in the same way as masterpieces, but
whose beauty and originality, by dint of usage, no longer
surprise us.

In my play I rehabilitate the commonplace. I have

sought to place it and present it from such an angle that
it regains its youthfulness.

A generation of obscurity, of insipid reality, cannot be
rejected by a mere shrug of the shoulder. I know that my
text appears to be too simple, too *legibly written*, like a
school alphabet. But, I ask you, aren't we in school?
Aren't we deciphering the first signs?

The new music finds itself in a similar situation. It is
creating, with any material it can lay hands on, a new
clarity, frankness, and good humor. The naïve person is
mistaken. He thinks he is listening to a café orchestra.
His ear is committing the same mistake as an eye which
makes no distinction between a loud-colored material and
that same material copied by Ingres.

Every live work offers its own sideshow—seen only
by those who do not enter the main tent. But the surface
of a new work shocks, intrigues, and annoys the spectator
too much for him to enter it. He is turned away from
the soul by the face, by the novel expression which dis-
tracts him like the grimace of a clown at the door. This
is the phenomenon which fools even those critics who
are least slaves of routine. They do not realize that they
are watching a work which they must follow as closely
as they do a hit play of the boulevards. They think they
are at some annual county fair. A conscientious critic,
writing about a "hit," would never say, "The duchess
kisses the maître d'hôtel" instead of "The maître d'hôtel
hands the duchess a letter"; yet, writing about *Les Mariés*,
he doesn't hesitate to get the lady bicycle rider or the
collector out of the giant-size camera—which is just as
absurd. Not organized, deliberate, good absurdity; just
simply absurd. He doesn't know the difference yet. Only
one critic, M. Bidou, subtler and more aware of contemporary trends, explained to the readers of the *Journal des
Débats* that my play was a *construction of the mind*.

The action of my play is imaged while the text is not.
Thus I try to substitute a "theatre poetry" for "poetry in
the theatre." Poetry in the theatre is a delicate lace fabric,
impossible to see from afar. Theatre poetry should be a
coarser lace; a lace made of ropes, a boat on the ocean.
Les Mariés may have the terrible look of a drop of

poetry under the microscope. The scenes fit together like
the words of a poem.

The secret of the theatre, which needs quick success,
is to set a trap, thanks to which a part of the audience
has a good time at the door so that the other part can
take seats on the inside. Shakespeare, Molière, Charlie
Chaplin do this.

After the hisses, the tumult, and the ovations of the
opening night on which the Swedish company presented
my play at the Théâtre des Champs-Élysées, I would have
thought that I had failed, if the sophisticated people had
not given way to the real audience. This audience always
listens to me.

After *Les Mariés,* a woman in the audience criticized me
because the actors did not get sufficiently across the footlights. Since this complaint astounded me (masks and
megaphones get across the footlights better than real faces
and voices), the lady confessed she was so fond of the
Maurice Denis ceiling which decorates the theatre that she
bought the seats highest up—which prevented her from
getting a good look at the stage.

I cite this confession as an example of some of the
comments made by a small circle—lacking brains and a
heart—which the newspapers call the elite.

Furthermore, our senses are so unused to reacting together that the critics, and even my publishers, thought
that *Les Mariés de la Tour Eiffel* constituted two or three
pages of text. This lack of perspective must also be at-
tributed to the lack of development of ideas—a development which the ear has been accustomed to hear since
the thesis play and symbolism. Jarry's *Ubu Roi* and
Apollinaire's *Les Mamelles de Tirésias* are both symbolist
and thesis plays.

The diction of Pierre Bertin and Marcel Herrand, my
human phonographs, is partially responsible for this error.
It is a diction as black as ink, as big and clear as the
capital letters on an advertisement. Here, O surprise! the
actors try to serve the text instead of exploiting it. Another
poetic novelty to which audiences are not accustomed.

Now what about the criticism of clowning often made

of me in our era so enamored of the falsely sublime and —let us admit—still in love with Wagner?

If cold meant night and warm meant light, lukewarm would mean semidarkness. Ghosts love the semidarkness. Audiences love the lukewarm. Now apart from the fact that the spirit of clowning requires lighting that is unfavorable to ghosts (here I call ghosts what audiences call poetry), apart from the fact that Molière is more of a poet in *Pourceaugnac* and *Le Bourgeois Gentilhomme* than in his verse plays, the clowning spirit is the only one that permits certain liberties.

The public goes to the theatre to relax. It is clever to amuse it, to show it the puppets and sweets in the same way one does to reluctant children so as to give them a dose of medicine. Once the medicine is taken, we pass on to other activities.

With persons like Serge Diaghilev and Rolf de Maré we are witnessing, little by little, the rise of a type of theatre in France which is not, strictly speaking, ballet, and which is not at home either at the Opéra, the Opéra-Comique, or in any of our boulevard theatres. With them, the future is taking shape on the periphery. Our friend Lugné-Poë notes this in one of his articles and is frightened by it. This new type of theatre, more in tune with the modern spirit, is still an unknown world, rich in discoveries.

The venture of the Swedish troupe has just opened wide the door to explorers. The young people can pursue their efforts in which fantasy, dance, acrobatics, pantomime, drama, satire, orchestra, and the spoken word combined reappear in a novel form. The Swedish company will present, without any large outlay of money, what professional performers consider to be workshop farces. Yet this type of theatre is just as much the plastic expression of poetry.

Besides, in Paris good and bad humor join to form the most living atmosphere in the world. Serge Diaghilev told me one day that this could not be found in any other capital in the world.

Hisses and plaudits. Insulting press notices. A few "shocker" articles. Three years later the hissers applaud and no longer remember having hissed. That is the history of *Parade,* and of all works which change the rules of the game.

A theatre play should be written, stage-set, costumed, accompanied by music, played, and danced by one human being alone. Such a complete athlete does not exist. It is therefore necessary to substitute for the individual what most resembles the individual: an intimate group.

There are many cliques, but few of these groups. I have had the good luck to form one with several young musicians, poets, and painters. *Les Mariés de la Tour Eiffel,* in its over-all effect, is the image of a poetic state of mind to which I have already contributed much—and I am proud of it.

Thanks to Jean Victor-Hugo, my characters, instead of being, as so often happens in the theatre, too small and too real to support the weight of the lighting and stage scenery, are built, adjusted, padded, repainted, and brought by artifice to assume epic features and scope. I find in Jean Victor-Hugo a kind of atavism of monstrous reality. Thanks to Irene Lagut, our *Les Mariés* evokes forget-me-nots and the silken paper of compliments.

Georges Auric's overture, "The 14th of July," with marching soldiers whose band bursts forth at a corner of the street and then dies down, evokes also the powerful charm of the sidewalk, of popular holidays, of platforms made of red bunting resembling the guillotine, around which stenographers, sailors, and clerks dance to the rhythm of drums and cornets. These flourishes, muted, accompany the pantomime just as at the circus the orchestra repeats a theme during the acrobats' number.

The same atmosphere pervades Milhaud's "Wedding March," Germaine Tailleferre's "Quadrille" and "Waltz," Poulenc's "The Lady Bather of Trouville" and "The General's Speech." Arthur Honegger has a good time parodying what our music critics call "Music" with a capital "M." It is superfluous to add that all fell into the trap. No sooner are the opening themes of the march heard, all the long ears are on the alert. No one realized that the march was beautiful as a piece of sarcasm, composed with taste and an extraordinary sense of timing. None of the critics, all of whom agreed in praising this piece, recognized the waltz from *Faust* which served as the bass.

How shall I thank Rolf de Maré and Borlin? The former by his perceptivity and breadth, the latter by his modesty, have enabled me to achieve a formula I had attempted in *Parade* and *Le Boeuf sur le Toit*.

Translated by Joseph M. Bernstein

SEAN O'CASEY
(b. 1884)

Cock-A-Doodle-Dandy[1] (1958)

THE FIRST thing I try to do is to make a play live: live as a part of life, and live in its own right as a work of drama. Every character, every life, however minor, to have something to say, comic or serious, and to say it well. Not an easy thing to do. These are the commonest things around us. We see them everywhere we go; see what they do, hear what they say; often laugh, sometimes wonder. But there are other parts, phases of life, and these, to my mind, should be prominent in the play.

Above all, there is the imagination of man and that of the playwright; the comic, the serious, and the poetical imagination; and, to my mind, these too should flash from any play worthy of an appearance on the stage; the comic imagination as in *The Frogs:* the sad imagination as in *A Dream Play.* Blake thought imagination to be the soul; Shaw thought it to be the Holy Ghost, and perhaps they weren't far out; for it is the most beautiful part of life whether it be on its knees in prayer or gallivanting about with a girl.

To me what is called naturalism, or even realism, isn't enough. They usually show life at its meanest and commonest, as if life never had time for a dance, a laugh, or a song. I always thought that life had a lot of time for these things, for each was a part of life itself; and so I broke away from realism into the chant of the second act of the *The Silver Tassie.* But one scene in as a chant or a work of musical action and dialogue was not enough, so I set about trying to do this in an entire play, and brought forth *Cock-a-Doodle-Dandy.* It is my favorite play; I think it is my best play—a personal opinion; the

[1] Sean O'Casey: "O'Casey's Credo," the New York *Times,* November 9, 1958, Drama Section. Reprinted by permission of the author.

minds of others, linked with time, must decide whether I'm wrong or right.

The play is symbolical in more ways than one. The action manifests itself in Ireland, the mouths that speak are Irish mouths; but the spirit is to be found in action everywhere: the fight made by many to drive the joy of life from the hearts of men; the fight against this fight to vindicate the right of the joy of life to live courageously in the hearts of men. It isn't the clergy alone who boo and bluster against this joy of life in living, in dance, song, and story (many clerics, even bishops, are fair, broad-minded, and help the arts; like the Catholic Bishop of Ferns and Leighlin, who is the worthy patron of the Wexford Opera Festival); who interfere in the free flow of thought from man to man. Playwrights and poets have had, are having, a share in squeezing the mind of man into visions of woe and lamentations. Not only is there none who doeth good; no, not one, with them; but also they seem determined to deny the right of man to a laugh. They labor hard to get us all down.

Joyce said that "God may be a cry in the street," and O'Casey says now that He may be a laugh or a song in the street, too. Political fellas, too, in the United States, in the Soviet Union, in England and especially, in Ireland —everywhere in fact—political fellas run out and shout down any new effort made to give a more modern slant or a newer sign to any kind of artistic thought or imagination; menacing any unfamiliar thing appearing in picture, song, poem, or play. They are fools, but they are menacing fools, and should be fought everywhere they shake a fist, be they priest, peasant, prime minister, or proletarian. To discuss and argue about these things is fine and, if the discussion be sincere, can but lead to a wider knowledge of all things; but when hateful ignorance rushes out and tries to down the artist with a bawl, it is high time to cry a halt!

The Cock, of course, is the joyful, active spirit of life as it weaves a way through the Irish scene (for, like Joyce, it is only through an Irish scene that my imagination can weave a way, within the Irish shadows or out in the Irish sunshine, if it is to have a full, or at least a fair, chance to play).

In spite of the fanciful nature of the play, almost all the incidents are factual—the priest that struck the blow;

the rough fellows manhandling the young, gay girl; the bitter opposition to any sign of the strange ways of a man with a maid; the old, menacing fool, full of false piety, going round inflicting fear of evil things on all who listen to him; and, above all, through the piety, through the fear, the never-ending quest for money. In spite, too, of the fantasy and the fear, there is courage, reason, and laughter in the play, and I hope that with its shape and form, and all that is within them, those who see it may have a gay and a thoughtful time.

So, to end this explanation, I leave the play in the hands of actors, director, designer, and in yours, dear playgoers, turning my last words into a question from the poet Yeats:

> Lift up the head
> And clap the wings,
> Red Cock, and crow!

T. S. ELIOT
(b. 1888)

Murder in the Cathedral[1] (1950)

. . . I AM GOING to venture to make some observations
based on my own experience, which will lead me to comment on my intentions, failures, and partial successes, in
my own plays. I do this in the belief that any explorer
or experimenter in new territory may, by putting on record
a kind of journal of his explorations, say something of
use to those who follow him into the same regions and
who will perhaps go further.

The first thing of any importance that I discovered
was that a writer who has worked for years, and achieved
some success, in writing other kinds of verse, has to ap-
proach the writing of a verse play in a different frame of
mind from that to which he has been accustomed in his
previous work. In writing other verse, I think that one is
writing, so to speak, in terms of one's own voice: the
way it sounds when you read it to yourself is the test.
For it is yourself speaking. The question of communication, of what the reader will get from it, is not paramount:
if your poem is right to you, you can only hope that the
readers will eventually come to accept it. The poem can
wait a little while; the approval of a few sympathetic and
judicious critics is enough to begin with; and it is for
future readers to meet the poet more than halfway. But
in the theatre, the problem of communication presents
itself immediately. You are deliberately writing verse for
other voices, not for your own, and you do not know
whose voices they will be. You are aiming to write lines
which will have an immediate effect upon an unknown
and unprepared audience, to be interpreted to that audience by unknown actors rehearsed by an unknown pro-

[1] T. S. Eliot, *Poetry and Drama*, The First Theodore Spencer
Memorial Lecture, November 12, 1950 (Cambridge, Mass.:
Harvard University Press, c. 1951), pp. 23–44. Reprinted by
permission of the President and Fellows of Harvard University.

ducer. And the unknown audience cannot be expected to show any indulgence toward the poet. The poet cannot afford to write his play merely for his admirers, those who know his non-dramatic work and are prepared to receive favorably anything he puts his name to. He must write with an audience in view which knows nothing and cares nothing about any previous success he may have had before he ventured into the theatre. Hence one finds out that many of the things one likes to do, and knows how to do, are out of place; and that every line must be judged by a new law, that of dramatic relevance.

When I wrote *Murder in the Cathedral* I had the advantage for a beginner of an occasion which called for a subject generally admitted to be suitable for verse. Verse plays, it has been generally held, should either take their subject matter from some mythology, or else should be about some remote historical period, far enough away from the present for the characters not to need to be recognizable as human beings, and therefore for them to be licensed to talk in verse. Picturesque period costume renders verse much more acceptable. Furthermore, my play was to be produced for a rather special kind of audience—an audience of those serious people who go to "festivals" and expect to have to put up with poetry— though perhaps on this occasion some of them were not quite prepared for what they got. And finally it was a religious play, and people who go deliberately to a religious play at a religious festival expect to be patiently bored and to satisfy themselves with the feeling that they have done something meritorious. So the path was made easy.

It was only when I put my mind to thinking what sort of a play I wanted to do next, that I realized that in *Murder in the Cathedral* I had not solved any general problem; that from my point of view the play was a dead end. For one thing, the problem of language which that play had presented to me was a special problem. Fortunately, I did not have to write in the idiom of the twelfth century, because that idiom, even if I knew Norman French and Anglo-Saxon, would have been unintelligible. But the vocabulary and style could not be exactly those of modern conversation—as in some modern French plays using the plot and personages of Greek drama— because I had to take my audience back to an historical event; and they could not afford to be archaic, first because archaism would only have suggested the wrong period, and second because I wanted to bring home to the audience the contemporary relevance of the situation. The style therefore had to be *neutral,* committed neither to the present nor to the past. As for the versification, I was only aware at this stage that the essential was to avoid any echo of Shakespeare, for I was persuaded that the primary failure of nineteenth-century poets when they wrote for the theatre (and most of the greatest English poets had tried their hand at drama) was not in their theatrical technique, but in their dramatic language; and that this was due largely to their limitation to a strict blank verse which, after extensive use for non-dramatic poetry, had lost the flexibility which blank verse must have if it is to give the effect of conversation. The rhythm of regular blank verse had become too remote from the movement of modern speech. Therefore what I kept in mind was the versification of *Everyman,* hoping that anything unusual in the sound of it would be on the whole advantageous. An avoidance of too much iambic, some use of alliteration, and occasional unexpected rhyme, helped to distinguish the versification from that of the nineteenth century.

The versification of the dialogue in *Murder in the Cathedral* has therefore, in my opinion, only a *negative* merit: it succeeded in avoiding what had to be avoided, but it arrived at no positive novelty; in short, in so far as it solved the problem of speech in verse for writing today, it solved it for this play only, and provided me with no clue to the verse I should use in another kind of play. Here, then, were two problems left unsolved: that of the idiom and that of the metric (it is really one and the same problem) for general use in any play I might want to write in the future. I next became aware of my reasons for depending, in that play, so heavily upon the assistance of the chorus. There were two reasons for this, which in the circumstances justified it. The first was that the essential action of the play—both the historical facts and the matter which I invented—was somewhat limited. A man comes home, foreseeing that he will be killed, and he is killed. I did not want to increase the number of characters, I did not want to write a chronicle of twelfth-century politics, nor did I want to tamper unscrupulously with the meager records as Tennyson did (in introducing Fair Rosamund, and in suggesting that Becket had been crossed in love in early youth). I wanted to concentrate on death and martyrdom. The introduction of a chorus of excited and sometimes hysterical women, reflecting in their emotion the significance of the action, helped wonderfully. The second reason was this: that a poet writing for the first time for the stage is much more at home in choral verse than in dramatic dialogue. This, I felt sure, was something I could do, and perhaps the dramatic weaknesses would be somewhat covered up by the cries of the women. The use of a chorus strengthened the power and concealed the defects of my theatrical technique. For this reason I decided that next time I would try to integrate the chorus more closely into the play.

I wanted to find out, also, whether I could learn to dispense altogether with the use of prose. I have already given the justification of this aim. The two prose passages in *Murder in the Cathedral* could not have been written in verse. Certainly, with the kind of dialogue verse which I used in that play, the audience would have been uncomfortably aware that it was verse they were hearing. A sermon cast in verse is too unusual an experience for even the most regular churchgoer: nobody could have responded to it as a sermon at all. And in the speeches of the knights, who are quite aware that they are addressing an audience of people living eight hundred years after they themselves are dead, the use of platform prose is intended of course to have a special effect: to shock the audience out of their complacency. But this is a kind of trick: that is, a device tolerable only in one play and of no use for any other. I may, for aught I know, have been slightly under the influence of *Saint Joan.*

I do not wish to give you the impression that I would rule out of dramatic poetry these three things: historical or mythological subject matter, the chorus, and traditional blank verse. I do not wish to lay down any law that the only suitable characters and situations are those of modern life, or that a verse play should consist of dialogue only, or that a wholly new versification is necessary. I am only tracing out the route of exploration of one writer, and that one myself. If the poetic drama is to reconquer its place, it must, in my opinion, enter into overt competition with prose drama. As I have said, people are prepared to put up with verse from the personages dressed in the fashion of some distant age; they should be made to hear it from people dressed like ourselves, living in houses and apartments like ours, and using telephones and motorcars and radio sets. Audiences are prepared to accept poetry recited by a chorus, for that is a kind of poetry recital, which it does them credit to enjoy. And audiences (those who go to a verse play because it is in verse) expect poetry to be in rhythms which have lost touch with colloquial speech. What we have to do is to bring poetry into the world in which the audience lives and to which it returns when it leaves the theatre; not to transport the audience into some imaginary world totally unlike their own, an unreal world in which poetry can be spoken. What I should hope might be achieved, by a generation of dramatists having the benefit of our experience, is that the audience should find, at the moment of awareness that it is hearing poetry, that it is saying to itself: "I could talk in poetry too!" Then we should not be transported into an artificial world; on the contrary, our own sordid, dreary, daily world would be suddenly illuminated and transfigured.

The Family Reunion

I WAS determined, therefore, in my next play to take a theme of contemporary life, with characters of our own time living in our own world. *The Family Reunion* was the result. Here my first concern was the problem of versification, to find a rhythm close to contemporary speech, in which the stresses could be made to come wherever we should naturally put them, in uttering the particular phrase on the particular occasion. What I worked out is substantially what I have continued to employ: a line of varying length and varying number of syllables, with a caesura and three stresses. The caesura and the stresses may come at different places, almost anywhere in the line; the stresses may be close together or well separated by light syllables, the only rule being that there must be one stress on one side of the caesura and two on the other. In retrospect, I soon saw that I had given my attention to versification, at the expense of plot and character. I had, indeed, made some progress in dispensing with the chorus; but the device of using four of the minor personages, representing the Family, sometimes as individual character parts and sometimes collectively as chorus, does not seem to me very satisfactory. For one thing, the immediate transition from individual, characterized part to membership of a chorus is asking too much of the actors: it is a very difficult transition to accomplish. For another thing, it seemed to me another trick, one which, even if successful, could not have been applicable in another play. Furthermore, I had isolated from the rest of the dialogue by being written in two passages used the device of a lyrical duet further ten in shorter lines with only two stresses. These passages are in a sense "beyond character," the speakers have to be presented as falling into a kind of trancelike state in order to speak them. But they are so remote from the necessity of the action that they are hardly more than passages of poetry which might be spoken by anybody; they are too much like operatic arias. The member of the audience, if he enjoys this sort of thing, is putting up with a suspension of the action in order to enjoy a poetic fantasia: these passages are really less related to the action than are the choruses in *Murder in the Cathedral.* I observed that when Shakespeare, in one of his mature plays, introduces what might seem a purely poetic line or passage, it never interrupts the action, or is out of character, but, on the contrary, in some mysterious way supports both action and character. When Macbeth speaks his so often quoted words beginning

Tomorrow and tomorrow and tomorrow

or when Othello, confronted at night with his angry father-in-law and friends, utters the beautiful line

*Keep up your bright swords, for the dew will
rust them*

we do not feel that Shakespeare has thought of lines which are beautiful poetry and wishes to fit them in somehow, or that he has for the moment come to the end of his dramatic inspiration and has turned to poetry to fill up with. The lines are surprising, and yet they fit in with the character; or else we are compelled to adjust

our conception of the character in such a way that the
lines will be appropriate to it. The lines spoken by
Macbeth reveal the weariness of the weak man who had
been forced by his wife to realize his own halfhearted desires and her ambitions, and who, with her death, is left
without the motive to continue. The line of Othello expresses irony, dignity, and fearlessness; and incidentally
reminds us of the time of night in which the scene takes
place. Only poetry could do this; but it is *dramatic*
poetry: that is, it does not interrupt but intensifies the
dramatic situation.

It was not only because of the introduction of passages
which called too much attention to themselves as poetry,
and could not be dramatically justified, that I found *The
Family Reunion* defective: there were two weaknesses which
came to strike me as more serious still. The first was that
I had taken far too much of the strictly limited time
allowed to a dramatist in presenting a situation, and not
left myself enough time, or provided myself with enough
material, for developing it in action. I had written what
was, on the whole, a good first act; except that for a first
act it was much too long. When the curtain rises again,
the audience is expecting, as it has a right to expect,
that something is going to happen. Instead, it finds itself treated to a further exploration of the background:
in other words, to what ought to have been given much
earlier if at all. The beginning of the second act presents
much the most difficult problem to producer and cast:
for the audience's attention is beginning to wander. And
then, after what must seem to the audience an intermin-
able time of preparation, the conclusion comes so ab-
ruptly that we are, after all, unready for it. This was an
elementary fault in mechanics. But the deepest flaw of
all was in a failure of adjustment between the Greek story
and the modern situation. I should either have stuck
closer to Aeschylus or else taken a great deal more
liberty with his myth. One evidence of this is the appearance of those ill-fated figures, the Furies. They must, in
future, be omitted from the cast, and be understood to be
visible only to certain of my characters, and not to the
audience. We tried every possible manner of presenting
them. We put them on the stage, and they looked like un-
invited guests who had strayed in from a fancy-dress ball.
We concealed them behind gauze, and they suggested a

still out of a Walt Disney film. We made them dimmer, and
they looked like shrubbery just outside the window. I have
seen other expedients tried: I have seen them signaling
from across the garden, or swarming onto the stage
like a football team, and they are never right. They never
succeed in being either Greek goddesses or modern spooks.
But their failure is merely a symptom of the failure to adjust the ancient with the modern. A more serious evidence
is that we are left in a divided frame of mind, not knowing
whether to consider the play the tragedy of the mother or
the salvation of the son. The two situations are not reconciled. I find a confirmation of this in the fact that my sym-
pathies now have come to be all with the mother, who
seems to me, except perhaps for the chauffeur, the only
complete human being in the play; and my hero now strikes
me as an insufferable prig.

The Cocktail Party

WELL, I had made some progress in learning how to
write the first act of a play, and I had—the one thing
of which I felt sure—made a good deal of progress in
finding a form of versification and an idiom which would
serve all my purposes, without recourse to prose, and
be capable of unbroken transition between the most intense speech and the most relaxed dialogue. You will
understand, after my making these criticisms of *The
Family Reunion,* some of the errors that I endeavored to
avoid in designing *The Cocktail Party.* To begin with, no
chorus, and no ghosts. I was still inclined to go to a Greek
dramatist for my theme, but I was determined to take
this merely as a point of departure, and to conceal the
origins so well that nobody would identify them until I
pointed them out myself. In this at least I have been successful; for no one of my acquaintance (and no dramatic
critics) recognized the source of my story in the *Alcestis*
of Euripides. In fact, I have had to go into detailed explanation to convince them—I mean, of course, those
who were familiar with the plot of that play—of the
genuineness of the inspiration. But those who were at first
disturbed by the eccentric behavior of my unknown guest,
and his apparently intemperate habits and tendency to
burst into song, have found some consolation after I have

called their attention to the behavior of Heracles in Euripides' play. In the second place, I laid down for myself the ascetic rule to avoid poetry which could not stand the test of strict dramatic utility: with such success, indeed, that it is perhaps an open question whether there is any poetry in the play at all. And finally, I tried to keep in mind that in a play, from time to time, something should happen; that the audience should be kept in constant expectation that something is going to happen; and that, when it does happen, it should be different, but not too different, from what the audience has been led to expect.

I have not yet got to the end of my investigation of the weaknesses of this play, but I hope and expect to find more than those of which I am yet aware. I say "hope" because while one can never repeat a success, and therefore must always try to find something different, even if less popular, to do, the desire to write something which will be free of the defects of one's last work is a very powerful and useful incentive. I am aware that the last act of my play only just escapes, if indeed it does escape, the accusation of being not a last act but an epilogue; and I am determined to do something different, if I can, in this respect. I also believe that while the self-education of a poet trying to write for the theatre seems to require a long period of disciplining his poetry, and putting it, so to speak, on a very thin diet in order to adapt it to the needs of the drama, there may be a later stage, when (and if) the understanding of theatrical technique has become second nature, at which he can dare to make more liberal use of poetry and take greater liberties with ordinary colloquial speech. I base that belief on the evolution of Shakespeare, and on some study of the language in his late plays. But to give reason for this belief involves an examination and defense of Shakespeare's late plays as plays; and this obviously is the subject for a separate essay.

In devoting so much time to an examination of my own plays, I have, I believe, been animated by a better motive than egotism. It seems to me that if we are to have a poetic drama, it is more likely to come from poets learning how to write plays, than from skillful prose dramatists learning to write poetry. That some poets can learn how to write plays, and write good ones, may be only a hope, but I believe a not unreasonable hope; but that a man who has started by writing successful prose plays should then learn how to write good poetry seems to me extremely unlikely. And, under present-day conditions, and until the verse play is recognized by the larger public as a possible source of entertainment, the poet is likely to get his first opportunity to work for the stage only after making some sort of reputation for himself as the author of other kinds of verse. I have therefore wished to put on record, for what it may be worth to others, some account of the difficulties I have encountered, and the weaknesses I have had to try to overcome, and the mistakes into which I have fallen.

I should not like to close, however, without attempting to set before myself, and, if I can, before you, though only in dim outline, the ideal toward which it seems to me that poetic drama should strive. It is an unattainable ideal: and that is why it interests me, for it provides an incentive toward further experiment and exploration, beyond any goal which there is prospect of attaining. It is a function of all art to give us some perception of an order in life, by imposing an order upon it. The painter works by selection, combination, and emphasis among the elements of the visible world; the musicians, in the world of sound. It seems to me that beyond the namable, classifiable emotions and motives of our conscious life when directed toward action—the part of life which prose drama is wholly adequate to express—there is a fringe of indefinite extent, of feeling which we can only detect, so to speak, out of the corner of the eye and can never completely focus; of feeling of which we are only aware in a kind of temporary detachment from action. There are great prose dramatists—such as Ibsen and Chekhov—who have at times done things of which I would not otherwise have supposed prose to be capable, but who seem to me, in spite of their success, to have been hampered in expression by writing in prose. This peculiar range of sensibility can be expressed by dramatic poetry, at its moments of greatest intensity. At such moments, we touch the border of those feelings which only music can express. We can never emulate music, because to arrive at the condition of music would be the annihilation of poetry, and especially of dramatic poetry. Nevertheless, I have before my eyes a kind of mirage of the perfection of verse drama, which would be a design of human action and of words, such as to present at once the two aspects of dramatic and of musical order. It seems to me that Shakespeare achieved this at least in certain scenes—even rather early, for there is the balcony scene of *Romeo and Juliet*—and that this was what he was striving toward in his late plays. To go as far in this direction as it is possible to go, without losing that contact with the ordinary everyday world with which drama must come to terms, seems to me the proper aim of dramatic poetry. For it is ultimately the function of art, in imposing a credible order upon ordinary reality, and thereby eliciting some perception of an order *in* reality, to bring us to a condition of serenity, stillness, and reconciliation; and then leave us, as Virgil left Dante, to proceed toward a region where that guide can avail us no further.

ARTHUR MILLER
(b. 1915)

Death of a Salesman[1] (1958)

. . . THE FIRST IMAGE that occurred to me which was to result in *Death of a Salesman* was of an enormous face the height of the proscenium arch which would appear and then open up, and we would see the inside of a man's head. In fact, *The Inside of His Head* was the first title. It was conceived half in laughter, for the inside of his head was a mass of contradictions. The image was in direct opposition to the method of *All My Sons*—a method one might call linear or eventual in that one fact or incident creates the necessity for the next. The *Salesman* image was from the beginning absorbed with the concept that nothing in life comes "next" but that everything exists together and at the same time within us; that there is no past to be "brought forward" in a human being, but that he is his past at every moment and that the present is merely that which his past is capable of noticing and smelling and reacting to.

I wished to create a form which, in itself as a form, would literally be the process of Willy Loman's way of mind. But to say "wished" is not accurate. Any dramatic form is an artifice, a way of transforming a subjective feeling into something that can be comprehended through public symbols. Its efficiency as a form is to be judged—at least by the writer—by how much of the original vision and feeling is lost or distorted by this transformation. I wished to speak of the salesman most precisely as I felt about him, to give no part of that feeling away for the sake of any effect or any dramatic necessity. What was wanted now was not a mounting line of tension, nor a gradually narrowing cone of intensifying suspense, but a bloc, a single

[1] Arthur Miller, Introduction, *Collected Plays* (New York: the Viking Press, 1958), pp. 23–38. Copyright 1957 by Arthur Miller. Reprinted by permission of the Viking Press, Inc.

chord presented as such at the outset, within which all
the strains and melodies would already be contained. The
strategy, as with *All My Sons,* was to appear entirely
unstrategic but with a difference. This time, if I could, I
would have told the whole story and set forth all the
characters in one unbroken speech or even one sentence
or a single flash of light. As I look at the play now its
form seems the form of a confession, for that is how it is
told, now speaking of what happened yesterday, then suddenly following some connection to a time twenty years
ago, then leaping even further back and then returning to
the present and even speculating about the future.

Where in *All My Sons* it had seemed necessary to
prove the connections between the present and the past,
between events and moral consequences, between the mani-
fest and the hidden, in this play all was assumed as proven
to begin with. All I was doing was bringing things to mind.
The assumption, also, was that everyone knew Willy
Loman. I can realize this only now, it is true, but it is
equally apparent to me that I took it somehow for
granted then. There was still the attitude of the unveiler,
but no bringing together of hitherto unrelated things;
only pre-existing images, events, confrontations, moods,
and pieces of knowledge. So there was a kind of con-
fidence underlying this play which the form itself expresses,
even a naïveté, a self-disarming quality that was in part
born of my belief in the audience as being essentially the
same as myself. If I had wanted, then, to put the audience
reaction into words, it would not have been "What happens next and why?" so much as "Oh, God, of course!"

In one sense a play is a species of jurisprudence, and
some part of it must take the advocate's role, something
else must act in defense, and the entirety must engage
the Law. Against my will, *All My Sons* states, and even
proclaims, that it is a form and that a writer wrote it and
organized it. In *Death of a Salesman* the original impulse
was to make that same proclamation in an immeasurably
more violent, abrupt, and openly conscious way. Willy
Loman does not merely suggest or hint that he is at the
end of his strength and of his justifications, he is hardly
on the stage for five minutes when he says so; he does
not gradually imply a deadly conflict with his son, an
implication dropped into the midst of serenity and surface calm, he is avowedly grappling with that conflict at

the outset. The ultimate matter with which the play will close is announced at the outset and is the matter of its every moment from the first. There is enough revealed in the first scene of *Death of a Salesman* to fill another kind of play which, in service to another dramatic form, would hold back and only gradually release it. I wanted to proclaim that an artist had made this play, but the nature of the proclamation was to be entirely "inartistic" and avowedly unstrategic; it was to hold back nothing, at any moment, which life would have revealed, even at the cost of suspense and climax. It was to forgo the usual preparations for scenes and to permit—and even seek—whatever in each character contradicted his position in the advocate-defense scheme of its jurisprudence. The play was begun with only one firm piece of knowledge and this was that Loman was to destroy himself. How it would wander before it got to that point I did not know and resolved not to care. I was convinced only that if I could make him remember enough he would kill himself, and the structure of the play was determined by what was needed to draw up his memories like a mass of tangled roots without end or beginning.

As I have said, the structure of events and the nature of its form are also the direct reflection of Willy Loman's way of thinking at this moment of his life. He was the kind of man you see muttering to himself on a subway, decently dressed, on his way home or to the office, perfectly integrated with his surroundings excepting that unlike other people he can no longer restrain the power of his experience from disrupting the superficial sociality of his behavior. Consequently he is working on two logics which often collide. For instance, if he meets his son Happy while in the midst of some memory in which Happy disappointed him, he is instantly furious at Happy, despite the fact that Happy at this particular moment deeply desires to be of use to him. He is literally at that terrible moment when the voice of the past is no longer distant but quite as loud as the voice of the present. In dramatic terms the form, therefore, *is* this process, instead of being a once-removed summation or indication of it.

The way of telling the tale, in this sense, is as mad as Willy and as abrupt and as suddenly lyrical. And it is difficult not to add that the subsequent imitations of the form had to collapse for this particular reason. It is not possible, in my opinion, to graft it onto a character whose psychology it does not reflect, and I have not used it since because it would be false to a more integrated—or less disintegrating—personality to pretend that the past and the present are so openly and vocally intertwined in his mind. The ability of people to down their past is normal, and without it we could have no comprehensible communication among men. In the hands of writers who see it as an easy way to elicit anterior information in a play it becomes merely a flashback. There are no flashbacks in this play but only a mobile concurrency of past and present, and this, again, because in his desperation to justify his life Willy Loman has destroyed the boundaries between now and then, just as anyone would do who, on picking up his telephone, discovered that this perfectly harmless act had somehow set off an explosion in his basement. The previously assumed and believed-in results of ordinary and accepted actions, and their abrupt and unforeseen—but apparently logical—effects, form the basic collision in this play, and, I suppose, its ultimate irony.

It may be in place to remark, in this connection, that while the play was sometimes called cinematographic in its structure, it failed as a motion picture. I believe that the basic reason—aside from the gross insensitivity permeating its film production—was that the dramatic tension of Willy's memories was destroyed by transferring him, literally, to the locales he had only imagined in the play. There is an inevitable horror in the spectacle of a man losing consciousness of his immediate surroundings to the point where he engages in conversations with unseen persons. The horror is lost—and drama becomes narrative —when the context actually becomes his imagined world. And the drama evaporates because psychological truth has been amended, a truth which depends not only on what images we recall but in what connections and contexts we recall them. The setting on the stage was never shifted, despite the many changes in locale, for the precise reason that, quite simply, the mere fact that a man forgets where he is does not mean that he has really moved. Indeed, his terror springs from his never-lost awareness of time and place. It did not need this play to teach me that the screen is time-bound and earth-bound compared to the stage, if only because its preponderant emphasis is on the visual image, which, however rapidly it may be changed before our eyes, still displaces its predecessor, while scene-changing with words is instantaneous; and because of the flexibility of language, especially of English, a preceding image can be kept alive through the image that succeeds it. The movie's tendency is always to wipe out what has gone before, and it is thus in constant danger of transforming the dramatic into narrative. There is no swifter method of telling a "story" but neither is there a more difficult medium in which to keep a pattern of relationships constantly in being. Even in those sequences which retained the real backgrounds for Willy's imaginary confrontations the tension between now and then was lost. I suspect this loss was due to the necessity of shooting the actors close up—effectively eliminating awareness of their surroundings. The basic failure of the picture was a formal one. It did not solve, nor really attempt to find, a resolution for the problem of keeping the past constantly alive, and that friction, collision, and tension between past and present was the heart of the play's particular construction.

A great deal has been said and written about what *Death of a Salesman* is supposed to signify, both psychologically and from the socio-political viewpoints. For instance, in one periodical of the far Right it was called a "time bomb expertly placed under the edifice of Americanism," while the *Daily Worker* reviewer thought it entirely decadent. In Catholic Spain it ran longer than any modern play and it has been refused production in Russia but not, from time to time, in certain satellite countries, depending on the direction and velocity of the wind. The Spanish press, thoroughly controlled by Catholic orthodoxy, regarded the play as commendable proof of the spirit's death where there is no God. In America, even as it was being cannonaded as a piece of Communist propaganda, two of the largest manufacturing corporations in the country invited me to address their sales organizations in conventions assembled, while the road company was here and there picketed by the Catholic War Veterans and the American Legion. It made only a fair impression in London, but in the area of the Norwegian Arctic Circle fishermen whose only contact with civilization was the radio and the occasional visit of the government boat insisted on seeing it night after night—the same few people—believing it to be some kind of religious rite. One organization of salesmen raised me up nearly to patron-sainthood, and another, a national sales managers' group, complained that the difficulty of recruiting salesmen was directly traceable to the play. When the movie was made, the producing company got so frightened it produced a sort of trailer to be shown before the picture, a documentary short film which demonstrated how exceptional Willy Loman was; how necessary selling is to the economy; how secure the salesman's life really is; how idiotic, in short, was the feature film they had just spent more than a million dollars to produce. Fright does odd things to people.

On the psychological front the play spawned a small hill of doctoral theses explaining its Freudian symbolism, and there were innumerable letters asking if I was aware that the fountain pen which Biff steals is a phallic symbol. Some, on the other hand, felt it was merely a fountain pen and dismissed the whole play. I received visits from men over sixty from as far away as California who had come across the country to have me write the stories of their lives, because the story of Willy Loman was exactly like theirs. The letters from women made it clear that the central character of the play was Linda; sons saw the entire action revolving around Biff or Happy, and fathers wanted advice, in effect, on how to avoid parricide. Probably the most succinct reaction to the play was voiced by a man who, on leaving the theatre, said, "I always said that New England territory was no damned good." This, at least, was a fact.

That I have and had not the slightest interest in the selling profession is probably unbelievable to most people, and I very early gave up trying even to say so. And when asked what Willy was selling, what was in his bags, I could only reply, "Himself." I was trying neither to condemn a profession nor particularly to improve it, and, I will admit, I was little better than ignorant of Freud's teachings when I wrote it. There was no attempt to bring down the American edifice nor to raise it higher, to show up family relations or to cure the ills afflicting that inevitable institution. The truth, at least of my aim—which is all I can speak of authoritatively—is much simpler and more complex.

The play grew from simple images. From a little frame house on a street of little frame houses, which had once been loud with the noise of growing boys, and then was empty and silent and finally occupied by strangers. Strangers who could not know with what conquistadorial joy Willy and his boys had once reshingled the roof. Now it was quiet in the house, and the wrong people in the beds.

It grew from images of futility—the cavernous Sunday afternoons polishing the car. Where is that car now? And the chamois cloths carefully washed and put up to dry, where are the chamois cloths?

And the endless, convoluted discussions, wonderments, arguments, belittlements, encouragements, fiery resolutions, abdications, returns, partings, voyages out and voyages back, tremendous opportunities, and small, squeaking denouements—and all in the kitchen now occupied by strangers who cannot hear what the walls are saying.

The image of aging and so many of your friends already gone and strangers in the seats of the mighty who do not know you or your triumphs or your incredible value.

The image of the son's hard, public eye upon you, no longer swept by your myth, no longer rousable from his separateness, no longer knowing you have lived for him and have wept for him.

The image of ferocity when love has turned to something else and yet is there, is somewhere in the room if one could only find it.

The image of people turning into strangers who only evaluate one another.

Above all, perhaps, the image of a need greater than hunger or sex or thirst, a need to leave a thumbprint somewhere on the world. A need for immortality, and by admitting it, the knowing that one has carefully inscribed one's name on a cake of ice on a hot July day.

I sought the relatedness of all things by isolating their unrelatedness, a man superbly alone with his sense of not having touched, and finally knowing in his last extremity that the love which had always been in the room unlocated was now found.

The image of a suicide so mixed in motive as to be unfathomable and yet demanding statement. Revenge was in it and a power of love, a victory in that it would bequeath a fortune to the living and a flight from emptiness. With it an image of peace at the final curtain, the peace that is between wars, the peace leaving the issues aboveground and viable yet.

And always, throughout, the image of private man in a world full of strangers, a world that is not home nor even an open battleground but only galaxies of high promise over a fear of falling.

And the image of a man making something with his hands being a rock to touch and return to. "He was always so wonderful with his hands," says his wife over his grave, and I laughed when the line came, laughed with the artist-devil's laugh, for it had all come together in this line, she having been made by him though he did not know it or believe in it or receive it into himself. Only rank, height of power, the sense of having won he believed was real—the galaxy thrust up into the sky by projectors on the rooftops of the city he believed were real stars.

It came from structural images. The play's eye was to revolve from within Willy's head, sweeping endlessly in all directions like a light on the sea, and nothing that formed in the distant mist was to be left uninvestigated. It was thought of as having the density of the novel form in its interchange of viewpoints, so that while all roads led to Willy the other characters were to feel it was their play, a story about them and not him.

There were two undulating lines in mind, one above the other, the past webbed to the present moving on together in him and sometimes openly joined and once, finally, colliding in the showdown which defined him in his eyes at least— and so to sleep.

Above all, in the structural sense, I aimed to make a play with the veritable countenance of life. To make one the many, as in life, so that "society" is a power and a mystery of custom and inside the man and surrounding him, as the fish is in the sea and the sea inside the fish, his birthplace and burial ground, promise and threat. To speak commonsensically of social facts which every businessman knows and talks about but which are too prosaic to mention or are usually fancied up on the stage as philosophical problems. When a man gets old you fire him, you have to, he can't do the work. To speak and even to celebrate the common sense of businessmen, who love the personality that wins the day but know that you've got to have the right goods at the right price, handsome and well spoken as you are. (To some, these were scandalous and infamous arraignments of society when uttered in the context of art. But not to the businessmen themselves; they knew it was all true and I cherished their clear-eyed talk.)

The image of a play without transitional scenes was there in the beginning. There was too much to say to waste precious stage time with feints and preparations, in themselves agonizing "structural" bridges for a writer to work out since they are not why he is writing. There was a resolution, as in *All My Sons*, not to waste motion or moments, but in this case to shear through everything up to the meat of a scene; a resolution not to write an unmeant word for the sake of the form but to make the form give and stretch and contract for the sake of the thing to be said. To cling to the process of Willy's mind as the form the story would take.

The play was always heroic to me, and in later years the academy's charge that Willy lacked the "stature" for the tragic hero seemed incredible to me. I had not understood that these matters are measured by Greco-Elizabethan paragraphs which hold no mention of insurance payments, front porches, refrigerator fan belts, steering knuckles, Chevrolets, and visions seen not through the portals of Delphi but in the blue flame of the hot-water heater. How could "Tragedy" make people weep, of all things?

I set out not to "write a tragedy" in this play, but to show the truth as I saw it. However, some of the attacks upon it as a pseudo-tragedy contain ideas so misleading, and in some cases so laughable, that it might be in place here to deal with a few of them.

Aristotle having spoken of a fall from the heights, it goes without saying that someone of the common mold cannot be a fit tragic hero. It is now many centuries since Aristotle lived. There is no more reason for falling down in a faint before his *Poetics* than before Euclid's geometry, which has been amended numerous times by men with new insights; nor, for that matter, would I choose to have my illnesses diagnosed by Hippocrates rather than the most ordinary graduate of an American medical school, despite the Greek's genius. Things do change, and even a genius is limited by his time and the nature of his society.

I would deny, on grounds of simple logic, this one of Aristotle's contentions if only because he lived in a slave society. When a vast number of people are divested of alternatives, as slaves are, it is rather inevitable that one will not be able to imagine drama, let alone tragedy, as being possible for any but the higher ranks of society. There is a legitimate question of stature here, but none of rank, which is so often confused with it. So long as the hero may be said to have had alternatives of a magnitude to have materially changed the course of his life, it seems to me that in this respect at least, he cannot be debarred from the heroic role.

The question of rank is significant to me only as it reflects the question of the social application of the hero's career. There is no doubt that if a character is shown on the stage who goes through the most ordinary actions, and is suddenly revealed to be the President of the United States, his actions immediately assume a much greater magnitude, and pose the possibilities of much greater meaning, than if he is the corner grocer. But at the same time, his stature as a hero is not so utterly dependent upon his rank that the corner grocer cannot outdistance him as a tragic figure—providing, of course, that the grocer's career engages the issues of, for instance, the survival of the race, the relationships of man to God —the questions, in short, whose answers define humanity and the right way to live so that the world is a home, instead of a battleground or a fog in which disembodied spirits pass each other in an endless twilight.

In this respect *Death of a Salesman* is a slippery play to categorize because nobody in it stops to make a speech objectively stating the great issues which I believe it embodies. If it were a worse play, less closely articulating its meanings with its actions, I think it would have more quickly satisfied a certain kind of criticism. But it was meant to be less a play than a fact; it refused admission to its author's opinions and opened itself to a revelation of process and the operations of an ethic, of social laws of action no less powerful in their effects upon individuals than any tribal law administered by gods with names. I need not claim that this play is a genuine solid gold tragedy for my opinions on tragedy to be held valid. My purpose here is simply to point out a historical fact which must be taken into account in any consideration of tragedy, and it is the sharp alteration in the meaning of rank in society between the present time and the distant past. More important to me is the fact that this particular kind of argument obscures much more relevant considerations.

One of these is the question of intensity. It matters not at all whether a modern play concerns itself with a grocer or a president if the intensity of the hero's commitment to his course is less than the maximum possible. It matters not at all whether the hero falls from a great height or a small one, whether he is highly conscious or only dimly aware of what is happening, whether his pride brings the fall or an unseen pattern written behind clouds; if the intensity, the human passion to surpass his given bounds, the fanatic insistence upon his self-conceived role —if these are not present there can only be an outline of tragedy but no living thing. I believe, for myself, that the lasting appeal of tragedy is due to our need to face the fact of death in order to strengthen ourselves for life, and that over and above this function of the tragic viewpoint there are and will be a great number of formal variations which no single definition will ever embrace.

Another issue worth considering is the so-called tragic victory, a question closely related to the consciousness of the hero. One makes nonsense of this if a "victory" means that the hero makes us feel some certain joy when, for instance, he sacrifices himself for a "cause," and unhappy and morose because he dies without one. To begin at the bottom, a man's death is and ought to be an essentially terrifying thing and ought to make nobody happy. But in a great variety of ways even death, the ultimate negative, can be, and appear to be, an assertion of bravery, and can serve to separate the death of man from the death of animals; and I think it is this distinction which underlies any conception of a victory in death. For a society of faith, the nature of the death can prove the existence of the spirit, and posit its immortality. For a secular society it is perhaps more difficult for such a victory to document itself and to make itself felt, but, conversely, the need to offer greater proofs of the humanity of man can make that victory more real. It goes without saying that in a society where there is basic disagreement as to the right way to live, there can hardly be agreement as to the right way to die, and both life and death must be heavily weighted with meaningless futility.

It was not out of any deference to a tragic definition that Willy Loman is filled with a joy, however brokenhearted, as he approaches his end, but simply that my sense of his character dictated his joy, and even what I felt was an exultation. In terms of his character, he has achieved a very powerful piece of knowledge, which is that he is loved by his son and has been embraced by him and forgiven. In this he is given his existence, so to speak— his fatherhood, for which he has always striven and which until now he could not achieve. That he is unable to take this victory thoroughly to his heart, that it closes the circle for him and propels him to his death, is the wage of his sin, which was to have committed himself so completely to the counterfeits of dignity and the false coinage embodied in his idea of success that he can prove his existence only by bestowing "power" on his posterity, a power deriving from the sale of his last asset, himself, for the price of his insurance policy.

I must confess here to a miscalculation, however. I did not realize while writing the play that so many people in the world do not see as clearly or would not admit, as I thought they must, how futile most lives are; so there could be no hope of consoling the audience for the death of this man. I did not realize either how few would be impressed by the fact that this man is actually a very brave spirit who cannot settle for half but must pursue his dream of himself to the end. Finally, I thought it must be clear, even obvious, that this was no dumb brute heading mindlessly to his catastrophe.

I have no need to be Willy's advocate before the jury which decides who is and who is not a tragic hero. I am merely noting that the lingering ponderousness of so many ancient definitions has blinded students and critics to the facts before them, and not only in regard to this play. Had Willy been unaware of his separation from values that endure he would have died contentedly while polishing his car, probably on a Sunday afternoon with the ball game coming over the radio. But he was agonized by his awareness of being in a false position, so constantly haunted by the hollowness of all he had placed his faith in, so aware, in short, that he must somehow be filled in his spirit or fly apart, that he staked his very life on the ultimate assertion. That he had not the intellectual fluency to verbalize his situation is not the same thing as saying that he lacked awareness, even an overly intensified consciousness that the life he had made was without form and inner meaning.

To be sure, had he been able to know that he was as much the victim of his beliefs as their defeated exemplar, had he known how much of guilt he ought to bear and how much to shed from his soul, he would be more conscious. But it seems to me that there is of necessity a severe limitation of self-awareness in any character, even the most knowing, which serves to define him as a character, and more, that this very limit serves to complete the tragedy and, indeed, to make it at all possible. Complete consciousness is possible only in a play about forces, like *Prometheus,* but not in a play about people. I think that the point is whether there is a sufficient awareness in the hero's career to make the audience supply the rest. Had Oedipus, for instance, been more conscious and more aware of the forces at work upon him he must surely have said that he was not really to blame for having cohabited with his mother since neither he nor anyone else knew she was his mother. He must surely decide to divorce her, provide for their children, firmly resolve to investigate the family background of his next wife, and thus deprive us of a very fine play and the name for a famous neurosis. But he is conscious only up to a point, the point at which guilt begins. Now he is inconsolable and must tear out his eyes. What is tragic about this? Why is it not even ridiculous? How can we respect a man who goes to such extremities over something he could in no way help or prevent? The answer, I think, is not that we respect the man, but that we respect the Law he has so completely broken, wittingly or not, for it is that Law which, we believe, defines us as men. The confusion of some critics viewing *Death of a Salesman* in this regard is that they do not see that Willy Loman has broken a law without whose protection life is insupportable if not incomprehensible to him and to many others; it is the law which says that a failure in society and in business has no right to live. Unlike the law against incest, the law of success is not administered by statute or church, but it is very nearly as powerful in its grip upon men. The confusion increases because, while it is a law, it is by no means a wholly agreeable one even as it is slavishly obeyed, for to fail is no longer to belong to society, in his estimate. Therefore, the path is opened for those who wish to call Willy merely a foolish man even as they themselves are living in obedience to the same law that killed him. Equally, the fact that Willy's law—the belief, in other words, which administers guilt to him—is not a civilizing statute whose destruction menaces us all; it is, rather, a deeply believed and deeply suspect "good" which, when questioned as to its value, as it is in this play, serves more to raise our anxieties than to reassure us of the existence of an unseen but humane metaphysical system in the world. My attempt in the play was to counter this anxiety with an opposing system which, so to speak, is in a race for Willy's faith, and it is the system of love which is the opposite of the law of success. It is embodied in Biff Loman, but by the time Willy can perceive his love it can serve only as an ironic comment upon the life he sacrificed for power and for success and its tokens.

A play cannot be equated with a political philosophy, at least not in the way a smaller number, by simple multiplication, can be assimilated into a larger. I do not believe that any work of art can help but be diminished by its adherence at any cost to a political program, including its author's, and not for any other reason than that there is no political program—any more than there is a theory of tragedy—which can encompass the complexities of real life. Doubtless an author's politics must be one element, and even an important one, in the germination of his art, but if it is art he has created it must by definition bend itself to his observation rather than to his opinions or even his hopes. If I have shown a preference for plays which seek causation not only in psychology but in society, I may also believe in the autonomy of art, and I believe this because my experience with *All My Sons* and *Death of a Salesman* forces the belief upon me. If the earlier play was Marxist, it was a Marxism of a strange hue. Joe Keller is arraigned by his son for a willfully unethical use of his economic position; and this, as the Russians said when they removed the play from their stages, bespeaks an assumption that the norm of capitalist behavior is ethical or at least can be, an assumption no Marxist can hold. Nor does Chris propose to liquidate the business built in part on soldiers' blood; he will run it himself, but cleanly.

The most decent man in *Death of a Salesman* is a capitalist (Charley) whose aims are not different from

Willy Loman's. The great difference between them is that Charley is not a fanatic. Equally, however, he has learned how to live without that frenzy, that ecstasy of spirit which Willy chases to his end. And even as Willy's sons are unhappy men, Charley's boy, Bernard, works hard, attends to his studies, and attains a worthwhile objective. These people are all of the same class, the same background, the same neighborhood. What theory lies behind this double view? None whatever. It is simply that I knew and know that I feel better when my work is reflecting a balance of the truth as it exists. A muffled debate arose with the success of *Death of a Salesman* in which attempts were made to justify or dismiss the play as a Left-Wing piece, or as a Right-Wing manifestation of decadence. The presumption underlying both views is that a work of art is the sum of its author's political outlook, real or alleged, and more, that its political implications are valid elements in its aesthetic evaluation. I do not believe this, either for my own or other writers' works.

The most radical play I ever saw was not *Waiting for Lefty* but *The Madwoman of Chaillot*. I know nothing of Giraudoux's political alignment, and it is of no moment to me; I am able to read this play, which is the most open indictment of private exploitation of the earth I know about. By the evidence of his plays, Shaw, the socialist, was in love not with the working class, whose characters he could only caricature, but with the middle of the economic aristocracy, those men who, in his estimate, lived without social and economic illusions. There is a strain of mystic fatalism in Ibsen so powerful as to throw all his scientific tenets into doubt, and a good measure besides of contempt—in this radical—for the men who are usually called the public. The list is long and the contradictions are embarrassing until one concedes a perfectly simple proposition. It is merely that a writer of any worth creates out of his total perception, the vaster part of which is subjective and not within his intellectual control. For myself, it has never been possible to generate the energy to write and complete a play if I know in advance everything it signifies and all it will contain. The very impulse to write, I think, springs from an inner chaos crying for order, for meaning, and that meaning must be discovered in the process of writing or the work lies dead as it is finished. To speak, therefore, of a play as though it were the objective work of a propagandist is an almost biological kind of nonsense, provided, of course, that it is a play, which is to say a work of art.

TENNESSEE WILLIAMS
(b. 1914)

Camino Real¹ (1953)

FOREWORD

It is amazing and frightening how completely one's whole being becomes absorbed in the making of a play. It is almost as if you were frantically constructing another world while the world that you live in dissolves beneath your feet, and that your survival depends on completing this construction at least one second before the old habitation collapses.

More than any other work that I have done, this play has seemed to me like the construction of another world, a separate existence. Of course, it is nothing more nor less than my conception of the time and world that I live in, and its people are mostly archetypes of certain basic attitudes and qualities with those mutations that would occur if they had continued along the road to this hypothetical terminal point in it.

A convention of the play is existence outside of time in a place of no specific locality. If you regard it that way, I suppose it becomes an elaborate allegory, but in New Haven we opened directly across the street from a movie theatre that was showing *Peter Pan* in Technicolor and it did not seem altogether inappropriate to me. Fairy tales nearly always have some simple moral lesson of good and evil, but that is not the secret of their fascination any more, I hope, than the philosophical import that might be distilled from the fantasies of *Camino Real* is the principal element of its appeal.

To me the appeal of this work is its unusual degree of

¹ Tennessee Williams, Foreword and Afterword, *Camino Real* (New York: New Directions, 1953), pp. viii–xiii. Copyright 1953 by the New York *Times*. Reprinted by permission of New Directions. Written prior to the Broadway premiere of *Camino Real* and published in the New York *Times* on Sunday, March 15, 1953.

freedom. When it began to get under way I felt a new sensation of release, as if I could "ride out" like a tenor sax taking the breaks in a Dixeland combo or a piano in a bop session. You may call it self-indulgence, but I was not doing it merely for myself. I could not have felt a purely private thrill of release unless I had hope of sharing this experience with lots and lots of audiences to come.

My desire was to give these audiences my own sense of something wild and unrestricted that ran like water in the mountains, or clouds changing shape in a gale, or the continually dissolving and transforming images of a dream. This sort of freedom is not chaos nor anarchy. On the contrary, it is the result of painstaking design, and in this work I have given more conscious attention to form and construction than I have in any work before. Freedom is not achieved simply by working freely.

Elia Kazan was attracted to this work mainly, I believe, for the same reason—its freedom and mobility of form. I know that we have kept saying the word "flight" to each other as if the play were merely an abstraction of the impulse to fly, and most of the work out of town, his in staging, mine in cutting and revising, has been with this impulse in mind: the achievement of a continual flow. Speech after speech and bit after bit that were nice in themselves have been remorselessly blasted out of the script and its staging wherever they seemed to obstruct or divert this flow.

There have been plenty of indications already that this play will exasperate and confuse a certain number of people which we hope is not so large as the number it is likely to please. At each performance a number of people have stamped out of the auditorium, with little regard for those whom they have had to crawl over, almost as if the building had caught on fire, and there have been sibilant noises on the way out and demands for money back if the cashier was foolish enough to remain in his box.

I am at a loss to explain this phenomenon, and if I am being facetious about one thing, I am being quite serious about another when I say that I had never for one minute supposed that the play would seem obscure and confusing to anyone who was willing to meet it even less than halfway. It was a costly production, and for this reason I had to read it aloud, together with a few of the actors on one occasion, before large groups of prospective backers, before the funds to produce it were in the till. It was only then that I came up against the disconcerting surprise that some people would think that the play needed clarification.

My attitude is intransigent. I still don't agree that it needs any explanation. Some poet has said that a poem should not mean but be. Of course, a play is not a poem, not even a poetic play has quite the same license as a poem. But to go to *Camino Real* with the inflexible demands of a logician is unfair to both parties.

In Philadelphia a young man from a literary periodical saw the play and then cross-examined me about all its dreamlike images. He had made a list of them while he watched the play, and afterward at my hotel he brought out the list and asked me to explain the meaning of each one. I can't deny that I use a lot of those things called symbols but, being a self-defensive creature, I say that symbols are nothing but the natural speech of drama.

We all have in our conscious and unconscious minds a great vocabulary of images, and I think all human communication is based on these images as are our dreams; and a symbol in a play has only one legitimate purpose which is to say a thing more directly and simply and beautifully than it could be said in words.

I hate writing that is a parade of images for the sake of images; I hate it so much that I close a book in disgust when it keeps on saying one thing is like another; I even get disgusted with poems that make nothing but comparisons between one thing and another. But I repeat that symbols, when used respectfully, are the purest language of plays. Sometimes it would take page after tedious page of exposition to put across an idea that can be said with an object or a gesture on the lighted stage.

To take one case in point: the battered portmanteau of Jacques Casanova is hurled from the balcony of a luxury hotel when his remittance check fails to come through. While the portmanteau is still in the air, he shouts, "Careful, I have—" —and when it has crashed to the street he continues—"fragile—mementoes. . . ." I suppose that is a symbol, at least it is an object used to express as directly and vividly as possible certain things which could be said in pages of dull talk.

As for those patrons who departed before the final scene, I offer myself this tentative bit of solace: that these

theatregoers may be a little domesticated in their theatrical
tastes. A cage represents security as well as confinement to
a bird that has grown used to being in it; and when a
theatrical work kicks over the traces with such apparent
insouciance, security seems challenged and, instead of par-
ticipating in its sense of freedom, one out of a certain
number of playgoers will rush back out to the more
accustomed implausibility of the street he lives on.

To modify this effect of complaisance I would like to
admit to you quite frankly that I can't say with any
personal conviction that I have written a good play, I only
know that I have felt a release in this work which I
wanted you to feel with me.

AFTERWORD

Once in a while someone will say to me that he
would rather wait for a play to come out as a book than see
a live performance of it, where he would be distracted from
its true values, if it has any, by so much that is mere
spectacle and sensation and consequently must be mere-
tricious and vulgar. There are plays meant for reading.
I have read them. I have read the works of "thinking
playwrights" as distinguished from us who are permitted
only to feel, and probably read them earlier and ap-
preciated them as much as those who invoke their
names nowadays like the incantation of Aristophanes'
frogs. But the incontinent blaze of a live theatre, a theatre
meant for seeing and for feeling, has never been and
never will be extinguished by a bucket brigade of critics,
new or old, bearing vessels that range from cut-glass
punch bowl to Haviland teacup. And in my dissident
opinion, a play in a book is only the shadow of a play
and not even a clear shadow of it. Those who did not
like *Camino Real* on the stage will not be likely to form a
higher opinion of it in print, for of all the works I have
written, this one was meant most for the vulgarity of
performance. The printed script of a play is hardly more
than an architect's blueprint of a house not yet built or
built and destroyed.

The color, the grace and levitation, the structural pattern in motion, the quick interplay of live beings, suspended
like fitful lightning in a cloud, these things are the play,
not words on paper, nor thoughts and ideas of an author,

those shabby things snatched off basement counters at Gimbel's.

My own creed as a playwright is fairly close to that expressed by the painter in Shaw's play *The Doctor's Dilemma:* "I believe in Michelangelo, Velasquez and Rembrandt; in the might of design, the mystery of color, the redemption of all things by beauty everlasting and the message of art that has made these hands blessed. Amen."

How much art his hands were blessed with or how much mine are, I don't know, but that art is a blessing is certain and that it contains its message is also certain, and I feel, as the painter did, that the message lies in those abstract beauties of form and color and line, to which I would add light and motion.

In these following pages are only the formula by which a play could exist.

Dynamic is a word in disrepute at the moment, and so, I suppose, is the word *organic,* but those terms still define the dramatic values that I value most and which I value more as they are more deprecated by the ones self-appointed to save what they have never known.

EUGENE IONESCO
(b. 1912)

The Bald Soprano[1]

THE "SOCIETY" I have tried to depict in *The Bald Soprano* is a society which is perfect, I mean where all social problems have been resolved. Unfortunately this has no effect upon life as it is lived. The play deals with a world where economic worries are a thing of the past, a universe without mystery, in which everything runs smoothly, for one section of humanity at least. I have no doubt that this is the world of tomorrow. In America, Russia, China, Africa, and so on, the march of science and industrialization must finally arrive at stability and social contentment.

In *The Bald Soprano,* which is a completely unserious play where I was most concerned with solving purely theatrical problems, some people have seen a satire on bourgeois society, a criticism of life in England, and heaven knows what. In actual fact, if it is criticism of anything, it must be of all societies, of language, of clichés—a parody of human behavior, and therefore a parody of the theatre too. I am thinking both of the commercial theatre and the theatre of Brecht. In fact, I believe that it is precisely when we see the last of economic problems and class warfare (if I may avail myself of one of the most crashing clichés of our age) that we shall also see that this solves nothing, indeed that our problems are only beginning. We can no longer avoid asking ourselves what we are doing here on earth, and how, having no deep sense of our destiny, we can endure the crushing weight of the material world.

This is the *eternal problem* if ever there was one; for living means alienation. Other problems, even those of the Brechtian theatre, only confuse the real issue of

[1] "The World of Eugene Ionesco," the New York *Times,* June 1, 1958. Reprinted by courtesy of Eugene Ionesco.

alienation—that being Brecht's theme. When there is no more incentive to be wicked, and everyone is good, what shall we do with our goodness, or our non-wickedness, our non-greed, our ultimate neutrality? The people in *The Bald Soprano* have no hunger, no conscious desires; they are bored stiff. But people who are unconsciously alienated don't even know they are bored. They feel it vaguely, hence the final explosion—which is quite useless, as the characters and situations are both static and interchangeable, and everything ends where it started.

In my plays I have treated this comically, for the human drama is as absurd as it is painful. The second part of *The New Tenant* is perhaps less comic—or perhaps not, depending on the director. It all comes to the same thing, anyway: comic and tragic are merely two aspects of the same situation, and I have now reached the stage when I find it hard to distinguish one from the other.

The non-metaphysical world of today has destroyed all mystery; and the so-called "scientific" theatre of the period, the theatre of politics and propaganda, anti-poetic and academic, has flattened mankind out, alienating the unfathomable third dimension which makes a whole man. The theatre of ideologies and theses, proposing political solutions and presuming to save humanity, actually saves no one. I have no wish to save humanity—to wish to save it is to kill it—and there are no solutions. To realize that is the only healthy solution.

Some people have compared Brecht to Shakespeare, which seems to me pure madness. At this very moment, in France, there are several authors much more important than Brecht—I mean Ghelderode, Beckett, Jean Genet, Vauthier, and even the Sartre of *No Exit*—because they question the whole state of man, and offer us clear proofs that man is more than merely a social animal; the great authors are tragic, and all great drama is unbearable; when Richard II is killed in his cell, I see the death of all kings on earth, I witness the agonizing desecration and downfall of all values and civilizations. It is beyond our control, and therefore it is true. I am myself a dying king.

There are no alternatives; if man is not tragic, he is ridiculous and painful, "comic" in fact, and by revealing his absurdity one can achieve a sort of tragedy. In fact I think that man must either be unhappy (meta-physically unhappy) or stupid.

The Chairs

I HAVE often chosen to write plays about nothing, rather than about secondary problems (social, political, sexual, etc.). There is no action in *The Bald Soprano*, simply theatrical machinery functioning, as it were, in a void. It shows a hollow automatism being taken to pieces and put together in the wrong order, as well as automatic men speaking and behaving automatically; and to this extent it illustrates "comically" the emptiness of a world without metaphysics and a humanity without problems.

In *The Chairs* I have tried to deal more directly with the themes that obsess me; with emptiness, with frustration, with this world, at once fleeting and crushing, with despair and death. The characters I have used are not fully conscious of their spiritual rootlessness, but they feel it instinctively and emotionally. They feel "lost" in the world, something is missing which they cannot, to their grief, supply.

By "directly" I mean according to the rules of tragic construction (or comic and tragic at the same time)—but using what I might call pure theatre, which progresses not through a predetermined subject and plot, but through an increasingly intense and revealing series of emotional states.

Thus I have tried to give the play a classical form. I believe that the aim of the avant-garde should be to rediscover—not invent—in their purest state, the permanent forms and forgotten ideals of the theatre. We must cut through the clichés and break free of a hidebound "traditionalism"; we must rediscover the one true and living tradition. I make no claim to have succeeded in this. But others will succeed, and show that all truth and all reality is classical and eternal.

APPENDIX

From Friedrich Hebbel's *Journals*[1]

1836

The devil take what nowadays passes for beautiful language! This language in drama is the counterpart of "How beautifully put!" in conversation. Chintz, chintz, and more chintz! It may glitter but it gives no heat.

1838

"Form is the expression of necessity," I say in a critical piece.

Best definition: Content presents the task; form, the solution.

1839

Whether the idea masters the poet or the poet the idea —everything depends on this.

Every great man falls by his own sword. Only no one knows it.

Form is the highest content.

Bad playwrights with good heads give us their scheme instead of characters and their system instead of passions.

[1] Reprinted by courtesy of Eric Bentley. No playwright has said better things about the drama than Hebbel, yet very little of what he said on this subject has been done into English. As the present book does not have room for the major essays ("One Word about the Drama," "My Word about the Drama," Preface to *Mary Magdalene*, etc.), it has been thought appropriate to quote from the *Journals,* where, oddly enough, the dramatist expressed himself most pithily. (Translator's note.) Copyright 1960 by Eric Bentley.

There are dramas without ideas in which people take a walk and meet with bad luck on the way.

Most writers of historical tragedy don't give us historical characters but parodies of them.

1840

In Shakespeare we find, amid the great wealth, the most miserly economy. In general a sign of the highest genius.

All life is a battle of the individual with the universe.

1841

Dramatic deeds are not the ones that go straight ahead like bullets.

Drama shouldn't present new stories but new relationships.

1844

In the drama, what we shall see as bad we must also be able to see as good.

The problematic is the life breath of poetry. . . .

1845

A genuine drama is comparable to one of those big buildings which have almost as many rooms and corridors below ground as above ground. People in general are aware only of the latter; the master builder of the former as well.

1847

To present the necessary in the form of the accidental: that is the whole secret of dramatic style.

Ballet: I see people in a ballet as deaf-mutes who've gone crazy.

1848

All dramatic art has to do with impropriety and in-comprehension, for what is more improper and uncom-prehending than passion?

1850

Ultimately, play-acting is only living at speed, at un-imaginable speed! Hence, when a critic writes about an actor, he is criticizing the life process of a human being.

1851

By shortening a play, you can lengthen it.

In drama no character should ever utter a thought; from the thought in a play come the speeches of *all* the characters.

1853

The worst plays often start out like the best ones. The battle that's most ignominiously lost starts out with thunder and lightning just like the one that will be most gloriously won.

1854

Let the What in drama be known and throw no shadows; but not the How.

We know that a man must die; we don't know what fever he will die of.

1857

The bad conscience of mankind invented tragedy.

1859

The final destiny of a play is always: to be read. Why shouldn't it begin the way it's going to end anyhow?

Ideas are to drama what counterpoint is to music: nothing in themselves but the *sine qua non* for everything.

1861

Every genuine comic figure must resemble the hunchback who's in love with himself.

Monologues: pure respirations of the soul.

1862

"Tragic," literally translated: goatish, goatlike, a meaning which especially French writers of tragedy often still give to the word.

Opera is the most decisive break with banal illusion: and yet it works.

1865

The Schiller-Calderon-Racine kind of drama stands to the Shakespearean as vocal to instrumental music.

All material is dead; all life stems from form.

Ideas. You can't have a play without ideas, any more than a living man without air. But does it follow that, because there's earth, fire, air, and water in a man, he is nothing but a receptacle for these four elements?

In modern French plays, morality is the orange in the dead pig's mouth.

That the religious origin of the drama is no accident.

Translated by Eric Bentley

BIBLIOGRAPHY

A Selected Bibliography of Playwrights on Playwriting.

"American Playwrights Self-Appraised," compiled by Henry Hewes, *Saturday Review of Literature*, September 3, 1955, pp.18–19.

Anderson, Maxwell. "The Basis of Artistic Creation in Literature," in *The Bases of Artistic Creation*. New Brunswick, N.J.: Rutgers University Press, 1942, pp. 3–18.

––––––. *The Essence of Tragedy and other Footnotes and Papers*. Washington, D.C.: Anderson House, 1939.

Anouilh, Jean. "Jean Anouilh et l'artifice," *Les Nouvelles Littéraires*, March 27, 1937, p. 10.

Archer, William. *Playmaking*. Boston: Small, Maynard, 1923.

The Art of Playwriting: Lectures delivered at the University of Pennsylvania by Jesse Lynch Williams, Langdon Mitchell, Lord Dunsany, Gilbert Emery, Rachel Crothers. Philadelphia: University of Pennsylvania Press, 1928.

Auden, W. H. "Notes on the Comic," *Thought* (Fordham University Quarterly), 1952, pp. 57–71.

Becque, Henri. *Souvenirs d'un auteur dramatique*. Paris: Bibliothèque Artistique et Littéraire, 1895.

Bennett, Arnold. "Writing Plays," *The English Review*, July 1913, pp. 556–568.

Bourdet, Édouard. "Play Endings," *Theatre Arts*, February 1930, pp. 121–27.

––––––. "Playwriting as a Profession," *Theatre Arts Monthly*, February 1931, pp. 125–133; April 1931, pp. 292–300.

Brecht, Bertolt. "Chinese Acting," translated by Eric Bentley, *Furioso* (Carleton College, Northfield, Minnesota), Autumn 1949, pp. 68–77.

––––––. "German Drama: Pre-Hitler," *The Left Review*, July 1936, pp. 504–08.

––––––. "A Model for Epic Theatre," translated by Eric Bentley, *Sewanee Review*, July-September 1949, pp. 425–436.

––––––. "Notes for *The Threepenny Opera*," translated by Eric Bentley, *From the Modern Repertoire*, Series One. University of Denver Press, 1949, pp. 391–400.

––––––. "On Unrhymed Lyrics in Irregular Rhythms," translated by Beatrice Gottlieb, *Tulane Drama Review*, November 1957, pp. 33–38.

––––––. *Schriften zum Theater; über eine nicht-Aristotelische Dramatik*. Berlin: Suhrkamp Verlag, 1957.

––––––. *Theaterarbeit: 6 Aufführungen des Berliner Ensembles*. VVVDresdner Verlag, 1951.

––––––. "Über experimentelles Theater," *Theater der Zeit*, April 1959.

Bridie, James. *See* "The Play of Ideas."

"Can the Craft of Playwriting be Learned?" *World Theatre,* Vol. I, No. 3, Paris, 1951, pp. 15–35.

Capek, Karel. *How a Play is Produced.* London: G. Bles, 1928.

———. "The Making of a Play," in *How They Do It,* translated by M. and R. Weatherall. London: George Allen and Unwin, 1945.

Chekhov, Anton. *Letters on the Short Story, the Drama and other Literary Topics,* selected and edited by Louis S. Friedland. New York: Minton, Balch & Co., 1924.

———. *The Life and Letters of Anton Chekhov,* translated and edited by S.S. Koteliansky and Philip Tomlinson. London: Cassell & Co., 1925.

———. *The Personal Papers,* with an introduction by Matthew Josephson. New York: Lear Publishers, 1948.

Claudel, Paul. *Positions et propositions,* 2 vols. Paris: Gallimard, 1934.

———. "Modern Drama and Music," *Yale Review,* Autumn 1930, pp. 94–106.

Cocteau, Jean. *Call to Order,* translated by Rollo H. Myers. New York: Henry Holt, 1927.

———. *On the Film,* translated by Vera Traill. London: Denis Dobson, Ltd., 1954.

———. Two Prefaces, *Intimate Relations,* translated by Charles Frank, *From the Modern Repertoire,* Series Three, edited by Eric Bentley. Bloomington: Indiana University Press, 1956, pp. 525–26.

Connelly, Marc. "The Old Theatre and the New Challenge," in *The Arts in Renewal.* Philadelphia: University of Pennsylvania Press, 1951, pp. 141–156.

"Dokumente zur Dramaturgie des zeitgenössischen Theaters," *Drama zwischen Shaw und Brecht,* by Siegfried Melchinger. Bremen: Carl Schünemann Verlag, 1957.

"Dramatic Theory: A Bibliography," compiled by Richard B. Vowles. The New York Public Library, 1956.

"The Dramatist's Problems," *World Theatre,* Vol. IV, No. 4, Autumn 1955.

Dunsany, Edward John Plunkett. *The Donnellan Lectures,* 1943. London: W. Heinemann Ltd., 1945.

Eliot, T.S. *Poetry and Drama:* The First Theodore Spencer Memorial Lecture, November 21, 1950. Cambridge: Harvard University Press, 1951.

———. *Selected Essays,* 1917–1932. New York: Harcourt Brace, 1932.

Ervine, St. John. *How to Write a Play.* New York: Macmillan, 1928.

"Études de psychologie sur les auteurs dramatiques," by Alfred Binet and J. Passy, *L'Année Psychologique* (Paris), Vol. 1, 1894, pp. 60–173. (Interviews with Victorien Sardou, Alphonse Daudet, Alexandre Dumas *fils,* Édouard Pailleron, Henry Meilhac, François Coppée, François de Curel, Edmond de Goncourt.)

European Theories of the Drama, with a Supplement on the American Drama, edited by Barrett H. Clark. New York: Crown Publishers, 1947.

Evreinoff, Nicolas. *The Theatre in Life,* edited and translated by Alexander I. Nazaroff. New York: Brentano's, 1927.

Fry, Christopher. "Poetry in the Theatre," *Saturday Review,* March 21, 1953, pp. 18–19, 33.

Galsworthy, John. *The Inn of Tranquility: Studies and Essays.* New York: Charles Scribner's Sons, 1919.

García Lorca, Federico. "Declaraciones de García Lorca sobre el teatro," *Anales Organo de la Universidad Central,* Nos. 335–36, January-June, 1953, pp. 316–323 (Quito, Ecuador).

———. Entrevistas, *Obras Completas.* Madrid: Aguilar, 1955, pp. 1608–41.

———. Marie Laffranque: "Federico García Lorca. Encore trois textes oubliés," *Bulletin Hispanique,* January-March, 1957, pp. 62–71 (Quito, Ecuador).

Geddes, Virgil. *Beyond Tragedy: Footnotes on the Drama.* Seattle: University of Washington Chapbooks, No. 42, 1930.

Ghelderode. Michel de. *Les Entretiens d'Ostende.* Paris, L'Arche, 1956.

———. "The Ostend Interviews," translated by George Hauger, *Tulane Drama Review,* March 1959, pp. 3–23.

Gibson, William. *The Seesaw Log: A Chronicle of the Stage Production,* with the text of *Two for the Seesaw.* New York: Knopf, 1959.

Giraudoux, Jean. *Littérature.* Paris: Éditions Bernard Grasset, 1941.

———. *Visitations.* Neuchâtel: Ides et Calendes, 1947.

Gorky, Maxim. "Observations on the Theatre," *English Review,* April 1924, pp. 494–98.

———. *Reminiscences of Tolstoy, Chekhov, and Andreyev.* New York: The Viking Press, 1959.

Granville-Barker, Harley. *On Dramatic Method.* New York: A Dramabook, Hill and Wang, 1956.

———. *On Poetry in Drama.* London: Sidgwick, 1937.

Green, Paul. *Drama and the Weather.* New York: Samuel French, 1958.

———. *Dramatic Heritage.* New York: Samuel French, 1953.

Hebbel, Christian Friedrich. Foreword, *Maria Magdalene.* Hamburg, 1844.

Hellman, Lillian. Introduction, *Four Plays.* New York: The Modern Library, 1942.

Howard, Sidney. Preface, *Lucky Sam McCarver.* New York: Charles Scribner's Sons, 1926.

Ibsen, Henrik. *Letters,* translated by John Nilsen Laurvik and Mary Morison. New York: Duffield and Co., 1908.

———. *Nachgelassene Schriften,* 4 vols. Berlin: J. Fischer Verlag, 1909.

———. Preface, *Cataline,* in *Early Plays.* New York: The American Scandinavian Foundation, 1921.

———. *Speeches and New Letters,* translated by Arne Kildal. Boston: Richard G. Badger, 1910.

———. *The Works of Henrik Ibsen, Vol. XII: From Ibsen's*

Workshop, translated by A.G. Chater. New York: Charles
Scribner's Sons, 1912.

Inge, William. Foreword, *Four Plays.* New York: Random
House, 1958.

Ionesco, Eugene. "Discovering the Theatre," translated by
Leonard C. Pronko, *Tulane Drama Review,* September
1959, pp. 3–18.

———. "Essays," translated by L.C. Pronko, *Theatre Arts,*
June 1958, pp. 16–18.

———. "The Playwright's role: A Reply to Kenneth Tynan,"
The Observer, June 29, 1958, p. 14.

———. "Eugene Ionesco Opens Fire," *World Theatre,* Vol.
VIII, No. 3, Autumn 1959, pp. 171–202.

James, Henry. *The Scenic Art,* edited, with an Introduction
and Notes, by Allan Wade. New York: A Dramabook,
Hill and Wang, 1957.

Jones, Henry Arthur. "Henry Arthur Jones, Dramatist Self-
revealed; a Conversation on the Art of Writing Plays
with Archibald Henderson," *Nation and the Athenaeum*
(London), December 5, and December 12, 1925.

Kaiser, Georg. "Man in the Tunnel," translated by Eric Bentley,
The New Leader, August 9, 1947.

———. "Vision und Figur," *Das Junge Deutschland,* No. 10,
1918, pp. 314–15.

Kanin, Garson. "The Bomb and the Parker 51," *Theatre Arts,*
October 1948, p. 43.

Kornfeld, Paul. "Der Beseelte und der Psychologische Mensch,"
Das Junge Deutschland, No. 1, 1918, pp. 1–13.

Lawson, John Howard. Preface, *Processional.* New York:
Thomas Seltzer, 1925.

———. *Theory and Technique of Playwriting and Screen-
writing.* New York: Putnam, 1949.

Lindsay, Howard. "Notes on Playwriting," *Theatre Arts,* May
1943, pp. 291–98.

McCullers, Carson. "The Vision Shared," *Theatre Arts,* April
1950, pp. 28–30.

MacLeish, Archibald. "A Stage for Poetry," *Essay Annual,
1936.* New York: Scott, Foresman & Co. 1936,
pp. 169–175.

———. "The Staging of a Play: The Notebooks and Letters
behind Elia Kazan's Staging of *J.B.,*" *Esquire,* May 1959,
pp. 144–158.

Maeterlinck, Maurice. Preface, *Théâtre,* Vol. 1. Brussels, 1901.
(Extracts in English translated by Barrett H. Clark appear
in *European Theories of the Drama.*)

———. *The Treasure of the Humble,* translated by Alfred
Sutro. New York: Dodd, Mead, 1916.

Maugham, W. Somerset. *The Summing Up.* New York:
Doubleday Doran, 1938.

Miller, Arthur. Introduction, *Collected Plays.* New York: The
Viking Press, 1958, pp. 3–55.

———. "The Family in Modern Drama," *Atlantic Monthly,*
April 1956, pp. 35–41.

———. "The Shadows of the Gods," *Harper's Magazine,*
August 1958, pp. 35–43.

————. "Tragedy and the Common Man," *Theatre Arts,*
March 1951, pp. 48–50.

Montherlant, Henry de. *Notes sur mon théâtre.* Paris: L'Arche,
1950.

Niggli, Josephina. *Pointers on Playwriting.* Boston: The Writer,
1945.

O'Casey, Sean. *The Flying Wasp.* London: Macmillan, 1937.

————. *The Green Crow.* New York: George Braziller, 1956.

————. *See* "The Play of Ideas."

O'Neill, Eugene. Letters, in *Eugene O'Neill: The Man and his
Plays,* by Barrett H. Clark. New York: Dover, 1947.

————. "Working Notes and Extracts from a Fragmentary
Work Diary, *Mourning Becomes Electra,*" in *European
Theories of the Drama,* edited by Barrett H. Clark. New
York: Crown, 1947. pp. 530–36.

Papers on Playmaking, edited by Brander Matthews. New
York: A Dramabook, Hill and Wang, 1957.

Pirandello, Luigi. Premise, *Naked Masks,* edited by Eric
Bentley. New York: Dutton, 1958, pp. 209–210.

"The Play of Ideas," *The New Statesman and Nation,* March 4,
1950 (Terence Rattigan); March 11, 1950 (James Bridie);
April 1, 1950 (Peter Ustinov); April 8, 1950 (Sean
O'Casey); May 9, 1950 (Bernard Shaw).

Priestley, J.B. *The Art of the Dramatist.* London: Heinemann,
1957.

Raphaelson, Samson. *The Human Nature of Playwriting.* New
York: Macmillan, 1949.

Rattigan, Terence. "The Characters Make the Play," *Theatre
Arts,* April 1947, pp. 45–46.

————. *See* "The Play of Ideas."

Rice, Elmer. Introduction, *Two Plays.* New York: Coward
McCann, 1935, pp. v–xviii.

————. *The Living Theatre.* New York: Harper, 1959.

Saroyan, William. "Confessions of a Playwright," *World Review,* April 1949, pp. 9–13; May 1949, pp. 33–35.

————. Preface, *Don't Go Away Mad and Two Other Plays.*
New York: Harcourt Brace, 1949, pp. 3–10.

————. "Coming Reality: Preface to *The Time of Your Life,*"
Theatre Arts, December 1939, pp. 870–75.

Sartre, Jean Paul. "The Theatre: An Interview," *Evergreen
Review,* No. 11, 1960.

Schnitzler, Arthur. "Work and Echo: A Collection of Animad-
versions on the Artist, The Theory of Abstract Art and
Dramatic Art," *Vanity Fair,* November 1928, p. 78.

"Seventeen (British) Playwrights Self-Appraised," *Saturday
Review of Literature,* May 7, 1955, pp. 48–49.

Shaw, Bernard. *Dramatic Opinions and Essays.* New York:
Brentano's, 1910.

————. *See* "The Play of Ideas."

————. *Plays and Players; Essays on the Theatre,* selected with
an introduction by A.C. Ward. New York: Oxford University Press, 1952.

————. Preface to *Three Plays by Brieux.* New York: Brentano's 1911, pp. vii–liv; xxii–xxvii.

————. *Prefaces.* London: Constable, 1934.

————. *The Quintessence of Ibsenism.* New York: A Drama-book, Hill and Wang, 1958.

————. "Self-Revealed: George Bernard Shaw," an interview by Archibald Henderson, *The Fortnightly Review,* April 1, 1926, pp. 433–442; May 1, 1926, pp. 610–618.

————. *Shaw on the Theatre,* edited by E. J. West. New York: Hill and Wang, 1958.

————. *Table Talk of G.B.S.: Conversations on Things in General between George Bernard Shaw and Archibald Henderson.* New York: Harper, 1925.

Sternheim, Carl. "Two Statements," in *The Modern Theatre,* No. 6, edited by Eric Bentley. New York: Doubleday Anchor Books, 1959.

Strindberg, August. "Begreppet intim teater," *Öppna brev till intima teatern.* Stockholm: Bonniers, 1921.

Toller, Ernst. *Quer Durch: Reisebilder und reden.* Berlin: Gustav Kiepenheuer Verlag, 1930.

Ustinov, Peter. *See* "The Play of Ideas."

Van Druten, John. *Playwright at Work.* New York: Harper, 1953.

Wilder, Thornton. *"Our Town* — from Stage to Screen; a Correspondence between Thornton Wilder and Sol Lesser," *Theatre Arts,* November 1940, pp. 815–824.

————. Preface, *Three Plays.* New York: Harper, 1957, pp. vii–xiv.

Williams, Tennessee. "The History of a Play (with Parenthesis)" in *Battle of Angels, Pharos,* Nos. 1 and 2, Spring 1945.

————. "Person-to-Person," *Cat on a Hot Tin Roof,* New York: New Directions, 1955, pp. vi–x.

————. Production Notes, *The Glass Menagerie.* New York: New Directions, 1949, pp. ix–xii.

————. "The Timeless World of a Play," *The Rose Tattoo.* New York: New Directions, 1950, pp. vi–xi.

Yeats, William B. *The Cutting of an Agate.* New York: Macmillan, 1912.

————. *Essays.* New York: Macmillan, 1924.

————. Notes, *Four Plays for Dancers.* New York: Macmillan, 1926.

————. *Ideas of Good and Evil.* London: A.H. Bullen, 1913.

————. *Plays and Controversies.* London: Macmillan, 1923.

Zola, Émile. *The Experimental Novel.* New York: Cassell, 1894.

————. *Nos auteurs dramatiques.* Paris: Charpentier, 1881.

————. Preface to *Thérèse Raquin,* translated by K. Boutall, in *From the Modern Repertoire,* Series 3, edited by Eric Bentley. Bloomington: Indiana University Press, 1956.

INDEX

295